Meister Frantz und die Perlen der Zahlmeisterin

Henker von Nürnberg 1

von

Edith Parzefall

E-Mail: edith_parzefall@gmx.de

Verlag: Edith Parzefall
Rothenburger Str. 174, 90439 Nürnberg, Deutschland
Druck: Createspace, On-Demand Publishing, LLC
100 Enterprise Way, Suite A200
Scotts Valley, CA 95066
United States

Lektorat, Karten und Umschlag: Kathrin Brückmann
www.lekto-ratio.de

ISBN: 1519667140
ISBN-13: 978-1519667144

Karte von Nürnberg

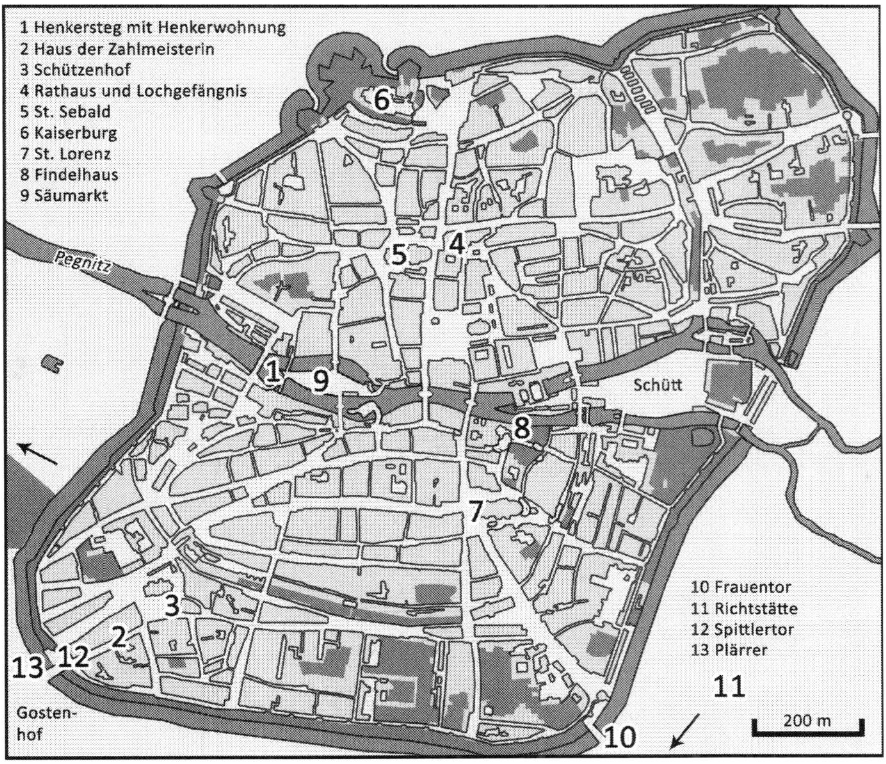

Handelnde Personen:

Historische Figuren sind **fett** gedruckt, wobei sie in diesem Roman fiktional verwendet werden, obwohl ich mich weitgehend an die historisch überlieferten Fakten gehalten habe. Wie damals üblich tragen alle Nachnamen von Frauen die Endung -in, da die Anreden Frau und Herr für gewöhnliche Leute noch nicht aufgekommen waren. Zusätzlich füge ich die verkürzten Vornamen in Klammern an.

Meister Frantz Schmidt, der Nachrichter, also Henker von Nürnberg,
Maria Schmidtin, Frau des Henkers, die auch gerne mal als Henkerin bezeichnet wurde.
Augustin Ammon, der Löwe, wie man den Henkersknecht nannte.
Katharina (Kathi) Schüttin, ein Findelkind und die Magd von …

Christina (Christel) Zahlmeisterin, eine halb gelähmte Schneiderwitwe.

Christoph (Christoffel) Zahlmeister, Ehemann von Christina, hingerichtet durch Meister Frantzens Vorgänger.

Margareta (Margreth) Beckin, Freundin von Christina Zahlmeisterin und Witwe von ...

Hans Beck, einem Zimmermann, der viel mit sich herumschleppt.

Maximilian (Max) Leinfelder, ein Schütze im Dienst der Freien Reichsstadt Nürnberg und Bräutigam in spe.

Konrad Rumpler, ein Schütze, der zur falschen Zeit am falschen Ort auftaucht und dies sichtlich genießt.

Michael (Michel) Hasenbart, ein Stadtknecht in Nürnberg und Freund von Max.

Lucas Korber, Schankknecht in der Fetten Gans und unfreiwilliger Informant des Nürnberger Stadtrats.

Neubauer, Wirt und Chronist, der auch noch ein großer Bewunderer von Meister Frantz ist.

Stadträte *Eisvogel* und *Stromer*, die als Lochschöffen Ermittlungen im Nürnberger Lochgefängnis leiten, und ein namenloser Schreiber.

Eugen Schaller, der Lochwirt, also oberster Aufseher im Loch, dem Nürnberger Gefängnis für Untersuchungshaft und Delinquenten, die auf ihre Hinrichtung warten.

Anna Schallerin, Ehefrau von Eugen Schaller und damit Lochwirtin.

Magister Lienhardt Krieg, protestantischer Diakon von Sankt Sebald, der Priester, an den man sich als Erstes wendet, wenn es um Angelegenheiten des Lochgefängnisses geht.

Magister Eucharius Brühl, Kaplan von Sankt Sebald. Zusammen mit Magister Krieg, half er Meister Frantz, den Stadtrat davon zu überzeugen, dass auch Frauen geköpft werden durften.

Magister Johann Schelhammer, protestantischer Diakon von Sankt Lorenz, ist vor allem mit theologischen Streitgesprächen beschäftigt.

Christoph Herdesian, Rechtskonsulent des Rats und Theologe.

Eine Patientin für den Nachrichter

Montag 1. August 1580

Kathi graute schon vor dem Besuch im Henkerhaus, aber es half nichts. Ihre Herrin, die halbseitig lahme Christina Zahlmeister, brauchte nun mal ihre Arznei, und die verstand niemand so gut zuzubereiten wie der Nachrichter. Er verdiente sich ein Zubrot mit der Behandlung von Gebrechen aller Art, und viele Nürnberger schworen auf seine Heilkunst. Außerdem war's billiger, als den Medicus zu holen. Trotzdem – Henker waren Unehrliche, und seine Berührung ... Sie erschauerte. Zum Glück musste sie niemals alleine hingehen und Medizin abholen. Alle paar Wochen brach die Zahlmeisterin selbst auf, um sich behandeln zu lassen, was Kathi nur recht war. Wenigstens musste sie dann nicht selbst hinein ins Henkerhaus. Endlich war ihre Herrin vollständig angekleidet, also setzte sie ihr die Haube auf den graubraunen Dutt und steckte sie mit Nadeln fest, dann half sie ihr vom knarrenden Stuhl auf.

»Sehe ich auch ehrbar genug aus, Kathi?«, fragte die Zahlmeisterin mit schwerfälliger Zunge.

»Natürlich. Ihr seht schon beinah wie eine Patrizierin aus«, log Kathi. Das dunkelrote Sonntagsgewand ihrer Herrin war eigentlich viel zu warm für den Sommer und auch schon ziemlich verblichen, aber das sagte sie ihr lieber nicht. Bestimmt hatte es noch ihr verstorbener Mann, der Christoph Zahlmeister, geschneidert, also würde sie es wohl in Ehren halten. Außerdem müssten sie sich Stoff für ein neues Kleid vom Mund absparen, und dann wäre es an Kathi zu versuchen, daraus ein ansehnliches Gewand zu schneidern. Viel hatte ihr die Zahlmeisterin bislang nicht beigebracht, obwohl sie als Frau eines Schneiders ganz gut nähen gelernt hatte.

»Du könntest mir noch die Perlenkette anlegen«, flüsterte die Zahlmeisterin verschwörerisch.

»Das dürft Ihr doch nicht. Wenn die jemand vom Almosenamt sieht, streicht man Euch die Armenfürsorge, weil Ihr so wertvollen Schmuck besitzt.«

Die alte Frau winkte ab. »Ach, was! Der Rat hat mir meinen Mann umgebracht, dann soll er auch zahlen. Mein eines kostbares Schmuckstück wollen sie mir zu tragen verbieten. Und viel mehr als zwanzig Gulden ist es auch nicht wert. Das einzig anständige Geschenk, das mir der Christoffel jemals gemacht hat – Gott hab ihn selig. Und der hat's von seiner Mutter geerbt.«

Von dem Geld könnten sie beide ein Jahr lang genug zu essen kaufen. Seufzend holte Kathi die Kette aus der Schatulle in der guten Stube, ließ die glänzenden, kalten Kugeln durch die Finger gleiten und legte sie der Witwe um den faltigen Hals. Dann befestigte sie die

Silberspange in Form einer zierlichen Blüte um die beiden Stränge. Kathi seufzte. So einen Schmuck würde sie niemals besitzen, und selbst wenn, anstatt ihn zu tragen, ihn lieber gleich verkaufen oder gegen etwas Brauchbares eintauschen. Doch die grauen Augen der Zahlmeisterin leuchteten. »Bringst du mir den Handspiegel?«

Kathi reichte ihn ihr.

»Oh, wie schön«, hauchte sie.

Kathi warf den flachsfarbenen Zopf über ihre Schulter. Kopfschmuck durfte sie als Ledige gar nicht tragen, höchstens ein Band im Haar. »Gehen wir?«

»Ja.« Die Zahlmeisterin legte den Spiegel weg, hakte sich mit dem schlaffen linken Arm bei ihr ein und legte ihre gesunde rechte Hand auf die kranke.

Langsam bewegten sie sich durch den Hausflur, wobei ihre Herrin das linke Bein nachzog und sich fest auf sie stützte, wenn sie das rechte Bein vorsetzte. »Die Bewegung wird mir guttun«, sagte sie vergnügt. Die niedrige Stufe an der Schwelle nahm sie tatsächlich schon geschmeidiger.

Kathi schloss die Tür des kleinen, alten Fachwerkhauses ab und gab den Schlüssel ihrer Herrin, die doch gerne das Gefühl haben wollte, trotz ihres Gebrechens noch selbstständig zu sein. Dann setzten sie ihren schwankenden Gang über das Kopfsteinpflaster der Lodergasse fort. Aus einer Schmiede drang das Dröhnen von Eisen auf Eisen, doch in den scharfen Geruch von Rauch mischte sich ein angenehmerer: der von frischem Brot. Als sie den Bäcker passierten, lugte sie zur offenen Tür hinein. Was für ein Duft! Auf dem Rückweg wollte sie fragen, ob Backwerk von gestern günstig zu haben sei.

»Die Nachtarbeiter in unserem Viertel sollte man ausstreichen«, murmelte die Zahlmeisterin, als sie einen Bogen um den Kadaver einer großen Ratte machen mussten. Ein paar Schweine liefen in der Gasse herum auf der Suche nach Essbarem.

»Wer weiß, wann der Ratz verendet ist. Vielleicht erst heute Morgen«, wandte Kathi ein.

»Trotzdem könnt's dem Gelichter bestimmt nicht schaden.«

Kathi widersprach lieber nicht mehr. Sie genoss es viel zu sehr, draußen zu sein und sich die Sonne ins Gesicht scheinen zu lassen. Da eilte ein Schütze aus dem großen Tor des Schützenquartiers und rempelte die Zahlmeisterin an. Kathi hatte Mühe, sie festzuhalten, doch der Tollpatsch packte den anderen Arm ihrer Herrin. Da erkannte sie ihn: Max Leinfelder, einer von diesen Tunichtguten, der von der Stadtmauer herab den Weibsbildern nachschaute. Warum der es wohl so eilig hatte?

»Tut mir leid«, murmelte er – immerhin!

»Tölpel, elender«, zischte die Zahlmeisterin.

»War ein Versehen«, sagte Max mit einem frechen Grinsen und ließ sie los. »Ich wollt eigentlich mit Kathi zusammenstoßen.«

»Pah, bei der stößt du mir nichts. Das ist ein anständiges Mädel. Jetzt schleich dich, du Nichtsnutz.«

Kathi spürte bei diesen Worten Schamesröte heiß ins Gesicht schießen. Verstohlen ließ sie den Blick über die strammen Waden des jungen Mannes zur geschlitzten, schwarz-weißen Pluderhose hinaufgleiten. Ins Gesicht wagte sie ihm nicht zu schauen. Da kamen weitere Schützen heran. »Machst schon wieder der Kathi schöne Augen?«, rief einer.

»Irgendwer muss es ja tun, wenn die Zahlmeisterin immer so bös dreinschaut.« Lachend marschierte er mit den anderen zur Stadtmauer.

»So ein Gelichter. Tagediebe alle miteinander«, brummte ihre Herrin. »Na los, gehen wir zum Henker, das ist wenigstens ein anständiger Mann. Den hättest du heiraten sollen, aber nun ist es zu spät.«

Kathi japste erschrocken nach Luft. Einen Henker heiraten? Gänsehaut breitete sich über ihren ganzen Körper. Dann doch lieber einen Ordnungshüter! Schnell warf sie Max einen Blick nach, doch der war nicht mehr zu sehen. Die Freude über den schönen Tag war ihr gründlich vergangen, als sie ihren Weg fortsetzten, vorbei an einer stinkenden Mistgrube und weiter zu der schlichten, alten Jakobskirche und dem Sankt-Elisabeth-Hospital, das der Deutschherrenorden gegründet hatte. Sie seufzte. Eine arme Magd wie sie würde sowieso keiner haben wollen. Nicht mal ihre Mutter hatte sie gewollt …

Zu allem Übel lief ihnen auch noch kurz vor dem Unschlitthaus die Beckin über den Weg. Kathi musste ein Stöhnen unterdrücken. Das würde bestimmt ein längeres Schwätzchen werden, ausgerechnet hier, wo der Geruch des ausgelassenen Rindertalgs schwer in der Luft hing und auch die Verwaltung im Erdgeschoss des alten Kornspeichers saß. Sie hielt ihren Blick auf das aufwendige Portal des massiven, hoch aufragenden Sandsteingemäuers gerichtet. Wenn von den Stadtangestellten jemand die Kette bemerkte und dem Armenvogt davon erzählte, wäre das kleine Einkommen aus dem Almosenamt dahin. Von dem allein, was Kathi durch Stickarbeiten verdiente, könnten sie nicht leben.

»Na, Christel, bist mal wieder auf dem Weg zum Henker?«, fragte die Beckin, ein oft übellauniges Weib, das aus unerfindlichem Grund einen Narren an ihrer Herrin gefressen hatte. Dabei war sie bestimmt zehn Jahre jünger, gesund und munter, und hatte als Frau eines Zimmermanns sicherlich respektierlichere Freunde. Die Schlitze in ihrem grünen Leinenrock gaben den Blick auf einen bauschigen Unterrock frei. Auf dem hochgesteckten dunklen Haar trug sie keck ein schwarzes Barett.

»Freilich, Margreth.« Die Zahlmeisterin lächelte, obwohl sie in ihren vier Wänden selten ein gutes Haar an ihrer Bekannten ließ, wobei sie eigentlich nie viel von ihr erzählte.

Die Beckin strich sich über den Ausschnitt ihres mit Samt verbrämten Mieders, der nur von einer weißen Bluse mit gefälteltem Kragen geschmückt wurde. »Tragst wieder deine Perlen spazieren, aber mein Geld hast mir noch nicht zurückgegeben. Für deine Medizin wirfst es raus.«

Kathi zuckte zusammen. Bei der hatte die Zahlmeisterin Schulden gemacht? Die gute Hand ihrer Herrin krampfte sich fest um Kathis Arm.»Kommst morgen vorbei, dann geb ich dir a bisserl was. Aber ich hab noch nicht alles.«

Die Beckin blies hörbar Luft durch die Nase. »Morgen, morgen. Das sagst jedes Mal. Ich werd kommen, darauf kannst du Gift nehmen.« Ein tückischer Ausdruck schlich sich auf ihr Gesicht.

Kathi war die Frau nur unheimlich, vielleicht weil sie so schön war und trotzdem boshaft.

»Geh weiter, Kathi«, murmelte ihre Herrin, und sie setzten sich wieder schleppend in Bewegung.

Kathi linste zum Holzsteg unter der Behausung des Henkersknechts, der auf der Brücke über den südlichen Pegnitzarm wohnte. Wenn sie den Steg nähmen, wären sie ganz schnell beim Henker, aber ihre Herrin behauptete hartnäckig, dass ihr der Löwe auf den Kopf fallen würde, wenn sie da rüberginge. Allerdings glaubte Kathi nicht recht, dass das der Grund war, denn auf dem Weg zur nächsten Brücke lag die Wirtschaft Zur Fetten Gans, die sie nun allmählich erreichten. Ein Fuhrwerk bog gerade in den Hof der Herberge, wo die Ställe lagen. Nach der unerfreulichen Begegnung wollte die Zahlmeisterin aber nicht einmal dort stehen bleiben, um nach Wirt Neubauer oder seinem Schankknecht Ausschau zu halten, was sie sonst immer tat, und das, obwohl bestimmt gleich jemand den neuen Gast begrüßen würde. Ihr sollte es recht sein. Kathi hatte noch nie verstanden, warum ihre Herrin jedes Mal fragte, was es zu essen gab, denn leisten konnten sie es sich sowieso nicht. Vermutlich ließ sie sich die verschiedenen Gerichte in Gedanken auf der Zunge zergehen. Wenn Gedanken satt machen würden ... Sie erreichten die an Steinsäulen hängende Brücke zum Säumarkt auf der Pegnitzinsel, wo im Sommer nur wenige Schweine in kleinen Pferchen gehalten wurden, die bald geschlachtet werden sollten, während der Markt vor dem Frauentor stattfand. Durch die offenen Tore des Fleischhauses auf der anderen Seite des nördlichen Pegnitzarms lugte sie zu den Metzgern mit ihren Fleischbänken hinüber.

Oh, was gäbe sie für saftige Bratwürste, aber vielleicht könnten sie auf dem Rückweg wenigstens ein paar Schweineohren oder -schwänze billig kriegen. Da machte sie inmitten des ganzen Trubels eine Kuh aus, und ihr Herz ging auf. Als Kind hatte sie im Findelhaus oft beim Melken helfen dürfen und dann die Milch ausgetragen. Als ihr jedoch klar wurde, dass die Braune ins Schlachthaus geführt wurde, drehte

Kathi lieber wieder den Kopf zum Henkerturm. Wie die Zahlmeisterin wohl den Nachrichter bezahlte? Vielleicht stand sie deswegen bei der Beckin in der Schuld ... »Hättet Ihr doch lieber die Kette daheim gelassen«, flüsterte sie, weil ihr vor dem morgigen Besuch graute.

»Sei still, dumme Gans! Was verstehst du schon davon? Die Margreth weiß gar nicht, was sie für ein Gschmarri redet. Ich kann doch die Perlen nicht verkaufen, und meine Medizin brauch ich. Das weißt du ganz genau. Und sie auch.«

»Freilich.« Kathi wollte sich ohrfeigen, weil sie so frei gesprochen hatte. Als Waise musste sie froh um die Stelle bei der Zahlmeisterin sein, auch wenn sie zusätzlich zur Unterbringung nur zu Weihnachten einen halben Gulden bekam. Das Geld, das ihr der Händler für Stickarbeiten auf Bordüren und Bändern zahlte, wanderte auch immer direkt in die Haushaltskasse, doch ihre Herrin behandelte sie immer gut. Wenn sie sich nicht genug zu essen leisten konnten, bekamen sie beide weniger. Und da standen sie auch schon vor dem trutzigen Sandsteinturm, der zu den Brücken hinaufführte; über dem nördlichen Pegnitzarm wohnte der Henker. Die Zahlmeisterin hatte ihr schon oft erzählt, dass hier einst die Stadt endete und die Brücken und der Turm teil der Stadtbefestigung waren. Ihr Magen krampfte sich zusammen und ließ sie ihren Appetit auf Bratwürste vergessen, als sie die schwere Tür aufzog. Widerwillig half sie ihrer ächzenden Herrin die Stufen hinauf und klopfte.

Die Frau des Nachrichters öffnete. »Seid gegrüßt, Zahlmeisterin. Ich hab mir schon gedacht, dass Ihr bald mal wieder vorbeischauen werdet. Kommt herein. Mein Mann ist bestimmt gleich zurück.«

Maria Schmidt übernahm den Arm ihrer Herrin und lächelte Kathi zu. »Kannst ruhig unten warten. Ich bring sie dann.«

Aus unerfindlichem Grund wagte Kathi nie, einfach zu gehen, ohne diese Worte gehört zu haben, und Maria spürte das anscheinend. Die Wangen der Frau schimmerten rosig, und ihre braunen Augen verströmten Wärme. Als Kathi sie zum ersten Mal gesehen hatte, kurz nach ihrer Heirat, war sie deutlich magerer gewesen. Dankbar erwiderte sie das Lächeln und huschte die Treppe hinunter. Wie konnte es die Frau nur aushalten, mit einem Henker verheiratet zu sein? Und dabei wirkte sie noch immer so nett, obwohl sie bestimmt schon über ein halbes Jahr mit Meister Frantz verheiratet war. Na, wenigstens bekam sie von ihm anständig zu essen. Draußen vor der Tür blinzelte Kathi gegen die Sonne, und da stand er plötzlich vor ihr: Frantz Schmidt, der Nachrichter von Nürnberg! Sie glotzte ihn an, wollte weglaufen, konnte sich aber nicht rühren.

»Hast du deine Herrin hergebracht?«, sprach Meister Frantz sie an und lächelte.

Ja, er lächelte! Nur mit hellem Hemd und brauner Kniehose bekleidet sah er aus wie andere junge Männer, die einer ehrlichen Arbeit nachgingen. Die dunkelblonden Haare und der Bart waren ordentlich gestutzt, sodass man ihn sogar für einen Kaufmann hätte halten können. Trotzdem fand sie keine Worte, schaffte es aber wenigstens zu nicken.

Sein Gesicht verdüsterte sich. »Gut, dann werde ich mal schauen, was ich für die Zahlmeisterin tun kann.«

*

Frantz stieg die Treppe hoch und fragte sich, warum das dumme Ding sich nicht einmal traute, ein Wort mit ihm zu wechseln. Dass ihn niemand berühren wollte, konnte er ja verstehen, aber die stellte sich an, als hafte schon seinen Worten und seinem Atem der Hauch des Todes an. Zum Glück war sie nicht vor Schreck in Ohnmacht gefallen, sonst hätten die Leute wieder was zu tratschen. Da musste er grinsen und freute sich schon beinah auf die alte Zahlmeisterin, die auch nur wegen seiner ›magischen‹ Heilkräfte zu ihm kam.

Als er seine Brückenwohnung betrat, hockte sie mit Maria in der guten Stube. Vor ihr auf dem Tisch stand wie immer ein Kräutertrank. Dem Geruch nach Kamille – bestimmt am Hochgericht gepflückt. Maria sammelte gerne dort die Kräuter, da sie wusste, seine Patienten kamen vor allem aus Glauben an zaubermächtige Kräfte, die ihm seine Arbeit als Henker verlieh. Dabei wäre er gerne ein richtiger Medicus, doch eine Zulassung zur Universität kam für ihn, den Unehrlichen, nicht infrage. Da blieben nur Bücher und das, was sein Vater ihm über Wundheilung beigebracht hatte – neben den effektivsten Methoden Schmerz zuzufügen.

»Meister Frantz, da seid Ihr ja endlich«, rief die Patientin mit einem leichten Zungenschlag.

Er lächelte die Witwe an. »Wie geht's Euch, Zahlmeisterin?«

»Schlecht, noch schlechter als sonst«, lispelte sie. »Das Gift meines Christoffel – Gott sei seiner sündigen Seele gnädig – macht mir wieder sehr zu schaffen.«

Ja, das Gift, das ihr der Zahlmeister angeblich eingeflößt hatte und wegen dem sie jetzt lahm zu sein glaubte. Natürlich packte sie wieder die alte Geschichte aus.

»Aber der Rat hat ihn verurteilt, und so ist er gestorben, nicht ich.« Ein versonnenes Lächeln breitete sich über ihre rechte Gesichtshälfte aus.

Frantz konnte sich nicht vorstellen, welches Gift solche andauernden Schäden bei ihr verursacht und sie doch nicht getötet haben sollte. Nein, das sah doch sehr nach einer Fehlmischung der Kardinalsäfte aus, einer Apoplexia. Dabei lagerte sich kalter, feuchter Schleim oder kalte, trockene Galle in den Hohlräumen des Gehirns ein, wenn man Galen glauben durfte. Allerdings hatte er kürzlich in einem medizinischen Traktat gelesen, ein blockiertes Blutgefäß könne die Passage des Spiritus animalis zu Rückenmark und Nerven verhindern. So oder so hatte sie nur ein leichter Schlag getroffen, aber falls sie dabei Schaum vor dem Mund hatte, wie es manchmal vorkam, lag ein Verdacht auf Gift nicht völlig fern. Trotzdem war er froh, dass nicht er den Mann hatte richten müssen, sondern sein Vorgänger und Schwager Lienhardt Lippert. Eine schreckliche Vorstellung, einen Unschuldigen vom Leben zum Tode zu bringen.

Maria erhob sich und verließ den Raum, weil sie wohl der alten Geschichte über den mörderischen Gatten ebenso überdrüssig war, und Frantz betrachtete seine gut fünfzigjährige Patientin genauer. Mundwinkel und Lid hingen auf der linken Seite herab wie immer, aber die Wangen waren von dem langen Marsch gerötet. Allein die Bewegung, die ihr der Weg zu ihm verschaffte, tat ihr gut. »Nach dem Aderlass letztes Mal wart Ihr ziemlich schwach, deshalb würde ich heute lieber darauf verzichten.« Ansonsten konnte er für die Zahlmeisterin nur das Übliche tun: ihr den Glauben schenken, dass es ihr besser ging, denn dann fühlte sie sich besser. Und ihr seine ›besondere Medizin‹ verkaufen.

»Ist keine neue Hinrichtung mit dem Schwert in Aussicht?«, fragte sie denn auch.

Frantz schüttelte den Kopf und versuchte, möglichst bedauernd dreinzuschauen. »Nein, morgen werden drei Landsdiebe gehenkt, aber das hilft Euch nichts.« Am meisten glaubte die Frau an die Wirkung frischen Blutes eines Geköpften – am liebsten warm –, obwohl das vor allem gegen die Fallsucht half. Nun, manche Leute meinten auch, sich damit die unverbrauchte Lebensenergie der reuigen Sünder einzuverleiben. Zu denen gehörte die Zahlmeisterin, deren Magd sich stets einzustellen pflegte, wenn er einen Delinquenten mit dem Schwert richten musste. Nur gut, dass sie so nah an der Frauentormauer wohnte, sonst wäre das Blut bereits erkaltet, bis sie es bekäme. In seltenen Fällen schleppte sich die alte Frau auch selbst hinaus zum Hochgericht. Er seufzte. »Ich kann Euch heute nur den lahmen Arm und das Bein mit Fett einreiben und Streifen von Menschenhaut um beide Gliedmaßen binden.«

»Aber Menschenfett!«

»Natürlich.« Gut, dass er bei der letzten Anatomierung einiges davon hatte gewinnen können. Er stand auf und führte sie ins angrenzende Behandlungszimmer, wo eine Pritsche für schwere Fälle bereitstand und er zudem seine Medizin aufbewahrte. Er ließ die Frau auf die Bank neben dem Kachelofen sinken, der aus der angrenzenden Küche befeuert werden konnte.

»Nehmt nur nicht zu viel, das ist ja teuer.«

Frantz unterdrückte ein Stöhnen. Wer sich so eine Perlenkette wie die um ihren Hals leisten konnte, musste wirklich nicht dauernd wegen des Preises feilschen. Mehr als zwanzig Pfennig würde sie vermutlich auch diesmal nicht zahlen wollen. Die Frau machte sich keine

Vorstellung, wie viel Arbeit die Gewinnung von Häuten und Fett bereitete.

Maria kam aus der Küche hinzu und reichte seiner Patientin einen Becher Schlagwasser, das aus destilliertem Rosmarin bestand und ihr tatsächlich Erleichterung bringen würde. »Soll ich helfen?«

»Nein, nein«, rief die Alte und nahm einen Schluck. »Meister Frantz macht das so gut.«

Frantz verkniff sich ein Grinsen, als seine Frau eine Augenbraue hob. Auch ein altes Weib wollte gelegentlich von Männerhänden berührt werden, und seine waren natürlich etwas ganz Besonderes, da sie die armen Sünder vor ihren himmlischen Vater und Richter brachten. »Bring mir bitte das Glas mit dem Fett, Maria.«

Die Zahlmeisterin schob bereits ihren Rock übers Knie und schlüpfte aus dem Schuh.

Frantz kniete nieder und hielt die Hand auf. Maria löffelte ihm ein wenig von der kostbaren Substanz in die Hand, und er roch daran. Frisch genug. Also begann er, das von dicken Adern durchzogene Bein einzureiben. »Wir brauchen dann auch noch einige Streifen Menschenhaut.«

Maria stellte das Glas ab und brachte ihm das Gewünschte. Er blickte zu ihr auf, konnte aber keine Regung in ihrem Gesicht ablesen. Über ein halbes Jahr waren sie nun schon verheiratet, aber seine medizinische Tätigkeit schien sie immer noch zu faszinieren – jedenfalls mehr als seine eigentliche Arbeit. Vielleicht hatte sie ihn nur zum Mann genommen, weil er auch Heiler war, und er hatte dazu beitragen können, ihre Schmerzen zu lindern.

»Wie wäre es mit diesem?« Sie hielt ihm einen besonders breiten Streifen hin.

Er nahm ihn. »Perfekt für die Wade.«

Seine Frau lächelte und suchte die anderen Stücke durch. Zwei an jeder Gliedmaße sollten reichen, um die Patientin wieder gelenkiger zu machen.

Den Oberschenkel rieb er bis knapp übers Knie ein. Die meisten Patientinnen ließen die Prozedur an diesen heiklen Stellen lieber von seiner Frau erledigen, aber bei der Zahlmeisterin dürfte er gewiss den ganzen Körper einreiben. Vor zwanzig Jahren wäre das vielleicht sogar angenehme Arbeit gewesen. Da er den Kopf gesenkt hielt, als müsse er sich auf das Bein konzentrieren, erlaubte er sich ein Schmunzeln. Nun noch den zweiten Hautstreifen, und er durfte sich dem schlaffen Arm zuwenden.

*

Allmählich beruhigte sich Kathis pochendes Herz von dem Schrecken. Trotzdem wollte sie dem Henker nicht noch einmal gegenübertreten müssen. Schnell lief sie zurück und über den Steg zum Fleischhaus hinüber. Allerdings drang wegen der Wärme heute bereits ein unangenehmer Geruch aus der daneben liegenden Schlachterei, der ihr auf den Magen schlug. Auf den Fleischbänken lagen allerdings herrliche Stücke. Ein Metzger zerteilte gerade eine Schweinehälfte. Hinter ihm hingen saftige Räucherschinken und Würste, doch sie fragte lieber erst gar nicht nach den Preisen, sondern ging weiter. Vielleicht konnte sie ja doch noch ein paar günstige Verschnittstücke bekommen, damit der Eintopf später etwas nach Fleisch schmeckte. Sie trat zu einem Mann, der neben Keulen und Bratenstücken auch eine Schüssel mit Schweineschwänzen auf dem Verkaufstisch stehen hatte. »Was kosten die Schwänze denn?«, fragte sie zaghaft.

Der Metzger blickte auf. »Ein Pfennig pro Stück.«

»Pro Stück?«, rief sie aus. Sonst bekam sie dafür zwei.

»Sind heute sehr begehrt.« Der Kerl grinste auch noch unverschämt.

Kathi schüttelte den Kopf und ging weiter. Sie hatte zwar genug Geld mitgenommen, aber bei so einer Ausgabe würde ihre Herrin schimpfen. Da fragte sie besser erst nach. Voller Sehnsucht blickte sie noch eine Weile auf die saftigen Stücke, die andere Leute kauften, dann wurde sie der Zeit gewahr und sputete sich, falls die Behandlung heute nicht so lange dauerte. Was der Nachrichter da oben in dem Brückenhaus wohl mit ihrer Herrin anstellte? Jedenfalls ging es ihr nach den Besuchen beim Henker immer besser. Zurück am Turm blickte sie hinauf und fragte sich, wie es drinnen wohl aussah. Sie hatte es noch nie gewagt, mit hineinzugehen. Vielleicht sollte sie es doch einmal tun, denn neugierig war sie ja schon.

Sie blickte aufs Wasser der Pegnitz, betrachtete die Entlein, wie sie munter umherschwammen und sich nicht um ihr tägliches Brot sorgten. Nur die Menschen taten das, dabei hatte Jesus doch gesagt, man solle sein Schicksal in die Hand Gottes, des Vaters, legen und es wie die Vöglein halten, die nicht säten und doch genug zu essen fanden. Kathi hatte allerdings weder ihren Vater noch ihre Mutter kennengelernt. Nur die Schafferinnen im Waisenhaus, und auch die bestellten kleine Gärten und hielten Kühe. Manchmal vermisste Kathi das regelmäßige Leben dort. Am meisten hatte es ihr gefallen, wenn sie die Milch austragen und in der Stadt herumlaufen durfte. So hatte sie auch die Zahlmeisterin kennengelernt, eine regelmäßige Abnehmerin der überschüssigen Milch des Findelheims. Und heute freute sich Kathi jedes Mal, wenn eine Waise ihnen eine Kanne Milch brachte. Nur an die Prügel in der Schule dachte sie nicht so gern zurück. Der Magister hatte kein Verständnis, wenn sie und ihre Mitschülerinnen doch lieber spielen und herumalbern wollten, statt Buchstaben zu lernen.

Die Entlein schreckten auf, als ein Schlachter einen Eimer mit Abfällen in den Fluss leerte. Beim Klang trappelnder Stiefel wandte sie sich um. Ein gut gekleideter Diener rannte geradewegs auf das Henkerhaus zu. Ob ein Verbrechen geschehen war? Sie schauderte und schlang die Arme um ihren Körper. Oh, bitte nicht! Es war zu schrecklich, wenn sie zu den Hinrichtungen gehen musste, um dem Löwen etwas Blut eines Geköpften abzukaufen, das er in einer Schüssel auffing.

Nur Augenblicke später stürmte der Nachrichter mit dem Diener aus dem Haus an Kathi vorbei, eine Tasche in der Hand. Oh, bestimmt brachte der ihn zu einem vornehmen Patienten, sonst wäre ein Stadtknecht gekommen, um ihn zu holen und ganz gemächlich, denn wer im Lochgefängnis saß, hatte bestimmt keine Eile, Meister Frantz zu sehen. ›Faules Pack, diese Stadtknechte!‹, hörte sie die Zahlmeisterin in ihrer Vorstellung ausrufen. Dabei fand Kathi die rot-schwarzen, geschlitzten Uniformen sehr stattlich.

Kathi ging zum Turm und stieg langsam die Treppe hoch. Zaghaft klopfte sie.

»Komm rein«, rief die Henkerin.

Sie drückte die Türe auf, wagte aber wieder nicht, über die Schwelle zu treten.

»Stell dich nicht so an, Kathi«, rief die Zahlmeisterin, die recht flott am Arm der Schmidtin durch eine Tür auf der anderen Seite in die Stube kam. Dieser erste Raum auf der Brücke sah recht gemütlich aus und so normal mit einer gepolsterten Sitzbank, zwei Stühlen und einem einfachen Tischchen. An einer Wand stand ein Regal mit allerlei Krügen, Töpfen und Schatullen. Auch ein paar Bücher konnte sie erspähen und ein Kabinett. Trotzdem blieb sie, wo sie war. »Ich hab Meister Frantz weggehen sehen, da wollte ich mal nachschauen«, sagte sie und knetete ihren Schürzenzipfel.

»Ja, er wurde zu einem Patienten gerufen«, erklärte seine Frau, die um einiges älter aussah als der Nachrichter. »Da habe ich noch schnell den Arm fertig eingeschmiert.«

Oh, von der Henkerin behandelt, ob das der Grund für die schlechte Laune ihrer Herrin war? Vermutlich.

Die Zahlmeisterin überreichte der Schmidtin zehn Pfennig. »So hab ich das mit Meister Frantz besprochen.«

Maria Schmidt betrachtete die Münzen in ihrer Hand und warf die Stirn in Falten, doch bevor sie etwas sagen konnte, schnaubte die Zahlmeisterin verächtlich und fuhr fort: »Ja, wenn ein Tucher oder Harsdörffer oder Pirckheimer ruft, kann unsereins schauen, wo man bleibt.«

Kathi übernahm den Arm der Zahlmeisterin und führte sie langsam die Stiege hinunter. Eigentlich hatte sie erwartet, dass die Behandlung viel mehr kostete, denn vor dem nächsten Besuch im Henkerhaus musste sie die verbrauchten Häute immer dem Apotheker verkaufen, der meist schon zwei oder gar drei Pfennig für jeden der vier Streifen zahlte. Am Ende kostete sie die Behandlung gar nichts?

»Und solche Leute wollen einem das Tragen von Perlen verbieten«, zeterte ihre Herrin weiter. »Merk dir, wenn der Nachrichter rennt, muss es ein Patrizier sein.« Die alte Frau giggelte. »Egal, ob das ehrenwerte Pelztier zur peinlichen Befragung einbestellt wird oder ihn ein Hühnerauge drückt.«

Da musste auch Kathi lachen. Gerne nannte ihre Herrin die Räte Pelztiere, weil sie sich Fellbesatz auf den Amtstrachten und als Futter für ihre Schauben erlaubten, was normalen Bürgern verboten blieb.

Die Zahlmeisterin tätschelte ihre Hand. »Bist ein gutes Kind, aber deine Angst vor dem Henker solltest du dir abgewöhnen. Meister Frantz ist viel besser, als sein Schwager es war.«

Besser in was? Nein, Kathi wollte lieber nicht fragen, ob sie den Arzt oder den Nachrichter meinte.

*

Max Leinfelder stand auf dem Wehrgang der Frauentormauer und schaute ins Land hinaus. Die Wache auf der Stadtmauer war für einen Schützen der Freien Reichsstadt Nürnberg die langweiligste Arbeit. Wer sollte schon wagen, sie anzugreifen, und auch noch am helllichten Tag? Trotzdem konnte er sich freuen, zum Dienst eingeteilt worden zu sein, damit er wenigstens etwas Lohn von der Stadt bekam. Für nächste Woche hatte ihm sein Hauptmann schon angekündigt, dass er ihn nicht brauchte. Vielleicht konnte er dann auf einer der Baustellen als Handlanger etwas Geld verdienen. Er schaute zwischen zwei Zinnen hinunter. Nach der Zwingeranlage kam die äußere Stadtumwallung, dann der trockene Graben. Auf ihn wirkte die Reichsstadt uneinnehmbar. Er blickte zum wuchtigen runden Turm am Spittlertor. Vielleicht dürfte er nie ein der Kanonen von dort abfeuern, aber das wäre auch besser so, sonst würde Gostenhof mal wieder zerstört, wie zuletzt im zweiten Markgrafenkrieg.

Von hinten hörte er Gemecker, das nicht aus dem Maul einer Ziege kam. Er drehte sich um und lugte auf die Stadtseite hinunter, trat ein paar Schritte weiter und spähte in die Lodergasse. Sieh an, die Zahlmeisterin mit der hübschen Kathi. Die Kleine hatte es auch nicht leicht mit ihrer mürrischen Herrin, aber es schien ihr nichts auszumachen. Grinsend strich er sich über den Bart, als er an den Zusammenstoß am Morgen dachte. Nächstes Mal würde er besser aufpassen, wen er umrannte. Vielleicht wäre sich die kleine Kathi nicht zu fein, einen Schützen zu heiraten. Töchter eines Handwerkers gaben sich nicht mit einem wie ihm ab, das hatten sie ihn nur allzu oft spüren lassen. Doch eine, die nicht einmal wusste, wer ihre Eltern waren …

Gerade ließ Kathi sich den Schlüssel geben und sperrte das Häuschen auf, während sich die Alte über den Hals strich. Oh, waren das etwa Perlen? Am Morgen waren sie ihm gar nicht aufgefallen. Dass die Witwe sich etwas so Kostbares leisten konnte! Man sagte, die matt schimmernden Kugeln kämen aus den Tiefen des Ozeans. Eines Tages wollte er auch übers Meer fahren, exotische Länder kennenlernen und fremdartige Schätze nach Hause bringen, ganz so wie Martin Behaim.

Kathi half ihrer Herrin auf die Stufe, dann warf sie einen Blick zur Mauer. Er winkte, doch sie schlüpfte schnell ins Haus. Ob die Kleine die Zahlmeisterin eines Tages beerben würde? Eher nicht, denn bestimmt gab's noch irgendwo Verwandte.

Trotzdem sollte er Kathi mal wieder abfangen, wenn sie alleine Besorgungen machte, und sich ein wenig mit ihr unterhalten. Sehr zutraulich war sie ja nicht gerade, aber hübsch und immer freundlich. Im Findelhaus wuchsen die Mädchen streng getrennt von den Jungen auf, deshalb war sie wohl so scheu. Auf dem Land oder auch hier in der Stadt war es dagegen ganz normal, wenn die Kinder gemeinsam spielten. Na ja, meist blieben die Buben auch unter sich, außer sie zogen die Mädels auf oder spielten ihnen Streiche. Natürlich wollten es ihnen die Mädels zurückzahlen. Bis mit zunehmendem Alter ganz andere Spielchen interessant wurden. Ob Kathi überhaupt schon mal die Stadt verlassen hatte?

Bisher hatte er sich eigentlich immer nur einen Spaß daraus gemacht, sie in Verlegenheit zu bringen, aber vielleicht könnte doch mehr daraus werden. Er grinste. Sie mussten ja nicht gleich heiraten und Kinder kriegen. Als Schütze konnte er sich auch das kaum leisten. Sie wurden ja nur bezahlt, wenn es auch Arbeit gab.

In Gedanken noch bei einem Stelldichein mit ihr drehte er sich wieder der Welt draußen zu. Linker Hand konnte er den Galgen ausmachen, aber noch baumelte daran kein Vogelfutter. Genau genommen hatte es schon lange keine Hinrichtung mehr gegeben. Die Letzte musste im April gewesen sein, und heute begann der August. Schon morgen ginge es den im Loch einsitzenden Landsdieben an den Kragen. Mit denen hatten die Stadtknechte einen wirklich guten Fang gemacht. Da musste er kichern. Mit Spitznamen wie Zähneblecker, Pfaffenliendtel und Darm würden die drei den Nürnbergern wohl noch lange im Gedächtnis bleiben.

Grausame Entleibung

Ein heftiges Pochen an der Haustür ließ Kathi zusammenfahren. Welcher Besucher mochte so ungestüm sein? Sie eilte zur Tür, riss sie auf und blickte ins grimmige Gesicht der Margaretha Beckin.

»Na endlich macht mir jemand auf! Wo ist deine Herrin?« Die Bürgerin schob sich hoch erhobenen Hauptes an ihr vorbei ins Haus. »Ich hab zwar gesagt, dass ich morgen vorbeikomme, aber da ist ja Hinrichtung. Wer weiß, ob ich da Zeit habe.«

»In der guten Stube, aber …« Kathi verstummte, da die unhöfliche Person einfach losmarschierte, ohne hereingebeten worden zu sein. Zum Glück würden die Landsdiebe aufgehängt und nicht geköpft, sonst müsste sie zur Richtstätte hinausgehen und frisches Blut holen.

Langsam folgte sie, um zur Stelle zu sein, falls ihre Herrin der Beckin eine Erfrischung anbieten wollte. Als sie den Kopf zur Tür hineinsteckte, saßen die beiden Frauen am offenen Fenster, um das Treiben auf der Straße zu beobachten. Oh, die Schlitze in den Holzläden müssten sie auch bald wieder mit geöltem Papier oder Leinenfetzen verdecken, damit es nicht so auskühlte und doch noch etwas Licht hereinfiel. Wenn sie sich doch nur Butzenscheiben leisten könnten!

Die Beckin warf ihr einen unwilligen Seitenblick zu, sagte aber nichts. Der Kontrast zwischen den beiden Frauen könnte nicht stärker zu Geltung kommen, als in diesem Moment. Das Licht der Abendsonne betonte die edlen Züge der Beckin, die hohen Wangenknochen, dunklen Augen und vollen Lippen. Neben ihr wirkte ihre Herrin noch verwelkter, erschlaffter.

»Gib mir noch ein paar Tage, Margreth«, jammerte die Zahlmeisterin. »Sonst muss ich hungern.«

Und ich auch, dachte Kathi. Am Ende müsste sie von den paar Groschen, die sie mit ihren Stickarbeiten verdiente, noch ihre Herrin durchfüttern.

»Du bist mir das Geld jetzt schon so lange schuldig, und jedes Mal erzählst du mir dieselbe Geschichte. Dabei kriegst du doch Almosen von der Stadt, seit sie den Christoffel hingerichtet haben.«

»Gott hab ihn selig.«

»Ts, das sagst du immer, dabei hast du ihn selbst angezeigt. Der arme Christoffel hat bestimmt gar nichts mit deiner Erkrankung zu tun gehabt.«

»Natürlich hat er das, er hat mir die Milch gebracht und für sich Bier eingeschenkt, dann hab ich mir die Seele aus dem Leib gespien. Die war vergiftet«, raunte sie. Dann sah sie zu Kathi und krächzte vernehmlicher: »Ich bin als Krüppel wieder aufgewacht.«

»Pah, Gott hat dich gestraft«, zischte die Beckin.

War das möglich? Kathi wurde ganz anders. Hatte die Zahlmeisterin wirklich ihren Mann angezeigt, und damit Gottes Zorn so arg heraufbeschworen? Sie protestierte jedenfalls nicht. Das war unheimlich.

»Wenn du mir deine Kette gibst, sind die Schulden getilgt, und du kriegst von mir zehn Gulden.«

Wild schüttelte ihre Herrin den Kopf, dass sich der Knoten in ihrem Nacken löste. »Nein, nicht mal für zwanzig. Das ist doch das Einzige, was mir von meinem verkommenen Mann – Gott hab ihn selig – geblieben ist.«

»Igitt.« Die Beckin beugte sich vor. »Du hast ja den Kopf voller Läuse. Wo hast du dir die denn wieder eingefangen?« Sie blickte zur Tür und funkelte Kathi böse an. »Du taugst auch zu nichts.« Kopfschüttelnd begann sie, an den Haaren der Zahlmeisterin zu zupfen und das Ungeziefer zwischen ihren Fingernägeln zu zerquetschen.

Da verzog sich Kathi lieber in die Küche. Läuse aussuchen, das hasste sie. Allerdings hatte sie heute Morgen noch keine gesehen, als sie die Zahlmeisterin zurechtmachte, sonst hätte sie sich schon überwunden. Die kamen immer wieder, wenn man auch nur eine Nisse übersah. Aber es erstaunte sie gar sehr, dass die vornehme Beckin nicht davor zurückscheute, ihrer Freundin diesen ekligen Gefallen zu tun. Was die beiden Frauen wohl verband? Diese Frage hatte sie sich schon oft gestellt.

In der Küche fiel ihr Blick auf die zwei Körbe mit Kirschen, die sie bereits am Brunnen im Hinterhof gewaschen hatte. Nun mussten sie noch entsteint werden. Der erste Topf Marmelade simmerte schon auf dem Herd. Da sie sehr aufs Geld achten mussten, wenn sie über die Runden kommen wollten, durften die Kirschen, die die Nichte der Zahlmeisterin aus Mögeldorf in die Stadt gebracht hatte, nicht verderben. Mit Nähen konnte die alte Frau kein Geld mehr verdienen, weil ihre linke Hand so lahm war. Doch mit der Rechten konnte sie noch einfache Flickarbeiten ausführen und natürlich Kathi Anleitungen geben, wie es zu machen war. Ihr Mann, der Schneider, hatte ihr ja einiges beigebracht, und nun gab sie ihr Wissen an Kathi weiter. Das war ihr sehr willkommen. Vielleicht könnte sie selbst eines Tages vom Nähen leben und dabei die Kleidung mit den schönsten Stickereien verzieren, die sie im Findelhaus gelernt hatte.

In der dampfigen Küche lief ihr alsbald der Schweiß über die Stirn, obwohl die Holzläden des Fensters weit offen standen. Während sie die reifen Früchte aufschnitt, hörte sie Geschrei auf der Straße. Kathi spähte aus dem Fenster. Da zankten sich zwei Nachbarinnen und ein Stadtknecht schien sie noch anzustacheln. Hatten die Leute nichts Besseres zu tun, als einander das Leben schwer zu machen? Ein Kohlenwagen ratterte vorbei, und die zänkischen Weiber mussten aus dem Weg treten.

Oh, die nächste Kirsche war wurmig. Angewidert warf Kathi sie in den Eimer.

»Ich bin dann fort«, tönte es aus dem Hausflur. »Wir sehen uns nächste Woche, Christel.«

Kathi atmete auf. Das war ein kurzer Besuch, und er war diesmal anscheinend ohne größeren Streit abgegangen, oder sie hatte ihn bei all dem Lärm auf der Straße nicht mitbekommen. Aber was wollte die Beckin nächste Woche schon wieder hier? Wahrscheinlich hatte die Zahlmeisterin sie noch einmal wegen des Geldes vertrösten können. Weil sie schon eine kleine Schüssel Kirschen beisammenhatte, naschte sie eine der süßen Früchte zur Belohnung. Ihre Hände waren ganz rot vom Saft. Als sie die nächste Schüssel gefüllt hatte, waren immer noch viele Kirschen übrig. Kathi seufzte.

Vielleicht sollte sie mal nachschauen, ob ihre Herrin etwas brauchte, vor allem fragen, ob sie nicht ein paar Kirschen essen wollte, dann hätte Kathi weniger Arbeit. Sie ging in die gute Stube. »Zahlmeist -«

Vor Schreck blieb sie wie angewurzelt stehen. Ihre Herrin lag am Boden, auf die lahme Seite gestürzt, und blutete aus einem Loch im Kopf. Da rannte sie zu ihr, wusste aber nicht, was sie tun sollte. Wer konnte das getan haben? Das Fenster stand offen. War ein Mörder da hereingeklettert? Ein Schopf struppiger Haare tauchte vor dem Fenster auf, dann ein schmutziges Gesicht mit kohlrabenschwarzen Augen. Als sich ihre Blicke trafen, machte sich der Kerl schnell aus dem Staub. Konnte das der Mörder gewesen sein? Aber warum sollte der noch einmal hereinlugen?

Kathi wagte nicht, das kleine Messer wegzulegen, aber vielleicht brauchte sie es noch zu ihrem Schutz. Sie kniete sich hin und drehte die Zahlmeisterin vorsichtig auf den Rücken. Die Augen blickten starr, der Mund stand offen. Kathi schluchzte auf. Nein! Sie hatte doch sonst niemanden. Entsetzt sprang sie auf, sah sich im Zimmer um. Der Mörder könnte ja noch hier sein! In der Ecke erblickte sie die kleine Hacke, die sie zum Spalten des Ofenholzes benutzten, wenn zu große Klötze darunter waren, doch die Zahlmeisterin hatte sie gern griffbereit – falls ein Ratz sie auffressen wollte, behauptete sie immer. Kathi trat näher. Blut und Haare klebten an der Klinge. Die grausige Tat musste damit vollbracht worden sein, doch Kathi war allein mit der toten Frau im Haus. Sie musste Hilfe holen! Der Stadtknecht auf der Straße! Außer sich rannte sie in den Flur und erschrak noch schlimmer vor einer finsteren Gestalt in der halb geöffneten Tür. »Was? Wer? Tut mir nichts!«, flehte sie und streckte das Messer vor.

»Ich hab was vergessen.«

Als Kathi die Stimme der Beckin erkannte, ließ sie die angehaltene Luft entweichen. Die Frau wusste bestimmt, was zu tun war. Kathi stammelte: »Die Herrin. Jema-mand ha-hat sie erschlagen.«

»Was? Das gibt's doch nicht! Ich war doch vorhin bei ihr.«

Kathi wich vor der großen Frau zurück in die gute Stube.

»Was hast du getan, du undankbarer Findling!«, keifte die Beckin.

»Ich?« Man würde ihr die Schuld geben. Der Nachrichter ... Das Loch ... Vor Angst überschlugen sich ihre Gedanken, bis nur noch einer in ihrem Kopf Platz hatte: Sie musste weglaufen! Durch die Tür kam sie nicht, denn die war von der Beckin versperrt, die ihr feindlich gesonnen war. Sie wirbelte herum und rannte zum Fenster, raffte den Rock und sprang hinaus. Dabei landete sie auf einem Steinbrocken und knickte mit dem Fuß um. Das Messer entglitt ihr vor Schmerz. Hände packten sie. Ächzend richtete sie sich auf und sah eine schwarzweiße Schützenuniform. Kathi gefror das Blut in den Adern. Sie wagte nicht, ihm ins Gesicht zu blicken. Warum mussten die Schützen nur in der Lodergasse ihre Unterkunft haben?

»Willst wohl durchbrennen, Kathi. Brauchst du noch einen Bräutigam?«

Die Stimme kannte sie. Langsam hob sie den Kopf. Der Max! Was drückte der sich gerade jetzt hier herum?

»Mord! Heimtückischer Mord!«, schallte es aus dem Haus.

Kathi riss sich los und rannte, als wäre der Leibhaftige hinter ihr her. Wenigstens tat der Knöchel nicht sehr weh.

»Halt sie fest, du Dummkopf!«, brüllte die Beckin. »Sie hat ihre Herrin erstochen.«

»He, Kathi, warte!«, rief er ihr hinterher.

Bestimmt nicht! Er würde sie verhaften und ins Loch stecken. Nur wohin sollte sie flüchten? Zurück ins Waisenhaus unter die warmen Fittiche der Findelmutter? Doch wenn eine der Schafferinnen sie dort fand und sie dem Findelvater verriete! Kathi meinte schon, den Fußtritt zu spüren, mit dem der harte Mann sie hinausbeförderte. Für ihn musste alles seine Ordnung haben. Eine Ehemalige zu verköstigen kam nicht infrage, schon gar keine vom Rat Gesuchte. Außerdem würde man sich im Heim wohl als Erstes nach ihr erkundigen.

Während sie um die Ecke bog, keifte die Beckin immer noch auf die Straße hinaus. Nach Luft ringend hielt Kathi zwei Straßenzüge weiter inne. Die Zahlmeisterin war tot! Erst jetzt wurde ihr das richtig bewusst. Wer konnte ihrer Herrin nur so etwas Schreckliches angetan haben? Tränen liefen ihr übers Gesicht. Ein Schwein kam langsam näher, die Schnauze in die Luft gereckt. Da hörte sie hinter sich Stiefelsohlen aufs Pflaster schlagen. Sie warf einen schnellen Blick über die Schulter. Oh nein, Max verfolgte sie! Schnell rannte sie weiter. Was musste er sich auch vor dem Fenster herumdrücken! Oder ... hatte er vielleicht den Mörder herausspringen sehen? Dann könnte er ihr helfen. Sie wurde langsamer. Durfte sie das riskieren?

»Grüß dich, Kathi!«, rief eine alte Frau, der sie auch oft Milch gebracht hatte. »Groß bist geworden.«

»Ja«, keuchte sie und rannte weiter.

Als sie schon halb das Frauentor erreicht hatte, hörte sie, wie Max wieder ihren Namen brüllte. Bestimmt würde er den Torwächtern zurufen, sie aufzuhalten.

Sie war zu langsam, er holte sie gleich ein! Außer sich vor Angst sah sie sich nach einer Fluchtmöglichkeit um. Sie musste weg aus der Stadt, wo sie jeder kannte. Doch was konnte sie sich außerhalb der Mauern erhoffen? Selten war sie zu einem der Stadttore hinausgegangen, und stets waren ihr die fremden Dörfer und die Natur als bedrohlich erschienen. Sicherheit verhießen nur die Mauern Nürnbergs. Jenseits davon erwartete sie nichts als ein noch ungewisseres Schicksal. Sie blieb stehen, hielt sich die Seite und drehte sich zu dem jungen Schützen mit der kecken Stupsnase um.

Auch Max ging nun langsamer. Das war gut, er hatte schon genug Aufsehen erregt. Wenn ein Schütze durch Nürnberg rannte, bedeutete es fast immer Ärger. Kathi spürte die feuchten Tränenspuren auf ihrem Gesicht und wischte sie hastig weg.

Jetzt hatte Max sie erreicht, nahm ihren Arm und schob sie in eine schmale Gasse, aus dem Sichtfeld neugieriger Passanten und der Torwächter. »Was ist passiert, Kathi? Wo willst du hin?«

Sie schluchzte. »Die Zahlmeisterin ist erschlagen worden. Ich hab sie gefunden und bin weggelaufen, weil mich die Beckin beschuldigt hat.« Ob er auch glauben würde, dass sie ihre Herrin umgebracht hatte?

»Das müssen Einbrecher gewesen sein«, sprach er zu ihrer großen Erleichterung. »Von dem Gelichter gibt es immer wieder besonders Dreiste. Hast du jemanden gesehen?«

Kathi schüttelte den Kopf. »Nein. Ich hab niemanden in der Stube gesehen, bis die Beckin zurückgekommen ist, aber da lag die Herrin schon erschlagen auf dem Boden. Aber ein schmutziger Kerl hat zum Fenster reingeschaut. Hast du niemanden rausklettern sehen?«

Er senkte den Kopf und schüttelte ihn langsam. »Nur dich. Hm, ich hab allerdings einen zerlumpten Kerl aus der Lodergasse laufen sehen. Schwarze Haare, dunkle Augen, rußiges Gesicht?«

»Genau, so hat er ausgesehen. Ob der sie umgebracht hat?«

»Ich weiß nicht recht, er sah eher aus, als würde er vor dem Armenvogt davonlaufen. Vielleicht hat er ohne Erlaubnis gebettelt. Der Vogt kam die Lodergasse entlang, unmittelbar bevor du mir vor die Füße gefallen bist.

Oh, Herr im Himmel, erbarme dich meiner, flehte sie im Stillen. »Man wird mich für die Mörderin halten, sonst war ja niemand da. Und ich hab auch keine Familie, die für meinen guten Leumund zeugen könnte.« Sie schluchzte auf. »Nur die Zahlmeisterin hätte das tun können. Und die Findeleltern werden schwer von mir enttäuscht sein.« In ihrer Verzweiflung packte sie ihn am Arm. »Max, was kann ich nur tun?«

Er rieb sich mit der freien Hand über die Stirn. »Das sieht wirklich nicht gut aus, aber wenn du fliehst, dann machst du dich nur umso mehr verdächtig. Komm lieber mit mir zum Viertelmeister, Kathi, dann können wir die Tötung melden und der Sache auf den Grund gehen.«

Da fragte sie sich, warum Max sie nicht verhaftete. Ihr Herz krampfte sich zusammen. Er war stark und könnte sie ohne Anstrengung zum Loch schleifen. Anscheinend wollte er ihr wirklich helfen, hielt sie für unschuldig. »Ich hab solche Angst, Max. Meister Frantz wird mich foltern, und dann gestehe ich bestimmt alles, was sie hören wollen. Ich muss weg hier.«

»Wohin? Du kennst doch niemanden außerhalb Nürnbergs, oder? Willst du dich in den Wald schlagen und einer Räuberbande als Hure anschließen, bis du am Galgen endest? Hast du überhaupt schon mal die Stadt verlassen?«

Sie ließ den Kopf hängen. Er hatte ja recht. Blonde Strähnen lösten sich aus ihrem Zopf und fielen ihr ins Gesicht. Sie strich sie hinters Ohr. »Ich hab solche Angst«, flüsterte sie wieder.

Max schnaufte hörbar durch. Was konnte er auch sonst tun? Sie hätte einfach weiterlaufen sollen, bis ans Ende der Welt, an den Ozean, hätte sich vielleicht auf ein Schiff schleichen können und in neue Welten segeln. Nur – in welcher Richtung lag das Meer?

Max nahm ihre Hände in seine. »Was ist das? Kein Blut, oder?«

Sie sah auf und lächelte zaghaft. »Kirschen.«

Da musste er lachen. »Gut, ich dachte schon …«

Entsetzt riss sie die Augen weit auf. »Sogar du glaubst–«

»Nein!« Er zog sie in seine Arme. »Nein, Kathi. Ich würde dir so eine Schandtat niemals zutrauen.«

Kathi genoss seine Nähe, sogar den Geruch seines Schweißes. Schon lange hatte sie niemand mehr tröstend festgehalten. Könnte es doch immer so sein! Dabei hatte er sie sonst immer wie ein dummes Ding behandelt und geneckt, wenn sie … Oh, diese Zeiten waren nun vorbei. Sie musste sich auf die Gefahr konzentrieren, in der sie schwebte, statt Träumereien nachzuhängen. Einer peinlichen Befragung konnte sie nicht standhalten, und für schuldig musste man sie halten, wenn Max sonst niemanden gesehen hatte. Sie löste sich ein wenig von ihm, hob den Kopf und sah ihm ins sonnengebräunte Gesicht. »Wie lange warst du schon in der Lodergasse, als ich aus dem Fenster gesprungen bin?«

Er zog die Augenbrauen zusammen und zuckte die Schultern. »Nur einen Augenblick. Weißt was? Ich bring dich in ein Versteck, und dann schau ich, was ich herausfinden kann. Könnte schließlich sein, dass jemand anders den Mörder gesehen hat. Vielleicht sogar der Bettler, und das war der Grund, warum er zu euch reingeschaut hat.«

Ja, das würde die Neugier des komischen Kauzes erklären. Sie schmiegte sich wieder eng an Max. Würde er sie doch nie wieder loslassen! Aber er hatte recht, hier durfte sie nicht bleiben. Man suchte sie bestimmt schon. »Wo könnte ich mich denn verstecken?«

Er schnaubte, und sein Atem kitzelte ihr Ohr. »Jedenfalls nicht in meiner Kammer im Schützenhof.«

Kathi entfuhr ein Lachen. »Bestimmt nicht.« Sich im größten Quartier der Schützen auf der Sankt Lorenzer Seite der Stadt zu verstecken, wäre wirklich dumm.

»Obwohl …« Max kratzte sich die stoppelige Wange. »Da ist jetzt niemand. Alle werden dich suchen, aber bestimmt nicht dort.« Er fasste sie an den Schultern, schob sie ein Stück von sich und lächelte sie an.

Kathi konnte nicht fassen, was er da sagte. Ausgerechnet im Zimmer eines Schützen sollte sie sich verstecken? Aber Max hatte schon recht, das wäre bestimmt der letzte Ort, an dem man sie vermutete. Auch sie brachte ein Lächeln zustande, und er zog sie mit sich fort ins

Pfeiffergässlein, wo sie kaum jemanden sahen außer Handwerker in ihren Werkstätten, und die schenkten ihnen keine Beachtung. Auf Umwegen brachte er sie von der anderen Seite in die Lodergasse zurück. Sie hielt sich dabei dicht hinter ihm und spitzte immer wieder an ihm vorbei auf die Menschenmenge, die vor dem Haus der Zahlmeisterin zusammengelaufen war.

»Nicht so auffällig«, brummte Max, bevor er sie durch das Tor zum Schützenhof schob. »Falls uns doch jemand begegnet, hab ich dich gerade verhaftet.«

Kathi stockte der Atem. Was, wenn er genau das vorhatte? Sie verhaften ... Am ganzen Körper zitternd folgte sie ihm durch die Doppeltüre in das unwirtliche Gebäude. Zu ihrer Erleichterung lief niemand in den Gängen oder auf der Treppe zum ersten Stock herum. Max bewohnte dort gleich das zweite Zimmer. Schnell huschten sie hinein, und Kathi atmete tief durch. Er wollte sie wirklich nur verstecken.

»Lange kannst du natürlich nicht dableiben. Bald ist hier wieder einiges los.«

Sie nickte und sah sich in dem kargen Zimmer um: schmale Pritsche, kleiner Tisch und ein Stuhl. Eine schlichte Holztruhe hatte er auch. Da war wohl seine Kleidung drin. Auf dem Tisch stand eine Schüssel mit Äpfeln, daneben lag ein Kanten Brot.

Max trat zu ihr und rieb ihr über den Rücken. Kathi ging es durch und durch. So war das also, wenn sich Mann und Frau nahekamen. Aber das durften sie doch nicht!

»Halt dich ganz still«, sagte er, und einen Moment verstand sie nicht, was er vorhatte. »Wenn jemand anklopft, rühr dich nicht.« Er schob sie zum Stuhl, und sie setzte sich. Er sah blass aus, und auf seiner Stirn perlte der Schweiß. Bestimmt bereute er schon, sie mitgenommen zu haben. Gleich würde er sie allein lassen. Seine brauen Locken klebten am Kopf, als er die Kappe abnahm und sich neben sie auf die Truhe setzte. »Kathi, mach keine Dummheiten. Bleib hier, während ich mich umhöre. Du kannst in meinem Bett schlafen, wenn du müde bist. Was zu essen ist auch noch da. Versprich mir, dass du nicht wegläufst.«

Sie brachte keinen Ton heraus, fiel ihm einfach um den Hals und klammerte sich an ihn. Sein Bart war schön weich, fühlte sich so behaglich an. Als er ihren Hals küsste, lief ihr ein wohliger Schauder über den Rücken, und sie wollte ihn nie mehr loslassen. Da schreckte sie zurück und sprang auf. Was tat sie hier, allein mit einem Mann in seiner Wohnung? »Nein, bitte nicht, ich bin doch keine ...«

Max erhob sich und zeigte ihr seine leeren, kräftigen Hände. »Verzeih. Du bist schön, und ich mag dich sehr. Hab keine Angst, ich werd dir nichts tun.« Er schmunzelte. »Außer du bittest mich darum.«

Auch Kathi musste jetzt lächeln. Wie es wohl wäre, sich diesem Mann, ihrem Beschützer, hinzugeben? Sie wusste so wenig darüber, was zwischen Männlein und Weiblein im Ehebett geschah.

»Ich geh dann mal und hör mich um. Der Hauptmann wird sich vielleicht schon fragen, wo ich abgeblieben bin.«

Kathi nickte. »Ich werd auf dich warten.«

Er ging zur Tür, öffnete sie und lugte hinaus, dann lächelte er ihr noch einmal zu.

»Halt!« Sie sprang zu ihm. »Was mache ich, wenn jemand hereinkommt?«

Von draußen drangen aufgebrachte Stimmen in die Kammer.

Er kratzte sich den Bart. »Das darf nicht passieren. Ich muss dich einsperren.«

Der Schreck fuhr ihr in die Glieder. Max hatte sie doch hereingelegt, wollte sie verraten!

»Mach dir keine Sorgen, ich komm bald zurück und hol dich.« Er küsste sie auf die Wange.

Kathi konnte nur nicken. Sowie er die Tür hinter sich geschlossen und abgesperrt hatte, stürzte sie zum Fenster auf der anderen Seite des schmalen Raums. So tief ging es da hinab! Ohne Strick könnte sie nicht hinunter. Und wenn sie sprang? Damit würde sie sich Folter und Hinrichtung ersparen. Nein, aus dieser Höhe würde sie sich nur die Beine brechen und Meister Frantz Arbeit abnehmen, falls er sie rädern sollte.

Flennend sank sie auf den Stuhl. Sie war verloren. Was für eine dumme Gans sie doch war, Max einfach zu vertrauen, obwohl er sich heute Morgen noch so flegelhaft benommen hatte, sich gar vorzustellen, dass er sie zum Weibe nahm. Er war ein Schütze. Was konnte man von so einem schon erwarten? Wie oft hatte die Zahlmeisterin das oder Ähnliches gesagt, um sie zu warnen. Hatte sie denn gar nichts von ihrer Herrin gelernt? Da überkam sie auch noch die Trauer um die grantige Frau, die zu ihr immer gut gewesen war.

Kathi schluchzte, bis sie draußen vor der Tür Schritte hörte. Max? Sie verstummte. Auf Zehenspitzen schlich sie näher und lauschte. Nein, da öffnete jemand eine andere Tür.

Stumm und still sank sie auf den Stuhl und schloss die Augen. Sofort sah sie wieder die Zahlmeisterin in ihrem Blut da liegen. Furchtbar! Vielleicht hatte die Beckin jemanden ins Haus gehen sehen – den Mörder? Aber sie war ja schon ein Weilchen weg gewesen. Trotzdem musste sie das Max erzählen … Ach nein, er käme bestimmt mit Stadtknechten zurück, um sie zum Nachrichter ins Loch zu schaffen, wo sie unter grausigen Schmerzen alles erzählen würde, was sie wusste, und mehr. Meister Frantz hatte heute so grimmig dreingeschaut, weil sie seine Anrede nicht erwidert hatte. Bestimmt nahm er ihr das übel. Henker waren doch auch nur Menschen. Oder nicht? Nein, ein normaler Mensch tötete nicht so viele Leute oder folterte sie. Kathi graute so sehr vor dem, was Meister Frantz ihr antun würde, dass sie wieder aus dem Fenster blickte. Wenn sie mit dem Kopf voraus sprang? Doch falls sie den Sturz überlebte, erginge es ihr vermutlich noch übler.

*

Max stiefelte so gelassen, wie er nur vortäuschen konnte, zum Haus der Zahlmeisterin, das immer noch von einem kleinen Menschenauflauf belagert wurde. Neugierige, Bürger, Stadtknechte und Schützen standen herum und redeten. Als er sich zu Michel Hasenbart, einem der Stadtknechte gesellte, den er gut kannte und mochte, wurde der Leichnam auf einer Trage herausgebracht.

»Weiß man schon, wer's getan hat?«, fragte Max möglichst unbeteiligt.

Michel drehte sich zu ihm um. »Bestimmt ihre Magd, die Kathi. Sonst war ja niemand da. Die suchen wir jetzt überall. Die kennst du doch auch, oder? Wenn du sie siehst, bring sie sofort ins Loch.«

Er hustete und nickte. »Freilich, ich wohn ja in derselben Straße. Die Torwächter wissen Bescheid, haben eine Beschreibung der Magd?«

Michel legte den Kopf schief und schob den Unterkiefer zur Seite, bevor er sagte: »Du hältst uns wohl für blöd?«

»Euch? Niemals.« Er grinste, um sich seine Angst nicht anmerken zu lassen. »Wer bin ich denn, dass ich mich so was trauen würde?«

Michel lachte. »Ist auch besser so. Kommst du später in der Fetten Gans vorbei?«

»Zum Neubauer gehst du? Na ja, ihr verdient ja auch viel besser als wir Schützen. Na, dann kannst du mir wenigstens einen Becher Wein ausgeben.« Falls man die Magd bis dahin nicht bei ihm entdeckt hatte und er mit ihr gemeinsam ins Loch gewandert war. »Aber sag mal, die Kathi ist doch so ein junges Ding, die könnte doch nicht einfach ihre Herrin erschlagen.«

Michel schnaubte. »Mit der Hacke auf den Hinterkopf? Das schafft sogar ein Kind, und die Kathi ist bestimmt schon über zwanzig.«

»Oh, hab sie für jünger gehalten.« Er wusste überhaupt verdammt wenig über das Mädel. Trotzdem wollte er nicht, dass ihr seinetwegen etwas zustieß. Hätte er sie mal laufen lassen. Aber wohin hätte sie schon gehen können?

»Übrigens ist ihr einer aus deinem Haufen nachgesetzt. Vielleicht ist sie längst verhaftet worden.«

Heißer Schreck durchzuckte ihn. Er war gesehen worden? »Wer war's denn?«, würgte er gegen den Kloß in seinem Hals hervor.

»Keine Ahnung, frag deine Kumpel.«

Hoffentlich hatte ihn niemand erkannt. »Und was machst du hier?«

Michel zuckte mit den Schultern. »Aufpassen, dass die Leute ruhig bleiben.«

Da trat der Nachrichter Frantz Schmidt aus dem Haus. Wie die meisten anderen Leute wich auch Max einen Schritt zurück. Dem Mann, der im Auftrag des Rats Verbrecher peinlich befragte und sie schließlich richtete, wollte niemand zu nahe kommen. Hoch erhobenen Hauptes schritt der Unehrliche hinter den Leichenträgern her. Max flüsterte Michel zu: »Was hat der denn hier zu schaffen?«

»Sich die Leiche anschauen, die Wunde begutachten und nach weiteren suchen, weil die Kathi wohl ein Messer in der Hand gehalten hat. Den Nachrichter müssen sie nicht extra zahlen, einen Medicus dagegen schon.« Der Stadtknecht schmunzelte völlig unangebracht. »Nee, der vereidigte Wundarzt ist nicht in der Stadt. Vielleicht sollte Meister Frantz sogar nachschauen, ob mit der Witwe Unzucht getrieben wurde. In dem Fall wäre Kathi natürlich unschuldig.«

Max schnaubte. »Die war doch alt und verkrüppelt.«

»Na und? Letztens wollten ein paar Zechbrüder eine Siebzigjährige besteigen.«

»Du verscheißerst mich doch!«

»Stimmt aber. Und wer weiß, vielleicht hätt's ihr sogar gefallen. Muss ja schon ein Weilchen her sein, dass zum letzten Mal einer bei ihr gelegen ist.« Michel zwinkerte ihm zu, doch Max wurde übel bei der Vorstellung.

Hinter ihm raunte eine Frau: »Erstochen hat's die Zahlmeisterin und ist aus dem Fenster gesprungen.«

»Wer?«, fragte eine heisere Männerstimme.

»Die Kathi.«

»Aus'm Findelhaus?«

Max zog die Schultern hoch und folgte der Prozession von Leichnam, Nachrichter und Stadtknechten. Die Magd der Zahlmeisterin kannten in der Stadt viel zu viele Leute. Vielleicht könnte er sie nachts nach Fürth bringen, wo sich drei Herren um die Gerichtsbarkeit stritten: der Markgraf von Ansbach, der Bamberger Bischof und die Stadt Nürnberg.

Nachrichten für den Nachrichter

Frantz schlenderte von der Sankt Sebalder Seite der Stadt vorbei am Fleischhaus, aus dem ein Bursche einen Schweinskopf trug, und weiter zur alten Holzbrücke, um den Pegnitzarm zu überqueren. Zu gern wäre er dabei, wenn der Mann das Hirn des Tiers herausholte, um es zu verkochen. Noch lieber würde er allerdings den Schädel der Zahlmeisterin öffnen, um der Ursache ihres Gebrechens nachzuspüren. Bestimmt war es eine Apoplexie gewesen, doch deren Auswirkungen auf das Gehirn kannte er nur aus Büchern, hatte sie noch nie selbst gesehen. Schließlich verübten Schlaganfallpatienten selten Verbrechen und wurden zum Tode verurteilt. Selbst dann müsste er das Glück haben, dass ihm der Rat den Körper zur Anatomierung überließ. Auf dem Säumarkt packte der Abdecker Reichelt gerade ein verendetes Schwein auf einen Leiterwagen. Da wollte wohl jemand den Schlachtern ein krankes Tier unterschieben. »Guten Abend, Meister Frantz.« Er zog den Karren näher. »Morgen geht's mit Eurem Geschäft auch wieder aufwärts.«

Frantz nickte. »Ja, morgen geht's hoch hinauf auf den Galgen.«

Der Mann gönnte sich nicht einmal ein Grinsen. »War unheimlich ruhig, die letzten Wochen. Da fragt man sich, was bald Schlimmes passieren mag. Und heute ist es geschehen.«

Frantz wollte ihm schon sagen, dass ständig und überall fürchterliche Dinge geschahen, aber er musste ihm ja nicht auf die Nase binden, dass er erst letzte Woche in Hiltpoltstein einen Mann gehenkt hatte, und davor in Bierbaum zwei. Einen dritten hatte er dort mit dem Rad richten müssen. Keine angenehme Aufgabe. Eigentlich mochte er es, wenn er von einer anderen Stadt oder Ortschaft angefordert wurde, weil er mal wieder aufs Land rauskam, aber manchmal musste er dann die ganze Verantwortung und Arbeit übernehmen: Verhöre, Schuldfeststellung und Hinrichtung. Da war es ihm schon lieber, wenn die Lochschöffen ermittelten und der Rat unter Einbeziehung der in Italien juristisch ausgebildeten Konsulenten das Urteil fällte.

Jetzt feixte der Abdecker. »Gut für Nürnberg, wenn der Nachrichter auf der faulen Bärenhaut liegen kann. Dann seid Ihr morgen auch gut ausgeruht.«

Frantz nickte und ging weiter zum Henkerhaus.

»Vielleicht bringt die diebische Mörderin ja noch mehr Leute um«, rief ihm Reichelt hinterher. »Ich bin froh, dass es bei mir nichts zu holen gibt.«

Nur wenige Menschen wagten es, ein Schwätzchen mit ihm zu halten, deshalb drehte Frantz sich doch noch einmal um.

»Ihr habt doch bestimmt gehört, dass die Zahlmeisterin erstochen worden ist?«, fragte Reichelt.

Zwar hatte Frantz dem Stadtrat Verschwiegenheit geschworen, doch eine Richtigstellung von Gerüchten durfte er sich erlauben. »Ja, ich hab mir die Leiche angeschaut, aber sie ist erschlagen worden.« Verhaftet hatte man allerdings noch niemanden, also gab's erst mal keine weitere Arbeit für ihn.

»Wer war's denn?« Reichelt drehte den Leiterwagen herum und kam näher. »Wirklich die Kathi?«

»Weiß man noch nicht, aber vielleicht kriege ich bald noch mehr Kundschaft. Kennt Ihr die Magd der Zahlmeisterin?«

»Ich hab ja nicht mal die Zahlmeisterin gekannt. Eine Bürgerin gibt sich doch nicht mit unsereinem ab.«

Frantz lächelte. »Mit mir schon.«

»Ah, die andere Sorte Kundschaft?«

»Genau.« Genug müßiges Geplapper. Frantz hob die Hand zum Abschiedsgruß und ging schnellen Schritts zum Henkerturm. Die Kathi, dieses verhuschte Ding, sollte ihre Herrin erschlagen haben? Schwer vorstellbar. Er tippte eher auf einen Dieb. Das Fenster hatte offen gestanden, da hätte jeder ins Haus klettern können. Oder durch die Tür spazieren, falls die nicht abgeschlossen war. Viel gab es bei der Zahlmeisterin allerdings wohl nicht zu holen. Nur die Perlenkette, die sie heute Morgen getragen hatte, musste einiges wert sein. Aber die verschreckte Magd hatte sicher den geringsten Grund, ihre Herrin zu erschlagen. Soviel er wusste, war Kathi eine Waise oder ein Findelkind. Genau, sie war in einem Korb die Pegnitz hinuntergetrieben und auf der Insel Schütt im Ufergestrüpp hängen geblieben fast direkt gegenüber vom ehemaligen Barfüßerkloster, wo jetzt das Findelheim untergebracht war. Wie Moses. Wer auch immer das Kind ausgesetzt hatte, wünschte dem Mädchen anscheinend, biblische Bedeutung zu erlangen. Und doch hatte man das Kind lieber nach der Insel benannt. Katharina Schüttin. Ob's die Mutter war oder ein anderes Familienmitglied? So oder so war die Mutter wenigstens nicht zu einer Kindsmörderin geworden wie viele andere verzweifelte Frauen. Er stieg die Treppe im Turm hinauf und betrat seine Wohnung. »Maria? Ich bin zu Hause.«

Seine Frau kam gelaufen. »Frantz, du kommst spät. Gab's noch ... Arbeit?« Eine gute Elle vor ihm blieb sie stehen und betrachtete ihn bang. Sie spürte immer, wenn er unangenehme Dinge hatte tun müssen. »Erzähl's mir lieber nicht.« Sie senkte den Kopf, doch er hatte bereits gesehen, wie blass sie geworden war.

Er nahm sie in die Arme. »Nicht, was du fürchtest.« Es tat weh, dass er mit dem einzigen Menschen, der ihm hier in Nürnberg wirklich nahestand, seit seine Schwester nach dem Tod ihres Mannes weggezogen war, über bestimmte Dinge nicht reden konnte, doch es war besser so. Er erinnerte sich noch allzu gut an den Ausdruck in ihrem Gesicht, als er einem jungen Burschen die Ohren auf der Fleischbrücke abgeschnitten und an den Ohrenstock genagelt hatte. Das war noch vor der Hochzeit gewesen. Vor allem wollte sie nichts von seiner Arbeit in der Folterkammer hören. Er löste seine Umarmung und blickte ihr ins Gesicht. »Stell dir vor, die Zahlmeisterin ist umgebracht worden.«

Maria riss die sanften rehbraunen Augen weit auf. »Nein! Das gibt's doch nicht.«

»Und ihre Magd ist verschwunden.«

»Die Kathi?« Sie rang die Hände. »Ist ihr auch was passiert?«

»Vielleicht.« Oder sie hatte der Witwe den Kopf eingeschlagen. »Kennst du das Mädel gut? Ich meine, redet sie mit dir, wenn sie die Alte bringt?« Schnell korrigierte er sich: »Gebracht hat?«

Maria nickte, dann schüttelte sie den Kopf. »Nein, nicht wirklich. Ich weiß nur von der Zahlmeisterin, dass sie ein Findelkind ist und seit etwas mehr als zwei Jahren bei ihr alle möglichen Arbeiten übernimmt.« Sie trat zum offenen Fenster und starrte auf die Stadt hinaus.

»Wer kann so etwas getan haben? Die arme Frau!«

Frantz stellte sich neben sie und streichelte ihren Rücken. »Mach dir keine Sorgen. Den Verbrecher werden sie schon finden, und dann werde ich dafür sorgen, dass er niemanden mehr umbringt.«

Sie legte einen Arm um seine Hüften und schmiegte sich an ihn, vielleicht ein wenig versöhnt mit seinem Beruf. Er küsste sie auf die Wange und legte die freie Hand auf ihren Bauch. »Immer noch nichts?«

Jetzt lächelte seine Frau und schüttelte den Kopf. »Nein, immer noch keine Monatsblutung.«

Frantz nahm sie in die Arme. »Ich würde mich über ein Kind sehr freuen.«

Maria war mit über dreißig Lenzen nicht mehr die Jüngste, und sie waren schon seit einem guten halben Jahr verheiratet, da wurde es langsam Zeit.

»Ich auch.« Sie schob ihn auf Armlänge von sich weg und strahlte ihn an. »Aber jetzt mache ich lieber das Essen fertig.«

»Mach das. Ich hab nämlich Hunger.«

»Hast du doch immer.« Sie gab ihm einen Klaps und eilte davon.

Frantz hockte sich auf den Stuhl und sah sich in der Stube um. Bevor er die Anstellung in Nürnberg bekam, lebte in diesen Räumen noch seine Schwester Kunigunda mit dem Nachrichter Lienhardt Lippert und ihren fünf Kindern. Frantz war immer gerne zu Besuch ins Nürnberger Henkerhaus gekommen, gerade wegen der Kleinen. In seiner eigenen Jugend in Hof wurde er als Henkerssohn immer gemieden. Nur ein paar besonders mutige Jungs gaben sich gelegentlich mit ihm ab, aber das lief oft genug darauf hinaus, dass er ihnen zeigen sollte, wie man einen Menschen folterte, und dann wollten sie's am liebsten an ihm ausprobieren. Schnell verscheuchte er diese Erinnerungen, dachte lieber an seinen langsamen Aufstieg zum Nachrichter von Nürnberg.

Als Lienhardt immer kränker wurde, schlug er jedes Mal Frantz als Vertretung vor, allerdings musste Augustin, der damals schon Löwe war, die Tortur übernehmen, und zu Hinrichtungen holte der Rat einen anderen Henker. Bis doch einmal nur Frantz verfügbar war. Er lächelte, denn danach holten sie ihn regelmäßig, wenn Lienhardt siech lag, bis dieser schließlich um Entlassung bat und bald darauf starb. Kunigunda und ihrem Mann hatte er diese gute Stellung zu verdanken, und er wollte das Beste daraus machen.

Ein Klopfen an der Tür riss ihn aus seinen Erinnerungen. Frantz stand auf und öffnete. Draußen stand sein Knecht. »Komm rein, Augustin. Hast du schon von der Zahlmeisterin gehört?« Frantz winkte ihn in die gute Stube, gleich das erste Zimmer. So mussten Besucher der schmalen, langen Brückenwohnung nicht durch alle Räume laufen. Beim Löwen daheim, auf der anderen Seite des Henkerturms, sah es auch nicht anders aus.

»Deshalb bin ich gekommen«, antwortete der Löwe. »Erstochen, heißt es. Die Stadtknechte und Schützen suchen jetzt nach der Kathi, die mit einem Messer in der Hand aus dem Fenster gesprungen ist. Wer soll's auch sonst getan haben?«

Er schüttelte den Kopf. »Die Frau wurde erschlagen. Ich weiß auch nicht, warum die Magd ein Messer in der Hand hatte. Hm, vielleicht, um sich gegen einen Einbrecher zu verteidigen. Außerdem gab's für sie doch gar keinen Grund, ihre Herrin umzubringen. Jetzt hat sie kein Dach mehr über dem Kopf und nichts zu beißen.«

Der Löwe setzte sich auf die Bank entlang der Wand, und Frantz stellte einen Krug Bier und Becher auf den Tisch. Augustin schenkte ihnen ein und trank wie ein Verdurstender, dann zuckte er mit den Schultern. »Keine Ahnung, man kann den Leuten ja nicht in den Kopf reinschauen. Aber warum ist sie weggelaufen, wenn sie's nicht war?«

»Gute Frage.« Er ließ sich wieder auf dem Stuhl nieder und trank auch einen Schluck Bier. Stärkere Getränke erlaubte er sich nicht.

»Das Räubergesindel wird immer jünger, wie du selbst am besten weißt. Vielleicht steckt sie mit irgendwelchen Strolchen im Bund. Na ja, ab morgen Mittag gibt's jedenfalls drei Diebe weniger auf der Welt.«

Frantz nickte. Er hatte schon viele Gründe gehört, aus denen Menschen andere töteten oder quälten, doch keiner hatte einen so guten wie er selbst: die Welt ein wenig sicherer machen. »Am Rabenstein ist alles bereit?«

»Die Krähen kreisen schon in freudiger Erwartung.«

Er grinste, doch dann musste er wieder an die verhuschte Magd denken. Konnte sie wirklich eine Mörderin sein? »Dabei ging's der Kathi mit ehrlicher Arbeit bestimmt nicht schlecht«, meinte er.

Augustin schnaubte. »Ja, du hättest du was drum gegeben, wenn du das auch gekonnt hättest, stimmt's?«

Natürlich hätte er viel drum gegeben, einen anderen Beruf, als den des Henkers erlernen zu dürfen, doch als der Markgraf von Brandenburg-Kulmbach seinen Vater Heinrich, bis dahin ehrlicher Förster und Vogelfänger, dazu zwang, eine Hinrichtung zu vollziehen, war es auch mit den Möglichkeiten seiner Kinder vorbei. Nur unehrliche Berufe kamen für sie noch infrage. Auch wenn offiziell den Nachkommen von Unehrlichen alle Berufe offen standen, nahm sie doch kein Meister eines angesehenen Handwerks in die Lehre. Abdecker oder Schinder hatte Frantz auch nicht werden wollen.

Der Löwe klopfte ihm auf die Schulter. »Gräm dich nicht, du machst deine Arbeit sehr gut. Der Rat kann froh sein, dich zu haben und nicht irgendeinen Säufer, der beim Köpfen fünf oder sechs Hiebe braucht.«

Frantz lächelte. »Du hast recht, es könnte viel schlimmer sein, für mich und den Rat.« Er dachte an Maria, die vielleicht schwanger war, und sah sich in der Stube um. Eine schöne Wohnung und einen festen Lohn hatte er. Vielleicht bekäme er eines Tages einen Vertrag auf Lebenszeit, am Ende sogar das Bürgerrecht. Ja sicher, ein Nachrichter als Bürger Nürnbergs! Er sollte nicht so viel träumen. »Die Stadtknechte werden Kathi schon finden. Weit kann sie ja noch nicht sein, und dann erfahren wir mehr. Vielleicht ist sie einfach aus Angst davongelaufen.«

Augustin grinste. »Das ist natürlich möglich, aber ich glaub immer noch, sie hat sich einer Räuberbande angeschlossen und versteckt sich jetzt im Reichswald. Vielleicht hat einer von denen die Zahlmeisterin erschlagen.«

Frantz wiegte den Kopf. »Bis jetzt hab ich noch nichts gehört, ob etwas gestohlen wurde.« Vielleicht hatte noch niemand richtig nachgeschaut. Kathi wüsste vermutlich am besten, ob etwas fehlte, zum Beispiel die Perlenkette, die seine Patientin zur Schau getragen hatte. Zufall? Es mochte gut sein, dass der Anblick des Geschmeides Begehrlichkeiten geweckt hatte.

Der Löwe schnitt eine Grimasse. »Das ist schon alles merkwürdig, aber vielleicht hat sie ihre wertvollen Sachen gut versteckt, und die Kathi hat gewusst, wo. Aber die Zahlmeisterin hat doch Almosen von der Stadt bekommen, dann sollte sie eigentlich keine Wertsachen gehabt haben.«

Da kam Maria mit einem Topf herein, aus dem es verführerisch duftete. »Biberschwanzsuppe mit Knödeln gibt's heute. Isst du mit, Augustin?«

Frantz lief das Wasser im Mund zusammen.

Der Löwe grunzte wohlig. »Biberschwanz. Da hast du dir viel Arbeit gemacht, Maria. Allein das Abbrühen und Abziehen der Häute.«

Maria lächelte. »Komischerweise macht mir das am meisten Spaß.«

Sieh an, da steckten ja ungeahnte Vorlieben in seinem Weib. Frantz stellte sich vor, dass sie ihm bei der nächsten Anatomierung zur Hand ging, und musste grinsen.

Maria bemerkte es sofort, setzte den Topf auf den Tisch und musterte ihn. »Was ist?«

Seine Gedanken wollte er ihr lieber nicht verraten, also sagte er: »Gut, dass ich kein Biber bin.«

Der Löwe brüllte vor Lachen, und Maria wischte Frantz mit der Hand über den Kopf. »Was bist du für ein Lausbub und Rotzlöffel! Hätte ich mir besser mal einen erwachsenen Mann gesucht!« Damit stapfte sie hinaus, wohl um die Knödel zu holen.

»Wie alt bist du eigentlich?«, fragte Augustin, der weiterhin feixte.

»Fünfundzwanzig.«

Der Löwe schnaubte ein Lachen und winkte ab. »Na ja, alt wirst von selber, du Rotzlöffel.«

»He!« Frantz streckte den Finger aus und verengte die Augen. »Für dich immer noch Meister Rotzlöffel!«

Just in dem Moment musste natürlich Maria hereinkommen. »Das passt.« Grinsend stellte sie die Knödel auf den Tisch.

*

Max war wieder zur Wache auf der Mauer eingeteilt, mit besonderem Auftrag, nach der flüchtigen Katharina Schüttin Ausschau zu halten. Er sollte das Mädel möglichst bald fortbringen, bevor man anfing, Häuser zu durchsuchen, denn dann könnte sie an jeder Ecke einem Ordnungshüter in die Arme laufen. Dem Lienhardt Hertl hatte er vorhin einen Krug Wein versprochen, damit der seinen Abschnitt der Mauer bis zum Ende der Schicht mit übernahm. Jetzt winkte er ihm zu und lief die Holzstiege hinunter. Im Schützenhof sollte um diese Zeit kaum jemand herumlungern, schon gar nicht, wenn eine Mörderin gesucht wurde.

Gemächlich, um keine unliebsame Aufmerksamkeit zu erregen, schlenderte er zum Quartier und die Treppe hinauf. Dann sperrte er auf und öffnete die Tür.

»He, Max, bist du nicht im Dienst?«, rief eine vertraute Stimme.

Er erstarrte. Kathi stand händeringend mitten im Raum, dann wich sie zurück und drehte den Rücken zur Tür. Schritte näherten sich. Die Pranke des Kameraden fiel auf seine Schulter.

»Wer ist das denn?«, fragte Konrad.

Verflucht noch eins! Das Herz schlug ihm bis zum Hals. Nun saß er in der Patsche und konnte nur noch seine eigene Haut zu retten versuchen. Langsam wandte sich Max zu Konrad um und räusperte sich. »Die gesuchte Katharina Schüttin, verdächtig des Mordes an der Zahlmeisterin.« Er schluckte. »Ich hab sie in mein Zimmer gesperrt, weil ich noch schnell Bescheid geben musste, dass jemand meinen Dienst auf der Mauer übernehmen soll.« Er spürte förmlich Kathis Angst und Enttäuschung in seinem Nacken.

»Ha! Na so was.« Konrad schob sich an ihm vorbei ins Zimmer.

Jetzt wagte auch Max, nach Kathi zu schauen. Wie vom Donner gerührt stand sie in der Kammer, während Konrad einmal im Kreis um sie herumlief. Verdammt, was hatte er sich nur dabei gedacht, sie hier zu verstecken? Aber wo sonst? Bei einer Dirne, wo am Ende noch ein Stadtknecht auf ein Schäferstündchen vorbeischaute? Verflucht, er hätte einfach Konrad wegschieben und behaupten sollen, er hätte eine Hure hier. Zu spät. Tief durchatmend betrat er seine Kammer. Er musste irgendwie Kathis Unschuld beweisen, dann käme sie wieder frei!

»Du bist echt schnuckelig aus der Nähe, und ohne Krüppel am Arm«, meinte Konrad und packte das Mädel am Handgelenk. »Ich komm mit zum Loch. So eine gefährliche Übeltäterin muss ausreichend bewacht werden.« Jetzt band er sie auch noch mit dem Strick, der immer an Maxens Tür hing. Dem Kerl machte es sichtlich Spaß, seine Macht auszukosten, und sie ließ es widerstandslos geschehen, winselte nur kurz auf, als er die Schlinge um ihre Handgelenke stramm zog. Bei Wirtshausschlägereien war Konrad auch immer ganz vorn dabei – und der Besoffenste. Max mied Kathis anklagenden Blick. Was hätte er tun sollen?

*

War ja klar, dass Max sie verraten würde! Kathi hatte es geahnt und wollte es doch nicht glauben. Nicht mal in die Augen schauen konnte er ihr, als der andere Schütze sie in den Gang führte, aber er strich mit den Fingern über ihren Arm. Eine Entschuldigung? Darauf konnte sie auch verzichten. Sie wunderte sich, dass ihr die Beine gehorchten, dass sie es schaffte, ohne zu taumeln, die Steintreppe hinunterzusteigen.

»Was ist los, Max? Du willst mir doch wohl deine Gefangene nicht allein überlassen? Ich könnte Schutz vor dem Mob da draußen brauchen.« Er gluckste.

»Ich komm ja schon«, rief Max von oben.

»Ich bin der Konrad«, sagte der Schütze, der sie wie ein Stück Vieh am Strick hinter sich herzog. »Und du? Bist du wirklich eine Mörderin?«

»Nein«, flüsterte Kathi. »Ich hab meine Herrin nicht umgebracht.«

»Na, das wird sich schon noch zeigen, wenn dich der Nachrichter befragt.« Der Kerl grinste, als wäre ihr Unglück ein Heidenspaß für ihn.

Der Nachrichter! Nun wurden ihre Knie doch noch weich, aber in dem Moment legte sich Maxens Hand auf ihren Rücken. »Keine Sorge, ohne Zeugen oder Beweise wird in Nürnberg niemand gefoltert.«

Konrad, der Strolch, lachte hämisch. »Nee, auf gar keinen Fall.«

Auf der Straße tummelten sich noch einige Leute und warfen ihnen schiefe Blicke zu. Die meisten waren ja ihre Nachbarn, und man kannte sich. Einige hatten ihr, als sie noch ein Kind war, Milch abgekauft. Trotzdem steckten die Leute bei ihrem Anblick die Köpfe zusammen und tuschelten. Gelegentlich hörte sie das Wort ›Findel‹ heraus. Andere schlossen sich ihnen an und begleiteten sie zu den Lochgefängnissen. Wenigstens beschimpfte sie niemand als Mörderin. Vielleicht gab es doch Menschen, die ihr diese Schandtat nicht zutrauten?

Die Sonne stand schon sehr tief. Heute würde sie wohl nicht mehr dem Nachrichter überstellt werden. Wieder musste sie an sein grimmiges Gesicht denken. Oder war sein Blick doch eher traurig gewesen? Auch egal. Er glaubte bestimmt, dass sie ihre Herrin umgebracht hatte, seine Patientin. Die Zahlmeisterin hatte sich geradezu auf die Besuche bei Meister Frantz gefreut, also hatten die beiden sich wohl gut verstanden. Umso mehr würde er ihr gewiss wehtun, um sie zu bestrafen. Meister Frantz konnte sie ja nur für eine dumme Gans halten, die auf den Kopf und den Mund gefallen war. Er traute ihr bestimmt den Mord zu.

Nun begann es auch noch zu tröpfeln. Der Himmel weinte um sie? Die Engel gaben die Hoffnung auf? Aber sie war doch unschuldig! Da vorne war schon die Brücke zur Sankt Sebalder Seite hinüber – und davor das alte Franziskanerkloster, in dem sie aufgewachsen war. Voller Sehnsucht starrte sie auf das mächtige Gebäude und wünschte sich, wie früher durch das Tor bei der Barfüßerbrücke ins Findelhaus schlüpfen zu dürfen. Doch Schütze Konrad zog sie unbarmherzig weiter. Mit wachsender Angst sah sie sich nach Max um. Diesmal hielt er ihrem Blick stand. In seinen Augen glänzten Tränen. Sie war verloren!

*

Max blieb in der Menge Neugieriger zurück, als sich das Gefängnistor hinter Kathi schloss. Was hatte er nur getan? Hätte er sie nicht bei sich versteckt, dann wäre sie jetzt vielleicht schon aus der Stadt heraus und außer Gefahr. Aber nein, er musste sich zum Retter aufspielen und sie ins Unglück stürzen.

»He, feiern wir deine heldenhafte Verhaftung der Delinquentin?« Konrad schlug ihm auf den Rücken.

Ja, er musste jetzt die Grauen des Tages wegspülen. »Michel hockt bestimmt schon in der Fetten Gans. Der wollte mir einen Wein ausgeben.«

»Na, vielleicht krieg ich auch einen für meine unerschrockene Hilfeleistung.« Der Flachkopf gackerte, und Max hätte ihm am liebsten den Hals umgedreht.

Die Türmer schlugen eine Stunde gen Garaus. Damit war sein Dienst für heute auch vorbei. Wein durfte nur noch zwei Stunden lang ausgeschenkt werden. Auf dem Weg zur Fetten Gans konnte Max die gute Laune seines Kameraden kaum ertragen, doch er durfte sich nichts anmerken lassen. Wenn Konrad herausposaunte, dass er Kathi im Zimmer von Max entdeckt hatte, könnte es auch für ihn übel enden. Der Verlust seiner Arbeit wäre da wohl die mildeste Strafe, Ausstreichen mit der Rute und Verbannung schon wahrscheinlicher. Dann schoss ihm noch ein ganz anderer Gedanke durch den Kopf. Wenn jemand gesehen hatte, wie er sich vor dem Haus der Zahlmeisterin herumdrückte, und das meldete, könnte er selbst in Verdacht geraten. Aber würde es nicht für ihn sprechen, dass er Kathi verhaftet hatte?

Endlich erreichten sie die das Gasthaus mit der schmucken Fachwerkfassade. Dahinter ragte auf der Flussinsel der Henkerturm auf. Schaudernd drängte Max in die Gaststube, wo sich einige Leute von auswärts zusammengefunden hatten, und da hockte natürlich auch Michel mit zwei Stadtknechten.

»Da ist ja der Held des Tages!«, rief einer von denen und winkte ihn heran.

Die Verhaftung hatte sich anscheinend schnell herumgesprochen, doch Dummbartel des Tages traf es wohl eher. Trotzdem rang er sich ein Lächeln ab, als er sich zu ihnen setzte.

Michel grinste ihn an. »Saubere Arbeit, vielleicht machen sie dich bald zum Stadtknecht.«

»Das wär nicht schlecht.« Daran hatte er noch gar nicht gedacht. Sofort hob sich seine Laune. Die Burschen verdienten viel mehr, und bei Hinrichtungen durften sie zu Pferd zum Richtplatz reiten, während die Schützen laufen mussten. Na, für das morgige Hängen war er nicht eingeteilt.

Der Wirt stellte die ersten Krüge Bier vor sie hin, und Max nahm einen kräftigen Schluck.

»Morgen dürfen wir keinen Brummschädel haben, deshalb keinen Wein«, meinte Michel. »Die Leute werden zwar wegen der Landsdiebe kaum einen Aufstand machen, aber es ist ja doch ein feierlicher Anlass, bei dem man nicht gerade ausschauen sollte, als wär man direkt aus dem Bett aufs Pferd gefallen.«

Die anderen Stadtknechte lachten, und Konrad wieherte: »Hauptsache ihr fallt nicht runter vom Gaul.«

Oh Himmel, er könnte jetzt wirklich einen anständigen Krug Wein brauchen.

*

Lucas Korber stellte einen weiteren Schwung Humpen auf dem Tisch der Schützen und Stadtknechte ab. Michel Hasenbart grinste ihn an und rief: »Morgen ist es so weit. Da wird mal wieder der Gerechtigkeit Genüge getan.« Jetzt zwinkerte der Hornochse auch noch, spielte darauf an, welche Rolle Lucas in dieser Sache zukam.

Vor einigen Tagen war ein Wandergeselle bei ihnen eingekehrt, und so war Lucas unfreiwilliger Ohrenzeuge dessen geworden, was der Mann seinem Trinkgenossen berichtete: dass er die gesuchten Räuber, die das ganze Umland unsicher machten, in den Pegnitzauen gesehen hatte. Die Verlockung einer deftigen Belohnung war zu stark für Lucas gewesen, dabei hatte ihm sein Vater immer wieder eingeschärft, sich in der großen Stadt auf keine Händel einzulassen und immer schön unauffällig zu bleiben. Doch für Landsdiebe hätte er vermutlich auch kein Verständnis gehabt. Inzwischen bereute Lucas seine Gier. Hätte er Michel nur nie vom Versteck der Landsdiebe erzählt! Natürlich war der Knilch gleich losgerannt und hatte es dem Rat gesteckt, und nun sollten die Männer morgen hingerichtet werden. Auf eine Belohnung wartete er allerdings noch immer. Um sich nichts anmerken zu lassen, zuckte er nur mit den Schultern und wandte sich wieder dem Fass zu, um weitere Humpen zu füllen. Der Laden brummte heute mit einheimischen und auswärtigen Gästen. Erst ein Mord und morgen die Hinrichtung, da gab es viel zu bereden, und mit trockener Kehle ging das schlecht. Die Krüge wurden schneller geleert, als er sie herbeischaffen konnte. Wenigstens tranken die meisten Leute den teureren Wein, für den sie Ungeld entrichten mussten.

»Wir brauchen ein neues Fass!«, rief der Wirt. Neubauer wusste es immer schon, bevor die goldene Flüssigkeit nur noch als Rinnsal in den Krug tröpfelte.

Seufzend, aber dankbar, einen Moment allein zu sein, trabte Lucas die Stiege hinunter. Hoffentlich verriet Michel niemandem, von wem er das Versteck der drei Galgenvögel kannte. Wenn die Ordnungshüter im Gasthaus einkehrten, wusste wenigstens jeder, dass er aufpassen musste, was er redete. Aber wenn man Wirt und Schankknecht nicht mehr trauen konnte, käme bald keiner mehr ins Wirtshaus – außer den Schützen und Stadtknechten. Sein Brotgeber wäre in Verruf, und Lucas müsste binnen Kurzem sein Säckel schnüren und anderswo sein Glück suchen.

Er packte das Holzfass, wuchtete es sich auf die Schulter und wankte unter der Last die Stiege hinauf.

*

Kathi folgte der Frau des Lochhüters durch die schmalen Gänge des düsteren, kühlen Gemäuers. Ihr Mann ging hinter ihr. Falls sie zu fliehen versuchte? Dazu waren ihre Beine viel zu wacklig. Trotzdem nahm sie alle Einzelheiten des berüchtigten Nürnberger Gefängnisses in sich auf, die rauen Wände, die sich nach einer Seite wölbten, das grobe Pflaster.

Die Schallerin öffnete eine dicke Holztür. »Willkommen beim Lochwirt. Hast schon was gegessen?«

Kathi starrte sie an. »Was?«

»Ein Witz.« Sie lächelte, und ihr abgehärmtes Gesicht wirkte plötzlich um Jahre jünger. »Aber sag, hast du Hunger? Es ist noch Suppe vom Abendessen übrig.«

Wie konnte man hier Witze machen, geschweige denn lachen? »Nein, ich krieg bestimmt nichts runter.« Kathi trat in die Zelle und sah sich um. Nur ein Bett stand an der gegenüberliegenden Wand, und das sah recht groß aus. »Für mich allein?«, fragte sie. Entlang der Seitenwände liefen zwei schlichte Holzbänke.

»Ja, aber sag, du wirst dir doch nichts antun? Der Rat hat erst morgen für dich Zeit. Mach also keine Dummheiten. Vielleicht wird alles halb so schlimm.«

Etwas antun? Oh, deshalb hatte die Lochhüterin sie abgetastet und ihre Taschen durchsucht. Sie schüttelte den Kopf, klammerte sich an die Gewissheit, dass sie unschuldig war. Das gab ihr Hoffnung. Der Herr würde doch nicht zulassen, dass sie …

»Gut, wenn du nämlich irgendwas versuchst, müssen wir zwei Wärter zu dir reinsetzen. Die ganze Zeit, auch wenn du schläfst.«

»Gleich zwei?« Sie könnte doch nicht einmal gegen einen etwas ausrichten.

»Na ja, die sollen nicht nur aufpassen, dass du dir nichts antust, sondern auch aufeinander.«

Da begriff sie. Trotzdem schauderte sie bei der Vorstellung, die ganze Zeit Fremde um sich zu haben, fremde Männer. Doch wie sollte sie sich hier selbst entleiben? Den Rock in Streifen reißen – unwillkürlich ging ihr Blick nach oben. Da war nichts, woran man eine Schlinge befestigen könnte. Kathi schluckte. Baumeln würde sie noch früh genug. Nein, als Mörderin müsste man sie doch mit dem Schwert richten! Ob Meister Frantz absichtlich daneben schlagen würde, um sie zu quälen? Ach, dazu bekäme er ja vorher ausreichend Gelegenheit. Tränen brannten in ihren Augen.

»Ich bring dir noch einen Krug Wasser und eine Decke. Eimer steht da.« Die Schallerin deutete in eine Ecke.

»Danke.« Die Freundlichkeit der Frau nahm ihrer verzweifelten Lage die scharfe Spitze. Sie versuchte ein Lächeln.

Die Lochwirtin – der Name passte wirklich – nickte ihr zu, schob ihren Mann hinaus und verriegelte die Tür.

Die Stimme vom Schaller drang gedämpft durch das dicke Holz. »Wir hätten sie doch zur Lengin sperren können.«

»Zu einer Kupplerin?«, rief seine Frau empört. »Die verdirbt uns das Kind noch. Als Findel hat die Kathi doch den ganzen Tag nur gebetet, gelernt und gearbeitet.«

*

Max wunderte sich über die verschlossene Miene des Schankknechts. Sonst palaverte und lachte Lucas gern mit den Gästen, auch wenn es Schützen waren. Na, vielleicht hatte der einen ebenso beschissenen Tag wie er. Schnell leerte er den vierten Krug und stand dann abrupt auf. »Ich geh heim. Morgen müssen wir als Ordnungshüter was hermachen«, sagte er, obwohl er nicht für die Hinrichtung eingeteilt war.

»Ist doch noch früh«, protestierte Michel.

»Ist schon finster, also darf ich ins Bett.« Max konnte die groben Scherze seiner Kumpane nicht länger ertragen.

»Du bist mir so ein Held«, frotzelte Konrad. »Hält nix aus, der Leinfelder.«

Max drängte sich ins Freie und blickte in den Himmel. Die Wolken hatten sich noch nicht verzogen, aber er konnte doch ein paar Sterne ausmachen. Seit sie Kathi ins Gefängnis gebracht hatten, war es trocken geblieben. Ob das ein himmlisches Zeichen war, dass sie's getan hatte? Ah was, der Herrgott kümmerte sich auch sonst einen feuchten Dreck um kleine Leute wie ihn oder Kathi. Dem war's bestimmt auch egal, wer die Zahlmeisterin erschlagen hatte. Sogleich erschrak er über seine gotteslästerlichen Gedanken und leistete stumme Abbitte.

Obwohl der Lochhüter ihn heute sicher nicht mehr zur Kathi lassen würde, wandte er seine Schritte Richtung Rathaus. Als er über die hängende Brücke auf die Pegnitzinsel marschierte, zog es seinen Blick zum Henkerturm. Bestimmt hatte der Nachrichter Kathi noch nichts getan. Oder doch? Viel zu geheim verliefen die Dinge im und unter dem Rathaus. Was wusste er schon darüber, wann ein Verdächtiger peinlich befragt wurde? Und die wenigen Leute, die nach der Tortur freikamen, erzählten schauderhafte Geschichten.

Verflucht, sie mussten ihn zu Kathi lassen, ihm erlauben, mit ihr zu reden! Das arme Mädel glaubte sicher, er hätte sie verraten. Hatte er ja auch. Feig war er gewesen! Er beschleunigte seine Schritte, doch an der Sebalduskirche blieb er stehen. Was konnte er ihr sagen? Mach dir keine Sorgen, das wird schon alles irgendwie? Das wussten sie beide besser. Nein, erst musste er etwas zu erzählen haben, das ihr Hoffnung gab. Nur von einem Mann konnte sie Hilfe erwarten. Wenn nicht Hilfe, dann vielleicht Gnade. Als hätten sie einen eigenen Willen, machten seine Beine kehrt und trugen ihn zum Weinmarkt. Noch einmal sah er sich nach der im Dunkel trutzig aufragenden Sebalduskirche um, in welcher der Stadtpatron bestattet lag. Sollte er erst noch um Beistand beten? Doch wenn er den schweren Gang aufschob, würde er es nie über sich bringen, also lief er weiter. Zu dumm, dass er an seiner schwarz-weißen Kleidung sofort als Schütze zu erkennen war, aber im Schutz der Dunkelheit würde sein Besuch im Henkerhaus vielleicht unbemerkt bleiben. Mit wachsendem Unbehagen schlich er wie ein Dieb durch die Gassen. Ein Nachtarbeiter war schon dabei, Unrat auf seinen Karren zu schaufeln. Der arme Gaul musste bis spät in die Nacht arbeiten und morgen vermutlich die drei armen Sünder hinaus zum Hochgericht ziehen.

Max rief dem Mann einen Gruß zu, hielt aber sein Gesicht abgewandt.

»Eine gute Nacht wünsch ich«, bekam er zur Antwort.

Von der Brücke aus konnte er bereits die Lichter in der Henkerswohnung über der Pegnitz sehen. Wenigstens war noch jemand wach. Sein Herz schlug schneller. Er hatte noch nie mit dem Nachrichter gesprochen, ihm aber in den letzten Jahren oft genug bei Hinrichtungen zugeschaut. Mit ihm hatte die Stadt wirklich einen guten Griff getan. Bisher hatte er die Köpfe der armen Sünder immer mit einem Hieb von den Schultern getrennt, anders als so mancher seiner Kollegen. Doch heute Nacht brauchte Max nicht unbedingt einen Meister dieses grausigen Handwerks, sondern einen mitfühlenden Menschen. Der Henker und Mitleid? Er musste den Verstand verloren haben! Und doch ging er weiter über den Säumarkt. Kurz vor seinem Ziel rutschte er auf weggeworfenem Gedärm aus, fing sich aber schnell wieder.

Die schwere Holztür hob sich als dunkler Fleck vom geringfügig helleren Mauerwerk ab. Seine Hand zitterte, als er auf die Klinke drückte. Nicht zugesperrt. Im Finstern tastete er sich die Treppe hinauf, fand die Tür, die zur rechten Wohnung führen musste, und klopfte zaghaft. Nichts rührte sich, also pochte er lauter. Schritte näherten sich, dann wurde die Türe schwungvoll aufgerissen.

Der Nachrichter starrte ihn verblüfft an. »Was willst du um diese Stunde? Suchst du einen Arzt?«

Max schüttelte den Kopf, brauchte einen Moment, bevor die Zunge ihm gehorchen wollte. »Nein, ich …« Ja, was? »Ich möchte gerne mit Euch reden, Meister Frantz. Es geht um die Kathi.«

»Hat man sie gefunden?«

Er nickte.

Der Nachrichter winkte ihn herein. »Setz dich. Willst du Bier?«

Wieder nickte er nur und ließ sich auf die Bank sinken. Da kam die Henkerin ins Zimmer. »So spät noch Besuch?«

Besuch! Beinah hätte Max gelacht. Gab es irgendjemanden, der Meister Frantz besuchte? Die Schmidtin wirkte wie jede normale Nürnbergerin auch, und doch … Eine Frau, die mit dem Nachrichter Bett und Tisch teilte … Da kam ihm ein Gedanke. Vielleicht sollte sie bei dem Gespräch dabei sein. Weibsvolk hatte eher ein offenes Ohr für derlei Anliegen, und sie könnte helfen, das Herz ihres Gemahls zu erweichen, falls das möglich war.

»Es geht um Kathi«, sagte Meister Frantz.

»Oh, dann lasse ich euch lieber allein.« Sorgenfalten legten sich auf ihre Stirn.

»Nein«, keuchte Max. »Bleibt ruhig. Vielleicht wisst Ihr Rat.«

Sie kam näher und setzte sich zu ihm auf die Bank. »Verrate mir erst einmal deinen Namen.«

»Max Leinfelder.« Und dann platzte es aus ihm heraus wie Getreide aus einem Riss im Kornsack. »Die Kathi sitzt im Loch, und das ist meine Schuld. Dabei wollte ich ihr doch nur helfen.«

Der Nachrichter stellte zwei Krüge und drei Becher auf den Tisch. Max schenkte er Bier ein, für sich selbst und seine Frau etwas anderes. Bestimmt Wein! Gierig leckte er sich die Lippen. »Krieg ich auch was davon?«

Meister Frantz verzog einen Mundwinkel zu einem schiefen Grinsen. »Du willst lieber Süßmost als Bier?«

Schnell schüttelte er den Kopf. Heute war wirklich nicht sein Tag.

»Du kennst die Magd gut?«, fragte die Henkerin.

»Na ja, nicht so gut, aber ich mag sie. Sie und die Zahlmeisterin haben ganz in der Nähe vom Schützenhof gewohnt, deshalb hab ich sie oft gesehen.« Er schluckte. »Und ich könnte mir sogar vorstellen, sie zu heiraten.« Da war es raus, obwohl er heute Morgen zum ersten Mal daran gedacht hatte.

Jetzt lächelte der Nachrichter wirklich, und Max wagte, Hoffnung zu schöpfen.

»Also, erzähl mal schön der Reihe nach, was du weißt.« Er setzte sich Max gegenüber auf einen Stuhl und drehte den Becher in seinen mächtigen Pranken. »Vielleicht wird sie schon morgen nach der Hinrichtung befragt.«

»Von Euch?« Max nahm einen großen Schluck.

»Erst mal von den Lochschöffen.« Er sprach langsam und in ernstem Ton. »Falls sie kein Geständnis ablegt und es genug Hinweise oder

Zeugen gibt, dass sie diese heimtückische Tat begangen hat, dann wird sie mir überantwortet.« Die dunkelblauen Augen schienen Max zu durchbohren. »Wenn du also etwas zu ihren Gunsten zu berichten weißt …«

Die Henkerin senkte den Kopf, langte aber über den Tisch und legte ihre Hand auf den Arm ihres Mannes.

Diese kleine Geste flößte Max ein wenig Zuversicht und Mut ein, auch wenn ihm das Herz vor Angst schier aus der Kehle hüpfen wollte. »Wer sind diese Lochschöffen?«

»Zwei der Stadträte. Die Schöffen unter den Mitgliedern des inneren Rats wechseln sich als Ermittler im Gefängnis ab.«

Max nickte. »Gut, ich werde Euch alles erzählen und zuvorderst gestehen, dass … dass … ich sie versteckt habe.«

»Versteckt?« Meister Frantz zog die Augenbrauen zusammen, sodass sich eine steile Falte auf seiner Stirn bildete.

Dabei fiel Max zum ersten Mal die Narbe auf seiner Stirn auf, wie ein gerader Schnitt von Schläfe zu Schläfe. Wie das wohl passiert sein mochte? Max riss sich zusammen und antwortete: »Nachdem sie aus dem Fenster gesprungen ist. Ein Messer hatte sie dabei, doch das hat sie gleich verloren, und ihre Hände waren ganz rot, weil sie Kirschen entsteint hat.«

»Daher also die Geschichten, dass die Zahlmeisterin erstochen worden sei«, murmelte der Meister. »Wo hast du sie versteckt?«

Max blickte ihm in die Augen, in denen sich die Kerze auf dem Tisch spiegelte. Ein unheimlicher Anblick. »In meinem Zimmer im Schützenhof.« Er schluckte.

»Was?« Erst sah Meister Frantz ihn ungläubig an, dann lachte er und wirkte mit einem Mal wie ein Jungspund. Der Mann konnte auch nicht älter sein als er selbst, und trotzdem jagte er ihm eine Heidenangst ein.

»Sehr frech«, sagte er. »Klug und gefährlich zugleich.«

Auch die Henkerin schmunzelte, wurde aber sogleich wieder ernst: »Ihr seid erwischt worden?«

»Ja, von Konrad, einem anderen Schützen, aber in meiner Not konnte ich es gerade noch so drehen, als hätte ich sie in mein Zimmer eingesperrt, um sie in Gewahrsam zu nehmen. Hab ich ja auch, aber zu ihrem Schutz.«

Der Nachrichter nickte, dann verengte er die Augen und musterte ihn scharf. »Und was erwartest du von mir?«

Unter diesem Blick wollte Max nur noch davonlaufen, doch das durfte er nicht. Er trank einen großen Schluck und keuchte: »Eure Hilfe. Für Kathi. Ihr dürft ihr nichts tun!«

Meister Frantz lehnte sich zurück und verschränkte die Finger über dem Bauch. »Darf ich nicht?«

Richttag

Dienstag 2. August 1580

Gewaschen und gekämmt zog Frantz die schwarz-graue Pluderhose und das graue Hemd an. Den Kragen ersparte er sich, bis er aus dem Haus musste. Hinrichtungen waren immer auch feierliche Anlässe, bei denen Recht und Ordnung auf der Welt und vor Gott wiederhergestellt wurden. Und da heute kein Blut fließen sollte, konnte er sich auch etwas feiner kleiden.

Die drei Landsdiebe würden heute vor Richter und Schöffen gewiss anstandslos die Urgicht ablegen und sich zu ihren Taten bekennen. Was blieb ihnen auch übrig? Sonst müssten sie doch die Tortur erleiden, denn wegen der vielen Zeugen war ihre Schuld erwiesen. Daher müsste Frantz ihnen so lange Qualen bereiten, bis sie gestanden. Erst dann konnten die Schöffen sie verurteilen und die Diakone ihre Seelen retten, bevor Frantz sie dem himmlischen Richter überantwortete.

Er ging in die Küche, wo Maria schon Brot und Wurst bereitgestellt hatte und nun Milch einschenkte. Sie wirkte niedergeschlagen.

»Hat deine Monatsblutung begonnen?«, fragte er enttäuscht und fasste eine Strähne ihrer braunen Locken.

Da hellte sich ihr Gesicht auf. »Nein, immer noch nicht.«

Frantz umarmte sie von hinten, streichelte ihren Bauch und küsste ihren Nacken. »Warum hast du dann so bedrückt dreingeschaut? Weil ich heute drei Männer vom Leben zum Tode bringen muss?«

Sie schüttelte den Kopf. »Nein, wegen der kleinen Kathi. Ich glaube nicht, dass sie ihre Herrin umgebracht hat, aber sie hätte nicht weglaufen dürfen.« Sie schniefte. »Vielleicht befiehlt dir der Rat, sie schon morgen peinlich zu befragen. Was willst du dann tun?«

Sie hatten die halbe Nacht über Kathi und den Schützen geredet, ohne dass sie eine Möglichkeit ersonnen hätten, wie er den beiden helfen könnte. Trotzdem waren sie auch ohne Hahnenschrei im Morgengrauen erwacht, wie meist an einem Richttag. Während seine Hand noch auf Marias Bauch ruhte, in dem vielleicht gerade sein erstes Kind heranreifte, erinnerte er sich an eine freche Diebshure in Bamberg, die sein Vater hatte richten sollen. Die Frau hatte behauptet, sie wäre schwanger. Das brachte ihr zwar nur einen Aufschub von drei Wochen, bis ihre Blutung begann, aber daraus ließe sich doch etwas machen! »Ich glaube, ich weiß, wie ich die peinliche Befragung hinausschieben und hoffentlich ganz verhindern kann«, flüsterte er in Marias Ohr.

Sie drehte sich um und sah ihn mit leuchtenden Augen an. »Wirklich?«

»Erst muss ich mit ihr reden und herausfinden, ob sie so unschuldig ist, wie der verliebte Schütze glaubt.«

»So verliebt kam er mir gar nicht vor.«

»Ein echter Kerl lässt sich so was doch nicht anmerken.« Frantz zwickte sie in die Seite, dass sie quiekte, und wich dem Lappen aus, mit dem sie nach ihm schlug.

Lachend setzte er sich an den kleinen Tisch, griff zum Becher und leerte ihn in einem Zug, dann säbelte er eine Kante vom Brot ab.

»Ich weiß zwar nicht, was du vorhast, aber schaffst du das an einem Richttag?«

»Wenn ich mich beeile. Doch Frühstück muss sein. Das wird heute ein harter Tag.«

Maria schnitt die Rosswurst in dicke Scheiben und schob sie ihm rüber. »Du könntest auch unterwegs essen.«

Ungläubig starrte er seine Frau an. »Bist du des Wahnsinns, Weib? Sollen die Leute den Nachrichter mit dem Richtschwert am Gürtel auf dem Weg zum Stadtgericht ein Wurstbrot schmausen sehen, bevor er die armen Sünder holt?« Schnell würgte er ein paar Bissen hinunter.

»Hast ja recht, das wäre der Würde deines Amtes abträglich.« Sie stürmte aus der Küche und kehrte mit Halskragen und Schuhen zurück. Den Kragen legte sie ihm gleich um, dann bückte sie sich unter den Tisch und zog ihm die Lederschuhe an.

»Machst du das jetzt jeden Morgen?«, fragte er und nahm noch einen Bissen.

»Nein!« Sie zwickte ihn in die Wade. »Wenn wir bald ein Kind haben, musst du erwachsen werden.«

»Das hättest du mir auch vorher verraten können.« Er schob das letzte Stück in den Mund und stand auf. Er war immer noch verliebt in diese Frau, sogar mehr als am Tag ihrer Hochzeit, auch wenn er es sich viel zu selten anmerken ließ.

Maria wischte ihm etwas aus dem Bart und küsste ihn, während er noch kaute. »Viel Glück.« Dann schob sie ihn auch schon durchs Behandlungszimmer in die gute Stube. Erst als es galt, das Richtschwert umzuschnallen, ließ sie von ihm ab und trat zurück. Er schloss den Schrank auf und holte den langen Zweihänder heraus. Die schlichte Scheide aus Holz und Leder verriet nichts über den einzigen Zweck ihres Inhalts, die Klinge aber schon, denn sie lief nicht spitz zu. Zum Zustechen diente sie nicht. Eingraviert waren die Worte ›Recte faciendo‹. Um Recht zu tun, bedeutete das. Frantz schnallte sich die Waffe der Gerechtigkeit um und ging zur Tür hinaus, ohne sich noch einmal nach seiner Frau umzusehen. Maria näherte sich ihm sowieso nicht mehr, sobald er das Schwert trug.

Auf dem Säumarkt und bei den Schlachtern regte sich noch nichts, doch am Ufer der Pegnitz lungerte der Schütze herum, Kathis Fürsprecher. Der kam ihm jetzt gerade recht. Frantz winkte ihn heran, ging aber zügig weiter.

Max war einen Moment darauf an seiner Seite. »Was kann ich tun?«

Frantz lächelte über seinen Eifer. »Beantworte mir eine Frage.«

»Gut.«

»Hast du mit Kathi Unzucht getrieben?« Aus dem Augenwinkel sah er, wie der Bursche wild den Kopf schüttelte.

»Nein! So eine ist sie nicht.«

Jetzt blieb Frantz doch stehen und musterte ihn eindringlich. »Sagst du die Wahrheit?«

Max nickte. »Ja, es stimmt.«

»Keine falsche Scham, ich bin kein Pfaffe.«

»Wirklich nicht. Wir waren ja gestern zum ersten Mal allein, aber da hatten wir ganz andere Sorgen.«

Frantz glaubte ihm, presste die Lippen aufeinander und ließ den Blick über den Fluss schweifen. Am Ende war die Kleine noch Jungfrau. Das warf seine Pläne völlig über den Haufen.

»Meister Frantz, Ihr schaut drein, als wäre das schlecht.«

»Ist es auch. Ich meine, ich freue mich natürlich, dass Ihr anständige junge Leute seid, aber dann muss ich mir etwas anderes einfallen lassen.« Langsam setzte er seinen Weg fort.

Max schritt wieder neben ihm her. »Kann ich irgendwas tun?«

Frantz strich sich über den Bart. »Gestern hast du gesagt, du würdest die Magd sogar heiraten wollen. War das ehrlich gemeint?«

»Ähm, ja.«

»Klingt nicht sehr überzeugend«, brummte er. Von wegen verliebter Gockel. Maria hatte recht.

»Nur, weil ich doch kaum was verdiene«, antwortete der Bursche kleinlaut. »Und ich hab sie noch nicht gefragt, nicht einmal geküsst hab ich sie.«

Er warf Max einen Seitenblick zu und glaubte ihm auch diesmal. »Gut, dann sieh zu, dass du heute Morgen vor dem Rathaus zu finden bist. Mit etwas Glück wirst du heute Dienst im Lochgefängnis tun.«

Der Schütze blieb stehen. Bestimmt stand ihm der Mund offen, aber Frantz wandte sich nicht um. Bald klatschten Stiefelsohlen aufs Pflaster, und Leinfelder holte ihn wieder ein. »Wie meint Ihr das?«

»Das weiß ich auch noch nicht so genau. Zuerst muss ich mit Kathi reden und dann vielleicht mit einem Priester …«

*

Kathi wälzte sich auf der Pritsche herum. Max hatte sie ausgeliefert, hierher gebracht, und doch wünschte sie, wieder seine starken Arme um sich zu spüren. Oh, was für ein törichtes Ding sie doch war! Diesem liederlichen Schützen konnte man nicht vertrauen. Aus tränenfeuchten Augen starrte sie in die Dunkelheit. Ob der Tag schon angebrochen war? Wenn es hier doch nur ein winziges Fenster gäbe. Doch sie meinte, den Umriss der hölzernen Tür auszumachen, also mussten schon Fackeln im Korridor brennen. Jetzt konnte sie vor der Tür Schritte vernehmen, leicht, aber eilig. Bestimmt war das die Lochwirtin. Ob sie sich ums Frühstück kümmerte? Kathis Magen knurrte erbärmlich. Hätte sie doch gestern die Mahlzeit angenommen, aber in ihrer Verzweiflung hätte sie wahrscheinlich gar nichts runtergekriegt.

Sie setzte sich auf und flocht ihre Haare zu einem Zopf. Egal, was der Tag bringen würde, sie wollte ihm ordentlich und züchtig entgegentreten. Dann ertastete sie den Eimer, raffte ihren Rock hoch und erleichterte sich, während sie sich auf der längs der Wand verlaufenden Holzbank abstützte. Sie erschauerte. Wenn tatsächlich zwei Bewacher bei ihr in der Keuche wären, müsste sie ihre Notdurft vor ihnen verrichten. Das wäre furchtbar peinlich. Allerdings war es so finster hier drin, dass die Kerle so oder so nichts sähen. Wieder hörte sie Tritte auf dem steinernen Boden des Gangs und hockte sich schnell zurück auf die Pritsche.

Jetzt ertönte von der Tür her ein Kratzgeräusch. Zwischen Bangen vor dem, was sie heute erwarten mochte, und Hoffen auf ein wenig Ansprache wartete sie darauf, dass die Zelle geöffnet wurde. Gleich darauf musste Kathi die Augen zukneifen, weil sie das Licht der Öllampe blendete.

»Alles in Ordnung mit dir?«, fragte die Lochwirtin.

»Glaub schon«, brachte sie heraus und öffnete blinzelnd ihre Augen. »Es ist gut, Euch zu sehen. Überhaupt was zu sehen. So eine finstere Nacht hier.«

»Ich weiß, Kind.« Sie stellte die Lampe an der Wand ab und reichte ihr eine Schüssel Grütze mit einer Scheibe Brot. Und einen Gänseflügel!

»Iss erst mal was. Heut früh wird hier ziemlich viel los sein wegen der Hinrichtung, aber nachmittags kann ich dir vielleicht ein wenig Gesellschaft leisten.«

»Das ist lieb von Euch.« Erleichtert knabberte sie sofort am Flügel. Köstlich! Als wirklich nur noch Knochen übrig waren, tunkte sie das Brot in den Napf. Dann musste sie heute vermutlich noch keine peinliche Befragung fürchten. Sie lächelte die Wirtin an und kostete die Grütze. »Das schmeckt alles sehr gut.«

»Ich tu mein Bestes, aber die Gans hast du den armen Sündern zu verdanken, denen es bald an den Kragen geht. Die kriegen schon den dritten Tag Berge von Fleisch und schaffen es kaum noch aufzuessen. Aber nun muss ich mich um die anderen Gefangenen kümmern.«

Scharf durchzuckte Kathi das schlechte Gewissen. Die Landsdiebe mussten heute am Galgen baumeln, und sie jammerte wegen der Dunkelheit. »Hab ich ganz vergessen«, murmelte sie. Aber sie war ja auch unschuldig. Doch wie viele reine Seelen wohl schon hier eingesessen hatten? Der Christoffel von der Zahlmeisterin ... Ob der Schneidermeister seinem Weib wirklich ein Gift verabreicht hatte, von dem sie lahm und krumm geworden war? Ihre alte Herrin hatte fest daran geglaubt. Die Arme, nun würde sie selbst vor Gottes Richtstuhl stehen. Die Lochwirtin eilte zur Tür hinaus und wollte schon zumachen, als

Tritte von mehreren Fußpaaren durch den von Fackeln erleuchteten Gang hallten. Das waren bestimmt die Landsdiebe. Wie gerne hätte sie hinausgelugt.

In der halb offenen Tür stehend rief die Wirtin überrascht: »Was macht Ihr denn schon hier um diese frühe Stunde, Meister Frantz?«

Meister Frantz! Kathi konnte kaum die Grütze in ihrem Mund hinunterwürgen.

»Ich möchte mit der Gefangenen sprechen.«

»Mit der Clara Lengin?«

»Nein, mit Katharina Schüttin, der Magd der Zahlmeisterin. Ich hab gehört, sie ist verhaftet worden.«

»A-aber, hat der Rat das denn angeordnet?« Die Schallerin klang nervös, dabei begegnete sie dem Nachrichter bestimmt oft. Gebannt spitzte Kathi die Ohren.

»Nein, noch nicht, aber die Zahlmeisterin war eine geschätzte Patientin von mir, deshalb interessiert mich sehr, was passiert ist.« Seine Stimme wurde viel sanfter. »Die Magd ist vielleicht nur eine Zeugin.«

»Oh, das ist sehr ungewöhnlich. Eine Befragung sollten doch lieber die Lochschöffen übernehmen.«

»Gute Frau, glaubt Ihr, ich werde Eurem Schützling ohne Not etwas tun?« Jetzt klang er verärgert.

Kathi schauderte, stellte die Schüssel auf die Bank, zog ihre Beine auf die Pritsche und drückte sich an die Wand.

Die Wirtin schob die Tür ganz auf und trat zur Seite. Meister Frantz duckte sich unter dem Türsturz durch und richtete sich auf. Die Öllampe malte Flecken aus Schatten und Licht in sein Gesicht. »Nun, Kathi, hast du inzwischen deine Zunge gefunden?«

»Was?« Ihre Brust zog sich zusammen. Sie verstand nicht, starrte ihn voller Angst an. Der Mann trug das Schwert!

»Neulich hast dich nicht getraut, mir zu antworten.« Im Umdrehen schloss er die Tür, sperrte die besorgt dreinblickende Lochwirtin aus. Dann kam er zu ihr, nahm die Schüssel und hielt sie ihr hin. »Iss ruhig weiter. Max lässt dich grüßen.«

»Was?«, wiederholte sie. Max, der sie so schäbig verraten hatte? Sie nahm die Grütze.

Der Nachrichter setzte sich auf die Bank dicht neben sie und legte das Richtschwert über seine Schenkel. »Kannst du auch noch etwas anderes sagen?«

Als Kathi benommen nickte, huschte ein spöttisches Lächeln über sein Gesicht. Sie musste aufhören, sich wie eine dumme Gans zu benehmen! »Ja, das kann ich. Was wollt Ihr wissen? Hat Max mit Euch gesprochen?«

»Er kam gestern Abend noch spät zu mir und hat mir erzählt, was er wusste. Der Bursche glaubt an deine Unschuld.«

Ausgeliefert hatte er sie trotzdem. Sie stellte die Schüssel auf die

Bank an der anderen Wand und schlang die Arme um ihre Schultern. »Schön, aber er wird wohl der Einzige bleiben, der das so sieht.« Sie wagte einen scheuen Seitenblick auf den Nachrichter, doch der verzog keine Miene, starrte sie nur die ganze Zeit an.

»Wenn er schon das Bett mit dir geteilt hat, sollte er auch für dich einstehen.«

Kathi sprang auf. »Nein! Nie hab ich …! Dieser Lügner und Verleumder! Ich hab nicht bei ihm gelegen, das müsst Ihr mir glauben!« Noch größere Verzweiflung brach über sie herein. Am Ende würde sie als Diebshure und Mörderin noch am Galgen enden. Tränen brannten in ihren Augen, doch vor dem Nachrichter wollte sie nicht weinen. »Erst verrät er mich an die anderen Schützen, und dann beschmutzt er auch noch meinen Ruf.« Jetzt entfuhr ihr doch ein Schluchzen. »Dieser Schuft.« Sie sank aufs Bett.

»Sag, bist du noch Jungfrau?«, fragte Meister Frantz mit viel sanfterer Stimme.

»Was?« Kathi glaubte, sich verhört zu haben. »Ja, natürlich.« Was sollte die Frage denn? Aufmerksam musterte sie das Gesicht des Mannes, der sie bald vom Leben zum Tode bringen würde. Hier unten sah er viel älter aus als gestern im Sonnenschein.

Seine Brust hob und senkte sich. »Max hat mir ebenfalls erzählt, dass ihr keine Unzucht getrieben habt. Ich wollte nur sichergehen, dass er mich nicht angelogen hat.«

Eine Last fiel von ihr. »Wieso sollte er? Und was hat meine Tugendhaftigkeit mit dem Tod der Zahlmeisterin zu tun?«

Jetzt lächelte er wieder, diesmal ganz ohne Spott. »Gar nichts. Du bist ein kluges Kind. Erzähl mir, was passiert ist.«

*

Als Kathi ihre Schilderung mit dem Sprung aus dem Fenster und ihrem Zusammenstoß mit Max beendete, war auch Frantz von ihrer Unschuld überzeugt. Leider würde das den Rat nicht davon abhalten, sie einer peinlichen Befragung unterziehen zu lassen, und er müsste sie gegen seine Überzeugung durchführen. Frantz gefiel die Sache gar nicht. Nun ja, besser er, als irgendein Stümper. Dennoch … Er begann zu grübeln. Wenn's die Kathi nicht gewesen war, wer dann? Dieser Bettler, der sich noch einmal nach seinem Opfer umgeschaut hatte – oder hatte er einfach nur etwas Verdächtiges bemerkt? Vielleicht kannte der Bettelvogt ihn oder hatte ihn gar in Gewahrsam genommen. Aber warum war die Beckin zurückgekommen? Hatte sie das Haus überhaupt verlassen? Das Weib war ihm verdächtig, dabei kannte er sie nicht einmal. Oder misstraute er ihr nur, weil seine Schwiegermutter ebenfalls Beck hieß? Schnell verdrängte er den lächerlichen Gedanken. Marias Mutter hatte ihm immerhin, wenn auch nach langem Ringen, ihre Tochter anvertraut. »Hättest du nicht gehört, wenn die Tür noch einmal auf- und zugegangen wäre?«, fragte er.

Kathi blickte an die Decke. »Weiß nicht, ich hab nicht drauf geachtet. Es war auch Krach auf der Straße. Falls gerade ein Wagen durchgerumpelt ist, konnte ich die Tür nicht hören. Und eine Schmiede ist ja auch ganz in der Nähe. Da schlägt dauernd was.«

Ja, in der Lodergasse sollte tagsüber einiges los sein. »Und durch das Fenster hätte auch jemand kommen können?«, fragte er weiter.

Sie nickte eifrig. »Ein kräftiger und nicht zu dicker Mensch bestimmt ganz leicht. Wir haben doch noch keins von diesen schönen, vierflügligen Fenstern mit Butzenscheiben.« Kathi biss sich auf die Unterlippe. »Hatten, muss ich wohl sagen.«

Da wäre Einsteigen wirklich kein Problem. »Hat deine Herrin ihre schöne Perlenkette noch getragen, als die Beckin gekommen ist?«

Kathi überlegte kurz, dann schüttelte sie den Kopf. »Nein, die hat sie nach dem Besuch bei Euch zu Hause gleich wieder abgenommen, und ich hab sie in das Kästchen getan, wo sie hingehört.«

»Und wo befindet sich die Schatulle?«

»Auf dem Tisch in der guten Stube.«

Frantz schloss die Augen. Da hätte jeder Dieb wohl zuerst reingeschaut. Ein gewöhnlicher Räuber hätte die alte Frau allerdings kaum umgebracht, da sie ihn nicht hätte aufhalten können. Nein, das musste jemand gewesen sein, der sie gehasst hatte. Oder schlicht jemand, den die Zahlmeisterin gekannt hatte. Jemand wie Kathi oder die Beckin. Der Langfinger musste befürchten, dass die alte Frau ihn anzeigte, wenn er sie leben ließ. Frantz seufzte. Mit der Beckin sollte er sich unterhalten, nur war das für ihn als Nachrichter nicht so einfach. Vorher musste jemand feststellen, ob die Kette gestohlen wurde.

Kathi sah ihn aus weit aufgerissenen Augen an. »Was denkt Ihr, Meister Frantz?« Sofort schlug sie eine Hand vor den Mund. Hielt sie es für ungehörig, ihn anzusprechen?

»Hat deine Herrin noch anderen wertvollen Schmuck besessen oder sonst etwas, das sich zu stehlen lohnte?«, fragte er. Eigentlich konnte er sich nicht vorstellen, dass die Zahlmeisterin vermögend gewesen war, weil sie ihn immer bei den Preisen für seine Behandlung heruntergehandelt hatte. Da fiel ihm ein, dass die gerissene alte Frau gestern nur den halben Preis gezahlt hatte, weil er wegmusste und Maria nicht gesagt hatte, welcher Preis ausgemacht war.

»Nein.« Kathi schüttelte heftig den Kopf. »Selbst ihre Gewänder sind schon ziemlich abgetragen. Wir sind gerade so über die Runden gekommen. Oh, bei der Beckin hatte sie wohl auch Schulden. Trotzdem, von der Kette wollte sie sich nicht trennen. Die ist das einzig kostbare Geschenk von ihrem Mann gewesen – Gott hab ihn selig.«

Frantz rieb sich übers Gesicht. Wenn die Zahlmeisterin der Beckin Geld schuldete, hatte die gar keinen Grund, sie umzubringen, denn jetzt bekäme sie es wohl nie zurück. Ein Klopfen an der Tür riss ihn aus seinen Überlegungen. »Meister Frantz!«, rief die Lochwirtin.

»Was ist?«, fragte er gereizt.

»Die Priester sind hier.«

»Dann sollen sie den armen Sündern Trost spenden, wie sie es immer tun.« Weswegen belästigte sie ihn damit? Er musste schließlich erst nach der Ratssitzung seines Amtes walten. Traute die Schallerin ihm zu, sich an der Magd zu vergreifen, weil sie immer noch vor der Tür herumlungerte? Na, grad schicklich war's nicht, das Mädel mit einem Mann allein zu lassen. »Ich komme gleich«, brummte er, um sie zu beruhigen. Die Geistlichen kamen ihm allerdings gerade recht, nur welchen von beiden könnte er am ehesten von seinem Plan überzeugen? Doch erst musste er Kathis Meinung dazu erfahren.

»Die Lochschöffen werden dir vermutlich dieselben oder ähnliche Fragen stellen. Beantworte sie wahrheitsgetreu.«

»Werden sie mir glauben?«

Er zuckte mit den Achseln. »Ich weiß es nicht.« Warum sie anlügen? »Ich fürchte, der Rat wird dich mir zur peinlichen Befragung überstellen. Du weißt, was das bedeutet?« Er sah sie eindringlich an, um festzustellen, ob sie sich des Ernstes ihrer Lage wirklich bewusst war.

Sie senkte den Kopf. »Dass Ihr mir wehtun werdet. Dann werde ich sonst was gestehen, und Ihr müsst mir den Kopf abschlagen.«

»Genau, außer du bist besonders tapfer.« Davon ging er allerdings keinen Moment aus, obwohl er gelegentlich überrascht wurde. Mancher Verdächtige wurde auch nach mehreren Tagen der Folter wieder freigelassen, weil kein Geständnis zu erwirken war. Er ließ die Aussicht auf Folter noch ein wenig einsinken, bis sie ihn wieder anschaute. Erst dann fuhr er fort: »Es gäbe da eine Möglichkeit.«

»Was für eine?« Hoffnung schwang in ihrer Stimme mit.

»Wenn du sagst, dass du schwanger bist, wird die Folter verschoben.« Auf ihrem Gesicht konnte er mühelos ablesen, was sie dachte, wie sie den Verlust ihrer Ehre gegen den ihres Lebens abwog. »Das gibt uns Zeit, den wahren Mörder zu finden.«

»Uns?«

»Na, vor allem dem Max, aber auch ich werde tun, was ich kann, um die Wahrheit herauszufinden. Und die Lochschöffen werden daran interessiert sein, mehr über die Vorgänge zu erfahren.«

»Max will mir tatsächlich helfen?«, fragte sie ungläubig.

Die beiden kannten sich anscheinend wirklich nicht so gut. »Freilich. Er hat dich nicht verraten wollen, hat nur keinen anderen Ausweg gesehen, als plötzlich sein Kamerad auftauchte.«

Sie schwieg einen Moment, dann legte sie den Kopf schief und sagte: »Aber … wenn ich das sag … wird man mir einfach glauben, dass ich schwanger bin?«

Jetzt kam der schwierige Teil. Frantz atmete tief durch. »Nein, eine Hebamme wird dich untersuchen. Du bist tatsächlich noch Jungfrau?«

Kathi nickte. »Wird sie das merken?«

Frantz entfuhr ein Lachen, doch er riss sich gleich wieder zusammen. »Oh ja.«

Sie stützte die Ellbogen auf ihre Schenkel und vergrub das Gesicht in ihren Händen. »Dann bin ich verloren«, murmelte sie.

Verlegen räusperte er sich. »Du musst keine Jungfer bleiben.«

Sie ließ die Arme sinken und starrte ihn an. »Ihr wollt Unzucht mit mir treiben?« Hastig rutschte sie von ihm weg, zog die Beine an und umfasste fest ihre Knie.

Also traute ihm nicht nur die Schallerin das zu. Zur Strafe ließ er sich mit der Antwort Zeit. »Nein, Kathi, aber es gibt da einen jungen Mann, der dich gerne zum Eheweib nehmen würde.«

»Wer?« Ihre Haltung entspannte sich etwas; ihre Stirn legte sich in Falten.

Dieses Mägdlein war wirklich von einer entwaffnenden Unschuld. »Kannst du dir das nicht denken?«

»Der Max?«, flüsterte sie.

»Genau der. Er will dich vor schlimmen Dingen bewahren, und ich will sie dir nicht antun müssen.« Sein Blick fiel auf ihre abgekauten Nägel. Die hatten gestern noch nicht so ausgesehen. Kurz stellte er sich vor, einen Holzsplitter ins empfindliche Fleisch darunter treiben zu müssen. Er sollte sie lieber überzeugen, wenn er ihnen beiden das ersparen wollte.

»Aber ... wie soll das gehen, der Rat wird uns hier doch keine Hochzeit ausrichten?«

Frantz lächelte. »Der Rat nicht, aber vielleicht kann ich das tun.«

Nun klappte ihr der Mund auf, und die Augen wurden noch größer.

»Magst du ihn denn zum Mann nehmen?«

Langsam nickte sie. »Wenn er das für mich tut, könnte ich mir doch keinen Besseren wünschen, oder?« Sie blinzelte, dann lief ihr eine Träne aus dem Augenwinkel.

»Ich denke, da hast du recht.« Er erhob sich und legte die Hand auf den Schwertknauf. Die Waffe hätte er besser draußen lassen sollen, aber er konnte sie auch nicht einfach irgendwo ablegen, sodass jeder dahergelaufene Knecht sie anfassen konnte oder sogar stahl. Oder, wenn ein Delinquent ihrer habhaft würde ... Er schluckte. Das wäre sein Ende als Nachrichter der Freien Reichsstadt, so etwas verzieh der Rat bestimmt nicht.

Kathi packte seine freie Hand. »Ich danke Euch, Meister Frantz. Grüßt Max von mir. Auch ihm schulde ich Dank.«

Frantz überlief ein kleiner Schauer. Zum ersten Mal berührte sie ihn und dachte überhaupt nicht daran, dass er der Nachrichter war, das Schreckgespenst. Er drückte ihre schmalen Finger. »Ich werde zusehen, dass ich wenigstens den kirchlichen Segen für Euch bekomme, noch heute. Die amtliche Heirat werdet ihr dann wohl nachholen müssen.«

Kathi ließ ihn los und sprang auf. »Aber könnt Ihr den Max denn auch hier reinschmuggeln, damit er und ich ... Ihr wisst schon ...«

Kurz überlegte er, ob es nicht am einfachsten wäre, jetzt gleich ihr Hymen zu durchstoßen, mit der Hand des Arztes. Doch eine erfahrene Hebamme mochte den Unterschied bemerken. Mehr noch widerstrebte es ihm zu tiefst, der jungen Magd so grob die Unschuld zu rauben. Lieber bräche er ihr jeden Finger einzeln, denn Knochen wuchsen wieder zusammen. Die Erinnerung an seine eigene Hochzeitsnacht drängte in seine Gedanken. Maria war nicht mehr unberührt gewesen und hatte doch nicht geahnt, dass die Vereinigung von Mann und Frau keine Qual sein musste. Wenn er den Quacksalber je in der Folterkammer zwischen die Finger bekäme ... Marias Schwester hatte mit einem Fieber darniedergelegen, und in ihrer Not war Maria zu diesem Schwindler gegangen. Schlangengift, angeblich aus der Neuen Welt, hatte er ihr aufgeschwatzt, doch zu viel Geld dafür verlangt. Das konnte die Familie nicht aufbringen. Frantz wusste, welchen Preis seine Liebste für die Arznei gezahlt hatte. Die Schwester war trotzdem gestorben.

»Warum schaut Ihr so finster?«, fragte Kathi.

Frantz riss sich zusammen. Irgendwie würde er das schon hinkriegen, schließlich fehlten zwei Lochknechte wegen Krankheit. Das Kriegsamt musste dem Lochhüter bei Ausfällen zusätzliche Leute zur Verfügung stellen, und da kamen nur Schützen und Stadtknechte infrage. »Sobald ich weg bin, musst du vor der Lochwirtin und den Knechten gar erbärmlich tun, als wolltest du dich am liebsten umbringen. Ich hab dir nämlich abscheuliche Dinge angedroht, verstehst?«

»Aber dann lassen sie mich bewachen!«, rief sie aus.

Frantz schmunzelte. »Genau, und ich kenne da den idealen Wächter für dich.«

»Den Max!«

Ganz so einfach würde es wohl nicht werden. Trotzdem durfte er Kathis Zuversicht nicht gleich wieder ins Wanken bringen. »Du hättest doch nichts dagegen?«

Sie schüttelte den Kopf, blickte aber etwas ängstlich drein. »Die Lochwirtin sprach von zwei Wächtern, die aufeinander aufpassen.«

Daran hatte er gar nicht gedacht, aber ja, bei weiblichen Gefangenen musste das sein. Voller Abscheu erinnerte er sich an den Bettelvogt, einen Stadtknecht, der Almosenschreier ohne Genehmigung in Gewahrsam zu nehmen hatte. Da hatte der Kerl sich doch im Schuldturm an einer Magd im Stock vergehen wollen, als die Frau des Turmhüters dazugekommen war! Den hatte er gern mit der Rute ausgestrichen und aus der Stadt gejagt.

»Das sollte sich vermeiden lassen.« Auch wenn sie sich für ihre Arbeit eine raue Schale zugelegt hatte – die Schallerin besaß ein gutes Herz und wäre vermutlich die Erste, die einer Bewachung nur durch Max zustimmen würde, falls die beiden den Segen eines Priesters bekämen. »Versprechen kann ich allerdings noch nichts«, warnte er sie dann doch. »Oh, noch eine wichtige Frage. Wann hast du das letzte Mal geblutet?«

Kathi blickte auf ihre Hand. »Letzte Woche hab ich mich in den Finger gesch … Oh, Ihr meint das andere.« Sie kaute auf der Unterlippe, dann sagte sie: »So vor zwei Wochen?«

»Gut, das gibt uns etwas Zeit, und vielleicht wirst du ja wirklich schwanger.« Er lächelte ihr aufmunternd zu.

*

Max hielt die Ungewissheit kaum noch aus. Er drehte wieder eine Runde um das Rathaus und spähte durch eines der Fenster, die gerade noch über den Boden ragten, in die Küche des Lochhüters. Schade, dass die Zellen keine Fenster hatten, dann könnte er Kathis Keuche suchen und mit ihr sprechen. In diesem Moment ertönte Hufgetrappel, und er drehte sich hastig um, bevor jemand seine Neugier bemerkte. Einige Stadtknechte kamen geritten, unter ihnen auch Maxens Hauptmann Simon Muffel. Verdammt, der würde sich bestimmt wundern, was er hier trieb, obwohl er doch gar nicht dazu abgestellt worden war, den Wagen mit den armen Sündern zu begleiten.

Als hätte er ihn nicht gesehen, schlenderte Max in die andere Richtung. Doch von da kam gerade einer der Nachtarbeiter, die Gäule, die den Karren zogen, am Halfter führend. Die Unratwagen der Pappenheimer wurden dazu verwendet werden, Delinquenten zum Galgen zu transportieren. Max wich dem Fuhrwerk aus und spähte aus dem Augenwinkel zu Muffel hinüber. Natürlich hatte der sich umgewandt, als er die Räder auf dem Pflaster hörte, und Max bemerkt. Er winkte ihn heran. Mit strammen Schritten ging Max zu ihm.

Der Muffel fing gleich an zu kollern: »Wenn du dich schon hier herumdrückst, kannst auch gleich die Prozession zum Rabenstein begleiten.« Ein verdutzter Ausdruck huschte über sein feistes rotes Gesicht. Er kratzte sich am Kopf. »Hab ich dich nicht zum Dienst auf der Frauentormauer eingeteilt?«

»Doch, aber erst ab Mittag.«

»Dann passt's ja. Dich hat die Neugier hergetrieben, was?«

»Ja.« Was hätte er auch sonst antworten können? Dass er sich hier zur Verfügung des Nachrichters hielt, um einer unschuldig Verhafteten – von ihm verhaftet – zur Freiheit zu verhelfen? Wohl kaum. So ein vermaledeites Pech aber auch, dass der Muffel ihn hier erwischen musste! Aber mit dem war nicht gut Kirschen essen, und da er nächste Woche schon keine Arbeit bekäme, sollte er lieber nicht aufmucken. Am Ende würde der Hauptmann ihn ganz entlassen. Maxens Handflächen wurden feucht, als er sich zum Karren stellte. Aber Kathi! Was, wenn Meister Frantz ihn jetzt brauchte? Hoffentlich war nun nicht alles verdorben.

*

Frantz wartete vor dem Henkersstüblein, um die armen Sünder zu holen und vor den Stadtrichter zu bringen. Im Stillen sprach er ein Gebet für die Seelen der Landsdiebe sowie seine eigene, dann bat er den Herrn, ihm den rechten Weg für Kathi zu weisen. Endlich wurde aufgeläutet, sein Zeichen. Er klopfte, trat ein und fand die Blicke der Anwesenden auf sich gerichtet, der drei Diebe und der beiden Priester. Die üppige letzte Mahlzeit hatten die Verurteilten längst verschlungen. Gut so, ein voller Bauch hegte weniger Groll. »Darm, Pfaffenlien –« Frantz stockte, als die Geistlichen ihn verdutzt ansahen. Der Kerl, den sie Zähneblecker nannten, feixte und verdiente sich seinen Namen.

Frantz besann sich. »Hans Müllner, Lienhardt Walz und Hermann Schröter, ich bitte euch um Verzeihung für das, was ich tun muss.« Zwar gehörte diese Bitte zum Ritual, doch war die Vergebung der Delinquenten ihm wirklich wichtig. Wenn sie alsbald vor dem himmlischen Richter stünden, sollten sie keine bösen Gedanken gegen ihn im Herzen tragen. Auch dem Zähneblecker war das Grinsen wieder vergangen.

Die Männer nickten, der Darm murmelte etwas Unverständliches, dann standen sie auf. Nun kamen auch drei Stadtknechte herein und banden die Hände der Diebe. Frantz legte ihnen die Armesünder-Mäntel über und führte sie in Begleitung der Priester hinauf zum Stadtgericht im großen Rathaussaal, wo hinter einem massiven, reich verzierten Messinggitter der Stadtrichter und die zwölf Schöffen saßen. Als sie den Saal betraten, wandten die drei Landsdiebe ihre Gesichter allerdings unwillkürlich der Decke und den Wänden zu. Diese waren vom großen Albrecht Dürer reich bemalt worden, selbst die Laibungen der spitz zulaufenden Fenster, und jeder, der zum ersten Mal hier war, bestaunte die Pracht der farbigen Figuren. Wie so oft musste Frantz die Beschuldigten anstoßen, damit sie sich vor das Gitter stellten.

Der Schreiber verlas die Anklagepunkte und Geständnisse. Alle drei legten die Urgicht ab und bestätigten, dass ihre Geständnisse der Wahrheit entsprachen. Der Richter stellte die übliche Frage, ob das Urteil dem Rechte nach abgefasst sei. Als die Schöffen dies schworen, verlas der Gerichtsschreiber das Todesurteil durch den Strang. Nun wandte sich der Richter an Frantz. »Nachrichter, ich befehle Euch im Namen des Heiligen Römischen Reichs, Hans Müllner, Lienhardt Walz und Hermann Schröter zur gewöhnlichen Richtstatt zu bringen und das vorgenannte Urteil zu vollstrecken.« Damit brach er den weißen Richtstab entzwei.

Zusammen mit den Geistlichen führte Frantz die armen Sünder aus dem Saal und die Treppe hinunter. An einem Seiteneingang übergab er sie dem Löwen, der sie durch die Stadt und hinaus zum Rabenstein fahren sollte, während Frantz die Strecke allein zurücklegen würde, fern der Zuschauer, die durch Flugblätter über die Hinrichtung informiert worden waren.

»Meister Frantz!«, rief jemand.

Überrascht wandte er sich um. Eisvogel, einer der beiden aktuell tätigen Lochschöffen, was wollte der denn?

Der Mann baute sich schnaufend vor ihm auf. »Ihr werdet vermutlich morgen die Magd der Zahlmeisterin peinlich befragen müssen, ich wollt's nur schon mal sagen. Wir werden Katharina Schüttin noch heute verhören und ihr mit Folter drohen. Falls das nicht reicht, seid Ihr gefragt.«

Das kam nicht wirklich überraschend. Frantz nickte. »Befragt sie, droht ihr, und dann soll sie noch eine Nacht darüber schlafen. Ihr wisst ja, die Angst vor Schmerzen ist oft schlimmer, als der Schmerz selbst. Vielleicht werden meine Dienste dann gar nicht mehr nötig sein.«

Ein Lächeln umspielte die Mundwinkel des Mannes. »Ihr habt recht.«

»Da fällt mir ein, die Zahlmeisterin hat mich am Tag, an dem sie zu Tode gekommen ist, wegen ihrer Lahmheit konsultiert, was sie regelmäßig gemacht hat. Dabei hat sie eine wertvolle Perlenkette getragen. Stadtknechte sollten im Haus der Verstorbenen nachschauen, ob das Schmuckstück zu finden ist.«

»Gut, ich werde das veranlassen. Nun geht hin und richtet die Landsdiebe, Meister Frantz.«

Draußen schlug der Löwe bereits die Trommel. Sie traten aus dem Rathaus, und Eisvogel nahm seinen Platz hinter dem Richter ein. Berittene Stadtknechte in roten Kappen und schwarzroten Pluderhosen beschützten die Prozession. Frantz entdeckte Max unter den Schützen, die zu Fuß neben den armen Sündern hergingen und die lebende Fracht des Karrens bewachten. Der hatte wohl nicht verhindern können, dass man ihn einteilte. Na, noch gab es für ihn nichts zu tun, für Frantz dagegen umso mehr. Ihnen blieben noch ein ganzer Tag und eine Nacht, um den Plan auszuführen. Wenn die Schöffen Kathi heute mit der Folter drohten, bräuchte sie wirklich einen Bewacher … Nur wie sollte er es zustande bringen, dass ausgerechnet Max zu diesem Dienst abgestellt wurde? Irgendwie hatte er sich heute Morgen alles viel zu leicht vorgestellt, und seine Überzeugung von Kathis Unschuld hatte ihn unüberlegt vorpreschen lassen. Nun, mit Gottes Hilfe konnte es gelingen. Hoch erhobenen Hauptes zog er los, um das zu tun, wovon er wirklich etwas verstand.

*

Lucas Korber hasste Hinrichtungen. Allzu sehr erinnerte es ihn daran, wie leicht auch er am Galgen hätte enden können, hätte er nicht nach der letzten Hungersnot, die den Vater beinah den Hof gekostet hatte, in der Stadt Arbeit bekommen. Vielleicht wäre er sonst auch Landsdieb geworden. Doch dieser Hinrichtung beizuwohnen, fühlte er sich verpflichtet. Schließlich hatte er dem Rat das Versteck der drei Diebe verraten, also sollte er sich auch anschauen, was den Männern durch seine Schuld geschah. Warum ausgerechnet Mördern die gnädigere Strafe mit dem Schwert vorbehalten blieb, konnte er nicht verstehen. In seinen Augen war es viel schlimmer, einem Menschen das Leben zu rauben. Das sahen die Pfeffersäcke natürlich anders, denen ging's ja nur ums Geld. Allerdings schrieb das Gesetz die Strafen vor, nicht der Rat.

Als Nachzügler am Rabenstein angelangt, mischte sich Lucas unter die zahlreichen Gaffer, für die so ein Richttag eine willkommene Abwechslung vom täglichen Einerlei war. Kaplan Eucharius Brühl von Sankt Sebald spendete soeben den dreien das letzte Sakrament. Die armen Kerle durften noch einmal ohne Hast ihre Seele dem Allmächtigen empfehlen, dann nahm der Nachrichter den ersten Delinquenten an den auf den Rücken gebundenen Armen. Beinah sanft mutete es an, wie er ihn zur Doppelleiter schob und neben ihm hinaufstieg. Gleich würde es geschehen … Er schloss kurz die Augen. In diesem Moment legten sich Finger auf Lucas' Arm, und er zuckte zusammen. Der Schöffe Eisvogel! Was wollte der denn von ihm?

»Schlechtes Gewissen?«, fragte er mit einem verschlagenen Lächeln. »Oder verspürst du gar Stolz?«

Lucas wollten die Beine wegsacken. »Warum?«, keuchte er.

»Vielleicht, weil du uns diese Männer ausgeliefert hast.«

»Woher …?« Michel, der Schuft, musste dem Schöffen seine Quelle verraten haben. Lucas schüttelte den Kopf. Was wollte der Mann von ihm? Er hatte doch nichts Böses getan.

»Zuträger sieht der Rat mit Wohlwollen. Du könntest dich noch einmal nützlich machen. Für guten Lohn als unser Kundschafter.«

Lucas durchfuhr ein eiskalter Schreck. Er, ein Ratsspitzel? Hastig sah er sich um, ob sie jemand beobachtete, doch alle Blicke galten dem Rabenstein, wo Meister Frantz dem armen Sünder gerade den Strick um den Hals legte und festzog. Der Nachrichter wandte sich dem Mann zu, fragte ihn vermutlich, ob er noch letzte Worte sagen wollte. Der schüttelte den Kopf, und so stieß der Nachrichter ihn ohne viel Federlesens von der Leiter. Obwohl alle das erwartet hatten, ging ein Keuchen und Ächzen durch die Menge der Zuschauer. Lucas senkte den Kopf, wollte den Todeskampf nicht sehen, den er ebenso sehr herbeigeführt hatte wie der Nachrichter. Durch seinen Verrat war er doch schon ein verdammter Spitzel! Und einen hübschen Batzen konnte er gut gebrauchen. »Worum geht's?«, fragte er den Schöffen.

Listig grinste der Eisvogel. Seine Zungenspitze schnellte über seine Lippen. »Hör dich in der Stadt um, ob jemand etwas über den Mord an der Zahlmeisterin weiß.«

Lucas sah den Mann überrascht an. »Ich? Aber … Warum nicht

Eure Stadtknechte?«

Der Schöffe hielt den Blick auf den Galgen gerichtet, während er seine Antwort flüsterte: »Du wohnst und arbeitest doch in der Fetten Gans, da kennst du viele Leute, bekommst einiges mit, kannst unauffällig Fragen stellen. Keiner weiß, dass du für uns arbeitest …«

Hätte er doch nur seine Klappe gehalten! Aus dieser Klemme gab es kein Entrinnen. Was der Eisvogel sagte, stimmte allerdings, und es schadete ja nichts, seine Ohren aufzusperren. Aber bespitzeln würde Lucas seine Gäste nicht!

Gerade wollte er ihm das sagen, als der Schöffe weitersprach: »Du wünscht doch bestimmt, dass es auch so bleibt.«

Da schluckte er schwer. Wenn das mal keine Drohung war! Zuträger waren nicht gerade beliebt in der Bevölkerung, auch dann nicht, wenn der Rat sie lieber Kundschafter nannte. Dabei war es doch Bürgerpflicht, Verbrecher zur Strecke zu bringen. Wer sollte es sonst tun? Vielleicht die Stadtknechte? Beinah hätte er gelacht. Die erkundeten lieber die Tiefe ihrer Krüge. Er riss sich zusammen und schaute wieder zum Galgen. Während der Nachrichter mit dem zweiten armen Sünder die Leiter hinaufstieg, deutete Lucas dem Eisvogel mit einem Nicken sein Einverständnis an.

Sein Auftraggeber raunte: »Übrigens kannte Meister Frantz die Verstorbene. Vielleicht solltest du auch mit ihm reden.«

Mit dem Nachrichter? Lucas schnürte es den Hals zu, als lege der Mann gerade ihm die Schlinge um den Hals, nicht dem Delinquenten. Langsam drehte er sich zu Eisvogel um, doch der stand bereits einige Schritte entfernt von ihm bei Diakon Schelhammer von Sankt Lorenz.

Verdammt, hätte er die Schurken doch nie verraten! Der Neubauer wäre nicht so blöd gewesen, solche Informationen weiterzutragen, und wenn er davon wüsste, würde der Wirt ihn bestimmt rauswerfen. Nur Lucas, Hohlkopf, der er war, hatte sich von einer möglichen Belohnung verlocken lassen. Und die bekam er nun doppelt in Form einer Drohung. Das war nicht recht vom Rat. Was der Eisvogel wohl mit dem Pfaffen zu bereden hatte? Sollte der auch Spitzeldienste übernehmen? Unauffällig näherte er sich den beiden Männern und hörte Eisvogel halblaut hervorstoßen: »Ihr wisst, dass wir während des Kurfürstentags hier in Nürnberg keine Brandreden von der Kanzel hören wollen.«

Der Diakon schnaubte verächtlich. »Jedem Geistlichen steht es in der Freien Reichsstadt zu, seine Meinung kundzutun! Ich halte es mit Luther, auch wenn der Rat die Konkordienformel nicht unterschrieben hat, sich nicht zur lutherischen Lehre bekennen will.«

Wieder blitzte Eisvogels rosige Zungenspitze hervor, wie bei einer Natter. »Ein friedliches Zusammentreffen sollte auch in Eurem Interesse sein, Magister Schelhammer. Und der Rat wird sich erkenntlich zeigen.«

Der Diakon wiegte seinen Kopf hin und her, als müsste er das bedenken, dabei hatten bei dem Wort ›erkenntlich‹ bereits seine Augen aufgeleuchtet. »Hmmm, natürlich liegt auch mir an einem friedlichen Beisammensein. Und ich schätze Melanchthon ja durchaus sehr …«

Lucas trat zurück. Was ging ihn der Gelehrtenstreit um das vermaledeite Konkordienbuch an? Darüber hörte er im Wirtshaus schon genug langweiliges Geschwätz. Mochte doch jeder predigen, was ihm gefiel, und jeder glauben, was ihm noch besser gefiel.

*

Nachdem Frantz die Leiter zum zweiten Mal hinuntergestiegen war, nickte er dem Löwen zu, und gemeinsam schoben sie die wuchtige Stiege ein Stück weiter. Der letzte arme Sünder hielt den Kopf gesenkt, als wolle er nicht sehen, was ihn erwartete. Sehr verständlich. Frantz trat zu ihm. »Bist du bereit?«

Der Pfaffenliendtel nickte. »Bringen wir's hinter uns. Gute Nacht, schöne Welt.«

»Möge der Herr deiner Seele gnädig sein.«

Beim ersten Schritt sackte dem Mann das Bein weg. Frantz packte ihn am Arm und hielt ihn aufrecht. »Reiß dich zusammen, oder willst du den Nürnbergern als Feigling in Erinnerung bleiben? Na los, eine letzte mutige Tat des reuigen Sünders nach einem verkommenen Leben.« Ein Appell an männlichen Stolz sollte auch bei so einem Wirkung zeitigen. Eigentlich kannte er die Männer kaum, da sie ob der großen Anzahl Zeugen gar nicht erst versucht hatten, ihre Schandtaten zu leugnen, aber die Worte schienen Gehör zu finden.

Der Pfaffenliendtel richtete sich auf und blickte zu seinen Kumpanen hoch, von denen nur noch einer zappelte. Der andere stand schon seinem himmlischen Richter gegenüber. Frantz lockerte seinen Griff und schob den dritten Galgenvogel sanft zur Leiter, stützte den armen Sünder lediglich an den gebundenen Handgelenken, während sie nebeneinander hinaufstiegen. Als sie hoch genug auf den Sprossen standen, ließ der Mann sich anstandslos von Frantz die Schlinge um den Hals legen, die schon vom Querbalken baumelte.

»Willst noch ein letztes Wort an die Leute richten, Lienhardt?«

Statt zu antworten, fragte er: »Darf ich springen?«

Der hatte Schneid. Frantz nickte, legte ihm nur leicht die Hand auf die Schulter. Schließlich sollte eine Hinrichtung nicht nach Selbstmord aussehen. Obwohl der arme Sünder sich mit Schwung von der Leiter fallen ließ, wand auch er sich und zappelte gegen das Unvermeidliche an. Egal, was der Stolz einem Manne befahl, der Körper tat in den letzten Minuten doch, was er musste: ums Überleben kämpfen. Bände er den zu Hängenden nicht die Hände auf den Rücken, würden sie nach dem Strick greifen und es vielleicht schaffen, ihre Leiden in die Länge zu ziehen. Diesmal klangen die Geräusche der Zuschauer auch ein wenig erleichtert. Es würde gleich vorbei sein.

Als er langsam und würdevoll, wie es sich geziemte, die Leiter hinabstieg, erinnerte er sich seines Meisterstücks. Sieben Jahre war es jetzt her, dass er in Steinach den Leonhardt Ruß mit dem Strang gerichtet hatte. Wie stolz sein Vater gewesen war. Damals machte dieser sich selbst noch Hoffnung, eines Tages Nachrichter in Nürnberg zu werden. Nun hatte er, sein Sohn, es geschafft.

Unten angelangt trat er einige Schritte zurück und sah hinauf. Erneut betete er für die Seelen der armen Sünder – und seine eigene. Erst als die Zuckungen des letzten Delinquenten erlahmten, wandte er sich ab. Der Löwe reichte ihm sein Schwert, das ihm auf der Leiter doch nur im Weg gewesen wäre. Während Frantz es umschnallte, ließ er den Blick über die Menge schweifen und begegnete dem des Schützen Max. Wie der ihn anstarrte! Weil Frantz gerade drei Menschen vom Leben zum Tode gebracht hatte, oder weil er sich von ihm Kathis Rettung erhoffte?

Richtig, er benötigte ja noch die Dienste eines Geistlichen, um seinen Plan durchzuführen. Die beiden Diakone standen neben dem Schöffen Eisvogel, der sich gerade zu verabschieden schien, also ging er gemächlich in ihre Richtung. Welchen von ihnen sollte er fragen? Magister Johann Schelhammer von Sankt Lorenz war ein temperamentvoller Hitzkopf, dem es gefallen könnte, dem Rat ein Schnippchen zu schlagen, doch leider auch etwas unberechenbar. Der Sankt Sebalder Diakon Lienhardt Krieg hatte ihn und Maria getraut, allerdings nicht in der Kirche, sondern in kleinem Kreis im Henkerhaus. Das rechnete Frantz ihm immer noch hoch an, denn nicht jeder Pfarrherr hätte das für einen Unehrlichen getan. Außerdem hatte Frantz es ihm und Kaplan Eucharius Brühl zu verdanken, dass er im Januar die drei Kindsmörderinnen nicht hatte in der Pegnitz ertränken müssen. Es war ein langes Ringen mit dem Stadtrat gewesen: Das Brückengestell war schon im Fluss aufgebaut, und ihm hatte vielleicht genauso sehr davor gegraut wie den drei armen Sünderinnen. Kindsmörderinnen oder nicht – barbarisch war das, Frauen in Säcke einzunähen und mit einer Stange unter Wasser zu drücken. Erst im letzten Moment hatte der Rat doch noch eingelenkt und ihm erlaubt, die drei Weiber mit dem Schwert zu richten.

Schöffe Eisvogel schritt schon in Richtung Stadt. Den zweiten Lochschöffen Stromer hatte er allerdings die ganze Zeit nicht hier draußen gesehen. Vielleicht befragte er Katharina Schüttin allein mit dem Schreiber, oder er hatte Wichtigeres zu tun und das Verhör würde erst noch stattfinden. Eigentlich sollten die beiden, Eisvogel und Stromer, in den nächsten Tagen als Lochschöffen abgelöst werden, aber wenn sie jetzt die Ermittlung im Mord an der Zahlmeisterin begannen, müssten sie diese voraussichtlich zu Ende führen, selbst wenn ihre Zweiwochenschicht vorbei war. Frantz nickte den Geistlichen zu, dann wandte er sich an Magister Krieg. »Darf ich Euch kurz sprechen?«

Diakon Schelhammer blickte pikiert drein. »Calvinist!«, zischte er und marschierte von dannen. Zurücksetzung mochte der Mann gar nicht, auch wenn er nicht gern mit Frantz zu tun hatte. Die Menge verlief sich allmählich. Vom Frauentor her wehte schon eine Brise, die nach gebratenen Würsten und Sauerkraut roch. Frantz lief das Wasser im Mund zusammen, und über dem Galgen zogen die Raben ihre Bahnen. So wartete jeder auf seine Art darauf, sich den Bauch vollzuschlagen.

»Worüber wollt Ihr mit mir sprechen, Meister Frantz?« Magister Krieg schaute ernst und müde drein. Die letzten Tage, in denen er und Magister Eucharius viel Zeit bei den armen Sündern verbracht hatten, waren an ihm nicht spurlos vorbeigegangen. Auch jene waren Kinder Gottes und bedurften des Trostes und Gebets – und vor allem der Reue, bevor sie vor ihren himmlischen Richter traten. Und nun musste Frantz den guten Mann schon wieder bemühen, aber es half ja nichts. »Es geht um die im Loch verhaftete Katharina Schüttin.«

Der Geistliche sackte in sich zusammen. »Ich könnte wirklich einen ruhigen Nachmittag brauchen und viel Schlaf, bevor ich die Kraft habe, der Magd Trost zu spenden und sie im Wort Gottes zu unterrichten. Wobei sie ja im Findelhaus aufgewachsen ist und deshalb die Bibel besser kennen sollte als die meisten einfachen Leute.«

»Darum geht es nicht. Ich glaube vielmehr, dass sie unschuldig ist. Hm, zumindest in dieser Sache. Mit ihrer Tugend mag es sich anders verhalten. Nun würde sie gerne einen jungen Mann, einen Schützen, heiraten, bevor sie am Ende als unkeusche Sünderin vor den Herrn treten muss.«

Der Mann richtete sich auf und lächelte versonnen. »Das wäre in der Tat eine angenehmere Arbeit. Wo ist der Schütze? Ist auch er willens?«

Frantz sah sich um und entdeckte Max, der stockstill an der Stelle stand, wo er ihn zuletzt gesehen hatte. Er winkte ihn heran. Noch ein Kerl trieb sich nahe des Galgens herum, schien sie aus dem Augenwinkel zu beobachten. Na, vielleicht wartete er darauf, dass der Geistliche für ihn Zeit hätte. »Gehen wir ihm entgegen«, sagte er, um außer Hörweite des Unbekannten zu kommen. Als sie den Bräutigam in spe erreichten, stellte er ihn vor.

Der Diakon musterte Max eindringlich. »Du möchtest also deine Schandtat wiedergutmachen und Katharina Schüttin zum Eheweib nehmen?«

Max stand der Mund offen, dann stammelte er: »Schandtat? Ich hab die Kathi doch lieb!«

Frantz atmete erleichtert auf. Er hatte schon befürchtet, der Kerl würde seine Unschuld bekunden und damit Kathi in die Folterkammer schicken.

»Und du möchtest Gottes Segen für eure Verbindung?«

»Ja!«, sagte er so laut und vernehmlich, als stünden sie vor der versammelter Gemeinde in der Kirche.

Der Diakon nickte wohlgefällig. »Dann wollen wir mal sehen, ob wir heute noch ein ehrbares Paar aus euch beiden machen können.«

Frantz lächelte. Genau in dem Moment wandte sich der Magister zu ihm um und runzelte die Stirn. »Eine Ehe gestiftet vom Nachrichter. Das ist doch mal etwas ganz Neues.«

Er fühlte sich ertappt, obwohl er doch gar nichts Unrechtes getan hatte.

Da lächelte auch der Diakon. »Lasst uns gehen.«

Frantz wandte sich noch einmal nach dem Kerl um, der beim Galgen gewartet hatte, konnte ihn aber nicht mehr sehen. War wohl nicht so wichtig, was er mit dem Magister besprechen wollte. »Katharina wird vielleicht noch verhört, aber lange wird das bestimmt nicht mehr dauern.«

»Und Ihr meint wirklich, sie könnte unschuldig sein?«, fragte Diakon Krieg.

Frantz nickte, doch Max antwortete schneller: »Ich weiß, dass sie ihrer Herrin nichts angetan hat.«

»So, und woher weißt du das? War sie etwa bei dir, als die Entleibung geschah?« Missbilligend schossen die dunklen Brauen nach oben.

Der Schütze ließ den Kopf hängen. »N-nein«, stammelte er.

*

Grauslich war's gewesen! Lucas erschauerte bei der Erinnerung. Der letzte arme Sünder war ja schon von der Leiter gefallen, sobald ihm Meister Frantz nur die Hand auf die Schulter legte. Bestimmt konnte ein Blick des Henkers töten, wenn er's drauf anlegte! Bevor er sich vom Rabenstein verdrückte, hatte Lucas noch einige Gesprächsfetzen aufschnappen können, und über die wunderte er sich nun sehr. Der Nachrichter hatte ihn auch ziemlich komisch angeschaut. Als ob er geahnt hätte, dass Lucas nur beim Galgen herumlungerte, um zu lauschen.

Im Schutz des Birkenwäldchens huschte er zurück in die Stadt. Dabei spähte er immer wieder zwischen den Stämmen zu den Dreien hinüber, die schon fast beim Frauentor angelangt waren. Hatte er wirklich richtig gehört, dass der Schütze die verhaftete Kathi heiraten wollte? Seit wann waren die beiden denn ein Paar? Er hatte sie noch nie zusammen gesehen, aber vielleicht waren sie lediglich besonders geschickt in Heimlichtuerei. Nur warum sollte ausgerechnet der Nachrichter beim Diakon von Sankt Sebald ein gutes Wort für diese Ehestiftung einlegen? Das ergab alles keinen Sinn, und so ganz rechtens erschien es ihm auch nicht. Was führten die im Schilde?

Er schritt durch das Frauentor, lief dann aber ein Stück an der Mauer entlang und näherte sich von hinten dem Rathaus, um dem Nachrichter nicht noch einmal unter die Augen zu kommen. Trotzdem musste er sehen, ob Priester und Schütze ins Loch hinunterstiegen.

Vielleicht war das ja eine Spur. Außer Atem erreichte er die Rückseite des hoch aufragenden Sandsteingebäudes. Irgendwo hinter den wuchtigen Mauern hockte die kleine Kathi, die er fast nur bei eiligen Besorgungen auf dem Markt gesehen hatte, nie jedoch mit einem Kerl. Einmal im Monat oder so war die Zahlmeisterin mit ihrer Magd an der Fetten Gans vorbeigelaufen, auf dem Weg zum Henkerhaus auf der Pegnitzinsel. Bei diesen Ausflügen sprach die Alte ihn schon mal an und fragte nach dem Tagesgericht, was sie für Gewürze verwendeten oder wo sie die Pilze gefunden hätten. Gegessen hatten sie nie bei ihnen. Kathi stand dann immer ganz verlegen dabei, als schäme sie sich ihrer Herrin. Überhaupt war sie ihm immer ziemlich verhuscht erschienen. Ihr konnte er so eine heimtückische Tat nicht recht zutrauen, aber wenn ein verschlagener Schütze ihr geholfen hatte, sah das schon ganz anders aus. Und lag nicht der Schützenhof nahe beim Haus der Zahlmeisterin? Ja, so ließ sich aus der Sache ein Reim machen.

*

Kathi lauschte angestrengt der Stimme des Schreibers, der ihr noch einmal die Fragen des Schöffen und ihre Antworten vorlas.

»Stimmt das alles so?«, fragte er und sah sie eindringlich an.

Sie nahm ihm das Blatt aus der Hand und überflog die schöne Schrift. Max sollte keine Schwierigkeiten bekommen. Er musste doch auf freiem Fuß bleiben. »Ja, ich glaub, ich hab nichts vergessen.« Ihr Blick huschte zum Schöffen, der immer so grimmig dreinschaute.

»Du kannst lesen?« Verblüffung lag in seiner Stimme.

»Darauf legte die ehrbare Findelpflegerin großen Wert.« Hoffentlich hatte sie nichts falsch gemacht oder gar der guten Katharina Haller Schwierigkeiten bereitet, doch als die zuständige Patrizierin hatte sie bestimmt die Vollmacht des Rats für ihre Arbeit mit Findeln und Waisen gehabt.

»Natürlich.« Schöffe Stromer räusperte sich. »Und die Beckin stand in der Tür …«, sagte er nachdenklich und kratzte sich den Kinnbart.

Er schien gar keine Antwort zu erwarten, also nickte sie nur. Der Schreiber nahm ihr das Papier wieder weg. Ob sie jetzt schon behaupten sollte, dass sie ein Kind trüge? Nein, wenn der ehrbare Rat sogleich eine Hebamme holte, stünde sie als Lügnerin da, und dann hielt man sie bestimmt auch gleich für die Mörderin.

Stromer setzte sich gerade hin. »Nun gut, dann wirst du jetzt zurück in die Keuche gebracht. Morgen wird dich Meister Frantz peinlich befragen. Der Rat hat dies heute Morgen beschlossen, doch da Richttag ist, bekommst du noch einen Tag Bedenkzeit. Vielleicht hilft das deinem Gedächtnis auf die Sprünge.«

Der Schreck fuhr ihr in die Glieder. Was, wenn es Meister Frantz nicht gelänge, sie davor zu bewahren? Insgeheim hatte sie gehofft, den Ratsherrn selbst von ihrer Unschuld zu überzeugen. »Nein!«, rief sie mit vor Angst bebender Stimme. »Bitte lasst nicht zu, dass er mich martert! Ich hab nichts verbrochen. Lieber soll er mir gleich den Kopf abschlagen!«

Stromer lächelte. »Du willst gestehen?«

Kathi schnappte nach Luft. Sie schüttelte den Kopf, blickte ihm scheu in die Augen und sagte ganz leise: »Ich bin doch unschuldig. Wenn ich aus Angst falsches Zeugnis ablege und gestehe, was ich nicht getan habe, wird der wahre Mörder nie gerichtet.«

Der Schöffe senkte den Blick. »Ja, wenn du unschuldig bist, darfst du freilich nicht gestehen«, murmelte er. Dann stand er auf und öffnete die Tür des Stübchens.

Draußen wartete schon ein Knecht, der auf das Zeichen des Ratsherrn hin das Verhörzimmer betrat und sie grob vom Hocker zog.

»Die Frau muss Tag und Nacht bewacht werden«, schnarrte Stromer.

Max! Um der Liebe Jesu willen, bitte lass es Max sein!

Der Knecht blies Luft durch die geschlossenen Lippen. »Uns gehen langsam die Leute aus. Einer hat die Lungensucht, weil's hier unten auch im Sommer recht feucht und kalt ist, der andere hat die Scheißerei. Ich bin für die Gefangenen im Stock eingeteilt, und die Clara Lengin braucht auch zwei Wächter. Der graust schon arg vor morgen, weil sie doch auch gefoltert werden dürfte.«

»Erst mal binden und drohen, aber die weiß schon, was ihr bevorsteht.« Der Schöffe stöhnte. »Die Lochwirtin muss ja morgen wieder den ganzen Tag werkeln, und ihre Magd ist auch krank, da können wir sie schlecht fragen, ob sie die Nacht bei der da verbringen will.« Er nickte in ihre Richtung. »Vielleicht geht's auch ohne Wächter.«

Während Kathi sich noch fragte, was man der anderen Gefangenen mit den zwei Wärtern vorwarf, schob sie auch schon der Knecht hinaus. Kathi sah sich verzweifelt um. Wo blieben ihre Retter nur? Der Plan würde misslingen, wenn nicht schnell etwas geschah! In diesem Moment kamen Max und der Diakon von Sankt Sebald die Treppe herunter. Oben konnte sie noch eine Gestalt ausmachen. Gewiss war das Meister Frantz. Was nun? Sollte sie etwas sagen? Auch Max blickte unsicher zu den Amtmännern, die nun auch die Kammer verließen.

Der Schreiber sprach zuerst: »Was führt Euch heute noch einmal hierher, Magister Krieg?«

»Ich dachte, vielleicht braucht die verhaftete Katharina Trost.«

Oh ja, den könnte sie gut brauchen.

»Und dabei begleitet Euch neuerdings ein Schütze?«

Nun hörte sie weitere Schritte auf der Treppe, doch sie wagte nicht hinzuschauen.

»Den habe ich mitgebracht«, ertönte die Stimme von Meister Frantz und klang dabei ungewohnt melodisch. Oder war ihr das nur noch nie aufgefallen, weil sie immer viel zu sehr erschrak, wenn sie ihn sah? Nun riss sie den Kopf herum und starrte ihn an. Hätte sie es besser nicht getan: Der Nachrichter blickte so finster wie selten drein. War alles verloren? Sie sank auf die Knie und packte den Rock des Schöffen. »Bitte, er darf mir nichts tun. Lieber bring ich mich um!«

»Was fällt dir ein?« Er fasste sie am Handgelenk und übergab sie wieder dem Knecht. »Los, ab in die Zelle. Der Priester darf zu ihr.«

Während sie in den finsteren engen Gang gezerrt wurde, lauschte sie den Stimmen hinter ihr.

»Das ist der Schütze, der Katharina Schüttin verhaftet hat«, sprach Meister Frantz.

»Na und?«

»Vielleicht wollt Ihr ihn befragen?«

Nein, nicht befragen! Was hatte Meister Frantz nur vor? Max sollte sie doch heiraten und ihr ein Kind machen, damit sie nicht hingerichtet wurde!

Was Gott zusammenfüget …

Befragen? Max hatte keine Ahnung, was der Nachrichter damit bezweckte. Warum hatte er ihn nicht eingeweiht, wenn der Plan geändert worden war?

»Mischt Ihr Euch jetzt schon in unsere Angelegenheiten ein?«, fragte der Schreiber.

Meister Frantz lächelte. »Nur, wenn Ihr für mich die nächste Hinrichtung übernehmt. Dieser Mann hat mir erzählt, dass er sich beim Haus der Zahlmeisterin aufgehalten hat, als Kathi aus dem Fenster gesprungen ist.«

Max hörte weitere Schritte auf der Treppe.

»Hm, na dann …«, sagte Schöffe Stromer. »Vielen Dank, Meister Frantz. Ihr werdet heute nicht mehr gebraucht.«

Der Nachrichter deutete eine Verbeugung an und stieg die Stufen hinauf. Schöffe Eisvogel drängte sich an ihm vorbei, scheinbar, ohne sich vor einer Berührung zu fürchten. »Mich deucht, hier ist heute viel Betrieb. Vielleicht werde ich gebraucht? Ich hab zwar schon eben am Rabenstein meine Pflicht getan, aber Zeugenbefragung fällt wohl in unser beider Zuständigkeit, was, Stromer? Auch wenn ich Euch die Magd allein überlassen habe.« Er lachte meckernd. »Hat sie denn gestanden?«

»Leider nein, werter Eisvogel. Sie leugnet beharrlich. Eure Mithilfe ist immer willkommen.« Stromer, der einige Jahre jünger sein musste, machte eine einladende Handbewegung zu einer Tür.

Max stand wie erstarrt. Das war nicht abgesprochen gewesen!

»Willst du reingetragen werden?«, blaffte Eisvogel.

Endlich gehorchten seine Beine, und er folgte den Männern. In der winzigen Kammer ließen sich die Lochschöffen nebeneinander auf der

Bank an der Wand nieder, und der Schreiber hockte sich ans Ende des Tisches.

»Setz dich.« Stromer deutete auf den Stuhl direkt vor ihm und Eisvogel. »Erzähl, was du gesehen hast.«

Max sank auf die Sitzfläche und berichtete erst stammelnd, dann zunehmend flüssiger seine Geschichte von dem Augenblick an, als er auf dem Weg vom Schützenhof zur Frauentormauer am Haus der Zahlmeisterin vorbeigekommen war. »Auf einmal klettert vor mir die Kathi aus dem Fenster und läuft davon. Da schaut auch gleich die Beckin heraus und zetert, dass die Magd ihre Herrin erschlagen hat. Ich war so überrascht, dass ich auf die Seite gesprungen bin. Dann schreit sie mich an, ich soll die Magd einfangen. An Befehle gewöhnt, bin ich erst mal losgelaufen.«

Das Rascheln der Feder hielt inne.

»So, so, erschlagen.« Stromer sah den Schreiber an, der in den Seiten blätterte und nickte. »Nur meinten Katharina Schüttin und weitere Zeugen, die Beckin hätt gerufen, dass sie ihre Herrin erstochen hat.«

Max schluckte. Verflucht, er hatte sich verplappert. Erst jetzt fiel ihm ein, dass Kathi ihm von einem Loch im Kopf erzählt hatte. »Da muss ich was durcheinandergebracht haben, weil es kurz darauf hieß, sie sei erschlagen worden.«

»Hmmm«, brummte Eisvogel wenig überzeugt. »Du bist der Magd also nachgelaufen, hast sie aber nicht gleich erwischt?«

Max schüttelte den Kopf. »Nein.« Was nun? Wie sollte er erklären, dass er sie in seiner Kammer ›verhaftet‹ hatte? Er räusperte sich. »Sie ist später zu mir gekommen, vielmehr hat sie sich bei der Frauentormauer in einer finsteren Ecke herumgedrückt. Wahrscheinlich hat sie mich da oben gesehen, und dann hat sie mich heruntergewunken. Sie wusste sich nicht zu helfen. Da hab ich sie erst mal im Schützenhof in meine Kammer gesperrt, um mich vom Dienst abzumelden.« Hoffentlich hatte Kathi etwas Ähnliches erzählt. Ungefähr die Geschichte hatte er dem Konrad aufgetischt, als der sie ertappt hatte, und das zumindest musste sie gehört haben. Was sie sich wohl dabei gedacht hatte?

Das süffisante Grinsen des Schreibers ließ ihn Böses ahnen, dann sagte der Mann: »Katharina Schüttin hat ausgesagt, du hättest sie von dort oben gesehen, als sie schauen wollte, was beim Haus ihrer Herrin los war. Dann bist du heruntergekommen und hast sie verhaftet. Der Rest stimmt wieder überein.«

Ertappt! Er schüttelte den Kopf, während er nach einer Ausflucht suchte. »Ich weiß nicht, warum sie das gesagt hat. Vielleicht …« Hoffentlich disqualifizierte er sich jetzt nicht als ihr Wächter, wenn er weitersprach.

»Vielleicht was?«, fragte Stromer.

»Na ja, vielleicht wollte sie uns nicht in Schwierigkeiten bringen.«

»Hm. Welche Schwierigkeiten?«

Max zuckte mit den Schultern. »Weil sie in meinem Zimmer war und sich das nicht gehört? Sie könnte sich auch dafür schämen, dass sie einfach mitgegangen ist, ohne auf ihren Ruf zu achten.«

Der Schöffe tappte mit dem Fuß auf den Steinboden, während er sich übers bärtige Kinn rieb. »Das mag sein. Du kannst jetzt gehen.«

Dann erinnerte er sich an den Vagabunden. Selbst wenn der Mann nichts gesehen hatte, würde er die Schöffen vielleicht von seiner eigenen Rolle bei Kathis Verhaftung ablenken. »Da war ein ziemlich heruntergekommener Kerl, der aus der Lodergasse gelaufen kam, sah aus wie ein Bettler von auswärts. Vielleicht wollte er was klauen, aber die alte Zahlmeisterin hat ihn dabei überrascht.«

»Interessant, aber ich hab gesagt, du kannst gehen.«

Max stand auf, ratlos wie zuvor, nickte den Räten zum Abschied zu, ging aus der Stube und schloss die Tür hinter sich. Plötzlich fühlte er sich bis auf die Knochen erschöpft. Wer hätte gedacht, dass eine Befragung so anstrengend war, wenn man ständig fürchten musste, das Falsche zu sagen? Einen Moment lehnte er sich an die Tür, sperrte die Männer in der Kammer ebenso ein wie das Protokoll, das möglicherweise bewies, dass er gelogen hatte. Oder die Kathi. Hoffentlich hatte er ihre Lage nicht noch verschlimmert. Und was nun? Hier konnte er nicht bleiben, doch gehen wollte er auch nicht. Er war Kathi so nah, und doch blieb sie unerreichbar. Nie hätte er erwartet, sich aus der kleinen Magd einmal so viel zu machen. Es war erst gestern gewesen, dass er über ein Schäferstündchen mit ihr resümiert hatte, und heute musste er um ihr Leben fürchten!

»Psst.«

Max wirbelte herum. Im unsteten Schein sah er den Diakon um eine Ecke lugen und winken. Vorsichtig schlich er zu ihm hin.

»Schnell jetzt.« Der Gottesmann packte ihn am Ärmel und zog ihn mit sich durch finstere Gänge, die spärlich von Fackeln beleuchtet wurden. Es roch muffig, feucht und rußig. Im Loch Dienst zu tun, war sicherlich kein Spaß, aber immer noch besser, als hier eingesperrt zu sein.

Mit einem Mal tauchte am Ende des Gangs der Lochhüter auf. Oh nein, nun war alles verloren! Max blieb stehen, doch Magister Krieg zerrte weiter an seinem Ärmel. »Komm schon, das ist nur der Eugen Schaller, euer Trauzeuge.«

Trauzeuge? Verdutzt lief er mit, bis der Lochhüter sie in eine Zelle winkte.

Maxens Brust wollte zerspringen, als er sie sah. »Kathi!«

Sie stand neben der Lochhüterin, die ihr ein sauberes helles Kleid geliehen haben musste, und strahlte ihn an, als stünden sie mit Freunden und Familie vor Gottes Altar oder dem Brauttor. Nun sank sie ihm in die Arme. Max drückte sie an sich, küsste ihre Wange, ihren

Nacken. Sollte sie wirklich gleich ihm gehören? Nach all der Ungewissheit und dem Bangen vorhin konnte er es kaum glauben.

»Das reicht«, sprach der Magister, doch ein Lächeln schwang in seiner Stimme mit. »Wir müssen uns beeilen.«

Max ließ Kathi los, hielt aber ihre Hand ganz fest, während der Priester aus der Bibel zitierte, ohne das Buch vor sich zu haben: »Und Gott der Herr sprach: Es ist nicht gut, dass der Mensch allein sei, ich will ihm ein Gehilfin machen, die sich zu ihm halte. Da ließ Gott der Herr einen tiefen Schlaf fallen auf den Menschen, und er entschlief, und nahm seiner Rippen eine und schloss die Stätte zu mit Fleisch. Und Gott der Herr bauet ein Weib aus der Rippe, die er von dem Menschen nahm, und bracht sie zu ihm. Da sprach der Mensch: ›Das ist doch Bein von meinen Beinen und Fleisch von meinem Fleisch.‹ Man wird sie Männin heißen, darum, dass sie vom Manne genommen ist. Darum wird ein Mann seinen Vater und Mutter verlassen und an seinem Weibe hangen, und sie werden sein ein Fleisch.« Dann stellte er die große Frage: »Maximilian Leinfelder, willst du Katharina Schüttin zur ehelichen Gemahlin nehmen?«

»Ja, ich will«, sagte er mit bebender Stimme und drückte ihre Hand.

»Katharina, willst du Maximilian zum ehelichen Gemahl nehmen?«

»Ja, das will ich.«

Der Priester lächelte und sah die Schallerin an. »Konntet Ihr Ringe auftreiben?«

Max biss sich gespannt auf die Lippe, aber auch ohne Ring wäre Kathi nun vor Gott seine Frau. Die Lochwirtin streckte ihre Hand aus und machte ein zerknirschtes Gesicht. Zwei Wollfäden hatte sie zu Ringen zusammengebunden. Max entfuhr ein Lachen, und Kathi lehnte sich an ihn. Ohne eine Miene zu verziehen, nahm Diakon Krieg die Fadenbänder und streifte sie ihnen über die Finger. »Was Gott zusammenfüget, soll kein Mensch scheiden.«

»Amen«, ertönte es aus aller Munde.

Die Schallerin umarmte Kathi und strich Max übers Haar. »Sei gut zu ihr, sie ist ein liebes Kind.«

»Immer«, versprach er und wusste doch nicht, was die Zukunft für sie beide bereithielt.

Nun baute sich Eugen Schaller vor ihm auf. »Schütze Leinfelder, du übernimmst freiwillig den Wachdienst bei deinem Eheweib?«

Max grinste und schaute dabei vermutlich wie der größte Dummbartel drein. »Jawohl, Lochhüter. Ganz freiwillig.«

*

Lucas strich um die Sebalduskirche herum, unschlüssig, ob er dem Schöffen Eisvogel berichten sollte, was er gehört hatte. Vermählte der Priester wirklich gerade die Verhaftete mit dem Schützen? Da war doch was faul! Trotzdem traute er sich nicht am helllichten Tag ins Rathaus. Niemand durfte Verdacht schöpfen, dass er Zuträger des

Rats war, sonst könnte er gleich in eine andere Stadt ziehen. Wer sollte noch mit ihm reden oder ihn auch nur mit dem Arsch anschauen? Nein, er musste bis nach Sonnenuntergang warten oder morgen in aller Frühe den Schöffen zu Hause aufsuchen. Nur musste er bald in der Fetten Gans wieder ausschenken, da blieb keine Zeit für Gänge durch die Stadt. Worauf hatte er sich da nur eingelassen!

Ratlos betrat er die prächtige Kirche und kniete sich in eine Bank vor dem Grabmal des heiligen Sebald. Anklagend schaute Jesus vom Altar zu ihm herab. War nicht auch der Gottessohn unschuldig gerichtet worden? Ach was, die Landsdiebe waren nicht unschuldig! Trotzdem faltete er die Hände und betete für die Seelen der Männer, die durch seine Anzeige heute zu Tode gekommen waren, dann bat er um Gottes Hilfe aus dieser Zwickmühle, die ihm der Schöffe bereitet hatte. Durch das Bronzegehäuse konnte er kaum den silbernen Schrein erkennen. Sein Blick fiel auf die dicken, matt schimmernden Schnecken, die auf den Steinboden um den Schrein herum gesetzt waren. Was sich der Künstler dabei gedacht hatte, als er diese schleimigen Tierchen mit ihren hübschen Häusern um die Gebeine des Heiligen setzte?

Sebaldus war ein frommer Einsiedler gewesen, dessen man am 19. August eines jeden Jahres gedachte. Plötzlich sah sich Lucas an seiner Stelle, fernab der Welt mit ihren Verlockungen. Vielleicht wäre eine einsame Klause nicht einmal das Schlechteste. Nein, wenn man ihn enttarnte, konnte er immer noch nach Altdorf zurückkehren und erst einmal bei seiner Familie unterschlüpfen. Hätte er doch ein Handwerk gelernt, statt sich mit Gelegenheitsarbeiten durchzuschlagen und schließlich als Schankknecht zu verdingen. Oh verdammt, das Abendläuten! Der Wirt vermisste ihn vermutlich schon. Nach Hinrichtungen war meist viel los, weil man sich schließlich darüber unterhalten musste. Tagsüber, wenn die Leute arbeiteten, brauchte der Neubauer ihn nicht so lange. Lucas knirschte mit den Zähnen. Knausrig war der Alte, das war's! Wenn er mehr arbeiten könnte, müsste er sich nicht beim Rat als Spitzel verdingen. Nicht, dass ihm jemand eine Wahl gelassen hätte.

Sanfte Schritte hallten vom Seiteneingang her. Er sah sich um und entdeckte Magister Krieg, der sich vor den Altar kniete und ebenfalls betete. Sollte er ihn ansprechen, ihn geradeheraus fragen, was er eben im Lochgefängnis gemacht hatte? Doch wie könnte er seine Neugier rechtfertigen, ohne alles preiszugeben? Und der Magister würde einem Fremden gegenüber sicher nicht einfach zugeben, dass er heimlich eine Gefangene getraut hatte.

*

Als sich die Tür hinter der Lochwirtin schloss, wurde Kathi plötzlich furchtbar unruhig. Natürlich nicht so, wie wenn ein Wärter sie holen gekommen wäre, nein, viel angenehmer. Das Talglicht hatten die Schallers zurückgelassen, und so konnten sie einander anschauen. Das taten sie auch, ohne sich zu rühren oder etwas zu sagen. Verheiratet, eine Ehefrau, sie! Kathi konnte es noch gar nicht fassen. Der Max war schon stattlich, und er musste ein Guter sein, sonst würde er das nicht für sie tun. Nun lächelte er, aber ganz zaghaft. Das Hochzeitsmahl aus Schupfnudeln und gebratenem Schweinefleisch, das die Schallerin ihnen gleich nach dem Segen des Priesters gebracht hatte, sah sehr lecker aus, aber Hunger wollte sich keiner einstellen. Das könnte ebenfalls die Henkersmahlzeit der Verurteilten gewesen sein, und das brachte ihr wieder deutlich vor Augen, wo sie sich befand.

Max schien ebenso verlegen zu sein wie sie. Jetzt trat er zu ihr und streichelte ihren Arm. »Meister Frantz hat mich vorhin noch am Genick gepackt, bevor wir hereingekommen sind, und gemeint, ich soll bloß sanft zu dir sein.« Da küsste er sie.

Erst schreckte sie vor seiner frechen Zunge zurück, dann ließ sie ihn gewähren, wagte sogar, seine zu liebkosen. Starke Arme umfingen sie, drückten sie an seine Brust. Ihre Lippen lösten sich voneinander, und er vergrub seinen Kopf an ihrer Schulter. »Oh, Kathi. Ich bin froh, dass du meine Frau geworden bist, aber ich weiß wirklich nicht, warum.«

Ein Kichern entfuhr ihr. »Damit ich sagen kann, dass ich schwanger bin.«

Mit einem Ruck schob er sie von sich. »Was? Du bist schwanger und brauchst einen Vater für das Balg?« Er hielt sie auf Armeslänge von sich und funkelte sie an.

Glaubte er das wirklich? Das funzelige Licht beleuchtete sein Gesicht nur halb und warf grobe Schatten in seine sonst so weichen Züge. Nun wurde ihr wirklich angst und bange. »Oh, Max, ich hätte dich auch so genommen, aber –« Er musste doch wissen …

»Ja, sicher, du brauchtest einen Dummen, und ich kam dir gerade recht, als wär ich ein Bauerntölpel. Wer ist der Vater?«

»Nein, bitte, der Nachrichter meinte–«

»Was? Du hast es mit Meister Frantz getrieben?« Er schnaubte. »Das erklärt, wieso er dir geholfen hat, mich hier reinzulocken.«

Oh nein, warum hatte Meister Frantz ihm nicht vorher alles erklärt, so wie ihr? »Es war doch seine Idee, sonst müsste er mich morgen foltern. Max, bitte, ich bin doch gar nicht schwanger und kann es auch nicht sein.«

Max ließ sie los, ging zum Bett und hockte sich hin. »Wirklich?«

Vorsichtig trat Kathi zu ihm. »Ich dachte, du weißt es.«

»Nein, mir hat niemand was erzählt. Einmal hieß es, ich würde vielleicht als dein Wächter abgestellt, dann war die Rede von Heirat.«

Sie kniete nieder und legte ihre Hände auf seine Schenkel. »Es tut mir so leid, Max. Aber ich bin doch noch Jungfrau. Wenn du mich nicht zu deinem Weib nimmst, bin ich verloren. Dann muss mich Meister Frantz foltern, und weil ich dann bestimmt alles zugeben werd, was man mir vorwirft, wird er mich richten müssen. Hoffentlich mit dem Schwert. Wenn sie mich als gemeine Diebin verurteilen, muss ich vielleicht sogar am Galgen baumeln.« Die Worte strömten nur so aus ihr heraus, genau wie die Tränen.

Er zog sie auf seinen Schoß und streichelte ihr über die Wangen. »Magst mich denn ein klein wenig?«

Eifrig nickte sie und hauchte: »Sehr. Du rettest mich schon zum zweiten Mal. Ich könnte mir keinen besseren Mann wünschen.«

Wieder schnaubte er. »Die erste Rettung hat nicht lange vorgehalten. Schauen wir mal, ob es diesmal besser läuft.« Doch nun lächelte er und drückte sie aufs Bett. »Du willst also den Rat übers Ohr hauen?«

Oh, so hatte sie das noch gar nicht betrachtet. Sie zuckte mit den Schultern. »Wenn sie mir keine andere Wahl lassen.«

»Dann muss ich dir wohl aus der Patsche helfen, mein Eheweib.« Er nestelte an der Schnürung ihres Oberteils.

»Gib Acht!«, rief sie. Das Kleid der Schallerin sollten sie behutsam behandeln. Die Frau war so nett zu ihr. Seine raue Hand fuhr unter den Stoff, und Kathi wurde ganz anders, als er ihre Brüste streichelte. »Oh, ist das schön.«

Er gluckste. »Du bist tatsächlich so unschuldig. Wie konnte ich nur glauben, dass du … Ich hoffe, ich werde dir nicht allzu sehr wehtun.«

»Du bestimmt nicht.«

Die Flamme der Öllampe spiegelte sich verheißungsvoll in seinen Augen. »Zieh dich aus.«

*

Nach dem Hinrichtungsrummel war wieder Normalität in der Stadt eingekehrt. Auf dem Weg nach Hause fragte sich Frantz, ob es mit der Heirat noch geklappt hatte. Es war nicht schwer gewesen, an das weiche Herz der Schallerin zu appellieren. Mit einer mädchenhaften Freude hatte sie sich in die kleine Verschwörung gestürzt und ihn nicht länger wie einen Sittenstrolch behandelt.

»Branntwein! Bester Branntwein!«, rief eine junge Frau von ihrem Stuhl hinter der Kirche und sah ihn erwartungsvoll an.

Er schüttelte nur den Kopf. Wusste sie nicht, wer er war? Na ja, vielleicht hatte sie gerade deshalb erwartet, dass er jetzt einen kräftigen Schluck brauchte.

Im Rückblick konnte er kaum glauben, was er sich da herausgenommen hatte: die Heirat der beiden im Gefängnis einzufädeln. Dass ihm ausgerechnet eine Diebshure diesen Gedanken eingegeben hatte! Allerdings, warum sollten anständige Leute nicht von Gaunern lernen, solange sie trotzdem das Richtige taten? Sicher hatte es so etwas schon öfter gegeben, aber bestimmt noch nie, um einer Jungfer die Unschuld zu nehmen und sie dadurch vor der Folter zu bewahren. Wenn das aufflog, würden die Räte seinen Vertrag bestimmt nicht um ein weiteres Jahr verlängern, falls sie ihn nicht gleich aus der Stadt jagten. Dann konnte er zusehen, wie er seine Familie durchbrachte. Er war doch ein rechter Esel. Gerade jetzt, wo Maria wahrscheinlich guter Hoffnung war! Was sie wohl zu seinem heutigen Streich sagen würde? Vielleicht nannte sie ihn mal wieder ihren Lausbuben. Ein Lächeln stahl sich auf sein Gesicht. Schnell wischte er es weg, bevor ihn jemand sah. Er könnte sich keine bessere Frau wünschen, und er rechnete es dem Diakon von Sankt Sebald immer noch hoch an, dass er ihrem Bund den Segen Gottes nicht verwehrt hatte. Wenn Maria wirklich schwanger war, würde sich der Priester vielleicht gar erweichen lassen, sein Kind in der Kirche zu taufen. Frantz musste ja nicht dabei sein.

Am Weinmarkt, wo Händler und Fuhrleute lauthals ihre Fässer feilboten, bog er in Richtung Fluss ab und richtete den Blick gen Himmel, über den nun, nach einem sonnigen Tag, graue Wolken zogen. Würde der Allmächtige daran Anstoß nehmen, wenn er ein Gotteshaus betrat, oder gab es dieses Verbot vor allem, um die Gemüter der Gläubigen zu schonen? ›Du sollst nicht töten‹, sprach der Herr zu Moses. Doch er forderte auch Gerechtigkeit. An der Pegnitz blieb er stehen und starrte ins grünlich-braune Wasser. Schlachtabfälle hatten sich im Ufergestrüpp verfangen. Im Dienst einer weltlichen Autorität musste er immer wieder gegen das fünfte Gebot verstoßen. Vielleicht war er dazu verdammt, in der Hölle zu schmoren, auch wenn er sich gerne einredete, dass er nur Verbrecher ihrem himmlischen Richter überantwortete und damit die guten Menschen beschützte. Wenn Martin Luther recht hatte und alles von Gott vorherbestimmt war, war er dann nicht ein Vollstrecker göttlichen Willens? Erst brachte er die armen Sünder vor das Stadtgericht und anschließend vor Gottes Gericht. Dennoch mochte er schon als Verdammter geboren worden sein, wenn man Calvins Lehren folgte, der auch die Verdammnis vorbestimmt glaubte. Unwillig schnaubte er. Sollten sich die Theologen darüber streiten, er würde es wohl früh genug herausfinden.

Eine Ente schwamm mit ihren Küken gegen den Strom zu einem Streifen unbefestigten Ufers auf der anderen Flussseite, wollte schon die Böschung hochwatscheln, als ein Hund gelaufen kam und sie verbellte. Hätte der dumme Köter die Schnauze gehalten, hätte er fette Beute machen können. So erwischte ihn vielleicht der Hundsschlager.

Frantz zog es die Brust zusammen, als er sich an den Tag erinnerte, da sein Vater, dem Hundsschlager einen Straßenköter abnahm, damit Frantz zum ersten Mal mit dem Schwert einen Kopf vom Rumpf trennen konnte. Das Vieh wollte mit ihm spielen, freute sich vielleicht schon auf Fressen und ein neues Zuhause. Der Mischling war auch gut erzogen und hörte auf seinen Vater, hockte sich vor ihn hin, hob den Kopf … Und Frantz schlug zu, durchtrennte zu seiner eigenen Überraschung mit einem einzigen Schwertstreich sauber den Hals. Da lag das tote Tier und hatte nichts verbrochen. Als er seinen Vater fragte, warum er eine unschuldige Kreatur hatte umbringen müssen, sprach der Henker: »Weil ich es dir befohlen habe. Ich bin dein Meister, und du lernst besser jetzt schon, Befehle auszuführen, die du für falsch hältst.«

Seine Stiefmutter tröstete ihn an jenem Abend, als er heulte und schwor, niemals Henker zu werden. Und sie rügte seinen Vater für diese grausame Übung, weil er mit seinen vierzehn Jahren noch zu jung sei. Das grimmige Lächeln von Meister Heinrich stand Frantz wieder vor Augen, und seine Antwort hallte immer noch in seinem Kopf nach: »Mein Sohn hat seine Aufgabe gut erfüllt. Nur das zählt. Er wird ein geachteter Scharfrichter werden.«

Frantz wandte sich dem Henkerturm zu. Sein Vater hatte recht behalten. Durch Geschick und guten Lebenswandel hatte er die begehrte Stellung als Nachrichter zu Nürnberg erlangt. Heute war er hier der Kettenhund, hing an der Leine und bewachte die Stadt, kläffte und fletschte die Zähne, wenn sich Gelichter herumtrieb. Seine bloße Existenz diente der Abschreckung. Und falls sich jemand nicht an die Gesetze des Reichs hielt, wurde Frantz auf die Verbrecher losgelassen. Mit diesen düsteren Gedanken betrat er den Henkerturm. Maria wartete bestimmt schon gespannt auf Neuigkeiten von Max und Kathi, dabei wusste er selbst nicht, ob sein kühner Plan funktioniert hatte.

Böses Erwachen

Mittwoch 3. August 1580

Die halbe Nacht wälzte sich Lucas auf der Pritsche herum und zermarterte sich den Kopf, was er dem Schöffen erzählen sollte, und ob überhaupt etwas. Immer wieder dämmerte er kurz weg, um dann aus wirren Träumen zu erwachen. Einmal stieg er mit dem Nachrichter die Leiter hoch und legte Meister Frantz die Schlinge um den Hals. Ein anderes Mal zwang Schöffe Eisvogel seine Finger in die Daumenschrauben, während Neubauer schimpfte, dass Lucas so verstümmelt keine Krüge tragen könnte. Als endlich fahles Licht ins Zimmer drang, stand er nur zu gern auf. Die Traumbilder verblassten nur allmählich und waren noch nicht verschwunden, als er sich in den Nachttopf erleichterte. Sie ließen ihn sogar mehr schaudern als das kalte Wasser, mit dem er sich anschließend wusch. Sollte er das saubere Hemd anziehen, wenn er bei Eisvogel vorsprach? Nein, damit fiele er höchstens auf. Wer wechselte schon an einem Wochentag die Kleidung, wenn's kein Amtmann, Arzt oder vielleicht ein Priester war?

Bestimmt war der Stallknecht schon bei den Pferden, aber in der Küche sollte sich noch niemand um die Morgensuppe für die vier Übernachtungsgäste kümmern, die sich ein Zimmer teilten. Richtig, beim Durchqueren der Gaststube hörte er keine Geräusche aus der Küche.

Als er aus der Wirtschaft trat, lag die Gasse in rosiges Licht getaucht vor ihm. Lucas konnte es nicht lassen, zum Henkerturm zu blicken. Was führte der Nachrichter im Schilde? Schnell wandte er sich um, verringerte aber gleich darauf seine Geschwindigkeit, damit seine raschen Schritte nicht die Neugier von Anwohnern erweckten. Außerdem hoffte er darauf, Eisvogel unterwegs zufällig zu begegnen, denn weder vorm Rathaus noch vorm Haus des Schöffen wollte er herumlungern. Himmel sakra, war das schwierig! Da hatte ihm der vermaledeite Eisvogel schön was eingebrockt! Bestimmt lag der noch in seinen weichen Federn. Missmutig ging Lucas über die Fleischbrücke in Richtung Marktplatz. Beim Schönen Brunnen blieb er stehen und betrachtete die großen Männer, denen Heinrich Beheim hier ein Denkmal gesetzt hatte, in der untersten Reihe die Vertreter der Wissenschaften, darüber die Evangelisten, dann die Kurfürsten, und immerhin ganz oben Moses und die Propheten, nicht etwa der Kaiser.

Und wenn er dem Schöffen gar nichts vom Gespräch zwischen Diakon, Nachrichter und Schützen erzählte? Er könnte sich einfach umhören, was man im Viertel so redete, und genau das berichten. Doch damit wäre Eisvogel wenig gedient. Lucas müsste weiter die Leute aushorchen, dabei wollte er diese leidige Angelegenheit so schnell wie möglich hinter sich bringen, damit man ihn bald vergaß und künftig in Ruhe ließ.

An der Weggabelung, wo er zum schmucken Haus vom Eisvogel abbiegen müsste, kehrte er wieder um, doch schon nach wenigen Schritten tapste ihm die Lösung entgegen: Ein Findelmädchen schleppte zwei Kannen Milch heran. Sollte er es wagen? Er blieb stehen und sprach das Kind an. »Bringst du auch den Eisvogels Milch?«

Sie mochte acht Jahre alt sein, trug das dunkle Haar zu zwei Zöpfen geflochten und blickte ihn misstrauisch an. »Wenn du mir die Milch raubst, steckt dich der hohe Herr ins Loch.«

Lucas atmete auf. »Also ist eine davon für den ehrbaren Rat?«

Das Kind hob eine Kanne leicht an und zog eine Schnute.

»Und du gibst sie seiner Magd?« Immerhin bekam er ein Nicken zur Antwort. Lucas ging in die Hocke, um mit dem Kind auf Augenhöhe zu sein. »Pass auf, wenn du ihr sagst, dass hier ein Schankknecht auf ihren Herrn wartet, bekommst du von mir einen Pfennig.«

Das Mädel bekam Augen, rund wie die versprochene Belohnung, gluckste und ging die Kannen leicht hin- und herschwenkend weiter. Wie sollte er das nun verstehen? Seufzend richtete er sich darauf ein, zu warten.

*

Max erwachte aus einem wunderbaren Traum. Er hatte unter abenteuerlichen Umständen geheiratet, und … Ein Arm lag auf seiner Brust. Jemand atmete neben ihm. Kein Traum! Vorsichtig drehte er sein Gesicht zu Kathi, doch seit die Lampe erloschen war, konnten sie einander nicht mehr sehen. Seine Brust wollte vor Glück bersten. Sie war seine Frau! Er küsste ihre nackte Schulter, und sie murmelte etwas. Als er seine Hand unter die grobe Wolldecke schob, schmiegte sie sich an ihn und hauchte: »Max, du bist noch da.«

»Ja.«

»Solltest du dich nicht in Sicherheit bringen?« Ihre Stimme klang noch verschlafen, aber sie sorgte sich schon um ihn.

»Ich bin doch mit dir hier eingesperrt. Außerdem ... wir bleiben für den Rest unseres Lebens zusammen.« Seine Lippen tasteten sich über Hals und Wange zu ihren vor.

Sie drückte ihn an sich, und seine Erregung wuchs, doch da zuckte sie zusammen und flüsterte: »Schritte! Es muss schon Tag sein. Zieh dich lieber an.«

Widerwille regte sich in ihm. »Wieso soll ich nicht bei meiner Frau liegen?«

»Du bist doch offiziell mein Wächter! Schnell.«

»Natürlich.« Dem Lochwirt und seiner Frau wollte er keine Scherereien machen. Er krabbelte über Kathi und stieg von der hölzernen Bettstatt, die gerade breit genug für sie beide war. Das Hochzeitsgemach im Loch? Grinsend ertastete er auf dem Steinboden seine Hose und schlüpfte hinein. Hinter sich hörte er Kathi kramen. »Hast du dein Kleid?«, fragte er.

»Ja, ich kämpfe noch damit.«

Max zuckte zusammen, als der Riegel aufgeschoben wurde. Konnte der Lochwirt nicht wenigstens anklopfen, bevor er ihn holte? Das Licht der Fackel blendete ihn.

»Da habt Ihr's, Schaller!«, rief eine aufgebrachte Stimme. »Ausgerechnet einen Schuft macht Ihr zum Wächter.«

»Einen anderen konnten wir auf die Schnelle nicht auftreiben«, murmelte der Lochwirt. »Und die Gefangene hat sich nichts angetan, wie Ihr sehen könnt.«

»Aber er ihr!«

Allmählich konnte Max die Gesichtszüge vom Schaller und dem Schöffen Eisvogel ausmachen. Stromer wäre ihm irgendwie lieber gewesen. Schnell hob er sein Hemd auf und zog es über. »Kathi ist meine Frau, ehrenwerter Herr.« Er wusste selbst nicht, woher er plötzlich den Mut nahm, so mit dem Schöffen, immerhin Mitglied des Stadtrats, zu sprechen. »Wir haben nichts Unrechtes getan. Ich hab sie beschützt, wie verlangt, und besser, als jeder andere es getan hätte.«

»Ha! Packt den Kerl in den Stock. Verheiratet! Das werden wir ja sehen.« Zwischen Eisvogel und Lochhüter drängten zwei Knechte herein.

»Tut ihm nichts!«, schrie Kathi. »Er ist wirklich mein Mann. Magister Krieg, der Diakon von Sankt Sebald, hat uns getraut, wir sind nicht dazugekommen, unseren Bund auf dem Amt eintragen zu lassen.«

»Kathi!« Während Max hinausgezerrt wurde, verrenkte er sich den Hals nach ihr. Zwischen den Schultern von Eisvogel und Lochhüter konnte er sie auf dem Bett kauern sehen, das Kleid – es war ihr eigenes, nicht das feine Hochzeitsgewand – nur halb übergestreift. In ihrem Blick lag so viel Verzweiflung, dass er sich losriss und zu ihr stürmen wollte. Mehr als zwei Schritte schaffte er nicht, bevor ihn wieder grobe Pranken packten und Eisen um seine Handgelenke legten. Unter Beschimpfungen schleiften ihn die Knechte in den Gang hinaus. Kathis Schluchzen holte ihn noch ein, bevor die Tür zu ihrer Zelle zugeworfen wurde, und zerriss sein Herz. »Kathi! Ich liebe dich!« Eine Antwort erreichte ihn nicht mehr.

*

»Max«, wimmerte Kathi. »Oh, bitte, tut ihm nichts. Es ist alles wahr.« Heiße Tränen ließen ihren Blick verschwimmen, trotzdem meinte sie, Bedauern im Gesicht von Lochhüter Schaller zu sehen, jedoch nur Hohn in dem des Schöffen.

»Und wann soll diese Hochzeit stattgefunden haben, die dir jetzt so gelegen kommt?«, fragte er mit schneidender Stimme.

Panisch überlegte sie. Was würde der Magister sagen, wenn man ihn danach fragte? Nun, sie sollte schwanger sein können. »Im Juni«, platzte sie heraus.

»Deshalb hast du dich beim Schützen versteckt?«

Sie nickte. »Ich wusste nicht, wohin ich sonst gehen sollte.«

Der Ratsherr fletschte die Zähne. »Dann hat er dich gar nicht verhaftet! Ihr seid nur erwischt worden.«

Oh nein, sie war auf seine List hereingefallen. Kathi fiel nichts ein, das sie darauf antworten könnte, ohne alles noch schlimmer zu machen.

»Und warum habt ihr wochenlang damit gewartet, eure Heirat amtlich zu machen?«

Was nun? Sie durfte sich nicht noch mehr in dieses Lügengespinst verstricken. Der Diakon würde ihretwegen bestimmt keine falsche Aussage machen. Jetzt war alles verloren. Sie schluchzte auf und rief Gott um Hilfe an, doch er sandte keinen rettenden Einfall. Warum auch? Der Herr mochte keine Lügner. Kathi wischte sich die Tränen aus den Augen und sah die beiden Männer an. »Es tut mir leid, ich hab geschwindelt. Diakon Krieg hat uns erst gestern hier im Loch getraut.«

»Was?«, brüllte der Schöffe und starrte den Hüter an. »Stimmt das? Habt Ihr das zugelassen?«

Der Mann schüttelte den Kopf und vermied es, Kathi anzuschauen. »Ich wusste nicht, warum der Diakon zusammen mit dem Schützen zu der Gefangenen gegangen ist. Der Max Leinfelder hatte angeboten, als Wache auszuhelfen, weil wir doch so viele Ausfälle haben, und ich hab gedacht, der Magister wollte ihr Trost spenden. Wie hätte ich ahnen können …?«

Die Stirn des Schöffen runzelte sich, die Lippen wölbten sich wulstig unter dem Bart. »Hmmm, und warum keine zweite Wache?«

»Na ja, Magister Krieg meinte, die beiden seien verheiratet ...«

Voller Angst fragte sich Kathi, wo das Kleid der Schallerin war. Hoffentlich unter der Decke im Bett, sonst bekäme das nette Paar ihretwegen auch noch Schwierigkeiten.

Nun richtete der Schöffe seinen bohrenden Blick auf sie. »Zieh dich anständig an. Ich werde jetzt mit dem Diakon und dann mit dem Nachrichter reden.« Er wandte sich zur Tür.

Kathi atmete auf. Fürs Erste schien sie in Sicherheit zu sein.

Ruckartig drehte er sich noch einmal um. »Freu dich nicht zu früh! Wir sprechen uns heute auch noch einmal.« Er stapfte hinaus, und der Lochhüter huschte hinterher.

Wieder in völlige Dunkelheit gehüllt stand Kathi auf und streifte das Kleid über die Hüften. Was für ein böses Erwachen nach so einer wunderschönen Nacht. Sie ging zur Tür und drückte das Ohr ans Holz. Was jetzt wohl mit Max geschah? Nun musste sie auch noch um ihn bangen, nicht nur um sich selbst. Wenn sie sich doch nur eine Zelle teilen dürften! Aber nein, er sollte in den Stock gesperrt werden. Heiß liefen ihr die Tränen über die Wangen. Oh Max, was tun sie dir an?

Dann fiel ihr wieder ein, dass der Schöffe mit dem Nachrichter reden wollte. Was der ihm erzählen würde? Vielleicht gar nichts, vielleicht alles. Kathi schwirrte der Kopf. Musste Meister Frantz Strafe fürchten? Es fiel ihr schwer, sich den Mann, den sie selbst so furchterregend fand, in Angst vorzustellen.

*

Wummern an der Tür weckte Frantz. Ein Patient, der sich in aller Herrgottsfrühe zu ihm schlich, um nicht gesehen zu werden?

Maria drehte sich zu ihm herum. »Wer kann das sein?«

»Ich geh schon.« Er stieg aus dem Bett und warf den Umhang über sein Nachthemd. Obwohl es dauerte, bis er alle Räume zur Tür im Turm durchquert hatte, ließ das Klopfen nicht nach. »Ich komme schon«, rief er und öffnete.

Draußen standen zwei Stadtknechte. »Ihr werdet im Rathaus, im Loch, gebraucht«, sagte Kuntz, den der Rat gerne mal schickte und der ihn deshalb schon weniger fürchtete als anfangs. Sein Kamerad dagegen studierte angelegentlich seine Stiefel.

»Jetzt sofort?« Allmählich dämmerte ihm, dass Ärger ins Haus stand. Die heimliche Hochzeit!

»Ja. Es eilt.«

»Gut, ich mach mich schnell fertig.«

»Wir warten unten.«

Eine Eskorte, damit er nicht davonlief? Max musste erwischt worden sein. Während die Stadtknechte die Stiege hinuntertrampelten, betrat er den hölzernen Abort im Turm, der als Erker in luftiger Höhe über die Pegnitz ragte. Was mochte wohl passiert sein? Nachdem er sich erleichtert hatte, wischte er sich den Hintern mit trockenem Moos ab, das seine Frau im Wald vor der Stadt zu sammeln pflegte, und ging zurück ins Schlafzimmer. Maria kleidete sich bereits an. »Du musst weg?«

Er nickte nur, streifte das Nachthemd ab und trat zu Krug und Waschschüssel. So viel Zeit musste sein.

Während er sich wusch, fragte Maria: »Haben sie gesagt, worum es geht?«

»Nein, aber ich fürchte, unsere Hochzeiter sind erwischt worden.«

»Oh.«

»Genau. Ich schätze, beim Verhör ist auch mein Name gefallen. Wär ich nur dabei gewesen!« Ihr Blick spiegelte seine Befürchtungen. »Vielleicht weiß der Rat auch noch nicht, dass ich beteiligt war. Könnte sein, dass ich die beiden peinlich befragen soll, weil sie sich störrisch zeigen.« Auch wenn er sie nur beruhigen wollte, die Aussicht gefiel ihm gar nicht. Ob Kathi schon behauptet hatte, guter Hoffnung zu sein?

Maria reichte ihm das Leinentuch und strich ihm über den Rücken. »Was wirst du denn jetzt tun?«

»Herausfinden, was sie schon wissen. Mach dir keine Sorgen, mir kann nichts passieren. Wer sollte mich denn foltern?« Er sah sie an und grinste. »Es hat Vorteile, Nachrichter zu sein.«

Sie rang die Hände. »Törichter Mann! Der Löwe könnte es tun.«

»Oh, stimmt.« Welcher Teufel hatte ihn nur geritten, sich auf diese Sache einzulassen! Heute sah er selbst, dass der Plan eigentlich nur schiefgehen konnte. Und der gute Augustin würde schön schauen, wenn er seinem Meister plötzlich die Schrauben anlegen sollte. »Aber der war doch bestimmt wieder die halbe Nacht unterwegs und steht frühestens am Mittag auf«, versuchte er, Marias Ängste zu beschwichtigen.

»Wenn er nicht vorher geweckt wird.« Sie hielt ihm seine Alltagskleidung hin, die schlichte Kniebundhose und das Hemd. »Pass auf dich auf.«

Statt sich anzuziehen, warf er die Kleider aufs Bett und zog sie in seine Arme. »Immer noch keine Blutung?«

»Nein«, flüsterte sie.

»Dann passe ich besonders gut auf mich auf.«

Sie küsste ihn. »Tu das. Wir werden dich brauchen. Und jetzt solltest du dich lieber sputen.«

Schnell schlüpfte er in Strümpfe, Hose, Hemd und Wams. Heute kein Frühstück für ihn. Maria durchschritt mit ihm die Wohnung und griff nach einer Birne, als sie durch die Küche kamen. »Iss wenigstens die. Heute ist kein Richttag, und auch Nachrichter brauchen Nahrung.«

Er nahm sie. »Immerhin ist es kein Apfel.«

»Warum? Die isst du doch gern.«

»Ja, aber so hat Eva Adam ins Verderben gerissen.« Er lächelte schief.

»Du bist ein Kindskopf.«

Bei der Tür angelangt küsste er sie noch einmal. »Du musst dir wirklich keine Sorgen machen, bei Augustin ist noch alles ruhig.« Er zwinkerte ihr zu und stieg die Treppe hinunter.

Die Stadtknechte standen am Pegnitzufer, hielten aber die Blicke fest auf den Henkerturm gerichtet. Die Kerle passten wirklich auf, dass er sich nicht aus dem Staub machte. Er schritt gespielt munter auf sie zu. »Ich hätt den Weg schon allein gefunden«, sprach er und biss in die Birne.

Der Knecht, dessen Namen er nicht kannte, schielte zu Kuntz hinüber. »Wollen wir ihm keine Eisen anlegen?«

Kuntz blickte betreten drein. »Nur, falls es nötig sein sollte.« Die Eisen hingen tatsächlich an seinem Gürtel. Der andere legte die Hand auf den Schwertknauf.

Das sah gar nicht gut aus. Was hatten Kathi und Max nur erzählt? Seine Besorgnis durfte er sich nicht anmerken lassen, also schlug er noch einmal die Zähne ins Obst. »Na los, gehen wir.«

Bei der Sebalduskirche hielt er nach Magister Krieg Ausschau. Den würden sie doch bestimmt ebenfalls ins Rathaus bestellen. Da fiel Frantz wieder der junge Mann auf, der gestern beim Galgen herumgelungert war. Wahrscheinlich versuchte er erneut, mit dem Geistlichen zu sprechen. Als sich ihre Blicke trafen, senkte der andere schnell den Kopf. Daran war Frantz gewöhnt, doch schien der Kerl sie unter seiner Kappe hervor weiter zu beobachten. »Kennt ihr den Mann, der da auf den Diakon zu warten scheint?«, fragte er seine Eskorte.

Kuntz schnaubte. »Da kann er lange warten.«

»Wieso das?« Der Schreck fuhr ihm in die Glieder. Hatte man den Gottesmann etwa verhaftet? Der Magister hatte doch nichts weiter als seine Arbeit verrichtet. Am Ende sollte er noch den Diakon torquieren! Allmählich graute Frantz davor, das Loch zu betreten.

Verhöre

Max starrte zwischen den beiden Lochschöffen auf die grobe Wand im Verhörraum. Inzwischen meinte er, jede Ritze im Gemäuer zu kennen, doch das war immer noch besser, als wieder im Stock zu stecken. Grausig, wenn man sich kaum rühren konnte. Trotzdem weigerte er sich, irgendetwas zu sagen, außer: »Katharina ist mein Eheweib. Ich wurde mit ihrer Bewachung beauftragt und hab nichts Unrechtes getan.«

Stromer warf die Arme in die Luft und donnerte die Fäuste auf den

Holztisch. »Ich hab dich gefragt, wessen Idee das war.«

Zu gefährlich, darauf zu antworten. Hoffentlich konnte der Nachrichter ihm aus diesem Schlamassel helfen, schließlich hatte der ihm alles eingebrockt.

Der Schreiber fragte: »Soll ich nachschauen, ob Meister Frantz schon hier ist? Ich fürchte, dieser Schurke wird ohne peinliche Befragung nichts preisgeben.«

Stromer grinste. »Macht das.«

Max bemühte sich zu schlucken. Ihm war plötzlich ganz flau im Magen. Was, wenn der Nachrichter dem Befehl der Obrigkeit nachkam? Ihn würde nichts retten können. Der Schreiber bewegte sich sehr langsam, als erwarte er, aufgehalten zu werden. Und wenn Max eingestand, dass Meister Frantz selbst diese List ersonnen hatte? Dann würden sich die Schöffen auf den Nachrichter stürzen, und der könnte weder ihn noch Kathi einer peinlichen Befragung unterziehen. Aber damit wäre ihre Marter nur aufgeschoben und im Grunde alles verloren. Wer außer Meister Frantz konnte sie hier herausholen? Er durfte nicht aufgeben, noch nicht. Vielleicht schaffte er es, auch unter größten Schmerzen standhaft zu bleiben. Nur wenn nicht ... Oh, hätte er gewusst, welchen Preis er für diese eine Nacht des Glücks zu zahlen hatte! Die Tür ging ächzend auf, und der Schreiber verließ den Raum.

»Letzte Gelegenheit«, sagte Eisvogel und lächelte.

Max hatte Stromer immer für angenehmer gehalten, weil er jünger und direkter war, aber nun wirkte Eisvogel im Vergleich zu ihm geradezu freundlich.

»Katharina ist mein Eheweib«, sagte er wieder.

Der Schöffe hob die Hand. »Schon gut, das haben wir hinlänglich verstanden. Du bist mutig, aber vielleicht änderst du ja deine Meinung, nachdem du die Kapelle besichtigt hast.«

»Was? Eine Kapelle? Im Loch?« Die Worte rutschten ihm heraus, bevor ihm das Gerede der Stadtknechte über die ganz besondere Kapelle einfiel, in der selbst das verkommenste Gelichter betete.

Stromer schnaubte. »Oh, er kennt doch noch mehr Wörter. An mangelnder Bildung kann es also nicht liegen, dass er immer dasselbe plappert.«

»Stimmt, es muss wohl an eklatanter Blödigkeit liegen«, meinte Eisvogel und kratzte sich am Ohr. »Nun, wir werden schon noch herausfinden, wer von den beiden die Zahlmeisterin umgebracht hat. Die Idee zum Raub stammte sowieso von Katharina. Sie lebte schließlich dort und wusste, wo was zu finden war.«

Max öffnete den Mund, um zu protestieren, klappte ihn aber schnell wieder zu. Es ging also nicht nur um Unzucht in der Zelle. Sie beschuldigten ihn des Mordes an der Zahlmeisterin!

Stromer nickte vor sich hin. »Bestimmt war's der Bräutigam, während die Braut ihre Herrin ablenkte. Kurz und schnell, ein Schlag mit der Hacke … und schon war die Mitgift im Sack.«

Max biss sich auf die Unterlippe, kämpfte um Beherrschung. Am liebsten wäre er dem Verleumder an die Gurgel gesprungen.

»Nur kommt die Beckin zurück«, fuhr Stromer fort. »Unser tapferer Schütze hier springt sofort aus dem Fenster und lässt die Magd im Stich. Die kann nicht anders, stellt sich dumm, bis die Beckin das Opfer findet. Erst dann ergreift auch das naive Ding die Flucht.«

Max schmeckte Blut, während sich das Lügengebäude immer höher vor ihm auftürmte, immer unüberwindlicher erschien. Schließlich musste er seine Kiefer auseinanderzwingen, um sich nicht die Zunge abzubeißen.

»So muss es gewesen sein«, stimmte Eisvogel zu. »Schließlich erzählt uns ja niemand etwas anderes. Nur was diese komische Heirat sollte …«

Von der heimlichen Trauung wussten sie also auch bereits. Magister Krieg hatte wohl schon ausgepackt – ob der nun auch Schwierigkeiten bekam – oder war's die Kathi? Was hatten diese Schweine ihr angetan? Sein Magen schmerzte, doch er war hilflos, konnte weder sich noch sein Weib retten.

Stromer schmunzelte. »Vielleicht wollte der Bursche sie vor der Richtung noch zu einer ehrbaren Frau machen.« Beide gackerten.

Eisvogel wischte sich die Lachtränen fort. »Ehrbar!« Wieder prustete er los.

Da kehrte der Schreiber zurück. »Der Nachrichter ist gleich da.«

Erleichterung und Schrecken rangen in Maxens Brust um die Vorherrschaft. Brachte Meister Frantz Rettung oder Untergang?

*

Sobald der Nachrichter endlich hinter dem Rathaus verschwunden war, zog Lucas die Kappe tiefer ins Gesicht. Als ob das jetzt noch etwas bringen würde. Ganz schön was los im Loch heut früh, und sicher seinetwegen. Ob die beiden wirklich geheiratet hatten, Kathi und der Schütze? Vielleicht hatte er sich aus dem Wenigen, das er hatte mithören können, auch nur völligen Blödsinn zusammengereimt. Wenn er doch nur seine Klappe gehalten hätte! Eisvogel hatte sehr verärgert auf seine Offenbarungen reagiert, als er ihm in dessen Gartenlaube Bericht erstattete, nachdem ihn eine Magd geholt hatte, und von einer Belohnung hatte Lucas auch noch nichts gesehen. Dafür hatten Stadtknechte erst den Diakon und jetzt auch noch Meister Frantz eilends ins Loch geschafft.

Vom Schlagturm läutete es eine Stunde in den Tag hinein. Eigentlich sollte er verschwinden und noch ein paar Stunden schlafen, bevor der Mittagsrummel in der Fetten Gans begann, nur würde er dann nicht mitbekommen, ob er etwas Schlimmes angerichtet hatte. Unschlüssig ging er los, da sah er den Priester aus einem Seiteneingang des Rathauses heraustreten. In seiner Erleichterung blieb er abrupt stehen und musterte den Mann. Er sah unversehrt aus, aber der Nachrichter war ja auch gerade erst hineingegangen. Der Geistliche hatte ihn schon fast erreicht. Nichts wie weg hier!

»Auf ein Wort, junger Mann.«

Lucas wollte davonlaufen, doch seine Beine gehorchten ihm nicht. Er drehte sich um. »Magister Krieg.«

»Ich hab dich gestern schon hier gesehen, auch in der Kirche und bei der Hinrichtung. Mir scheint, du möchtest dein Herz erleichtern, traust dich aber nicht recht«, sagte er mit freundlicher Stimme.

Lucas war, als blicke der Geistliche direkt in seine Seele. »Habt Ihr Schwierigkeiten bekommen?«, fragte er.

»Weshalb?« Der Diakon lächelte.

Vor dem Gottesmann brachte Lucas keine Lüge über die Lippen, also schwieg er.

»Komm mit in die Kirche, junger Freund. Im Haus Gottes lässt es sich leichter offen reden.«

Wie ein Lamm folgte er Krieg und setzte sich neben ihn auf dieselbe Bank, auf der er gestern gesessen hatte. »Was bedrückt dich?«, fragte Magister Krieg.

Lucas verbarg sein Gesicht in den Händen. »Ich habe Euer Gespräch beim Rabenstein gehört und dem Schöffen Eisvogel erzählt, dass Ihr den Schützen Max und die Verhaftete auf Bitte des Nachrichters trauen solltet. Es tut mir leid«, stieß er hervor.

»Warum hast du das getan?« Zu Lucas' Überraschung lag keine Spur von Ärger in der Stimme des Geistlichen, nur Neugier.

»Der Schöffe Eisvogel wollte, dass ich mich als heimlicher Kundschafter des Rats umhöre, ob jemand mitgekriegt hat, wer die Zahlmeisterin umgebracht hat.«

Krieg hob die Augenbrauen. »Der Schöffe darf viel wollen.«

»Er hat damit gedroht, durchsickern zu lassen, dass ich die drei Landsdiebe verraten habe.«

»Hm, ein raffinierter Mann. Schon hat er ein neues Paar Augen und Ohren in der Stadt. Wehe dem, der seine Bürgerpflicht tut und Verbrecher zur Anzeige bringt. Du hast mein Mitgefühl, aber aus dieser Klemme kann ich dir auch nicht helfen.«

Er hatte doch gar nicht um Hilfe gebeten, sondern wünschte Vergebung, doch der werte Magister tat, als wäre nichts Schlimmes passiert. »Wie geht's dem Schützen und dem Nachrichter?«

Jetzt war es mit der Ruhe beim Gottesmann vorbei. »Der Schütze ist noch im Loch? Und der Nachrichter wurde gerufen? Das hast du gesehen?« Er sprang auf und rang die Hände.

Lucas duckte sich unter den Worten, die wie Rutenstreiche auf ihn einprasselten. Abwehrend hob er die Hände. »Ich weiß nicht, ob Max noch drin ist, aber den Nachrichter hab ich eintreffen sehen, kurz bevor Ihr herausgekommen seid, deshalb hab ich gedacht ich, ihr wärt ihm vielleicht noch begegnet.«

Krieg schüttelte verdrossen den Kopf. »Und mir haben sie nichts davon erzählt! Als wäre ich irgendein dahergelaufener Wanderprediger und nicht ständig im Loch bei den Gefangenen, um ihnen Trost zu spenden, wenn der Rat sie zu grausamen Strafen verurteilt!«

Der Gefühlsausbruch überraschte Lucas. Trotzdem fragte er: »Was wollten die hohen Herren denn dann von Euch?«

»Oh, sie haben mich gefragt, ob ich Katharina Schüttin und Maximilian Leinfelder getraut habe. Ein einfaches Ja hat den Schlawinern gereicht, und jetzt weiß ich auch, warum. Mich wollen sie nicht strafen für diese Ordnungswidrigkeit. Das Sakrament der Ehe ist schließlich heilig, da könnten sie nur ihrem eigenen Ansehen schaden. Aber der Nachrichter ...«

Lucas schnaubte. »Seinem Ansehen kann man nicht schaden.«

»Aber natürlich kann man das. Meister Frantz ist als Nachrichter hoch angesehen. Würdest du lieber von einem Trunkenbold geköpft werden, der sechs Hiebe braucht?« Vor Empörung war das Gesicht des Diakons rot angelaufen, doch jetzt hockte er sich wieder auf die Bank. »Schaden kann der Rat ihm sehr.« Er seufzte. »Meister Frantz ist ein besonnener, anständiger junger Mann. Als er mir seine Bitte vortrug, hatte er sicherlich nichts Übles im Sinn, und das muss auch der Rat einsehen. Gewiss wird er den Herren die Wahrheit sagen, und damit ist es dann hoffentlich gut. Um den Schützen sollten wir uns mehr Sorgen machen.«

»Wir?«

Magister Krieg lächelte schmal. »Nun, da du ihn ins Loch gebracht hast, lastet diese Tat auf deinem Gewissen, also wirst du ihm helfen müssen.«

Lucas begehrte auf. »Was, wenn er und Kathi die Zahlmeisterin umgebracht haben? Dann ist mein Gewissen rein.« Und ihm kam das immer noch als die plausibelste Lösung des Falls vor.

»Nun, dann solltest du dich in der Stadt umhören, was so geredet wird, herausfinden, ob jemand etwas gesehen hat.«

Derselbe Spitzelauftrag aus zwei unterschiedlichen Lagern. Lucas hätte schreien mögen.

Bevor er etwas sagen konnte, fuhr Krieg fort: »Natürlich im Auftrag des Lochschöffen, oder hat er dich schon von deiner Aufgabe entbunden, weil er glaubt, die Schuldigen seien verhaftet?« Nun blickte der Geistliche besorgt drein.

»Nein, nicht wirklich, aber er hat mich immerhin gelobt, als wäre die Sache für ihn damit beendet.« Das war allerdings nach einem kurzen Wutanfall geschehen, weil Lucas ihn erst heute früh informiert hatte.

»Dann erfülle deinen Auftrag weiter und komm heute Abend nach der Vesper im Pfarrhaus vorbei.«

Lucas erhob sich und starrte auf den Schrein des heiligen Sebald. »Warum die Schnecken?«, platzte es aus ihm heraus.

Ein Glucksen ließ ihn zum Diakon herumfahren. Der Mann lachte ihn auch noch aus? Doch in seinem Lächeln lag kein Spott.

»Vielleicht, weil Schnecken nur das brauchen, was sie am Leib tragen? Wer weiß, was sich Peter Vischer dabei gedacht hat. Wusstest du, dass der große Künstler wegen Urkundenfälschung angeklagt wurde? Eigentlich drohte ihm dafür die Todesstrafe, doch der Rat zeigte Gnade.«

»Bei einem im ganzen Land berühmten Künstler glaub ich das gern.« So einer ging ohne Strafe aus, während gewöhnliche Leute, die aus Not ein Verbrechen begingen, am Galgen baumelten, bis sie abfaulten.

»Nun, ihm wurden mit einem glühenden Stab beide Wangen durchstoßen, so war er für den Rest seines Lebens gezeichnet.«

Lucas schnaubte. »Und warum erzählt Ihr mir das?«

Diakon Krieg rieb die Handflächen aneinander. »Vielleicht, weil es eine schöne Geschichte von Schuld, Gnade und das Einstehen für böse Taten ist …«

Heute sprachen wirklich alle in Rätseln zu ihm, da hatte ihm das Milchmädchen noch klarere Auskunft gegeben.

*

Auf Frantz wartete bereits am Eingang der Lochhüter und knetete seine Hände. »Ihr sollt sofort in die Kapelle kommen.« Die Stadtknechte scheuchte er mit wedelnden Armen fort.

So verstört hatte er den Mann noch nie gesehen. Normalerweise bekam er seine Anweisungen, bevor er auf die Sünder traf. Doch bis auf die Befragung der Magd war heute nichts angeordnet, und die sollte hoffentlich sicher sein. Ohne eine Ratsversammlung mit entsprechendem Beschluss konnten sie unmöglich von ihm verlangen, einem Priester Schmerzen zuzufügen. Die Miene von Schaller verhieß allerdings dennoch Ungemach. Für Kathi oder Max? Nicht, dass er … Sie konnten doch das arme Ding nicht trotz der möglichen Schwangerschaft zur peinlichen Befragung … Ihm wurde ganz flau. Hatten sie die beiden noch vor Vollzug der Hochzeit erwischt? Wenn Kathi und Max gestanden hatten, was würde dann aus ihm? Da fiel ihm eine andere Möglichkeit ein: Vielleicht war ja der wahre Mörder der Zahlmeisterin über Nacht gefunden worden, und der Rat hatte sofort einer peinlichen Befragung des Täters zugestimmt. Dann wären all seine Probleme gelöst. »Wartet da ein Delinquent auf mich?«

»Die Lochschöffen«, murmelte Schaller.

Überrascht sah er ihn an. »Die warten in der Folterkammer auf mich?« Er lächelte. »Was haben sie denn angestellt?«

Endlich kam Bewegung in die steinerne Miene, aber der Lochwirt schien nicht zu wissen, ob er lachen oder weinen sollte. Das große Muttermal unter seinem rechten Auge schien ein Eigenleben zu entwickeln, so heftig zuckten die Muskeln im Gesicht des Mannes.

»Schon gut, ich werd's herausfinden.« Er ließ Schaller stehen und begab sich gemäßigten Schritts zur Folterkammer. Im Gang sah er gerade noch den Schreiber davonhuschen. Alles sehr merkwürdig. Er wandte sich noch einmal zum Lochhüter um. »Ist der Löwe hier?«

Schaller schüttelte den Kopf. »Hab ihn noch nicht gesehen.«

Erleichtert ließ er den angestauten Atem entweichen. Dann musste er sich wohl noch keine ernsthaften Sorgen um seine eigene Haut machen. Als er in geduckter Haltung die niederen Gänge entlanglief, hörte er vor sich ein oder zwei Paar Füße denselben Weg gehen. Die Tür zur Folterkammer stand offen. Im Schein einer Öllampe sah er Stromer unter der Strappado-Winde hocken. Eisvogel hatte ein Bein auf die Streckleiter gestellt. Ein äußerst ungewöhnlicher Anblick, denn sonst mieden sie diesen Raum und jede Berührung mit seinen Werkzeugen. Bei der peinlichen Befragung pflegten die hohen Herren und der Schreiber oben im kleinen Ratsstüberl zu sitzen und den Schreien und Geständnissen hier unten durch das Loch in der Wand über der Strappado-Winde zu lauschen.

Frantz nickte ihnen zu. »Ihr bedürft meiner Dienste?«

Stromer, der kaum dreißig Jahre alt war, stand auf und schüttelte den Kopf. »Nein, wir bedürfen Eures Geständnisses, Meister Frantz.«

Und das von einem, der sich dem Vernehmen nach bei seiner ersten peinlichen Befragung hatte übergeben müssen, obwohl er nicht einmal zugesehen, nur zugehört hatte! Eiskalte Ruhe überkam Frantz. Das Brautpaar musste wirklich aufgeflogen sein. »Welches Verbrechen wirft man mir vor?«

»Legt die Daumen in die Klemme«, blaffte der Lochschöffe und trat einen Schritt näher, als wolle er seine frühere Empfindsamkeit wiedergutmachen.

Frantz setzte sich auf den Hocker und schob beide Daumen in die Metallkonstruktion. Wie ruhig er das tun konnte, als sähe er sich selbst dabei zu, der Nachrichter, der den Nachrichter torquiert. Ohne Furcht blickte er seinem Ankläger, der offensichtlich nicht recht wusste, was er ihm anlasten sollte, in die Augen. »Und wer dreht zu?« Beinah genoss er den Moment.

Stromers linkes Auge zuckte. Er hob eine Hand, streckte diese jedoch nicht nach der Schraube aus.

Frantz schnaubte. »Ich verstehe. Ist schließlich meine Aufgabe.« Diese Feiglinge! Wollten sich nicht selbst in den Ruch der Unehre bringen, indem sie sein blutiges Handwerk ausübten. Er nahm die Daumen wieder heraus und legte Zeige- und Mittelfinger der Linken in das Folterwerkzeug zu beiden Seiten der Schraube. Langsam drehte er zu, bis das Metall auf seine Knochen drückte und die Pein begann. Das hatte er schon lange nicht mehr getan. Noch eine viertel Umdrehung, und der Schmerz zog sich bis in seine Brust. Er konnte kaum atmen. »Soll ich sie brechen?«, fragte er mit gepresster Stimme. Viel fehlte nicht mehr. So weit war er bei seinen früheren Selbstversuchen nie gegangen, doch er musste ja wissen, wie es sich anfühlte, ab wann der Schmerz die Zunge lösen mochte.

»Ihr seid der Experte, Meister Frantz«, höhnte Stromer.

»Euer Einziger«, keuchte er. »Und Finger sind nützlich bei meiner Arbeit.«

»Hört auf«, rief Eisvogel und nahm das Bein von der Leiter.

Schnell drehte Frantz auf und atmete durch. Er rieb sich die Narbe an der Stirn. Sie zeugte von seinem dämlichsten Experiment mit dem sogenannten Kranz, einer Drahtschlinge, die um den Kopf gezogen wurde. Er hatte die der Nürnberger stark unterschätzt. Die Letzte, mit der er hantiert hatte, war dicker gewesen, hatte daher nicht so schnell und so tief geschnitten.

»Wie viele Verbrechen hättet Ihr denn zu gestehen?«, fragte Eisvogel lauernd.

Oh, das war hinterhältig. »Keines«, knurrte er.

»Meister Frantz, Ihr repräsentiert ein Stück weit die Gerechtigkeit in unserer schönen Stadt, also benehmt Euch entsprechend.«

»Das letzte Stück Gerechtigkeit«, korrigierte er. »Der Rat fällt das Urteil. Aber Ihr habt recht, ich sollte mich meines Amtes entsprechend benehmen. Stellt Eure Fragen, ich werde antworten.« Beinah hätte er ›wahrheitsgemäß‹ hinzugefügt, doch das könnte sich als Lüge erweisen.

Eisvogel blähte seine Brust auf und stieß die Luft durch die Nase wieder ausströmen. »Was wisst Ihr über die Heirat von Maximilian Leinfelder und Katharina Schüttin?«

»Nur, dass sie gestern Abend stattfinden sollte. Hat es geklappt?«, fragte er mit einer Unschuldsmiene, die hoffentlich überzeugte.

Die Lochschöffen sahen einander an, dann wandten sie sich wieder ihm zu, stellten aber keine weitere Frage. Half alles nichts, er musste aufs Ganze gehen. »Ich hab den Diakon von Sankt Sebaldus gebeten, die Trauung vorzunehmen, weil die beiden ein unzüchtiges Verhältnis miteinander hatten.« Da hing sie in der Luft, die Lüge, und Frantz meinte beinah, sie sehen zu können.

Wieder tauschten die Würdenträger Blicke.

Frantz fuhr fort: »Nachdem Leinfelder die in der ganzen Stadt gesuchte Magd der Zahlmeisterin ins Loch gebracht hatte, im Vertrauen auf die Weisheit des Rates, plagte ihn die Frage, ob er vor Gott nicht doch noch alles recht machen könne. Da kam er zu mir und fragte, was er tun solle.« Frantz konnte nur hoffen, dass die Schöffen ihm in der dürftig beleuchteten Kammer den Schwindel nicht ansahen.

Da breitete sich langsam ein Grinsen auf Stromers Gesicht aus, und er nickte vor sich hin. »Weil Leinfelder wusste, dass sie ihre Herrin ermordet hatte und bald ihrem himmlischen Richter gegenübertreten würde.«

Frantz bemühte sich angestrengt um eine ausdruckslose Miene. »Nein, weil er sie geschwängert hat.«

Das traf die Herren. Nun starrten sie einander lange an, dann nickte Eisvogel zur Tür. »Ihr wartet hier, Meister Frantz. Wir ziehen uns zu einer kurzen Beratung zurück.«

»Wie Ihr wünscht.«

Sie gingen und schlugen die Tür zu. Frantz atmete tief durch, dann betrachtete er seine schmerzenden Finger. Wenigstens dürfte Kathi vorläufig verschont bleiben. Ob inzwischen noch jemand nach dem wahren Mörder suchte? Er konnte es nur hoffen.

*

Kathi schritt unablässig die kleine Keuche auf und ab, hielt die Ungewissheit kaum noch aus. Nur kurz hatte die Lochwirtin zu ihr hereingeschaut, Frühstück gebracht und das Kleid unter ihrer Schürze versteckt mitgenommen. Mehr als einen mitleidigen Blick hatte die Schallerin nicht für sie übrig gehabt, kein tröstendes Wort, keine Auskunft darüber, was vor sich ging. Vermutlich wusste sie selbst nichts. Wenn sie doch nur zu Max dürfte. Ob der immer noch im Stock feststeckte? Schon wieder Schritte! Würden sie diesmal auch einfach vorbeilaufen? Bestimmt zum zehnten Mal stellte sie sich in die Mitte der kleinen Zelle, drückte den Rücken durch und hob das Kinn. Diesmal verhielten die Schritte. Der Riegel wurde zurückgeschoben. Die Lochschöffen kamen herein.»Du bist schwanger?«, fragte Stromer, sein Blick maß sie abfällig von Kopf bis Fuß.

»Ja«, keuchte sie, unendlich erleichtert.

»Das lässt sich feststellen. Von diesem Leinfelder?«

»Ja.«

»Mist«, zischte er. »Die Hebamme wird dich heute noch untersuchen.«

Die Herren machten kehrt und sperrten sie wieder ein. Kathi sackte aufs Bett. Das war alles? Und jetzt? Die Hebamme könnte bestimmt nur feststellen, dass sie keine Jungfrau mehr war.

*

Max versuchte, den starren Blick des Schreibers zu ignorieren. Kaum ein Muskel regte sich im bartlosen Gesicht des Mannes, so als sei er ein stehen gebliebenes Uhrwerk, das erst bei der Rückkehr der Schöffen wieder zum Leben erwachen würde – unheimlich! Nicht, dass er die beiden Ratsherren zurücksehnte. Was sollte er ihnen erzählen? Hoffentlich brachten sie Meister Frantz mit. Der konnte Klarheit schaffen.

Da schwang die Tür auf, und die Schöffen kehrten zurück – allein.

Stromer baute sich vor ihm auf. »Du hast Katharina Schüttin geschwängert?«

Er nickte. »Leinfelderin. Sie heißt jetzt Katharina Leinfelderin.«

Der junge Schöffe schnaubte entrüstet. »Noch ist die Ehe nicht registriert. Ja oder nein?«

»Ja, das glauben wir wenigstens.«

Eisvogel setzte sich ganz entspannt ihm gegenüber. »Kein Wunder, dass ihr Geld brauchtet. Ein Kind ist teuer, also musste die Alte weg, damit ihr zwei euch ihren Schmuck und andere Wertsachen unter den Nagel reißen konntet.«

Nein, nein, nein, das stimmte doch alles gar nicht! Was er auch sagte, sie drehten es sich so zurecht, dass er am Ende als schuldig dastand. Hätte er sich doch nie auf diesen Irrsinn mit der Heirat eingelassen. »Ich hab der Zahlmeisterin nichts getan, und Kathi auch nicht. Sonst hätte ich sie doch nicht geheiratet.«

»Stimmt, nur ehrliche Leute heiraten«, sagte Stromer voller Häme und packte seinen Arm. »Der Nachrichter erwartet dich in der Kapelle. Wir kriegen die Wahrheit schon noch aus dir heraus. Die werdende Mutter verschonen wir, falls du gestehst. Katharinas Hinrichtung wird bis zur Geburt des Kindes aufgeschoben. Also sei vernünftig.«

Eiskalte Furcht umklammerte sein Herz. »Ich bin doch unschuldig, und Kathi noch mehr!«, beteuerte er voller Verzweiflung. Er wollte noch nicht sterben. »Wurde der Vagabund schon gefunden, der durchs Fenster gelugt hat?«

Eisvogel stieß einen Laut zwischen Grunzen und Lachen aus. »Oh ja, den Kerl hat der Bettelvogt schon geraume Zeit verfolgt, als er am Haus der Zahlmeisterin vorbeikam. Er ist sicher nicht hineingeklettert, um sie zu berauben und umzubringen.«

Max sank in sich zusammen. Dann hatte der Mann vielleicht nur nach einem Versteck gesucht. Verdammt.

Stromer rieb sich die Hände. »Wir werden wohl Meister Frantz bitten müssen, dein Eheweib möglichst schonend zu torquieren, damit ihrer Leibesfrucht nichts zustößt.« Stromer tat, als dächte er nach, doch das bösartige Lächeln, das um seine Mundwinkel spielte, verriet Max, dass er genau wusste, was er sagen wollte. »Zum Beispiel mit glühender Kohle unter der Achsel. Dafür ersparen wir ihr die Streckleiter.«

Max wurde übel.

Peinliche Befragung

Frantz wartete in der Folterkammer, wie man ihn geheißen hatte, und ahnte Schlimmes. Würden sie ihm gleich Kathi bringen, obwohl sie schwanger sein könnte? Nein, das Wagnis gingen sie bestimmt nicht ein. Selbst wenn sie ihr Kind ein paar Wochen nach der Tortur verlöre, würde das die Handlungen des Rats in ein schlechtes Licht rücken. Er schüttelte den Kopf. Nun tat er vor sich selbst schon so, als wäre sein Lügengespinst die Wahrheit und die Magd wirklich guter Hoffnung. Nun, nach der letzten Nacht war es wenigstens nicht mehr unmöglich.

Endlich kam jemand. Die Tür ging auf, und Frantz fluchte im Stillen. Max! Natürlich, um den mussten sie sich keine Sorgen machen. Warum hatte er damit nur nicht gerechnet? Er blickte dem Schützen in die Augen in der Hoffnung, ihm auf diese Weise Mut einzuflößen.

»Meister Frantz«, hob Stromer an. »Der im Loch verhaftete Maximilian Leinfelder wird des Mordes an Christina Zahlmeisterin verdächtigt. Er weigert sich, unsere Fragen zum Hergang der Tat zu beantworten, deshalb dachten wir uns, er sollte schon mal mit den Utensilien der Kapelle vertraut gemacht werden.«

Max der Mörder? Welchen Grund hätte er …? In dem Moment ging Frantz die Ungeheuerlichkeit dieses Vorgehens auf. Der Rat konnte noch gar nicht über den Fall Leinfelder beraten und einen entsprechenden Beschluss gefasst haben. Die beiden durften das nicht einfach so anordnen – genauso wenig wie die Sache mit den Daumenschrauben bei ihm, aber das war ihm sowieso klar gewesen. Die hohen Herren hatten ihn einschüchtern wollen, und er hatte sich vor ihnen aufspielen müssen. Langsam nickte er. »Ich werde mich darum kümmern.« Er schob den Schützen zum Gestell mit den Daumenschrauben, dann wandte er sich den Schöffen zu. »Auf ein Wort, meine Herren?«

Eisvogel deutete mit dem Kinn zum Ausgang, und Frantz folgte den beiden hinaus und schloss die Tür.

»Es gibt noch keinen Ratsbeschluss, oder?«

»Nein«, brummte Stromer missmutig.

»Dann soll ich ihm eine kleine Demonstration geben, ihn aber nicht ernstlich verletzen?«

Stromer verzog das Gesicht und wandte sich ab. Eisvogel lächelte. »Ihr versteht uns, Meister Frantz. Tut ihm etwas weh und stellt ihm ernsthafte Tortur für morgen in Aussicht, dann kann er sich die ganze Nacht überlegen, ob er den Mord nicht gleich gestehen will.«

Frantz nickte, fragte vorsichtshalber dennoch: »Ohne Schöffen und Schreiber, die uns im Ratsstüberl zuhören?« Durch diesen Verstoß der Lochschöffen gegen geltendes Recht fühlte er sich selbst etwas sicherer. Bestimmt wollten die beiden nicht, dass der gesamte Innere Rat davon erfuhr, also sollten sie sein ungebührliches Verhalten auch nicht zur Anzeige bringen. Wenn er befragt würde, müsste er schließlich alles erzählen, auch das.

Eisvogel verengte seine Augen zu Schlitzen. »Ihr habt Euch mit der Heirat der beiden eine ziemliche Frechheit erlaubt, Meister Frantz, deshalb werdet Ihr schön die Schnauze halten und tun, was ich Euch sage.«

»Natürlich.« Jetzt erlaubte sich Frantz ein Lächeln. »Wieso glaubt Ihr, dass der Leinfelder etwas mit dem Mord zu tun hat?«

»Die beiden haben zusammen die Zahlmeisterin bestohlen und dann erschlagen«, sprach Eisvogel mit Überzeugung und blickte wieder ganz freundlich drein.

»Genau«, mischte sich Stromer ein. »Sobald das Kind unterwegs war, wollten sie bestimmt alles, was sie in die Finger kriegen konnten, an sich reißen. Kinder sind teuer.« Er faltete die Hände vor seiner Wampe.

Allmächtiger, daran hatte er überhaupt nicht gedacht, dass seine List die beiden noch verdächtiger machen könnte! »Was ist mit der Perlenkette der Zahlmeisterin? Wurde sie in der Kammer des Schützen gefunden? Bei ihr zu Hause war sie sicher nicht mehr, wenn Ihr von Diebstahl ausgeht. Gab es dort andere Wertgegenstände?«

»Die Kette ist weg, und sonst haben die Stadtknechte auch nichts Wertvolles bei der Zahlmeisterin gefunden. Leider ist die Kammer des Leinfelders sauber. Das Diebespaar muss das Zeug irgendwo anders versteckt haben. Der Bettler von außerhalb kann es auch nicht getan haben, denn der Vogt hatte ihn die ganze Zeit im Auge. Nein, wir haben die Schuldigen, brauchen nur noch ein Geständnis.«

Vermaledeit noch eins, das sah nicht gut aus für die beiden, obwohl es keine Beweise gab. »Hm, dann gebe ich dem Leinfelder mal eine kleine Einführung in mein Handwerkszeug.« Er wandte sich ab und schalt sich einen hirnlosen Dummbatz, weil er die Folgen für Max nicht bedacht hatte. Aber der hätte am Morgen ja auch nicht mehr bei seiner Braut liegen sollen, so ein Leichtsinn! Als er die Folterkammer betrat, zuckte der vermeintliche Delinquent zusammen. Frantz schloss die Tür und hockte sich auf die Streckleiter. »Da hab ich was angestellt«, flüsterte er.

Max starrte ihn aus weit aufgerissenen Augen an. »Was passiert jetzt?«

Ratlos schüttelte Frantz den Kopf. Der Mann war nicht gefesselt, und draußen hatte eben noch nicht einmal ein Knecht gestanden. Na, auf weitere Mitwisser ihres unrechten Tuns wollten die Schöffen bestimmt verzichten. Könnte er Max unter diesen Umständen die Flucht ermöglichen? Und was, wenn man den Burschen schon hier unten wieder einfing? Nein, er musste an Maria denken, die vielleicht sein Kind unter dem Herzen trug. Er blickte zur Lüftungsöffnung über der Strappado-Winde. Vielleicht hörten ihm die beiden doch zu. Bald könnten sie die Stube erreicht haben. »Schrei!«, befahl er.

»Was?«

»Schrei wie am Spieß.«

Endlich kapierte er und brüllte.

»Nicht schlecht, aber wir müssen auch einige Spuren an deinem Körper hinterlassen. Und du flüsterst nur, wenn du mir was zu sagen hast.« Frantz stand auf. »Es tut mir wirklich leid. Ich hab keinen Augenblick daran gedacht, dass du als Mittäter unter Verdacht geraten könntest. Hättest du das Brautbett nur früher verlassen!«

»Ich war doch mit Kathi eingesperrt!«

Frantz seufzte. Natürlich ...

*

Als Meister Frantz eine Kerze anzündete, schrie Max noch einmal, und diesmal aus echter Angst. Das hatte der Nachrichter also mit Spuren der Tortur auf seinem Körper gemeint! Nein, das konnte er doch nicht tun, das durfte er nicht!

»Zieh das Hemd aus.«

Obwohl er nur weglaufen wollte, gehorchte er. Für ihn gab es nur eine Wahl: alles gestehen und wenigstens Kathi noch ein paar Wochen verschaffen. Falls er sie gestern geschwängert hatte, sogar neun Monate. Bis dahin konnte viel geschehen – der wahre Mörder gefunden werden etwa. Auch wenn er dann nicht mehr wäre. Er schluckte einen Kloß herunter bei diesem Gedanken. Sie könnte zumindest ihrer beider Kind großziehen. Das gab ihm die Kraft, dem Kommenden entgegenzutreten.

»Heb den Arm.«

Er tat es, doch als der Nachrichter die Kerze unter seine Achsel hielt, zuckte er zurück. »Verflucht, warum bindet Ihr mich nicht?« So würde das nie was werden.

Meister Frantz legte einen Finger auf den Mund und flüsterte: »Weil du das hier freiwillig über dich ergehen lässt. Es kann noch alles gut werden.«

Er schüttelte den Kopf und sprach ebenso leise: »Ich muss den Mord gestehen, um Kathi zu schützen. Ich werde sagen, dass sie mich dabei überrascht hat, nichts wusste, und ich sie dann fortgeschleppt und entehrt habe.«

»Das glauben sie dir niemals. Heb den anderen Arm.«

Wieder gehorchte er, hielt diesmal länger durch, weil er die Zähne zusammenbiss. Sein Herz raste. Nach, wie es ihm schien, endloser Pein wich er vor dem Feuer zurück und brüllte seinen Schmerz und Zorn gegen die gewölbte Decke dieser verteufelten Kapelle. Der Geruch versengter Haare stieg ihm in die Nase. Seine Haut brannte, aber das war vermutlich nichts im Vergleich zu dem, was andere Leute hier aushalten mussten.

»Vergiss nicht«, sprach der Nachrichter mit ungewöhnlich sanfter Stimme. »Du bist zu mir gekommen und hast mich um Hilfe gebeten.« Mit diesen Worten fischte er einen irdenen Tiegel aus seiner Hose und strich Max etwas von der Salbe darin auf die verbrannte Haut.

»Wohl wahr«, keuchte er unter neuerlichen Schmerzen. »Ich muss den Verstand verloren haben.«

Sein Peiniger lachte leise und packte das Gefäß wieder weg. »Das wäre eine Erklärung.« Er blickte auf Zeige- und Mittelfinger seiner linken Hand, auf denen sich rote Druckstellen abzeichneten. »Das macht nicht viel her«, murmelte er.

»Ihr seid auch gefoltert worden?«, fragte Max überrascht.

»Das musste ich selbst tun. Der Löwe war nicht da, und einem Schöffen kann man derlei Arbeit nicht zumuten.« Meister Frantz lächelte immer noch, aber verächtlich. Der Nachrichter hielt wohl nicht viel von den feinen Herren. »Legt die Daumenkuppen zwischen die Eisenklemmen.«

Max drehte sich zu dem Gestell herum und betrachtete es angewidert, ohne sich zu rühren. Da seufzte Meister Frantz und zwängte seinen eigenen linken Daumen darunter. »Na los.«

Der Mann schreckte vor nichts zurück! Und er erduldete das alles nur ihm und Kathi zuliebe, da konnte Max schlecht zurückstehen. Er schluckte und schob sein eigenes Fleisch auf der anderen Seite der Schraube unter das Eisen.

»Willst du es selbst versuchen, oder soll ich?«

Mit zitternden Fingern packte Max die Schraube und drehte, bis das Metall so arg auf seinen Nagel drückte, dass er es nicht mehr aushielt. »Verdammt, macht Ihr weiter.«

»Hör auf zu fluchen, bete lieber und vergiss nicht zu schreien.«

Und wie Max brüllte, als der Schmerz noch zunahm. Endlich ließ die Pein nach, aber seine ganze Hand pochte.

Auch Meister Frantz keuchte. »Hoffentlich lösen sich die Nägel nicht ab. Ist unangenehm.« Er steckte sich den Daumen in den Mund, trat zurück und sah sich suchend in der Kammer um, bis er einen Draht zu fassen bekam. Maxens Herz pochte so laut, als wolle es mit eigener Stimme protestieren. Was denn noch? Wie viele Spuren musste sein Körper aufweisen, bevor es den Schöffen genügen würde? Doch statt Max mit dem Draht zu traktieren, warf Meister Frantz ihn beiseite und rieb sich mit den Fingern über die Stirn. Da dämmerte Max, wozu der Draht diente. Die Narbe! Der Nachrichter musste sich einst selbst damit verletzt haben. Ihm lief ein eiskalter Schauer über den Rücken. War der Mann von Sinnen?

Völlig gelassen musterte der Henker das Seil an einer Winde und drehte sich wieder ihm zu. »Ich würde dir jetzt gern noch den Arm ausrenken.«

»Was?« Max sprang auf und bewegte sich zum Ausgang. »Nein, das nicht!«

»Bleib stehen!«, rief der Foltermeister.

»Gibt's Probleme?«, fragte jemand vor der Tür. Wohl einer der groben Lochknechte.

»Alles bestens«, antwortete Meister Frantz mit erhobener Stimme. Leise sagte er: »Es wird wehtun, aber ich kann ihn sofort wieder einrenken. Da geht nichts kaputt, wenn ich vorsichtig bin.«

Max stöhnte. Ihm war ganz schwindelig. »Und wozu das Ganze?«

»Vor dem Einrenken würde ich dich an die Winde binden und den

Wächter hereinrufen, damit er mir hilft, dich loszumachen.«

Maxens Blick folgte dem des Nachrichters zur Seilwinde empor und huschte dann nach unten zu dem schweren Stein mit dem Eisenring. Den banden sie den Gemarterten vermutlich an die Füße, und dann ... Er taumelte. »D-daran zieht Ihr die Leut hoch?«, stammelte er.

Meister Frantz fuhr sich durch die Haare und seufzte. »Du hast recht, wir sollten es nicht übertreiben, vor allem, weil all dies höchst inoffiziell stattfindet.«

Erleichtert atmete Max auf.

Da schallte die Stimme des Nachrichters durch das Verlies: »Und morgen kannst du dich in wahren Schmerzen suhlen, wenn wir dich an der Strappado-Winde hochziehen. Die Hände binden wir dir auf den Rücken, und dann hieven wir dich daran hoch. Falls das nicht reicht, um deine Zunge zu lösen, binden wir dir ein Gewicht an die Beine.«

Max starrte ihn an. Schon morgen? Noch einmal würde er solche Schmerzen bestimmt nicht ertragen, geschweige denn schlimmere!

Meister Frantz stapfte zur Tür und riss sie auf. »Bringt den Verdächtigen zurück in seine Keuche. Für heute hat er genug gesehen.«

*

Kathi hielt die Luft an, bis der Kopf der Hebamme wieder zwischen ihren Schenkeln auftauchte. Nie war ihr etwas so peinlich gewesen!

»Jungfrau bist du jedenfalls keine mehr, aber von einer Schwangerschaft merke ich noch nichts.«

Kathi schluckte. »Ich bin zwei Wochen überfällig.«

»Merkst du dir das so genau?«, fragte die Frau mit einer Spur von Misstrauen in der Stimme.

»Ja, doch. Weil ... ich musst mich sorgen, dass etwas passiert wär.«

»Hmmm«, schnaubte die Frau. »Mag sein. Bald werden wir Genaueres wissen.« Damit stand sie auf, packte die Öllampe, ging hinaus und ließ Kathi im Dunkeln zurück.

Hastig bedeckte sie sich wieder. Und falls Max sie wirklich geschwängert hatte? Selbst wenn sie das vor dem Tod rettete, Max hatten sie bei ihr ertappt, und er steckte bestimmt in Schwierigkeiten, nein, im Stock! Selbst wenn sie ihn freiließen, könnte er ihretwegen seine Stelle verlieren. Nirgends in Nürnberg würden sie mehr eine Anstellung finden, sie als Magd, die im Ruf stand, ihre Herrin erschlagen zu haben, und er als Sittenstrolch. Wie sollten sie das Kindlein ernähren und kleiden? Seit sie acht war, hatte sie den Schafferinnen mit den Kleinsten im Heim geholfen und wusste, was ein Kind alles brauchte.

Tränen liefen ihr übers Gesicht. Am Ende hatte Meister Frantz alles noch viel schlimmer gemacht. Sie schluchzte auf. Es gab nur eine Rettung: Der wahre Täter musste gestehen. Wer konnte die Zahlmeisterin umgebracht haben?

Quietschend wurde der Riegel zurückgeschoben, und die Tür schwang auf. Die Schallerin brachte ihr eine Öllampe. »Du sollst auch nicht länger im Dunkeln hocken müssen.«

Kathi stand auf und ging auf sie zu. »Wisst Ihr etwas von Max?«

Die Lochwirtin senkte den Kopf, dann schüttelte sie ihn langsam. »Nur so viel: Der Nachrichter musste ihn torquieren. Erbärmliche Schreie waren das!«

»Nein!« Kathi sank auf die Knie und schlug die Hände vors Gesicht. »Nein! Und das nur, weil er mir helfen wollte. Er hat doch nichts Unrechtes getan!«

Sanft sagte die Schallerin: »Nun, er hat Unzucht mit dir getrieben, und das macht ihn verdächtig.«

»Aber doch nur, um mich zu schützen!« Sie blickte auf und ließ den Tränen wieder freien Lauf.

»Ich spreche nicht von der Hochzeit. Das war anständig von ihm, aber vorher …«

Kathi biss sich auf die Zunge. Wie gerne würde sie der Frau erzählen, dass sie letzte Nacht zum ersten Mal das Bett geteilt hatten. »Er hat–«

»Keine Sorge«, ertönte da die Stimme des Nachrichters.

Kathi stieß einen Schrei aus, und die Schallerin drehte sich erschrocken um.

Seine breitschultrige Gestalt füllte den Türrahmen fast zur Gänze aus. »Eurem Ehemann geht es gut.« Meister Frantz betrat die Keuche, machte aber keine Anstalten, die Lochwirtin hinauszuschicken. »Er ist heil, auch wenn er einiges an Schmerzen aushalten musste.«

Kathi blickte von den im flackernden Licht so hart erscheinenden Zügen des Nachrichters zur verwirrten Miene der Schallerin und zurück. Meister Frantz deutete ein Nicken an. Sollte das heißen, alles konnte noch gut werden? Sie öffnete den Mund, um mehr aus ihm herauszulocken, doch mehr wollte oder durfte er wohl nicht preisgeben. Er wandte sich ab und verließ die Keuche. Sie lauschte den Schritten, die langsam verhallten, und klammerte sich an den winzigen Strohhalm an Hoffnung, den er ihr hingehalten hatte.

»Meister Frantz benimmt sich seit Tagen sehr seltsam«, murmelte die Wirtin. »Mir scheint, er will dir und deinem Max wirklich helfen. Nur verstehe ich nicht recht, warum und wie.«

»Kann die Hilfe eines Nachrichters Segen bringen?« Die Frage rutschte Kathi heraus, bevor ihr klar wurde, welchen Unsinn sie da redete.

Doch die Wirtin schien sich nicht zu wundern, sagte nur: »Wer weiß?«

*

Während Frantz den schmalen finsteren Gang entlang Richtung Ausgang lief, musste er die Zähne zusammenbeißen, um nicht wider den bohrenden Schmerz in seinem Daumen anzuschreien – und den vielleicht schlimmeren in seinem Gewissen. Die Tortur des Schützen hatte er ebenso willkürlich durchgeführt, wie die Lochschöffen sie angeordnet hatten. Hätte er nur diese Hochzeit nicht vorgeschlagen. Doch dann hätte er heute Kathi torquieren müssen. Er fühlte sich auch schäbig, weil er das Gespräch der beiden Frauen belauscht hatte und dann dazwischengeplatzt war, als er fürchten musste, Kathi würde der Schallerin alles erzählen. Die Wirtin und ihr Mann hatten eh eine saftige Rüge vom Rat zu erwarten, da wäre die gute Frau sicherlich in Versuchung, alles zu erzählen, was Kathi ihr anvertraute, um sich wieder bei den hohen Herren in Gunst zu bringen.

Bei der Schmiede, des unterirdischen Gewölbes, in der die Marterwerkzeuge hergestellt und gegebenenfalls repariert wurden, lief ihm Schaller über den Weg. »Wart Ihr schon bei der Lengin?«

Frantz grunzte, auch wenn er am liebsten gestöhnt hätte. »Muss das heute noch sein?«

Der Mann zuckte nur mit den Schultern. »Das dürft Ihr mich nicht fragen. War nur neugierig, ob sie was gesagt hat.«

Natürlich, damit hatte Schaller nichts zu tun. Die Lochschöffen würde er bestimmt nicht fragen. »Ich geh zu ihr. Erst mal binden und bedrohen, wenn ich mich recht erinnere.«

Schaller zuckte wieder die Achseln. »Der Löwe ist jetzt auch da.«

Da musste Frantz lächeln. »Und keinen Augenblick zu spät.«

Der Lochwirt sah ihn verdutzt an.

Frantz winkte ab. »Wo ist er?«

»In der Küche.«

»Dann schickt ihn in die Kapelle und bringt mich zur Lengin.«

Sie stapften hintereinander her, doch sobald sie dem ersten Knecht begegneten, gab Schaller diesem Anweisung, ihn zu begleiten, und verzog sich.

Frantz verfluchte seine eigene Dummheit. Niemand anderer als er selbst hatte sich und das freundliche Lochwirtspaar in Schwierigkeiten gebracht. Hoffentlich würde sich für sie alles recht bald legen. Nur Max und Kathi blieben in Gefahr. Den Burschen torquieren! Davor graute ihm, weil er den jungen Schützen nun kannte und mochte, und er ihn in diese Zwickmühle gebracht hatte. Aber zunächst rief ihn die Pflicht zur Lengin. Der Knecht sperrte die Keuche auf und trat beiseite.

Die einstige Kupplerin hockte auf der Pritsche und sah ihn frech an. »Oh, der neue Foltermeister.« Sie warf den geflochtenen Zopf auf den Rücken und schob ihre Haube zurecht. »Da muss ich mich doch gleich hübsch machen.« Jetzt strich sie sich auch noch über das prall gefüllte Mieder.

Das forsche Mundwerk würde dem liederlichen Weib gleich vergehen. »Legt sie in Eisen und bringt sie in die Kapelle«, wies er die zwei Knechte an, die bei ihr auf der Holzbank saßen.

»Ha, ich soll beten? Mit Euch?«

Frantz lächelte, sagte aber nichts. Ein Knecht zog das Weib grob hoch und legte ihr die Schellen um die Handgelenke, dann stieß er sie vor sich her in den Gang hinaus. Frantz folgte langsam. Beinah hätte er gelacht, als ihnen Magister Krieg im Gang entgegenkam. Nun durfte die Delinquentin erst recht glauben, er brächte sie zum Gebet.

»Auf ein Wort, Meister Frantz.«

»Geh mit der Lengin voraus, ich komm gleich«, sagte er zum Knecht, bevor er sich dem Geistlichen zuwandte. »Probleme?«

Der Diakon wiegte den Kopf hin und her. »Schwer zu sagen, möglich oder auch nicht. Ich hoffe, wir bekommen Unterstützung bei der Suche nach dem wirklichen Mörder der Zahlmeisterin.«

»Oh?« Frantz zog die Augenbrauen hoch. Er konnte sich nur schwer vorstellen, wer außer ihnen noch an die Unschuld des jungen Paars glaubte.

Der Magister beugte sich nahe zu ihm und flüsterte. »Kommt heute nach der Vesper zu mir ins Pfarrhaus.«

Kein Stückchen klüger nickte Frantz nur und setzte seinen Weg zur Folterkammer fort. Bevor er durch die Tür trat und die paar Stufen hinunterstieg, wappnete er sich innerlich. Augustin stand bei der Streckleiter und sah aus, als würde er gleich im Stehen einschlafen. Vermutlich hatte der sich die halbe Nacht mit den Pappenheimern um die Ohren geschlagen, obwohl er nicht mehr für die Beaufsichtigung der Nachtarbeiter zuständig war und nur noch die eingesammelten Kadaver verbrennen musste. Er nickte dem Löwen zu, der ein schwaches Lächeln zustande brachte. Der Mann hatte wohl schon einiges über die Hochzeit im Loch aufgeschnappt.

Jetzt wandte Frantz sich Clara Lengin zu, die schon weniger frech dreinblickte, sondern voller Grauen auf die Instrumente starrte. »Ich hab doch nichts getan!«, rief sie.

»Von wegen! Du bist wegen deines liederlichen Treibens aus der Stadt verbannt worden, und doch konntest du's nicht lassen, ins schöne Nürnberg zurückzukehren.«

»Na und? Dann stellt mich halt in den Pranger und streicht mich wieder zur Stadt hinaus. Was sollte ich auch für Untaten gestehen? Dass ich wieder hier bin, seht Ihr ja!« Mit einer ausholenden Armbewegung deutete sie auf das Folterwerkzeug. »Das Zeug braucht Ihr nicht.«

Ganz schön keck. Nur mühsam konnte Frantz ein Grinsen unterdrücken. Die Frau war nicht blöd. »Der Rat hat's beschlossen.«

»Der Rat. Ha! Der muss sich auch an die Gesetze halten.«

Frantz trat nah vor sie. Er überragte die Frau um einen Kopf. »Du weißt, was der Rat von dir hören will.«

»Nein, was denn?« Trotz zeichnete sich in ihrem verlebten Gesicht ab, das einst sehr schön gewesen sein musste. Ihre braunen Augen funkelten.

»Bei deiner Verhaftung hast zu den Stadtknechten gesagt: ›Jetzt muss eins mit dem andern gehen.‹ Was hast du damit gemeint?«

Die Lengin schüttelte den Kopf. »Das geht niemanden was an.«

»Das hört sich aber sehr nach einer Anklage an, wenn nicht gar Verleumdung.« Frantz wandte sich zu Augustin. »Bring mir die Kerze.« Erst als er sie in Händen hielt, sah er die Lengin wieder an, packte ihre Hand und hielt ihre Finger nahe über die Flamme. Sie wand sich nur ein wenig in seinem Griff.

»Stell dir vor, wie sich diese Flamme in deiner Achsel anfühlt.«

Hastig zog sie ihre Hand zurück und starrte ihm in die Augen. Kein freches Wort kam ihr mehr über die Lippen. »Wenn Ihr mir das erspart, tu ich alles, was Ihr wollt.« Sie hob den Rock auf einer Seite bis übers Knie. Dann blickte sie über die Schulter zum Löwen. »Das gilt auch für dich.«

Augustin schnaubte.

Frantz wartete, bis sie ihn wieder ansah. »Du weißt, was du tun musst, um dir die Schmerzen zu ersparen.«

Das liederliche Weib streckte eine Hand nach seiner Hose aus.

Frantz trat einen Schritt zurück. »Das nicht!«, bellte er streng. »Erklär den Schöffen morgen, was deine Worte zu bedeuten haben, dann werden wir uns vielleicht erst wiedersehen, wenn ich dich aus der Stadt ausstreichen muss.« Er wandte sich um und stieg die Stufen in den Gang hinauf, wo der Knecht wartete. »Bringt sie zurück in ihre Keuche.«

Jetzt wollte er nur noch nach Hause. Während er zum Ausgang schritt, beschloss er, sich nicht noch einmal aufhalten zu lassen. Doch da fiel ihm ein, dass er abends auch noch zu Magister Krieg musste. Als er ins Freie trat, stand die Sonne hoch am Himmel. Erst Mittag, dabei fühlte er sich, als hätte er gerade jemanden gerädert.

Der Kundschafter

Lucas hätte viel lieber erst im Schutz der Dunkelheit beim Diakon von Sankt Sebald vorgesprochen. Was würden die Leute wohl denken, wenn sie ihn ins Pfarrhaus gehen sahen? Nun, unverfänglicher als ein Treffen mit dem Lochschöffen war es allemal. Oder ein Besuch im Henkerhaus … Er schauderte bei der Vorstellung.

Schnellen Schritts lief er zur Brücke und überquerte den Fluss auf die Sebalder Seite hinüber. Obwohl es in der Stadt in den letzten Wochen ziemlich trocken gewesen war, stand die Pegnitz recht hoch, was auf Niederschläge im Umland schließen ließ. Er sollte mal wieder seine Familie in Altdorf besuchen und sehen, wie es mit der Ernte stand. Hoffentlich hatte es dort mehr geregnet. Sein kleiner Neffe konnte jetzt vielleicht schon laufen und würde seine Schwester richtig auf

Trab halten. Er schmunzelte, dann hörte er das Läuten der Sebalduskirche, welches das Ende der Vesper verkündete. Da nahm er die Beine in die Hand, um Magister Krieg nicht warten zu lassen. Doch als er am Rathaus vorbei um die Kirche bog, sah er den Nachrichter auf das Pfarrhaus zusteuern. Verdammt, was machte der dort? Unwillkürlich verlangsamte er seine Schritte. Nun trat der Geistliche aus der Kirche und schritt ebenfalls zum Pfarrhof. Vor der Tür begrüßte er den Unehrlichen und sah sich um. Lucas blieb stehen, doch der Magister winkte ihn heran. Auf unsicheren Beinen ging er weiter. Der Henker war schon im Haus verschwunden.

»Kommt herein, junger Freund.« Der Diakon lächelte aufmunternd, als wüsste er ganz genau, wie sehr Lucas diese Begegnung vermeiden wollte.

Er räusperte sich, aber seine Stimme krächzte dennoch ein wenig. »Guten Abend, Magister Krieg. Wird Meister Frantz bei unserem Gespräch anwesend sein?«

»Das muss dich nicht sorgen, komm.« Kurzerhand packte er Lucas' Arm und zog ihn mit sich in das Haus.

In der guten Stube standen Brot, Käse, Wurst und Butter auf dem Tisch, auch eine Schale mit Obst und drei Brettchen. Erst jetzt entdeckte Lucas den Nachrichter in der Ecke auf einem Schemel. Dieser erhob sich und nickte ihm zu.

Lucas senkte das Haupt, mehr um sein Gesicht zu verbergen, als aus Ehrerbietung. Was sollte das hier werden?

»Greift zu. Es gibt genug Speisen im Pfarrhaus, auch Wein und Bier.«

Lucas schob sich auf die Bank vor das eine der Brettchen, obwohl er vermutlich keinen Bissen runterkriegen würde. Der Nachrichter hockte sich wieder auf den Schemel in der Ecke und hob die Hände. »Meine Frau hat mich gut gefüttert, Magister Krieg.«

Der Diakon schnaubte. »Ihr müsst nicht so verschämt tun. In meinem Haus fürchtet sich niemand, mit dem Henker an einem Tisch zu sitzen.« Barsch deutete er auf den Stuhl, vor dem das andere Brettchen lag.

Meister Frantz erhob sich mit einem gezwungen wirkenden Lächeln, neigte den Kopf zur Seite und sah Lucas an. »Ist das so?«

Er nickte, schließlich konnte er den Pfarrer keinen Lügner heißen. Dieser setzte sich nun auf die andere Seite der Eckbank und rutschte näher. »Ihr fragt Euch, warum ausgerechnet wir drei heute Abend hier versammelt sind?« Krieg lächelte geheimnisvoll.

Lucas räusperte sich wieder. Was sollte er sagen? Der Nachrichter zu seiner Linken nickte nur.

»Nun, es ist ganz einfach. Wir drei tragen die Verantwortung dafür, dass Max Leinfelder im Loch sitzt.«

Langsam drehte der Nachrichter das Gesicht zu Lucas. »Was hast du damit zu tun, und wer bist du überhaupt?«

Er schluckte, dann platzte er heraus: »Ich hab Euch verraten!«

Meister Frantzens Brauen zogen sich zusammen. Zwei steile Falten erschienen zwischen ihnen, und seine Augen schienen dunkler zu werden. Nein, die Kerze auf dem Tisch begann zu flackern. Ein schlechtes Zeichen? Lucas blickte zur Tür, doch um die zu erreichen, hätte er am Nachrichter vorbei müssen. Der Mann war ein Foltermeister und könnte ihn gewiss mühelos zu Boden strecken.

Der Diakon kam ihm zu Hilfe. »Das ist Lucas Korber, Schankknecht beim Neubauer, und er hat mir gestanden, dass er unser Gespräch mit dem Schützen nach der Hinrichtung belauscht und dem Lochschöffen Eisvogel mitgeteilt hat.«

Da verdüsterten sich die Züge des Nachrichters noch mehr. Er streckte die linke Hand auf der Tischplatte aus. »Das hab ich also dir zu verdanken.«

Als Lucas den blauen Daumennagel und die roten Finger bemerkte, klappte ihm der Mund auf. »Man hat Euch gefoltert? Euch?«

Meister Frantz schnaubte. »Nein, nicht ›man‹ – dazu waren die Herren nicht Manns genug. Das musste ich schon selbst übernehmen.«

Lucas verstand gar nichts mehr. Doch endlich glättete sich die Falte über der Nasenwurzel, und er wagte, Hoffnung zu schöpfen.

»Wer ist der Neubauer?«, fragte der Nachrichter.

»Dem gehört die Fette Gans«, murmelte er.

Als sich der Mann wieder dem Diakon zuwandte, entspannte sich Lucas und sank gegen die Lehne.

»Und was bezweckt Ihr mit diesem Treffen, werter Magister? Wollt Ihr dem Haderlump dort auch noch den Rest offenbaren, damit er's dem Eisvogel stecken kann?«

Lucas zuckte unter diesen Worten zusammen, doch wieder verteidigte der Priester ihn. »Ihr wisst ja nicht alles, Meister Frantz. Erzähl ihm, wieso du das getan hast, na los«, forderte er Lucas auf.

Er stammelte die Geschichte von den drei Landsdieben hervor. »Und da hat der Eisvogel mir gedroht, am Tag der Hinrichtung war's, dass er allen erzählen würd, wer die Männer verraten hat. Der Neubauer hätt mich doch rausgeworfen. In ein Wirtshaus, in dem die Wände Ohren haben, kommt schließlich keiner. Ja, und dann hat der Schöffe gemeint, ich müsst noch was für ihn tun, nämlich mich umhören, was über den Mord an der Zahlmeisterin so geredet wird.« Er wagte einen scheuen Blick in die gestrenge Miene des Henkers.

Der blies hörbar die Luft zwischen den Lippen heraus. »Sapperlot! Er hat dich zum Kundschafter-Dienst gezwungen.«

Lucas nickte heftig. »Ja, ich hab's nicht gewollt, das schwör ich.«

»Das Gewissen hat ihn ordentlich gezwickt«, pflichtete der Magister ihm bei. »So ist er zu mir gekommen und hat mir alles offenbart.«

Meister Frantzens Hand ballte sich auf dem Tisch zur Faust. »Das hilft aber doch dem Max nicht. Oder der Kathi!«

»Gemach, hört zu. Ich habe mir inzwischen auch so meine Gedanken gemacht, warum Ihr die jungen Leute verheiratet sehen wolltet, und als mir heute zu Ohren kam, Katharina Schüttin sei guter Hoffnung und könne deshalb nicht gefoltert werden, da ging mir ein Licht auf. Ihr wolltet die Kathi nicht torquieren müssen, weil Ihr sie für unschuldig haltet.«

Lucas horchte auf. Konnte Kathi wirklich unschuldig sein? Der Nachrichter blickte ziemlich betreten drein, als wäre er beim Äpfelstehlen erwischt worden.

»Deshalb batet Ihr mich, sie mit Max zu verheiraten. Nun, ich verzeihe Euch, dass Ihr mich hinters Licht geführt habt, doch nun müssen wir uns etwas einfallen lassen, sonst dräut dem jungen Schützen Ungemach. Da kann uns der Bursche hier helfen. Du willst es doch wiedergutmachen, oder?«

Als der Magister sich ihm zuwandte, nickte Lucas eifrig und fragte: »Warum seid Ihr davon überzeugt, dass Kathi ihre Herrin nicht umgebracht hat?« Diesmal schreckte er nicht vor dem Blick des Nachrichters zurück.

»Kennst du sie?«

Lucas nickte wieder. »Ja. Nein, ich hab sie manchmal mit der Zahlmeisterin gesehen, wenn sie zu Euch gegangen sind oder allein auf dem Markt oder bei den Fleischbänken.«

»Die Kleine hat immer vor dem Turm gewartet, weil sie zu viel Angst vor mir hatte. Sie ist so naiv und unschuldig wie selten eine.« Jetzt schmunzelte Meister Frantz sogar. »Ich weiß nicht, wer die Tat begangen hat, aber Kathi war es bestimmt nicht, und Max bat mich um Hilfe. Auch er glaubt an ihre Unschuld. Nun macht die Heirat ihn allerdings zum Hauptverdächtigen. Und das ist deine Schuld, Lucas Korber. Wenn er nicht in Kathis Keuche erwischt worden wäre …«

Lucas sprang auf. »Meine Schuld, aber auch Eure, Meister Frantz! Warum sollten die beiden überhaupt heiraten? Das war doch töricht.« Als er seine eigenen Worte hörte, sackten ihm die Beine weg, und er landete hart mit dem Hintern auf der Bank. »Tut mir leid«, hauchte er.

Der Nachrichter starrte ihn lange an, dann blinzelte er zweimal und sprach mit fester Stimme: »So tumb, wie du glaubst, war es nicht, aber sehr leichtsinnig und wenig durchdacht. Max Leinfelder sollte Kathi zur Frau machen, damit sie schwanger sein könnte und ich sie eine Weile schonen darf. Lange genug, so hoffte ich, bis der wahre Mörder gefunden ist.«

Oh verflucht! Da hatte er was angestellt. Lucas stöhnte. Wozu aber die Heirat? »Sie hätte doch auch ohne Trauung ein Kind erwarten können. Weshalb den Diakon da reinziehen?« Er warf Magister Krieg einen fragenden Blick zu.

Der lächelte und schüttelte leicht den Kopf. »Du kennst Kathi nicht.

Natürlich wollte sie jungfräulich bleiben, bis zu ihrer Heirat.«

Lucas sank gegen die Lehne. Solche Tugendhaftigkeit, obwohl es um ihr Leben ging? Wo gab es denn so was?

*

Amüsiert musterte Frantz den Burschen, auf dessen Gesicht sich die unterschiedlichsten Empfindungen abzeichneten: Ratlosigkeit, Gewissensnot, Eifer. Wenn der Magister meinte, der reuige Verräter wolle Wiedergutmachung leisten, dann konnten sie seine Hilfe sicherlich gut brauchen.

Plötzlich schnaubte Lucas. »Ich fasse es nicht, Ihr wolltet den Rat über den Löffel balbieren!«

Frantz verzog das Gesicht. Das war doch etwas hart ausgedrückt, von Betrug konnte nicht wirklich die Rede sein. Er musterte ihn scharf, doch statt wieder unter seinem Blick zu schrumpfen, begann der Bursche zu lächeln, immer breiter.

»Nun«, riss der Magister sie beide aus ihren Gedanken. »Hast du schon etwas herausgefunden, Lucas?«

»Nein, nicht wirklich. Die Leut reden mal dies, mal das über den Tod der Zahlmeisterin. Die einen sagen, die Kathi hätt sie erstochen, die anderen meinen, sie wär erschlagen worden, und eine Gevatterin wollt gar was von einem Giftmord wissen.«

Frantz schnaubte. Da kam wohl die alte Geschichte von ihrem Mann wieder hoch, der sie hätte vergiften wollen. Wenn diese Sache mit Max und Kathi vorbei wäre, könnte er nachforschen, aber jetzt spielte das keine Rolle. »Sie ist zweifellos erschlagen worden.«

»Ich weiß, das hat mir Rat Eisvogel erzählt.«

»Von Eisvogel solltest du dich besser fernhalten«, brummte Frantz.

Krieg legte ihm die Hand auf seine Rechte. »Ich glaub, wenn er's könnt, er würd's tun.«

Lucas nickte. »Wenn der Schöffe mich auffliegen lässt, bin ich meine Stelle los. Und was soll ich dann machen, Hundsschlager oder Nachtjäger werden?«

»Auch die werden gebraucht.«

»Da kann ich gleich nach Altdorf zurückgehen und weiter auf dem Hof meiner Eltern helfen, bloß wirft der nicht genug ab, um alle Mäuler zu stopfen.«

Für Frantz klang das himmlisch. Wie gern würde er mit Maria ... Aber er war nun mal ein Unehrlicher, und zum Träumen war weder die Zeit noch der Ort. »Du könntest dich um die Bürgerschaft bemühen, indem du dich auf einem der Türme als Wächter verdingst.«

Jetzt schnaubte Lucas verächtlich. »Und was hätte ich davon, Bürger von Nürnberg zu werden?«

Es wurde Zeit, den Burschen mal wieder daran zu erinnern, mit wem er redete. »Jeder Bürger hat das Recht, mit dem Schwert gerichtet zu werden, selbst wenn er wegen Diebstahls verurteilt wird. Ist auch was wert. Du hast die drei gestern am Galgen baumeln sehen.«

Während dieser Worte war Lucas immer blasser geworden. »Ja, doch, ein schönes Privileg. Gerade wenn man keine Arbeit hat und sich aufs Stehlen verlegen muss.«

So ein Flegel. Frantz erlaubte sich ein Lachen, hätte ihm beinah auf den Rücken geschlagen. Gerade noch rechtzeitig besann er sich darauf, wie sehr die Leute seine Berührung mieden. Stattdessen blickte er in die Runde. »Also, wie finden wir den wahren Mörder? Ich weiß, dass die Perlenkette der Zahlmeisterin gestohlen wurde. Sonst hat sie wohl nichts Wertvolles besessen. Die Kette ist weder im Zimmer des Schützen noch in den Kleidern des Pärchens gefunden worden. Ich glaube, der wahre Täter hat sie. Wer kommt da infrage?« Er sah Lucas an, damit er mit seinem Bericht fortfuhr.

»Da wär zum einen die Margreth Beckin, die hat niemand raus- und wieder reingehen sehen, bevor sie ihr Gezeter angestimmt hat.«

Das war interessant. Eine Verdächtige hatten sie schon mal. »Und sonst?«

»Max und Kathi natürlich, als diebisches Paar.« Lucas warf ihm einen trotzigen Seitenblick zu.

Er brummte nur sein Missfallen. »Weiter.«

Krieg schenkte Wein ein und schob ihnen die Becher zu. Ausnahmsweise trank Frantz einen Schluck, der sich schnell durch ein warmes Gefühl in seinem Nacken bemerkbar machte. Lucas leerte den ganzen Becher auf einmal. Wenn der immer derart soff, könnten sie sich kaum auf ihn verlassen.

»Noch zwei Leute wurden in der Nähe des Hauses gesehen, aber wenn Kathi sagt, dass sonst kein Besuch da war, kann es eigentlich nur die Beckin gewesen sein, oder eben der M …« Er presste die Lippen aufeinander.

Frantz dankte es ihm mit einem Nicken. »Wie steht es um deine Einbruchskünste?«

»Was?« Ihm klappte der Mund auf.

»Wenn wir die Kette der Zahlmeisterin bei der Beckin finden, können wir sie verhaften lassen. Dann kriege ich die Wahrheit schon aus ihr heraus.«

»Ihr wollt, dass ich bei den Becks einsteige?« Lucas ächzte und rieb sich den Hals, wie um das Gefühl der sich zuziehenden Schlinge loszuwerden. »Niemals. Ich weiß ja gar nicht, wie der Schmuck aussieht.«

»Nichts leichter als das. Eine ganz normale Perlenkette, die aber recht wertvoll sein soll. Auffällig ist die blütenförmige Silberschnalle, mit der man die Stränge zusammenklammern kann.« Frantz klopfte sich ans Brustbein. »Hier irgendwie.«

Jetzt grinste Lucas. »Ihr habt die Kette gesehen, wisst, wie sie aussieht? Da Ihr so gescheit und bestimmt auch geschickt seid, Meister Frantz, warum brecht Ihr nicht bei den Becks ein? Falls die Beckin schuldig ist und Euch entdeckt, glaubt sie bestimmt, vor dem himmlischen Richter zu stehen! Und ihr Mann würde vor Schreck auch kaum einen Mucks tun.« Je länger er sprach, desto mehr Eifer schlich sich in seine Stimme. Schließlich schaute er Frantz erwartungsvoll an und redete, als er nicht gleich eine Antwort erhielt, unverdrossen weiter: »Sie schlafen bestimmt im ersten Stock, da könnt Ihr im Erdgeschoss einsteigen, ohne sie zu wecken. Kann nicht so schwer sein.«

Frantz schluckte seinen Protest hinunter und kratzte sich die Wange. Der Schelm hatte recht, auch wenn eigentlich er was gutzumachen hatte und sich nur drücken wollte. Hilfe suchend wandte Frantz sich an Magister Krieg.

Der zuckte mit den Schultern und legte die offenen Handflächen auf den Tisch. »Falls Ihr erwischt würdet, Meister Frantz, würde ich den Rat natürlich über unser Gespräch heute Abend in Kenntnis setzen, damit Ihr nicht als gewöhnlicher Einbrecher geltet.«

»Ihr also auch!«, knurrte er, schloss die Augen und legte den Kopf in den Nacken. Von wegen – der Rat würde vermutlich von ihm verlangen, dass er sich selbst henkte. Aber es sah so aus, als seien sich Magister und Kundschafter einig. Ergeben seufzte er. Ob er für diese Narretei den Wein verantwortlich machen konnte? Kein Schluck mehr! Er öffnete die Lider einen Spalt, musterte die beiden Männer und schob dem Diakon den zinnernen Becher zu. »Eure Fürsprache würde ich durchaus zu schätzen wissen. Die Zeit drängt, denn sicherlich wird die Beckin den Schmuck verkaufen wollen, damit er eben nicht bei ihr gefunden werden kann.« Außerdem – wozu etwas stehlen, wenn nicht, um es zu Geld zu machen? Spazieren tragen konnte das Weib die Kette eh nicht, so sie denn schuldig war.

Da schaltete sich Lucas wieder ein. »Die Stadtknechte haben heute einige Gold- und Silberschmieden abgeklappert, aber niemand will kürzlich eine Perlenkette angeboten bekommen haben.«

Frantz staunte über diese Neuigkeiten. Warum hatte Eisvogel ihm davon nichts erzählt? »Das weißt du vom Schöffen?«

Lucas schüttelte den Kopf. »Nein, vom Stadtknecht Michel Hasenbart. Der ist öfter bei uns in der Wirtschaft. Heute hab ich ihn aus einer Silberschmiede kommen sehen und gefragt, ob er ein Geschenk für eine neue Geliebte sucht oder sich gar verloben will. Da hat er's mir erzählt. Vielleicht kommen heute Abend ja auch wieder ein paar Stadtknechte oder Schützen vorbei, dann könnte ich noch mehr aufschnappen.«

»Nichts da, du stehst heut Nacht Schmiere«, raunzte Frantz ihn an. Verachtenswerter Zuträger oder nicht, er brauchte den Kerl, und Lucas brauchte einen Grund, die Schnauze zu halten. Wie schnell könnte ihm beim Schöffen etwas ›entschlüpfen‹, das Frantz in Schwierigkeiten brächte.

»Was? Aber ich muss doch arbeiten. Was soll ich denn dem Wirt erzählen? Das geht nicht, außerdem fällt das auf, wenn ich nachts in der Gasse herumlungere.«

Der Bursche war gar nicht dumm und hatte leider schon wieder recht. Wenn ihn ein Stadtknecht auf Nachtwache bei seinem Rundgang aufgabelte und auch noch ins Loch sperrte, hätte er schon drei Leute dort hocken, die er irgendwie befreien musste. Zwei waren mehr als genug. Augustin! Nur der konnte ihm helfen, auch wenn der Löwe der Letzte war, den er in Schwierigkeiten bringen wollte. Doch der hatte früher die Nachtarbeiter beaufsichtigt und trieb sich immer noch gerne bei ihnen herum; niemand würde ihn verdächtigen, wenn er im Dunkeln in einer Gasse herumstand. Trotzdem … Plötzlich fiel ihm etwas ein, und er hätte beinah den Kopf auf die Tischplatte krachen lassen, weil er so ein blödes Rindvieh war. Natürlich! »He, warum sagst du nicht dem Eisvogel, dass er eine Hausdurchsuchung bei der Beckin anordnen soll? Immerhin haben einige Leute sie reingehen, aber nicht mehr rauskommen sehen. Sie ist eindeutig verdächtig.«

Lucas trommelte mit den Fingern auf den Tisch. »Aber der glaubt doch, dass er die wahren Täter schon verhaftet hat und nur noch mehr Beweise braucht, falls Ihr … unter der Folter kein Geständnis bekommt. Soll ja vorkommen.«

Frantz schnaubte. Was wusste der schon darüber, wie viel mancher Mensch aushalten konnte. »Du meinst, die Stadtknechte suchen die Kette nur dort, wo Kathi oder Max versucht haben könnten, sie zu veräußern?«

»Kommt mir so vor.«

Wie gerne hätte er jetzt laut geflucht, doch rechtzeitig besann er sich darauf, wo er sich befand. Nun bliebe ihm wohl nichts anderes übrig, als sich im Dienste der Gerechtigkeit auf Einbruch zu verlegen. Er stand abrupt auf. »Wünscht mir Glück.«

Beide Männer taten es, und Magister Krieg fügte hinzu: »Denkt daran, dass die Beckin verheiratet ist.«

Er stöhnte. »Ich weiß, sehr beruhigend.«

»Mit einem Zimmermann. Ich werde Euch im Loch Trost spenden, falls Ihr erwischt werdet.« Das schelmische Lächeln des Magisters beruhigte Frantz ein wenig. Ein besseres Zeichen als Sorgenfalten. Er wandte sich zur Tür.

»Meister Frantz!«, rief Lucas.

Er drehte sich noch einmal um.

»Ich verstehe, warum Ihr Kathi für unschuldig haltet, aber warum den Schützen? Er hat sich vor dem Haus herumgetrieben.«

Frantz verließ das Pfarrhaus, während er nach einer Antwort auf die Frage suchte. Konnte Max den Mord begangen haben? Vielleicht hatte er sich nur für Kathi eingesetzt, um sein Gewissen nicht noch mehr zu belasten und weil es ihn umso unschuldiger wirken lassen sollte. Die Pest über den Schützen, wenn der ihn genarrt haben sollte!

Er blieb vor dem Rathaus stehen, während er sich noch einmal Maxens Worte durch den Kopf gehen ließ. ›Ich werde den Mord gestehen‹, hatte er gesagt. War Frantz dermaßen mit Blind- und Blödheit geschlagen, dass er einen geständigen Mörder nicht erkannt hatte? Am liebsten wäre er sofort zurück ins Loch gerannt, doch die Schallers würden ihn unmöglich jetzt noch zu dem Burschen lassen. Nein, es war schon besser so. Wenn Max jetzt vor ihm auspackte, würde er vermutlich den nächsten Richttag nicht mehr erleben.

Das Knirschen seiner Zähne übertönte seine Schritte auf dem Pflaster. Und zu allem Übel stand ihm jetzt noch eine lange Nacht bevor. Nur gut, dass er sich heute ein Mittagsschläfchen gegönnt hatte.

Nachtjäger

Kathi glaubte zu träumen, als die Schallerin die Tür zu ihrer Zelle öffnete und Max hereinschob. Die Frau legte einen Finger auf den Mund und lächelte. Mit gesenktem Kopf stolperte Max auf Kathi zu und setzte sich neben sie aufs Bett, den linken Arm weit von sich gestreckt. Er wirkte überhaupt so anders. Was hatte ihm Meister Frantz nur angetan?

»Wir werden ihn rechtzeitig wieder holen«, flüsterte die Lochwirtin und stellte eine Öllampe auf der Bank ab. »Und wenn ihr doch noch einmal erwischt werdet, macht es schließlich auch keinen Unterschied für euch.«

Da rannte Kathi zu ihr und umarmte die gute Frau. »Danke. Ihr seid wie eine Mutter zu mir, aber Ihr müsst aufpassen, dass Ihr keine Schwierigkeiten bekommt.«

Die Schallerin tätschelte ihren Rücken. »Schon gut, mein Kind, das mache ich. Umarme lieber deinen Mann, er sieht nicht heiter aus.« Mit diesen Worten ging sie und schloss sie die Tür hinter sich.

Ihr Mann. Kathi sagte es sich in Gedanken immer wieder vor, denn sie konnte kaum glauben, dass sie wahrhaftig verheiratet war. Scheu schritt sie zurück zu ihm. Als der Riegel vorgeschoben wurde, blickte Max auf. Er sah so traurig aus, elend und blass.

»Was ist mit dir?« Sie seufzte. »Oh, verzeih meine Dummheit.« Sie kniete sich vor ihn. »Meinetwegen bist du gefangen, musstest in den Stock und die Tortur über dich ergehen lassen. Es tut mir so leid.«

Max zog sie mit seiner Rechten umständlich auf seinen Schoß. »Du kannst doch nichts dafür, hast nichts Unrechtes getan.«

»Du auch nicht!«

Er schniefte. »Morgen werde ich den Mord gestehen.«

»Was? Das kannst du nicht tun! Noch ist nicht alles verloren.«

»Meister Frantz wird mich foltern müssen. Diesmal richtig. Das könnt ich vielleicht ertragen. Nur, wenn ich nicht gestehe, werden sie dir Schmerzen zufügen, gerade so viel, dass … dass deine, ich mein unsere Leibesfrucht nicht gefährdet wird, haben sie gesagt.« In seinen Augen glitzerte es feucht.

»Oh Max, nein! Du darfst nicht lügen, sonst wird der Mörder nie gefangen.«

Er schnaubte verächtlich. »Wen interessiert das schon?«

»Mich. Die Zahlmeisterin war gut zu mir. Jemand hat sie getötet, weil er ihre Perlen wollte.«

Wieder ließ er den Kopf hängen, und Kathi strich ihm durch das strähnige Haar. »Meister Frantz wird mir bestimmt nicht wehtun.«

Max hielt seinen Daumen in den Schein der Öllampe. Der Nagel war ganz blau! Sie keuchte. Zu garstig sah das aus, schlimmer noch als der Finger, den sie sich vor Jahren in der Tür eingeklemmt hatte. Er zog das Hemd über den Kopf. Kathi streckte die Hand nach seiner haarigen Brust aus. Es fühlte sich so schön an, ihn zu berühren. Doch Max hob den linken Arm und da sah sie die gerötete Haut in seiner Achsel. Keine Haare mehr. »Oh Max!« Sie schluchzte und warf sich an seine Brust. »Alles meinetwegen. Es tut mir so leid.«

Er drückte sie fest an sich. »Mir auch, Kathi, mir auch.«

In ihrer Verzweiflung fiel ihr nur eines ein: »Tu noch einmal mit mir, was du letzte Nacht getan hast, dann vergessen wir all die Sorgen. Wenigstens für kurze Zeit.« Sie küsste ihn auf den Mund.

Er stöhnte, zog sie aber mit sich aufs Bett und machte sich an den Schnüren ihres Kleids zu schaffen. »Ich werd's versuchen.«

*

Frantz schlenderte am zweistöckigen Haus der Becks vorbei, als hätte er einen guten Grund, diesen Weg zu nehmen, und musterte das Gebäude aus dem Augenwinkel. Es war schon recht alt, und das Schlafzimmer lag bestimmt im Obergeschoss. Wenigstens hoffte er das, denn falls nicht, und er stiege direkt in ihre Kammer ein, weckte er das Paar bestimmt auf. Hans Beck war als Zimmermann sicher kein schmächtiges Kerlchen, das er sich leicht vom Hals halten könnte. An den vierflügligen Fenstern zur Straße hin gab es Butzenscheiben, durch die er nichts sehen konnte, doch eines stand offen. Er reckte den Hals, spähte hinein und erkannte einen großen Backofen und daneben eine Kochstelle. In dem Haus musste mal ein Bäcker gelebt haben. Das Fensterkreuz sah sehr stabil aus, da passte er unmöglich durch. Blieb nur die breite doppelflüglige Tür, die wohl einst zu einem Verkaufsraum geführt hatte. Wenn er es schaffte, die möglichst leise aufzubrechen … Das Holz wirkte alt, die rote Farbe bröckelte ab. Er zwang sich, nicht stehen zu bleiben, um das Schloss genauer zu mustern. Auf dieser für ihn untypischen Strecke zog er schon genug Blicke auf sich. Missmutig bog er in Richtung Fluss ab. Worauf hatte er sich da nur eingelassen? Wenn der Schütze ihn wirklich hinters Licht geführt hatte, gnade ihm Gott.

Die Sonne stand schon tief, als er den Henkerturm erreichte und die Treppe hinaufstieg. Bevor er seine Wohnung betrat, klopfte er beim Löwen. Keiner öffnete.

Maria schwang die Tür zu ihrer Wohnung auf. »Augustin ist vorhin weggegangen. Hättest du ihn gebraucht?«

»Nein, das kann warten.« Frantz küsste sie und überlegte, wie viel er ihr verraten durfte. Sie würde sich nur unnötig Sorgen machen.

»Hast du beim Pfarrer etwas Interessantes erfahren?«, fragte sie.

Frantz schloss die Tür und setzte sich an den Tisch. Wie sollte er seine Abwesenheit heute Nacht erklären?

Maria zog ihn am Bart. »Was ist los? Du verschweigst mir was.«

Er schnaubte ein Lachen. Natürlich konnte er ihr nichts vormachen. »Ich muss später bei den Becks einbrechen und nachschauen, ob sie die Perlenkette der Zahlmeisterin hat.«

»Nein!« Sie sank auf einen Stuhl und starrte ihn an. »Das kannst du doch nicht machen.«

Er wiederholte, was bei der Beratung mit Lucas und Magister Krieg zur Sprache gekommen war, allerdings verschwieg er seine plötzlichen Zweifel an Maxens Unschuld. Stattdessen sagte er: »Ich hab den Schützen in Schwierigkeiten gebracht, und morgen wird der Rat bestimmt die peinliche Befragung anordnen. Vorher muss ich wissen, ob die Beckin die Kette hat, was sie des Mordes mehr als verdächtig machen würde.«

»Herrje, ich zucke immer zusammen, wenn du von der Beckin sprichst, weil ich an meine Mutter denken muss.« Maria nahm seine Pranke in ihre zierlichen Hände. »Ich hab meine Blutung immer noch nicht. Versprich mir aufzupassen. Wir werden wahrscheinlich bald ein Kind bekommen.«

Frantz schluckte schwer. Wie gerne würde er sich jetzt darüber freuen, doch dies war kein guter Tag für zusätzliche Verantwortung. »Ich versprech's dir. Und falls ich doch erwischt werde, wird Magister Krieg für mich aussagen.« Außer Hans Beck erschlug ihn vorher, als Dieb in einem Bürgerhaus erwischt. Was für eine Schande das für Maria wäre.

Sie blinzelte und wischte sich die Augenwinkel. »Als du mich gebeten hast, dich zu heiraten, wusste ich nicht, ob ich einen großen Fehler mache.«

Oh nein, sie bereute es! Frantz wurde übel.

»Ich wusste nicht, ob ein Henker wirklich ein Herz hat. Jetzt weiß ich, dass es so ist.« Sie küsste ihn sanft auf die Lippen. »Tu, was du tun musst, aber sei bloß vorsichtig.«

Erleichtert stand er auf und zog sie an sich. »Du bist die beste Frau, die sich ein Mann wünschen kann.« Sie roch nach Kräutern wie Mutter Erde. »Zum ersten Mal bist du mir aufgefallen, als ich den Bettelvogt, der sich an einer Magd im Stock vergehen wollte, ausgestrichen hab.«

»Ich kann mich noch gut erinnern – auch daran, wie du mich angesehen hast.« Sie löste sich aus seinen Armen und lächelte ihn an, dann verdüsterte sich ihr Gesicht. »Ich hab mir vorgestellt, du würdest ihn für das strafen, was der fahrende Bader mit mir gemacht hat. Nur war das damals meine eigene Entscheidung … meine eigene Blödigkeit.« Röte stieg ihr ins Gesicht.

Er küsste ihre Wange. »Du musst dich nicht schämen. Du wolltest nur deiner Schwester helfen. Jeder kann auf so einen Betrüger hereinfallen.« Am Ende musste er dem Scharlatan sogar dankbar sein, weil Maria ihn sonst vielleicht nie geheiratet hätte. Nur beim ersten Blickkontakt hatte sie damals weggeschaut, dann nicht mehr. Und Frantz hatte zu hoffen gewagt, dass sie einen Unehrlichen zum Manne nehmen würde. Dabei hatte er damals noch keine Ahnung gehabt, warum sie sich zu ihm hingezogen fühlte: weil sie entehrt worden war und er die Rute schwang, die solche Schurken bestrafte.

»Ich werd für dich Schmiere stehen«, sprach sie, als wäre das eine Selbstverständlichkeit.

Unsanft aus seinen Erinnerungen gerissen, packte Frantz ihre Schultern. »Auf keinen Fall. Du bleibst hier.«

Sie schüttelte unwillig den Kopf. »Ich muss dir doch helfen.«

»Nein, ich werd Augustin finden. Der fällt überhaupt nicht auf in den nächtlichen Straßen Nürnbergs.« Er strich ihr über das lockige Haar. »Du schon, oder willst du dich als Hure ausgeben, wenn dich jemand anspricht?«

»Warum nicht?« Ihre Augen funkelten trotzig. »Denkst du, ich kann nicht mit dem Arsch wackeln und meine Brüste rausstrecken? Oder bin ich etwa nicht schön genug?«

Frantz musste lachen, fing sich einen Knuff ein und wehrte einen Zweiten ab. »Doch, das kannst du bestimmt, aber was machst du, wenn ein Freier dich mitnehmen will?«

Sie hob das Kinn und schürzte die Lippen. »Schreiend weglaufen.«

Er lachte. »Und mich in der Patsche sitzen lassen? Eine große Hilfe wärst du mir.«

»Pah, was sollte ich sonst machen? Immerhin wärst du gewarnt, wenn du mich kreischen hörst.« Trotz ihrer kecken Worte blickte sie zerknirscht drein.

»Damit würdest du am Ende noch die Becks aufwecken.« Frantz streichelte ihren Bauch. »Bleib hier und pass auf unser Kind auf. Ich finde Augustin schon.« Es rührte ihn, dass sie bereit war, sich um seiner Sicherheit willen mit allerlei Gesindel herumzuschlagen, aber das konnte er unmöglich zulassen.

»Na gut«, sagte sie kleinlaut. »Aber du musst was essen, bevor du gehst.«

»Später. Ich bin noch ziemlich satt.« Er sollte frühestens eine Stunde in die Nacht hinein losziehen, besser zwei, sonst begegnete er den ganzen Betrunkenen, denen kein Wein mehr ausgeschenkt wurde. Was, wenn der Löwe bis dahin nicht zurückkehrte? Er hätte doch Lucas dazu vergattern sollen, ihn zu begleiten. Da meinte er, Schritte auf der Treppe zu hören. Nun war es wieder still, er musste sich getäuscht haben. Trotzdem schaute er hinaus. Nichts rührte sich.

Bevor er sich auf den Weg machen musste, gab es noch etwas anderes, das er tun sollte. Frantz holte die mit Schnüren zusammengebundenen Blätter aus dem Schrank, auf denen er die Hinrichtungen und Leibstrafen notierte, die er bisher durchgeführt hatte. Beinah andächtig sah ihm Maria dabei zu, als er Datum, Namen der letzten drei Delinquenten, ihre Vergehen und die Hinrichtungsart aufschrieb. Die Spitznamen schrieb er gleich dazu, weil sie unter ihren echten Namen vielleicht kaum einer kannte.

»Ich finde es gut, dass du all das nicht in Vergessenheit geraten lassen willst, aber wäre das nicht manchmal besser?«, fragte sie und stützte den Kopf in ihre Hand.

Nein, Frantz wollte keinen Menschen vergessen, den er ums Leben gebracht hatte, auch keinen, dem er Schmerzen durch Leibstrafen zugefügt hatte. Doch heute war keine Nacht, um über Grausamkeiten zu reden, auch wenn sein Weib ihm diesmal zuhören wollte. Er lächelte Maria an und wedelte mit dem Heftchen. »Damit werde ich eines Tages vor den Herrgott treten. Und wehe, er versucht, mir einen zu viel unterzujubeln.«

Maria starrte ihn ungläubig an, dann prustete sie los. Als sie sich einigermaßen erholt hatte, keuchte sie: »Darüber macht man keine Scherze.«

Nur mit größter Selbstbeherrschung schaffte er es, ein ernstes Gesicht zu machen. »Was kann ich dafür, wenn du lachst?«

Wieder gackerte sie. Frantz stand auf und fasste ihre Hand. »Wie wäre es, wenn du jetzt für mich ein wenig die Brust rausstreckst und mit dem Arsch wackelst?«

Immer noch grinsend erhob sie sich und ließ die Hüften kreisen. »Ach, aber auf der Straße darf ich nicht?«

»Nur, wenn ich dabei bin, sonst ist das viel zu gefährlich.« Er liebte es, wenn sie unbekümmert und ausgelassen war. Plötzlich hatte er es eilig, zog sie mit sich durch die Räume, bis sie das Schlafzimmer erreichten. Auf der Schwelle kam ihm ein Gedanke, der ihn anhalten ließ: Vielleicht wünschte er sich so sehr ein Kind, weil er wenigstens einmal Leben spenden wollte, statt welche auszulöschen. Falls es ein Junge wurde, wollte er ihn Vitus nennen und mit der Tradition brechen, den ersten Sohn nach dessen Großvater zu nennen. Sein Vater würde es bestimmt verstehen. Vitus bedeutete ›der Lebende‹, und Sankt Vitus war auch noch der Schutzpatron der Heiler, da konnte keiner etwas einwenden. Schließlich hoffte er, eines Tages nur noch als Heiler arbeiten zu dürfen und die Ehre seiner Familie wiederherzustellen. Wenn er aber heute Nacht erwischt und aus der Stadt gejagt wurde? Dann müsste er wieder durch die Lande ziehen mit Frau und Kind im Schlepp, würde pro Hinrichtung bezahlt. Nein, das durfte nicht passieren!

Maria drückte sich an seinen Rücken, dass er ihre Brüste spüren konnte. »Was ist?«

Er hob sie auf seine Arme und trug sie ins Schlafgemach. Als er sie aufs Bett fallen ließ, schrie sie auf. »Grober Klotz!«

»Ich zeig dir gleich, was ein grober Klotz ist.« Ihr Gesicht war vor Erregung rosig angehaucht. Frantz kroch über sie.

»Ihr werdet mir doch nichts tun, Meister Frantz«, keuchte sie und sah ihn mit gespieltem Entsetzen an.

Er konnte nicht fassen, dass sie ihn so nannte und damit seine Arbeit ins Schlafzimmer einlud. Seit jener ersten Nacht hatte sich wahrlich viel verändert. Er sah ihren angstvollen Blick von damals noch vor sich. Es hatte eine Weile gedauert, bis sie erkannt hatte, dass er weder ein grausamer Foltermeister für sie sein würde noch einer, der sich mit Gewalt nahm, was ihm zustand. Er ließ sich auf ihr nieder, schob ein Bein zwischen ihre Schenkel und küsste ihren Hals, während er die Schnüre ihres Mieders löste. »Oh doch, du wirst schreien, wenn ich erst mein Handwerkszeug auspacke.«

Sie wölbte sich ihm entgegen. »Glaube ich nicht.«

»Schreien vor Lust«, hauchte er in ihr Ohr.

Es dauerte nicht lange, und sie schrie.

Erschöpft und verschwitzt lagen sie bald darauf nebeneinander im Bett. Maria schmiegte sich an ihn und kicherte. »Ist mir das peinlich.«

»Ich kann nichts dafür. Es war meine eheliche Pflicht.«

Wieder kicherte sie.

»Albernes Weib, gestehst du jetzt?«

Sie richtete sich auf einen Ellbogen auf, und ihre Kastanienlocken fielen auf seine Brust. »Was soll ich gestehen?«

»Dass du mich liebst.«

»Niemals!«

Er packte sie und drückte sie zurück aufs Bett. »Dann werde ich dich morgen noch einmal peinlichem Beischlaf unterziehen müssen.«

»Ich verzeihe dir.« Sie grinste und strich ihm über die Wange. »Du musst deines Amtes als mein Gatte walten.«

»Fragt sich nur, wer hier die Pein zu erdulden hat.« Mit einem Ächzen setzte er sich auf und blickte Maria über seine Schulter an.

Die starrte entsetzt auf seinen Rücken und schüttelte ungläubig den Kopf.

»Vorher werde ich dir die Fingernägel schneiden«, sagte er.

Sie hielt sich eine Hand vor dem Mund und flüsterte: »Das war ich nicht.« Dann setzte sie sich auf und übersäte seinen Rücken mit Küssen. »Tut mir leid, Frantz.«

»Reine Notwehr. Damit kommst du vor jedem Schöffen frei.« Es war bereits dunkel geworden, und Frantz fürchtete einzuschlafen, wenn er sich wieder hinlegte. Er zog Maria an sich und küsste sie. »Ich glaube, ich sollte aufstehen, sonst werde ich heute nicht mehr zum Einbrecher.« Sofort kehrten die erfolgreich gebannten Dämonen der Furcht zurück. Er durfte sich einfach nicht erwischen lassen, sonst würde Maria wirklich bereuen, ihn zum Mann genommen zu haben.

»Essen solltest du aber etwas, nachdem du dich so verausgabt hast.«

Frantz lachte. »Stimmt, du hast mich hart rangenommen.«

Sie stieg aus dem Bett, und er ließ seinen Blick über ihren Körper wandern, der allmählich weicher und runder wurde. Viel zu mager war sie in sein Haus gezogen. Als sie das Gewand überstreifte, seufzte er übertrieben und schwang die Beine auf den Boden. Bis er angezogen war, hatte Maria schon eine Brotzeit auf den Tisch gestellt.

»Augustin ist noch immer nicht zurück«, sagte sie bedauernd. »Hab bei ihm geklopft, falls wir ihn überhört haben.«

»Schade, aber ich finde ihn schon.« Schweigend aßen sie. Zwar hatte er keinen Appetit, doch wer wusste schon, wann er wieder was bekam?

»Und wenn du diesen Lucas aus der Wirtschaft holst?«, fragte Maria.

»Hm ...« Er hasste die Aufmerksamkeit, die er an öffentlichen Orten erregte, doch auch ein Nachrichter durfte beim Schankknecht eine Bestellung aufgeben, selbst wenn die wenigsten Wirte das gern sahen.

»Er wäre natürlich nicht so unauffällig wie der Löwe, aber besser als kein Wächter.«

Frantz nickte. »Falls ich Augustin nicht finde, geh ich in die Fette Gans und nehm den Burschen mit. Schließlich hat er uns verraten, also kann er auch was tun, um die Sache wieder in Ordnung zu bringen.«

Jetzt lächelte Maria. »Da ist mir doch gleich viel wohler.«

Zwei Stunden in die Nacht hinein war Augustin immer noch nicht zurückgekehrt, also machte sich Frantz, ganz in Grau gekleidet, auf den Weg – einen breiten Dolch am Gürtel, mit dem er das Tor zu öffnen hoffte. Hätte er doch seine Einbrecher-Kundschaft in der Folterkammer nach ihren Methoden gefragt. Manch einer hätte ihm bereitwillig gute Ratschläge gegeben, um die Tortur hinauszuschieben.

Nur wenige der ohnehin spärlichen Öllampen, die an über die Straße gespannten Seilen hingen, brannten um diese Zeit noch; die meisten Gassen lagen in Dunkelheit. Keine Spur vom Löwen. Als er den ersten Nachtarbeiter sah, meinte er, sein Glück hätte sich zum Besseren gewendet, doch der Mann hatte Augustin seit der Dämmerung nicht mehr gesehen. Die Kappe tief ins Gesicht gezogen ging Frantz am Haus der Beckin vorbei. Alle Fenster waren dunkel – und geschlossen. Natürlich. Kreuz und quer streifte er weiter durch die Stadt und lauschte auf Geräusche von Schaufeln, Karren, Pferden. Schließlich ging er zur Fetten Gans. Er brauchte jetzt Lucas, wenn der Plan gelingen sollte.

Zwei betrunkene Schützen torkelten aus dem Wirtshaus. Frantz drückte sich an die Wand.

»Schweinerei, dass sie Max verhaftet haben!«, rief der eine.

Der andere klopfte seinem Kameraden auf den Rücken. »Schon gut, morgen hauen wir ihn da raus.« Gemeinsam stolperten sie davon.

Sollte er wirklich da reingehen? Sicher würde man ihn erkennen, und wenn da noch mehr aufgebrachte Schützen waren, die Max befreien wollten, ließen sie vielleicht ihre Wut an ihm aus. Nun, sein grausiges Amt mochte ihn schützen. Er drückte die Tür auf und betrat die um diese späte Stunde beinah leere Gaststube. Nur fünf Männer, auf zwei Tische verteilt, hockten noch vor ihren Krügen. Der Erste sah in seine Richtung und erstarrte. Die anderen beiden folgten dessen Blick und senkten schnell wieder die Köpfe. Am anderen Tisch hatte man ihn noch nicht bemerkt.

*

Lucas hätte beinah die leeren Krüge fallen lassen, als er den Nachrichter hereinkommen sah. Ob der Mann schon bei der Beckin gewesen war und ihm nun berichten wollte? Schnell brachte er die Krüge in die Küche, doch als er zurückkehrte, war der Wirt aus dem Keller wieder hochgestiegen, wischte sich die Hände an einem Tuch ab und ging auf den Neuankömmling zu. Lucas stockte der Atem, als sein Blick den des Nachrichters traf. Der Mann sah nicht so aus, als wollte er einen Erfolg berichten.

»Meister Frantz«, grüßte der Wirt. »Darf ich Euch ein Bier bringen?« Er sah sich verstohlen um. »Wein darf ich ja um die Zeit nicht mehr ausschenken. Warmes Essen haben wir auch keins mehr, nur Brot und Wurst. Ich bin Neubauer, und es ist mir eine Ehre, Euch in meinem bescheidenen Wirtshaus begrüßen zu dürfen.«

Der Nachrichter lächelte. »Danke, guter Mann. Ein Krug Bier wäre mir jetzt sehr recht.«

Inzwischen starrten alle Gäste den Henker von Nürnberg offen an wie eine Erscheinung. Der Wirt wies ihn zu einem kleinen Tisch in der hintersten Ecke und brachte einen dreibeinigen Schemel. »Es macht Euch doch nichts aus, hier zu sitzen? Ihr wisst ja, wie abergläubisch die Leute sind.«

Wie um ihn zu bestätigen, erhoben sich die drei Kerle an einem der beiden Tische und machten, dass sie fortkamen.

»Ich bin froh, dass Ihr mich unter Eurem Dach willkommen heißt, Neubauer.« Der Henker setzte sich und blickte wieder in Lucas' Richtung.

Da fing er sich und zapfte schnell ein Bier, ehe sich noch jemand fragte, was er mit dem Nachrichter zu schaffen hatte.

Der Wirt sagte: »Es ist mir eine Ehre.«

Ehre bei einem Unehrlichen? Beinah hätte Lucas gelacht. Doch der Alte meinte es wohl so, denn er wirkte verärgert, als Lucas mit dem gefüllten Krug an ihm vorbeilief. Hätte er den ›hohen Gast‹ lieber selbst bedient?

»Ein Bier für den Nachrichter«, sagte Lucas und beugte sich beim Servieren weit vor. »Probleme?«, wisperte er.

»Der Löwe ist nicht aufzutreiben. Wann kannst du hier weg?«

Vor Schreck richtete er sich auf. Wo hatte er sich da nur reingeritten? Dabei war er sich so schlau vorgekommen, den unangenehmen und gefährlichen Teil der Angelegenheit auf Meister Frantz zu schieben. »Wohl bekomm's«, sagte er laut und fügte im Flüsterton hinzu: »Halbe Stunde?«

Der Nachrichter nickte und lächelte. Lucas ging in die Küche, um die schmutzigen Krüge im Zuber zu spülen. Verdammt, er verstrickte sich immer mehr in die Probleme anderer Leute. Dabei hatte er doch nur getan, was man von ihm verlangte.

Als er die Tische in der Gaststube abwischte, stellte er zu seiner Verwunderung fest, dass der Wirt sich angeregt mit Meister Frantz unterhielt. Lucas spitzte die Ohren. Der Alte schwärmte dem Nachrichter tatsächlich von dessen besten Hinrichtungen vor! Auch die letzten zwei Gäste interessierten sich auffallend für das Gespräch, kriegten immer längere Hälse und hätten sich vermutlich am liebsten dazugesetzt, nur trauten sie sich nicht.

Lucas hatte seine Aufgaben für heute erledigt. Nun konnte der Wirt ihn nicht vom Gehen abhalten. Nicht, dass es ihn drängte, nur musste es ja sein. Er trat an den Tisch. »Ich mach dann Schluss für heut, ja?«

»Ja, geh nur nach oben, Lucas. Ich sperr dann zu.«

Möglichst vernehmlich stapfte er zur Treppe, trampelte ein paar Mal auf einer knarrenden Stufe herum, als ginge er auf sein Zimmer, dann schlich er zum Ausgang in den Hof. Im Stall war alles ruhig, das Tor schon zu, aber von hier aus musste er nur über die niedrige Mauer klettern, um auf die Straße zu gelangen. Hinter einer Hausecke spähte er in die leere Gasse und hielt nach dem Nachrichter Ausschau. Es schien ewig zu dauern, bis der Mann endlich herauskam. Und der Wirt begleitete ihn auch noch zur Tür, tat als wäre ein Patrizier oder gar ein Adliger bei ihm eingekehrt. Unter mehreren Verbeugungen verabschiedete er den ›Meister mit dem bewundernswerten Schwertarm‹. Als der Dicke endlich im Haus verschwunden war, trat Lucas auf die Straße. Der Nachrichter war in die entgegengesetzte Richtung gelaufen, so als wolle er über den Henkersteg nach Hause gehen. Als die Tür der Gans zufiel, drehte er sich allerdings um und wartete.

Lucas nahm sich ein Herz und schloss schnellen Schritts zu ihm auf. »Der Wirt scheint ein großer Bewunderer Eurer … äh … Kunst.«

Meister Frantz schnaubte ein Lachen. »Hörte sich ganz so an. Er hat mir erzählt, dass er einige Hinrichtungen sogar gezeichnet hat.«

»Gezeichnet? Ich wusste nicht, dass er Dürers Nachfolge anstrebt.« Lucas wollte sich ausschütten vor Lachen.

Der Nachrichter packte ihn am Ärmel. »Kommt, inzwischen ist es spät genug, dass kaum noch Nachtwächter oder Straßenreiniger unterwegs sein dürften, das Wagnis will ich dennoch nicht allein eingehen. Vielleicht ziehen ausgerechnet heute die Nachtjäger los.«

»Sind wir nicht selber als Nachtjäger unterwegs?«

Der Henker lachte verhalten. »Genau. Auf der Jagd nach diebischem Ungeziefer.«

Sie schritten nebeneinander her wie zwei Freunde, die aus dem Wirtshaus kamen, dachte Lucas und wunderte sich über das angenehme Gefühl. Er hatte kaum Kameraden hier. Für die meisten war er nur der Schankknecht – wichtig, wenn man Durst hatte, sonst nicht. Und vor einigen Stunden hatte er sich noch vor der Begegnung mit diesem Mann gefürchtet. »Warum die Eile? Ich meine, warum unbedingt heute Nacht?«

»Weil ich morgen voraussichtlich Max Leinfelder torquieren muss.«

Lucas sog scharf die Luft ein.

»Eigentlich wollte ich ihm ja das Ärgste ersparen, aber ...« Er hielt inne. »Wenn du mit deinem Verdacht gegen ihn richtig liegst, also wenn die Beckin nicht im Besitz der Kette ist, wird die Tortur doch etwas anders ausfallen, als ich es vor meinem Gespräch mit dir und dem Diakon vorhatte.«

Ihm lief ein Schauder über den Rücken. Hatte er sich eben noch vorgestellt, er könnte mit dem Nachrichter befreundet sein? Er schüttelte den Kopf.

»Was ist?«

Oh, das hatte er wohl trotz der finsteren Nacht gesehen. »Ich weiß nicht, ob Max schuldig ist. Nehmt ihn meinetwegen bitte nicht zu hart ran.« Wieder musste er an die drei Erhängten denken. »Ich hab schon genug auf dem Gewissen, wenn auch immer für Recht und Ordnung.«

»Was soll ich da erst sagen?«, brummte Frantz Schmidt.

*

Max erwachte vom Quietschen der Türangeln. Im Schein der immer noch brennenden Öllampe erkannte er den Lochwirt, der ihn heranwinkte. So schnell er es mit seinem lädierten Arm vermochte, zog er sich an, drückte seiner Frau einen Kuss auf die Wange und schlüpfte in die Schuhe. Zu kurz waren die Brautnächte. Als er mit Schaller den schmalen Gang entlangschlurfte, fragte er: »Ist es schon Morgen?«

»Nein, mitten in der Nacht, aber ich wollte kein Wagnis eingehen. Meine Frau meint es gut mit Euch und vergisst dabei ihr eigenes und mein Wohlergehen.«

»Wir sind Euch jedenfalls sehr dankbar, auch wenn Ihr mich letztes Mal hättet früher wecken sollen.«

Der Mann stieß Luft durch die Nase. »Wer rechnet schon damit, dass der ehrbare Schöffe um diese frühe Stunde ins Loch herabsteigt. Das gibt's sonst höchstens, wenn ein Patrizier verhaftet worden ist.«

»Zu viel der Ehre für einen wie mich. Als ob jemand Eisvogel einen Wink gegeben hätte, nur wie kann er davon erfahren haben? Hat einer Eurer Knechte ihm was gesteckt?«

»Glaube ich nicht. Die wissen, mit wem sie es sich lieber nicht verscherzen sollten.« Der Lochhüter blieb vor einer Zellentür stehen und deutete mit dem Daumen auf die eigene Brust. »Mit mir.« Dann machte er auf. »Euer Gemach, edler Herr.«

Max musste lachen. »Dank Euch.« Er duckte sich unter dem Türsturz hindurch und ging zur Pritsche. Als Schaller die Tür schloss, war er von völliger Dunkelheit umgeben und ertastete den Holzrahmen. Ausgestreckt im Stroh vermisste er Kathis warmen Körper neben seinem. Diesmal war sie schon mutiger gewesen, hatte sich getraut, seinen Körper mit ihren Händen zu erforschen. Weil die Erinnerung seine Lust erneut entfachte, drehte er sich auf den Bauch. Hätte er sie doch früher gefragt, ob sie ihn heiraten wollte, vielleicht wäre dann alles anders gekommen, nun konnte er nur noch sein süßes, kleines Weib retten.

Sobald sie ihn holten, würde er den Mord gestehen, damit seine Kathi nicht länger in Gefahr war. Sie musste raus aus diesem Loch. Er versuchte, sich Kathis Zukunft vorzustellen – ohne ihn. Wo sollte sie hin? Er hatte keine Familie in der Stadt, bei der sie Zuflucht suchen könnte. Sein Vater war im Zweiten Markgrafenkrieg gefallen, in der berühmten Schlacht von Schwarzach, in der Albrecht Alcibiades von Brandenburg-Kulmbach, der räudige Hund, endlich besiegt worden war. Statt noch einmal zu heiraten, war seine Mutter zu ihrer Schwester in ein Dorf vor Augsburg gezogen. Da war Max noch kein Jahr alt und blieb ihr einziges Kind. Doch mit über vierzig Jahren heiratete sie noch einmal. Da hatte es ihn fortgetrieben. Eigentlich war er in die Freie Reichsstadt gekommen, um sein Glück zu machen – weit hatte er es nicht gebracht. Nun hielt ihn nichts mehr in Nürnberg. Er schnaubte. Nur diese Mauern. Und Kathi.

*

Frantz fröstelte. Die Sterne am Himmel schienen heller zu leuchten als sonst, aber wann schaute er in den Sommermonaten schon in den Nachthimmel? Meist ging er kurz nach Sonnenuntergang ins Bett. Unterwegs begegnete ihnen kaum ein Mensch, und wenn, dann war er betrunken, oder es handelte sich um einen der Pappenheimer oder Nachtjäger, die den Unrat von den Straßen schaufelten und Kadaver beseitigten. Augustin war inzwischen bestimmt zu Hause in seinem warmen Bett und schnarchte. Wie er seinen Knecht beneidete! Je näher sie dem Haus der Becks kamen, desto mulmiger wurde Frantz zumute. Zum Verbrecher taugte er nicht. Andererseits … vielleicht war auch das nur Übungssache, wie das Töten und Foltern.

»Wir sind gleich da«, sagte Lucas viel zu laut.

»Psst, seid leise!«

Als sie die ehemalige Backstube erreichten, huschte eine Ratte über die Straße, aber sonst rührte sich nichts. Er ließ den Blick in alle Richtungen und über jedes Fenster schweifen. Die braven Bürger Nürnbergs schienen alle zu schlafen. Frantz zog den Dolch und ging zum Tor. Bevor er ihn zwischen den hölzernen Türflügeln ansetzte, fragte er Lucas: »Kannst du vielleicht ein Schloss öffnen – ohne Schlüssel?«

Der Bursche schüttelte den Kopf. Frantz seufzte. Das mochte stimmen oder auch nicht. Wer würde dem Nachrichter schon ohne Not gestehen, dass er öfter in fremde Häuser einbrach? Er schob die Klinge in den Spalt über dem Schloss und drückte den Griff nach rechts, in der Hoffnung einen der Flügel aufzustemmen. Verflucht, er bewegte sich nur ein winziges Stück. Lucas zupfte ihn am Ärmel, also ließ er ab und reichte ihm die Waffe. Vielleicht hatte er ja doch Erfahrung.

Lucas sah sich in alle Richtungen um, bevor er das rissige Holz um das Schloss herum betastete. »Altes G'lump«, murmelte er, dann setzte er den Dolch wie einen Stechbeitel an und begann, Spreißel abzustemmen.

Wirklich ein schlauer Fuchs. Frantz trat auf die andere Seite der Gasse in einen Hauseingang und hielt Ausschau. Es schien ewig zu dauern, bis Lucas den Dolch absetzte und mit beiden Händen an der Klinke zog. Als das nicht fruchtete, stemmte er ein Bein gegen den Türflügel. Das Knacken ließ Frantz zusammenfahren. Hoffentlich hatte das Geräusch die Becks nicht geweckt!

Lucas starrte erschrocken zu ihm herüber und zog langsam die Tür auf. Frantz rannte hinüber und staunte nicht schlecht über das quasi herausgeschnitzte Schloss. Das Holz musste schon ziemlich morsch gewesen sein.

»Das haben sie bei uns auf dem Hof auch mal gemacht«, wisperte Lucas. »Nun seid Ihr dran. Wo soll ich mich postieren?«

»Im Hauseingang gegenüber«, flüsterte er. »Da sieht man dich nicht so schnell, falls doch ein Nachtwächter oder Arbeiter vorbeikommt. Du verhältst dich ruhig, außer jemand merkt, dass etwas nicht mit rechten Dingen zugeht, und will Alarm schlagen.«

»Und was mache ich dann?«

»Ablenken.«

»Wie denn?«

»Lass dir was einfallen«, antwortete Frantz barsch, denn er hatte selbst keine Idee. Er trat in die alte Backstube und lauschte. Nichts rührte sich. Die Tür lehnte er an, damit sein Eindringen von außen nicht gar so leicht zu entdecken wäre. Es war stockduster im Haus. Vielleicht hätte er eine Kerze mitbringen sollen, aber ein im Gebäude umherhuschendes Licht um diese Stunde wäre wirklich aufgefallen.

Allmählich konnte er schwache Konturen ausmachen und begab sich auf die Suche. In der großen Küche schien die Beckin nur Kochgeschirr aufzubewahren. Er öffnete eine große Doppeltür in der gegenüberliegenden Wand und konnte Säcke ausmachen. Er betastete sie. Körner, wohl auch Zucker und vielleicht Mehl. Wenn sie die Kette da drin versteckt hatte, müsste er ewig rumwühlen, wenn er die Säcke nicht ausschütten wollte. Damit wüsste die Beckin allerdings, dass jemand nach der Kette gesucht und sie gefunden hatte. Also beschränkte er sich darauf, unter und hinter den Säcken herumzutasten. Er verschloss den gemauerten Vorratsschrank und sah sich um. Die ehemalige Backstube war später offenbar durch eine Zwischenwand geteilt worden, denn es gab noch eine Tür.

Auf dem Weg dorthin drang leises Schnarchen an sein Ohr, und Frantz schauderte. Schlief im Nebenraum jemand? Auf Zehenspitzen schlich er zur kleinen Pforte, doch das Schnarchen wurde immer leiser. Er blieb stehen und drehte den Kopf. Das Geräusch kam aus Richtung des Backofens. Nein, da war niemand. Er hob den Blick zur Decke. Vielleicht war dort eine Öffnung, um die Wärme nach oben in die gute Stube steigen zu lassen? Es war zu finster, um etwas zu erkennen. Geduckt trat er in den angrenzenden Raum. Sand knirschte unter seinen Sohlen, der Boden war mit groben Pflastersteinen belegt. Hier lagerte Hans Beck allerlei Werkzeug und größere Holzstücke, wohl um das alte Haus auszubessern. Ja, an einer Wand war das Fachwerk freigelegt. Hier hätte die Beckin wohl kaum ihre Beute versteckt, außer ihr Mann war eingeweiht …

Eine Stiege führte in den ersten Stock. Dort sollte er sich zuerst umschauen. Falls er die Perlenkette nicht fand, blieb ihm wohl nichts übrig, als Werkstatt und Vorratskammer eingehender zu durchsuchen. Die Treppendielen knarrten unter seinen Tritten, doch sein Herz schlug lauter. Allmählich übertönte das Schnarchen des Zimmermanns das Pochen in seinen Ohren.

Oben angelangt sah er sich um. In der Dunkelheit glaubte er, links zwei Türen vom Flur abgehen zu sehen, auf der rechten Seite nur eine, die Einzige, die geschlossen war. Vielleicht der Abtritt. Wenigstens musste er sich bei den anderen keine Sorgen um quietschende Scharniere machen … Er wischte sich die feuchten Hände am Hemd ab und lugte in den ersten Raum zu seiner Linken. Das Schlafgemach, doch das unregelmäßige Schnarchen kam aus der gegenüberliegenden Kammer, der Wohnstube. Fahles Mondlicht, das durchs Fenster fiel, ermöglichte ihm eine rasche Umschau, doch einen Schläfer konnte er nicht entdecken. Er trat ein und folgte dem Geräusch.

Auf einer Bank an der Wand lag ein Mann, bestimmt der Hausherr. Als Zimmermann musste Hans Beck ziemlich kräftig sein, ihn wollte er auf keinen Fall wecken. Warum lag der Kerl hier? Ob sich das Paar gestritten hatte? Vielleicht wegen der Perlen oder gar wegen des

Mordes? Auf zittrigen Beinen ging Frantz zu einer schlichten Anrichte. In den oberen Fächern fand er einige Teller und Becher, aber keinen Schmuck, unten ertastete er neben den größeren Geschirrteilen Decken und Lappen, vielleicht auch Hauben, jedenfalls nur Stoff. Unter seinem Knie spürte er ein Gitter. Hier wurde wohl die Wärme aus der Küche in die gute Stube geleitet. Zunehmend verärgert durchsuchte er den Rest des Zimmers und zuckte immer wieder zusammen, wenn das Schnarchen aussetzte, um dann mit einem Schnappen wieder einzusetzen. Er hätte sich niemals auf diesen Irrsinn einlassen sollen. Es war nicht seine Aufgabe, Mörder zu überführen. Schlimmer noch: Er hatte keinerlei Befugnis.

Missmutig ging er in den Flur zurück und betrat das gegenüberliegende Zimmer, wo ihm süßlich-muffige Luft entgegenschlug. Sanftes, aber leicht rasselndes Atmen ließ ihn innehalten: die Beckin. Maria hatte einen viel leichteren Schlaf als er, deshalb zögerte er. Das Schnarchen von Hans Beck mochte auch aus der anderen Kammer noch seine Geräusche übertönen, trotzdem hob er sich das Schlafgemach lieber bis zum Schluss auf. Falls er die Frau weckte, bliebe ihm nur die schnelle Flucht. Ein zweites Mal würde er bestimmt nicht einbrechen, um den letzten Raum zu durchsuchen.

*

Schritte auf dem Pflaster! Lucas drückte sich tiefer in den Schatten der Türlaibung. Zu schnell für einen der Unrataufsammler. Ein Stadtknecht auf Nachtwache? Sein Herz raste. Wie, zum Henker, war er in dieses Unternehmen geraten? Gerade noch unterdrückte er ein bitteres Auflachen. Ja, eben, der Henker hatte ihm das eingebrockt! Jetzt klang der Ankömmling ganz nahe, aber da verstummten die Schritte. Er lugte in die Richtung. Ein Mann stand an einer Hausecke! Lucas hielt die Luft an und wartete darauf, dass er endlich weiterging.

Doch die finstere Gestalt drehte sich nur einmal im Kreis und sah die Fassaden hinauf. Verfluchter Mist! Ein Einbrecher? Dafür schien der Mann allerdings etwas zu dick. Was jetzt? Irgendwie kam ihm der Kerl bekannt vor. Ein Gast des Wirtshauses? Als er die Straße entlangblickte, fiel der Schein der Straßenlaterne auf sein Gesicht. Der Löwe! Meister Frantz vertraute dem Henkersknecht anscheinend, sonst hätte er ihn nicht für die unliebsame Aufgabe ausersehen, die nun Lucas übernommen hatte. Er fasste sich ein Herz, trat auf die Straße und ging langsamen Schritts zu ihm. »Guten Abend, Löwe.«

Der Mann fuhr zusammen. »Wer bist du denn?«, zischte er.

»Ein Freund des Nachrichters.« Hatte er das eben wirklich gesagt?

»Ha!«, schnaubte der Löwe. »Hab gar nicht gewusst, dass Meister Frantz Freunde hat.«

»Ich auch nicht. Aber sei um Himmels willen leise!« Lucas beugte sich zum Ohr des Mannes. »Er durchsucht das Haus der Becks nach den Perlen der Zahlmeisterin. Eigentlich solltest du dabei Schmiere stehen, aber er konnte dich nicht finden.«

»So, so«, brummte der Löwe. »Ich musst vorhin einen Selbstmörder verbrennen. Dann will ich dir mal glauben. Gleich kommen hier ein paar Nachtarbeiter vorbei. Verzieh dich in die nächste Gasse und schlag einen Bogen. Wenn sie durch sind, kommst du zurück.«

Lucas nickte und marschierte los, als müsste er dringend irgendwo sein. Egal wo. Anderswo. Was für ein Glück, dass Augustin Ammon aufgetaucht war. Typisch, jetzt fiel ihm der Name des Löwen ein. Jedenfalls hätte er ohne dessen Warnung in seinem Winkel gekauert und gebetet, dass er nicht von den Nachtjägern entdeckt wurde. Doch was, wenn Meister Frantz ausgerechnet in dem Moment aus dem Haus trat, wenn die Arbeiter davor den Schweine- und Pferdedreck wegschaufelten? Aber das würde er schon mitkriegen.

*

Auf der anderen Seite des Flurs spähte Frantz in den stinkenden Abort. Da wusste er seinen luftigen Abtritt über der Pegnitz wieder sehr zu schätzen, auch wenn man sich im Winter den Arsch abfror. Und sie mussten keine vollen Eimer zu einer der Abortgruben schleppen. Auf Zehenspitzen bewegte er sich zurück … Halt, da war noch eine Tür. Frantz öffnete sie einen Spalt. Am Fenster stand ein Tischchen mit zwei Stühlen, die dunklen Umrisse davor erkannte er schließlich als Körbe. Er schlich näher, betastete den Inhalt: Handarbeitssachen. Hier könnte das Weib ihre Beute durchaus versteckt haben! Er wühlte in Stoffresten, Wolle, Nadeln … Autsch, sehr spitze Nadeln. Er steckte den Finger in den Mund und schmeckte Blut. In einem einfachen Holzregal stand noch allerlei Tand. Ein Tonkrug! Frantz kippte ihn, und ein paar Münzen fielen in seine Hand. Er ließ sie wieder zurückgleiten und stellte das Gefäß an seinen Platz zurück. Deckchen, Zierkissen und eine kleine Joppe für einen Säugling. Soweit er wusste, waren die Becks kinderlos, das Kind, für das diese Dinge gedacht waren, musste bei oder bald nach der Geburt gestorben sein, wie es so oft geschah … Entschlossen schüttelte er die trüben Gedanken an die traurigen Relikte und Marias Zustand ab, er musste sich auf die Perlen konzentrieren. Blieb nur noch das Schlafzimmer. Er zog eine Grimasse – den Raum zu durchsuchen, hätte er sich gern erspart.

Auf Zehenspitzen ging Frantz zurück und schob sich ins Schlafgemach. Die Schläferin hob sich nur als undeutlicher Hügel unter der Decke ab. Er machte die Umrisse einer Truhe aus. Neben dem Bett stand auf einer Seite ein Nachttisch, ansonsten schien der Raum leer. Kleidungsstücke hingen an Wandhaken. Er schlich zur Truhe und öffnete sie langsam. Der Deckel knarrte leise, und der gleichmäßige, immer noch rasselnde Atem der Beckin setzte kurz aus. Frantz kauerte sich zusammen, den Deckel krampfhaft festhaltend. Sie wälzte sich herum und murmelte etwas. Er schalt sich erneut für seinen Leichtsinn, bei den Bürgern einzubrechen. Hoffentlich drängte jetzt keine volle Blase die Frau zum Abort. Frantz konnte sie förmlich über die Dielen tappen hören, was wiederum ihren Mann wecken würde, der daraufhin beschließen mochte, doch lieber bei seiner Frau im bequemen Bett zu schlafen. Er unterdrückte ein Ächzen. Dann könnte er nur beten, dass er nicht gesehen wurde. Dem Herrn sei Dank, die Frau atmete wieder ruhiger, und aus dem Zimmer nebenan, hörte er das Schnarchen ihres Mannes. Mit einer Hand wühlte Frantz in der Truhe herum, fühlte Kleidung und Gürtel, einen Pokal und ein paar Kästchen. Eines nach dem anderen holte er heraus. Schmuck! Doch er spürte bloß kaltes Metall zwischen seinen Fingern, keine Perlen. Vorsichtig packte er alles zurück und ließ den Deckel sinken. Diesmal gab es ein leichtes Kratzgeräusch. Allmählich verlor er die Hoffnung. Nun blieben nur noch Speisekammer und Werkstatt. Könnte sie es gewagt haben, Diebesgut zwischen den Sachen ihres Mannes zu verstecken? Warum nicht? Zur Not würde sie ihn beschuldigen. Doch die Kornsäcke wären das bessere Versteck.

Die Beckin gab schmatzende Geräusche von sich. Vielleicht träumte sie von einem Festschmaus. Frantz richtete sich auf und blickte zum Bett. Die Frau rührte sich nicht, aber ihr Atem ging noch schwerer wie bei einer Schwindsüchtigen. Er trat zu ihr und lauschte dem Rasseln in der Lunge. Ein Mondstrahl stahl sich durch eine Ritze im Fensterladen, und da sah er sie. Die Perlen! Diese Hexe trug die Kette beim Schlafen. Ungeheuerlich! Am liebsten hätte er sie sofort wachgerüttelt und ins Loch geschleift. Wieder gaukelte ihm seine Einbildung die Szene vor: das kreischende Weib, den hinzueilenden Ehemann, der sich ihm in den Weg stellte ... Wie sollte er dem Rat diese Sache erklären, falls er sie überlebte? Nein, für heute hatte er genug getan. Auf leisen Sohlen wich er zur Tür zurück und konnte sich gerade noch verkneifen, sie zu schließen. Er sollte alles so lassen, wie er es vorgefunden hatte. Im Gang atmete er auf. Geschafft!

Grinsend schlich er zur Stiege. Die kaputte Haustür würden die Becks morgen sicher bemerken und sich wundern, warum nichts fehlte. Ob das Paar dann von sich aus zum Rathaus ginge, um den Einbruch anzuzeigen? Das wäre gar nicht übel, denn vielleicht war das Weib dumm genug, auch bei dieser Gelegenheit die Perlen zu tragen. Sollte er etwas stehlen, um den beiden einen echten Grund zu geben? Himmel, nein! Dann müsste er sich am Ende noch selber ausstreichen und aus der Stadt jagen. Dabei fühlte sich sein Rücken dank Marias spitzen Nägeln jetzt schon so an, als wäre genau das geschehen. Gleich durfte er wieder zu ihr ins warme Bett kriechen – er stieg die ersten Stufen hinunter, und das Knarren der Holzdielen kam ihm noch lauter vor. Was war das? Aus der Gasse drangen schabende Geräusche und Stimmen an sein Ohr. Ausgerechnet jetzt mussten die Nachtarbeiter hier den Dreck wegräumen! So ein ... Dreck. Er kauerte sich auf dem Treppenabsatz hin und lauschte angestrengt.

»Ist dein Sohn das Fieber wieder los?«, fragte ein Mann, dessen Stimme ganz nach der von Augustin klang.

Frantz stöhnte verhalten. Als er ihn brauchte, war der Löwe nicht aufzutreiben gewesen, und jetzt, wo er da war, wünschte er ihn zum Teufel.

»Dann bring ihn doch mal zu Meister Frantz. Der kann bestimmt helfen. Wenn's euch nicht zu sehr graut, kommt er auch zu euch ins Haus.« Er lachte dröhnend.

Wusste Augustin am Ende, dass Frantz hier war? Machte er deshalb so viel Lärm? Wenn das mal keine Beschwerden wegen nächtlicher Ruhestörung gab. Grinsend richtete er sich auf. In diesem Moment knarrten Bodendielen – hier im Haus! Frantz unterdrückte einen deftigen Fluch. Der Mann oder die Frau? Hoffentlich sie. Mit ihr würde er leichter fertig. Frantz kauerte sich wieder zusammen, hielt die Luft an und lauschte angestrengt. Die Schritte kamen in seine Richtung. Er duckte sich noch tiefer in die Ecke, bis die Person an ihm vorbei war. Das musste die Aborttür sein, die auf- und wieder zuging. Er entspannte sich. Nein, zu früh! Noch immer saß er in der Zwickmühle, erlaubte sich aber, wieder zu atmen. Er musste hier weg sein, bevor derjenige zurückkam. Behutsam tastete er sich auf die nächste Stufe – das Knarren ertönte in seinen Ohren wie die Posaunen von Jericho. Wieder erstarrte er.

»Ach, lasst's gut sein. Sauber genug«, rief Augustin draußen.

»Aber nicht, dass morgen Beschwerden kommen.«

Ein Keckern. »Die gibt's doch sowieso. Und ich muss noch die Tierkadaver verbrennen, bevor ich in mein Bett darf. Ihr wollt auch bald fertig werden.«

»Oh ja«, stöhnte einer.

Dann das Rollen von Rädern auf dem Pflaster.

Aus dem Flur oben drang Gemurmel. »Die machen heut Nacht einen Lärm. Unverschämtes Gesindel.« Der Zimmermann!

Frantz musste die Hinterbacken zusammenkneifen, damit er sich nicht in die Hose schiss. Die Schritte kamen näher, dann wurden sie leiser, und eine Tür schloss sich. Als es ganz still war, kroch er die vermaledeite Stiege hinunter und gelangte wieder in die Werkstatt, und von dort in die ehemalige Backstube. Vorsichtig öffnete er den angelehnten Türflügel, streckte den Kopf hinaus und musterte die Fassaden der gegenüberliegenden Häuser. Kein verärgerter Bürger hing aus dem Fenster, um den Nachtarbeitern die Pest an den Hals zu wünschen. Dann lehnte er sich weiter vor und blickte die Straße auf und ab. Die Truppe hatte sich schon ein Stück entfernt. Er trat hinaus und zog die Tür hinter sich zu. Nach ein paar Schritten atmete er tief durch.

»Psst.«

Frantz fuhr zusammen. »Lucas! Hast du mich erschreckt.«

»Tut mir leid. Ich musste den Löwen einweihen. Ist doch in Ordnung, oder?«

»Oh ja, allerdings hätte er nicht so viel Lärm machen müssen. Hat den Beck aufgeweckt.«

»Mist.« Lucas lief neben ihm her. »Und?«

»Was und?«

»Spannt mich nicht auf die Folter!«

Frantz grinste. »Hätte ich denn Grund dazu?«

Ein Schnauben. »Nein! Eben nicht.«

»Die Beckin hat die Kette, trägt sie sogar im Bett. Ich schätze, morgen wird sie die auch tragen, falls sie den Einbruch meldet, aber bestimmt unter einem hohen Kragen.« Da fiel ihm ein, dass vermutlich eher ihr Mann vorbeikommen würde, um Anzeige zu erstatten. »Aber wahrscheinlich müssen wir sie als Zeugin für den Mord an der Zahlmeisterin holen lassen.«

»Wir?«

»Sag Eisvogel ...« Abrupt verstummte er. Ja, was konnte Lucas dem Schöffen erzählen? Der Nachrichter habe nachts die Becks in ihrem Schlafgemach besucht und dabei die Perlen an ihrem Hals entdeckt? Wohl kaum. Er stöhnte.

»Vielleicht dass ich eine Perle aus dem Mieder der Beckin hab blitzen sehen, als sie auf der Straße herumstolziert ist. Und dann fiel mir die Spange auf, genau so eine, wie sie die Zahlmeisterin hatte. Wie sah die noch mal aus?« Man konnte das freche Grinsen in Lucas' Stimme hören.

»Genau! So sollte es gehen.« Der Kerl war wirklich nicht auf den Kopf gefallen. »Sehr gut.« Frantz klopfte ihm auf den Rücken, und Lucas zuckte nicht einmal. »Eine Silberspange in Form einer Blüte. Ähnlich einer Rose, aber irgendwie zarter, feiner. Halt kunstvoller.«

Faule Geständnisse

Donnerstag, 4. August 1580

Kathi löffelte lustlos ihren Brei. Warum durfte Max nicht bei ihr bleiben? Wen störte das schon? Andere Gefangene mussten sich auch Zellen teilen. Wenigstens hatte die Schallerin das gesagt, als sie das Frühstück brachte, und dabei gezwinkert. Sie vermisste Max so sehr. Aber ... Sie durfte nicht zulassen, dass er noch länger ihretwegen im Gefängnis hockte. Wenn man sie heute zur Befragung holte, würde sie den Mord gestehen. Da sie schwanger sein könnte, müsste man die Hinrichtung aufschieben, und Meister Frantz hätte genug Zeit, mit Maxens Hilfe den wahren Mörder zu finden, wenn der erst einmal in Freiheit wäre.

Sie wälzte den Brei in ihrem Mund herum. Aber wenn sie in einer Woche doch ihre Blutung bekäme …? Bei manchen Frauen dauerte es Jahre, bis sie empfingen, und sie hatten nur zwei Nächte gehabt. Dann würde man sie verurteilen und zum Hochgericht hinausschaffen. Mühsam schluckte sie und meinte schon, Meister Frantzens Schwert durch die Luft sausen zu hören.

Schritte hallten durch den Gang. Holte man sie schon? Jäh stieg ihr der Brei den Schlund wieder hinauf, und sie griff nach dem Eimer. Halt, sie brauchte die Nahrung – für ihr Kind! Sie zwang sich, erneut zu schlucken, und löffelte anschließend den Rest in der Kumpe auf, auch wenn's ihr schwerfiel.

Doch wer immer draußen herumstapfte, lief an ihrer Keuche vorbei. Etwas später näherten sich leichtere Füße. Die Lochwirtin? Gerne würde Kathi ein paar Worte mit ihr sprechen, doch sie musste wohl zu jemand anderem gegangen sein, denn das Tapsen verstummte. Halt, da war es wieder, jetzt allerdings begleitet von Männerstiefeln. Kathi wurde angst und bang. Tatsächlich blieben sie vor ihrer Tür stehen. Beim vertrauten Kratzen des Riegels erhob sie sich und stellte die Schüssel auf die Bank.

Zuerst trat die Schallerin herein, gefolgt von einem Fremden, der eine Ledertasche trug. »Das ist der Stadtarzt Mörser, der dich untersuchen soll.«

»Warum?«, fragte Kathi überrascht. Sollte der Mann überprüfen, ob sie ein Kind trug? Das hatte doch gestern die Hebamme schon nicht sicher … Sie erschrak, als die Lochhüterin den Kopf senkte und bedauernd schüttelte.

»Der Rat will wissen, ob du gesund genug bist, dass deine Leibesfrucht leichte Tortur übersteht.« Erst jetzt sah sie ihr traurig ins Gesicht.

Leichte Tortur? Etwa so wie das, was der Nachrichter Max gestern angetan hatte? Herrgott, bitte hilf mir!, betete sie stumm. Dann fasste sie allen Mut zusammen. »Das wird nicht nötig sein. Ich gestehe. Alles.« Ihrem Kind durfte nichts passieren und Max noch weniger. Schließlich musste er sich um das Kleine kümmern, falls es niemand schaffte, ihre Unschuld zu beweisen! Sie legte beide Hände auf den Bauch und presste die Lippen zusammen.

Der Arzt lächelte. »Soll ich dich nicht doch untersuchen? Es kann nie schaden und kostet nichts.« Der Mann sah blass und dürr aus, gar nicht wie ein Mensch, von dem man glauben mochte, dass er einen Kranken heilen konnte.

Sie schüttelte den Kopf. So ein Medicus hatte immerhin studiert, der würde vielleicht merken, dass alles ein Schwindel gewesen war. Und dann würde sie vielleicht schon am kommenden Dienstag gerichtet.

Der Stadtarzt trat verlegen von einem Bein aufs andere. »Gut, dann sage ich dem Rat Bescheid, dass meine Dienste abgelehnt wurden und die Verhaftete ein Geständnis abzulegen wünscht?«, sprach er zur Schallerin.

Die Lochwirtin nickte nur und blickte noch betrübter drein. Leider verschwand sie zusammen mit dem gelehrten Mann. Kathi schlug die Hände vors Gesicht. Die gute Frau hatte fest an ihre Unschuld geglaubt, wie enttäuscht musste sie nun sein? Heiße Tränen liefen ihr übers Gesicht. Alle würden sie für ein tückisches Weib halten und bei ihrer Hinrichtung jubeln. Es dauerte nicht lange, da holte der Schreiber sie in das kleine Zimmer.

*

Den Rest der Nacht hatte Lucas kein Auge mehr zugetan, so sehr hatte ihn des Nachrichters Entdeckung erregt. Nicht auszudenken, wenn durch sein Zeugnis zwei Unschuldige gerichtet würden! Er musste wach bleiben, um den Schöffen Eisvogel gleich früh am Morgen abzupassen, bevor der in die Straße zum Rathaus einbog. Vielleicht erwischte er noch einmal das Milchmädchen.

In der Dämmerung brach er auf und stand sich die Füße in den Bauch. Wenn er jemanden kommen hörte, lief er angespannt in irgendeine Richtung, als hätte er etwas zu tun, um wieder zur Kreuzung zurückzukehren, aber das Mädchen mit den Kannen ließ auf sich warten. Am Ende war es der Schöffe selbst, den er die Gasse entlangstolzieren sah, und er stellte sich ihm in den Weg. »Auf ein Wort?«

»Mitten auf der Straße, du Tölpel?«, blaffte der kleine Mann, der doch so viel Autorität ausstrahlte, und marschierte weiter in Richtung Rathaus. »Deine Deckung wird auffliegen. Das mit dem Milchmädchen war schon verwegen genug!«

Lucas eilte neben ihm her, doch etwas auf Abstand bedacht. Auffliegen, ha! Dann hätte er seine Spitzeltätigkeit wenigstens hinter sich und wäre frei – ja, frei, aus der Fetten Gans geworfen zu werden. Und da waren noch Max und Kathi, alles andere als frei. Das imposante Gebäude des Rathauses kam schon in Sicht, da fiel ihm die rettende Idee ein. »Sagt den Schildwachen, dass sie mich zu einer Befragung reinbringen sollen. Dann können wir in Ruhe reden.«

Eisvogel sah ihn überrascht an, doch sobald sie in Hörweite der Bewaffneten vor dem Rathaus waren, rief er: »He, verhaftet den Kerl hier.«

»Was? Ich hab doch nichts getan!«, rief Lucas – vielleicht eine Spur zu entrüstet, aber schließlich sollte jeder glauben, dass er nicht freiwillig mit dem Lochschöffen redete. Einer der zwei Wachposten kam auch schon angetrabt, während Eisvogel seinen Arm festhielt. Ausgerechnet Konrad Rumpler. Der kehrte gern in der Fetten Gans ein und war nie fern, wo es nach Händeln roch.

»Lucas? Was hast du denn angestellt?«, fragte der Lump.

»Nichts! Ich schwör's.«

»Das wird sich feststellen lassen«, bellte Eisvogel. »Bring ihn ins Verhörzimmer.«

Konrad feixte. »Nicht gleich in die Kapelle?« Wie ein gut abgerichteter Hund packte er Lucas' anderen Arm und zog ihn mit sich.

Dem würde er nächstes Mal ins Bier spucken. Aber ansonsten lief ja alles wie geschmiert. Allmählich wurde er nicht nur zum Verräter, sondern auch zum gewitzten Lügner. Am Eingang zum Loch übergab Konrad ihn einem Knecht und trabte wieder auf seinen Posten. Eisvogel folgte ihnen ins finstere Gemäuer. Essensgeruch lag in der Luft. Lucas' Magen knurrte.

Der Schöffe öffnete eine Tür, doch statt einzutreten, blieb er so abrupt stehen, dass der Knecht fast in ihn hineingerannt wäre. Schließlich fragte Eisvogel: »Was ist hier los?«

»Katharina Schüttin legt gerade ein Geständnis ab.«

Lucas hörte es und konnte es doch nicht glauben. Nein! Was sollte das denn? Wie sollte er Eisvogel nun dazu kriegen, die Beckin wegen der Perlen herzubestellen? Kurz entschlossen drängte er sich am Knecht vorbei und flüsterte dem Schöffen ins Ohr: »Die Beckin hat die Kette.«

Langsam drehte sich der Mann um und hob fragend die Augenbrauen. Lucas nickte. »Es ist so, ich schwör's!« Erst jetzt wagte er einen Blick in den Raum. Kathi saß mit Stromer und einem Schreiber an dem schmalen Tisch und starrte ihn an, sodass er zurückzuckte.

»Verhör abbrechen!«, blaffte Eisvogel. »Wird später weitergeführt.«

»Was? Aber …«, ertönte eine Männerstimme von drinnen.

»Lasst von der Magd ab, Stromer. Wir hören uns jetzt erst mal an, was dieser junge Mann hier zu sagen hat. Vielleicht müssen wir ihn auch vom Nachrichter befragen lassen.« Er trat ein wenig beiseite, damit Stromer Lucas sehen konnte.

Eisvogels hämisches Grinsen hätte ihn unter anderen Umständen das Fürchten gelehrt. Oder meinte er das ernst? Lucas wurde nun doch etwas mulmig.

Da sprang die kleine Kathi auf und zeigte anklagend auf ihn. »Hast du meine Herrin umgebracht, du Lump?« Himmel, das Mädel weinte ja! »Warum? Sie hat doch niemandem was getan!«

So viel zum Geständnis. Er konnte sich ein Lächeln nicht verkneifen. Der Knecht stieß ihn in den Raum, ließ seinen Arm los und stürzte sich auf Kathi. Grob packte er das arme Ding und brachte sie fort.

Eisvogel schlug die Tür zu und schubste ihn auf den Schemel, der noch warm von Kathis Hintern war. »Los, pack aus. Was weißt du?«

Lucas stieß hervor: »Die Perlenkette von der Zahlmeisterin! Die Beckin trägt sie unter ihrer Kleidung. Ich hab eine Perle aus dem Mieder rausblitzen sehen, als sie sich gekratzt hat.« Er grinste.

Stromer beugte sich begierig vor. »Bist du sicher, dass es die Kette der Zahlmeisterin ist?«

»Wie denn? Schaut nicht eine Perle aus wie die andere? Jedenfalls hat sie eine Perlenkette, und da ist so eine Silberspange dran, wie sie der Nachrichter beschrieben hat, die stand zwischen zwei Knöpfen raus, als wär's ein einfaches Schmuckstück.« Er legte eine kleine Pause ein. »Warum trägt sie das Geschmeide versteckt, wenn nicht, weil sie es rechtmäßig nicht haben dürfte?« Langsam redete er sich in Fahrt, aber das konnte ihn Kopf und Kragen kosten, also zügelte er sich.

»Interessant, sehr interessant«, sagte Stromer, während der Schreiber ziemlich gelangweilt dreinblickte. »Aber Katharina Schüttin hat die Tat doch eingestanden.«

Lucas biss die Zähne zusammen. Jetzt bloß nichts Dummes sagen. »Und dann fragt sie mich, ob ich ihre Herrin erschlagen habe?«

»Sie wird die Gelegenheit beim Schopf gepackt haben, als du hereingekommen bist.« Eisvogel nickte langsam. »Doch das rettet sie nicht. Vielleicht hat ihr die Beckin die Kette abgekauft, oder die Weiber haben die Sache gemeinsam gemacht? Jedenfalls sollten wir die Bürgerin zur Befragung bitten. Ganz höflich.« Er stöhnte. »Außerdem müssen wir die peinliche Befragung von Max Leinfelder beim Rat durchsetzen. Harsdörffer könnte Schwierigkeiten machen.«

»Ach was.« Stromer winkte ab. »Der hat ganz andere Sorgen wegen des baldigen Kurfürstentags. Soll schließlich nicht in eine Theologenschlacht zwischen Lutheranern, Calvinisten und Philippisten ausarten. Am Ende müssen wir doch noch die Konkordienformel unterschreiben. Selbst in Nürnberger Buchhandlungen ist das Konkordienbuch, mit dem uns Luthers Lehren aufgezwungen werden sollen, inzwischen zu kaufen.«

»Ja, das kann was werden. Hoffentlich hält sich Magister Schelhammer zurück. Ich hab ihm schon eine finanzielle Anerkennung in Aussicht gestellt.«

Stromer presste die Lippen aufeinander, schüttelte leicht den Kopf und sah dann angelegentlich zu Lucas hinüber. War wohl nicht für seine Ohren bestimmt, was die hohen Herren da redeten. Er bemühte sich um eine unbeteiligte Miene.

»Was machen wir bis zur Ratssitzung?«, fragte Eisvogel, als wäre nichts gewesen.

»Knöpfen wir uns den Leinfelder erneut vor. Vielleicht kann er uns mehr über die Beckin erzählen. Die bestellen wir nachmittags ein.«

Lucas atmete auf. Schien doch alles zu laufen wie geplant. »Und wann bekomme ich meine Belohnung?«

»Belohnung?«, echote Stromer.

Eisvogel machte eine wegwerfende Handbewegung. »Der Bursche ist unser neuer Kundschafter – auf Probe. Hab ihm gesagt, er soll sich umhören wegen des Mordes an der Zahlmeisterin. Wenn er keine Ergebnisse liefert, wird er bald ein stadtbekannter Zuträger sein.«

Der junge Schöffe maß ihn mit angewidertem Blick. »Belohnung, pah! Wenn du sie dir verdient hast«, knurrte er. »Jetzt raus hier, sonst kommst du zur Belohnung in den Stock.«

*

Frantz trieb es schon bald nach Tagesanbruch zum Rathaus. Er würde zwar frühestens nach der Ratssitzung im Loch gebraucht werden, doch interessierte ihn brennend, ob Eisvogel die Beckin zum Verhör holen ließ. Die Strapazen und Aufregungen der letzten Tage durften nicht vergeblich gewesen sein.

Die Schildwachen strafften die Schultern, als sie ihn kommen sahen. »Gut, dass Ihr schon da seid. Könnte viel Arbeit für Euch geben, Meister Frantz«, meinte der eine und grinste. »Jetzt sitzt auch noch der Schankknecht von der Fetten Gans im Loch.«

Lucas saß auch ein? Das hatte ihm gerade noch gefehlt. Wobei mochte er erwischt worden sein? Frantz merkte, dass er den Mann anstierte, und riss sich zusammen. He, war das nicht einer der beiden, die letzte Nacht den Max mit ihrem Mundwerk aus dem Loch heraushauen wollten? »So, so, viel zu tun, meint ihr? Für euch vielleicht auch«, sprach er. »Ein paar Schützen schreien herum, dass sie Max Leinfelder aus dem Loch befreien wollen.«

Der Mann lief rot an. »Was? Unmöglich. Da-das wagen sie nicht. Max ist zwar ein Freund von mir, aber das würde nicht mal ich mich trauen.«

»Dann ist es ja gut. Falls sich hier einige Schützen versammeln, versucht sie zu beruhigen. Ich schätze, der Leinfelder ist bald wieder auf freiem Fuß. Er wird vor allem als Zeuge festgehalten.«

Der Wortführer der beiden wirkte eher überrascht als erfreut. So einer nannte sich Freund? Armer Max. Er ging zum Gefängnistor. Noch verschlossen, also pochte er mit der Faust dagegen.

Schaller öffnete fast sofort. »Meister Frantz! So früh? Hat man Euch gerufen?«

»Nein, aber ich bin neugierig, wie die Sache steht.«

»Oh!«

»Was heißt hier ›oh‹?«

»So hattet Ihr wohl eine Vorahnung«, raunte der Lochwirt.

»Was ist passiert?« Er ging voraus und blieb beim unterirdischen Brunnen, der das Gefängnis mit Frischwasser versorgte, stehen.

»Katharina Schüttin hat gestanden.«

»Oh!«, sagte nun auch er. Verdammt, was bezweckte das dumme Ding damit?

»Und der Leinfelder auch.«

»Nein!« Waren die denn alle von Sinnen? »Die beiden wollen zusammen die Zahlmeisterin umgebracht haben?«

»Nein, jeder allein.«

Da dämmerte ihm einiges. Die verliebte Magd wollte Max schützen, da er ihretwegen hier festsaß ... Und der Gockel wollte natürlich das einzig Ritterliche tun und die holde Maid retten. Was nun?

Schaller trat nah an ihn heran und senkte die Stimme. »Vorhin haben sie einen weiteren Kerl hier angeschleppt.«

»Noch einer, der den Mord gestanden hat?«, fragte Frantz, doch die Ironie war an den Lochwirt verschwendet.

»Nein, eher ein Zeuge, weil er gleich wieder gehen durfte.«

»Das ist ja alles hochinteressant.« Bestimmt war das Lucas gewesen. »Sind die Lochschöffen schon im Rathaus, oder lungern sie noch hier unten herum?«

Jetzt schmunzelte Schaller und blickte an die Decke.

»Gut, dann kann ich mit Kathi reden. Ihr verratet doch nichts?«

»Wenn ich die nächsten Finger kriege, die Ihr abhackt.«

»Abgemacht, aber nur einen.« Dieses unglückselige Pärchen kam ihn langsam teuer zu stehen. Die begehrten Glücksbringer konnte er für viel Geld verkaufen. Er duckte sich in den niederen Gang mit der schiefen Wand und machte sich auf zu Kathis Keuche, um das törichte Ding zur Vernunft zu bringen. Vor ihrer Tür verhielt er den Schritt. Vielleicht war es gar nicht so dumm von ihr gewesen, alles auf sich zu nehmen. Max dagegen sollte sein Geständnis umgehend zurückziehen, sonst blühte ihm am nächsten Richttag der letzte Gang. Das hieß, falls die Beckin nicht überführt wurde. Er ging an Kathis Zelle vorbei und weiter zu der des Schützen.

Der Lochhüter rief ihm hinterher: »He, hier ist die Kathi.«

Frantz drehte sich um: »Ich nehm mir erst den Schützen vor.«

Schaller sah ihn verdutzt an. »Der Mann hat gestanden, Ihr müsst ihn nicht torquieren.«

»Ich weiß. Allerdings hab ich noch ein paar Fragen an den Delinquenten.«

»Ach.« Er blickte hin und her, aber außer Frantz war niemand da, der ihm Anweisungen geben konnte.

»Macht schon auf. Es wird nicht lange dauern.«

Schaller zauderte eine Weile unschlüssig, dann gehorchte er und eilte ihm nach. Frantz nahm die Fackel von der Wand. Sollte der Hüter doch im Finsteren stehen und auf ihn warten; er war sowieso nicht der Hellste.

Max hockte auf der Pritsche, die Ellbogen auf seine Knie gestützt. Bei Frantzens Eintreten hob er den Kopf und starrte ihn entsetzt an. Hatte er dem Burschen gestern solche Angst eingejagt? Er schloss die Tür und setzte sich neben ihn auf die Bank.

*

Max rückte ein Stück ab, ließ den Nachrichter aber nicht aus den Augen. Der Mann war ihm unheimlich seit der Sache in der Folterkammer. »Was führt Euch zu mir?«

»Du musst dein Geständnis widerrufen.«

»Nein«, antwortete er trotzig. »Kathi darf nichts passieren. Nicht mal unter der Folter werde ich meine Aussage zurücknehmen.«

Meister Frantz lachte, dann schüttelte er den Kopf. »Ich hab noch nie jemanden gefoltert, damit er sein Geständnis zurückzieht. Doch angeblich gibt es für alles ein erstes Mal.«

Max schwoll der Hals. »Macht Euch nicht lustig über mich. Es geht um Kathis Leben!«

»Reg dich ab. Du sträubst dein Gefieder wie ein Kampfhahn. Kathi wird nichts passieren. Wir haben noch mindestens ein oder zwei Wochen, und vielleicht hast du sie ja in der einen Nacht tatsächlich geschwängert.«

»Zwei Nächte.« Jetzt musste Max lächeln. Ausnahmsweise wusste der Mann nicht alles.

»Zwei? Die Schallerin hat dich wieder zu ihr gelassen?«

Max nickte nur, zufrieden damit, ihn verblüfft zu haben. Und die Wahrscheinlichkeit, dass Kathi tatsächlich empfangen hatte, war gestiegen.

»Das sind ja Sitten hier.« Meister Frantz kratzte sich den Kopf. »Habt ihr euch bei dieser Gelegenheit abgesprochen? Um den Rat zu verwirren?«

»Was? Wie abgesprochen? Wovon redet Ihr?« Schon war es wieder an ihm, überrascht zu werden.

Meister Frantz wiegte den Kopf hin und her. »Nein, zum Reden habt ihr wohl nicht viel Lust verspürt. Dann weißt du nicht, dass auch Kathi den Mord gestanden hat?«

»Nein!« Das konnte sie unmöglich getan haben. Verflucht! Er schlug den Kopf gegen die Wand. »Oh, Kathi, wieso?«

»Sie glaubt, erst einmal sicher zu sein, und will dich schützen. So stelle ich mir das wenigstens vor.«

Verzweifelt packte Max seinen Arm. »Aber sie muss doch freigelassen werden. Eine Schwangere kann man nicht in so einem Loch verrotten lassen. Ihr müsst etwas unternehmen.«

Der Nachrichter schüttelte ihn ab und stand auf. »Beruhig dich erst mal. Es gibt auch gute Neuigkeiten: Die Beckin hat die Perlenkette der Zahlmeisterin, und die Schöffen wurden davon in Kenntnis gesetzt. Bestimmt wird sie heute noch hergebracht und befragt. Wenn sie keine sehr gute Erklärung für das Geschmeide hat, solltet ihr beide bald auf freiem Fuß sein.«

Max atmete tief durch und hauchte: »Gott sei Dank! Also war's die Beckin, wer hätte das gedacht.« Sollte sie doch hier unten verfaulen. Von ihm aus durfte Meister Frantz ihr jeden Fingernagel einzeln zermalmen. So eine hinterfotzige Ziege! In seine Wut mischte sich unendliche Erleichterung. Dann könnte er zusammen mit Kathi hier rausspazieren! »So ein Glück!« Er grinste, doch Meister Frantz schaute finster drein.

»Glück für euch, aber nicht für die Zahlmeisterin. Ich hab die alte Frau gemocht, auch wenn sie schwierig war.«

Max wollte sich die Zunge abbeißen. »Tut mir leid, so war's nicht gemeint.«

»Schon in Ordnung. Jedenfalls musst du bei nächster Gelegenheit das Geständnis widerrufen, sonst nimmt vielleicht niemand den Verdacht gegen die Beckin ernst, und sie kommt mit irgendeiner fadenscheinigen Begründung davon, während ich dir den Kopf abschlagen muss – und später auch Kathi.«

Max schluckte schwer. Zwar hatte er sich genau dieses Schreckensszenario schon seit seinem Geständnis vorgestellt, doch nun, da wieder Hoffnung bestand, lockte ihn der schnelle, schmerzlose Tod nicht mehr.

»Ich glaub nicht, dass das Weib einfach so reumütig gestehen wird«, drängte der Henker ihn noch einmal. »Deshalb musst du unbedingt widerrufen. Verstanden?«

Max nickte. »Ja. Ich will leben, solange es nicht Kathis Leben kostet. Das dürft Ihr mir glauben.«

»Gut, dann besuche ich jetzt deine Frau und ermuntere sie, noch etwas durchzuhalten.«

»Bitte grüßt sie von mir.« Wie schal und fehl am Platz das unter den Umständen klang.

Doch Meister Frantz lächelte. »Mach ich.«

*

Wieder Schritte, schnelle Schritte, und diesmal wurde die Tür geöffnet. Der Nachrichter trat in Kathis Keuche.

»Verschwindet!« Sie drückte sich an die Wand. »Lasst mich in Ruhe. Ich weiß, was Ihr wollt.«

»Gar nichts weißt du, dummes Ding.« Er schloss die Tür und kam mit der Fackel auf sie zu.

Könnte sie doch nur mit der Wand verschmelzen. Ängstlich wich sie ans andere Ende des Bettes zurück. »Wollt Ihr mich brennen, damit ich mein Geständnis zurückziehe?«

Er stieß ein zischendes Geräusch aus und verzog das Gesicht. »Ich weiß ja, dass du mich schon immer für eine Ausgeburt der Hölle gehalten hast, aber wenn du lebendig verbrannt werden willst, musst du dein Geständnis schon noch etwas ausschmücken. Vielleicht mit einem Schadenszauber, der die Zahlmeisterin mit dem Kopf auf die Hacke fallen ließ. Wär gut, wenn du auch noch mit einem Falschmünzer im Bunde stehen würdest.«

Was redete er da? Sie hatte schon alles gestanden, und verbrannt wollte sie wirklich nicht werden. Er steckte die Fackel in einen Wandhalter, setzte sich auf die Pritsche und legte ihr eine seiner Pranken auf den Mund. Sie versuchte zu schreien. Würde der Henker sie hier und jetzt zu Tode bringen? Der Geruch von Kampfer stieg ihr in die Nase. Der Griff lockerte sich etwas. »Mhhh! Mh mhhh!«

Da flüsterte er nah an ihrem Ohr: »Auch Max, der Trottel, hat gestanden. Ihr bringt euch beide in Teufels Küche, wenn ihr nicht aufhört, euch um den ersten Platz bei der Hinrichtung zu balgen. Verstanden?«

Sie nickte, so gut es möglich war. Eigenartigerweise machte ihr seine Grobheit keine Angst mehr, nicht nach diesen Worten.

»Der Lochwirt oder inzwischen vielleicht ein Knecht steht direkt vor der Tür. Sprecht also nicht zu laut.« Meister Frantz ließ sie los, dann raunte er: »Die Beckin hat die Perlen deiner Herrin. Sie wird gestehen, wenn du und der Max euch nicht länger als Verdächtige vordrängelt.«

»Die Beckin? Aber wie … Aber dann …« Die ehrbare Bürgerin sollte ihre Herrin erschlagen und ihr die Ordnungshüter auf den Hals gehetzt haben? Und doch erklärte das alles. »Wirklich?« Gemocht hatte sie die Frau wegen ihrer herrischen Art sowieso nie. Am Ende hatte sie gar keine Läuse im Haar ihrer Herrin entdeckt, brauchte nur einen Grund, damit die Zahlmeisterin ihre Haube abnahm und die Haare herabließ!

Meister Frantz nickte. »Ich hab das Geschmeide selbst bei ihr gesehen. Nun hab ein wenig Geduld und Vertrauen. Ich hole euch hier schon wieder raus, dich und den Max.«

»Danke«, flüsterte sie. »Dieses Rabenaas hätte zugelassen, dass man mich für ihre Schandtat hinrichtet.«

»Ja.« Er nickte mehrmals, dass die Schatten nur so über sein Gesicht huschten.

Kathi fielen seine Worte von vorhin wieder ein, und sie schluckte. »Ich hab Euch nie …«

»Was?«

»… für eine Ausgeburt der Hölle gehalten.«

Jetzt lächelte er. »Aber für etwas in der Art.«

Beschämt senkte sie den Kopf. »Alle haben Angst vor Euch.«

»Nicht alle. Aber wenn die Aussicht auf eine Begegnung mit mir auch nur einen Verbrecher vor einer üblen Tat zurückschrecken lässt, soll es mir recht sein, wenn die meisten Menschen bei meinem Anblick zusammenzucken.«

Verwundert sah sie ihm in die Augen. Natürlich dienten Henker und ihr blutiges Handwerk der Abschreckung, nur wer wollte so leben, als wandelndes Schreckgespenst der weltlichen Gerichtsbarkeit?

»Übrigens, Max lässt Euch grüßen.«

»Max! Geht es ihm gut?« Beinah hätte sie vergessen, was Meister Frantz anfangs gesagt hatte. »Warum hat er bloß gestanden? Das ist doch viel zu gefährlich.«

»Aus Liebe zu dir.«

Wie weich und melodisch seine Stimme auf einmal klang. Auch er musste wissen, was Liebe ist. Ein Flämmchen des Glücks loderte in

Kathis Brust auf und erlosch angesichts der Gefahr sofort wieder. Sie legte die Hand auf ihren Bauch. »Aber ihn kann doch niemand schützen.«

»Bin ich niemand?« Der Nachrichter schnaubte, erhob sich und schritt, die Fackel ergreifend, zur Tür.

»Verzeiht, so hab ich das nicht gemeint!« Er war doch der Einzige, der ihnen helfen konnte. Kathi wollte ihm nachlaufen, sich zu seinen Füßen auf den Boden werfen und ihn festhalten, doch sie konnte sich vor Schreck nicht rühren.

»Er hält durch, und du musst das auch«, sprach er, ohne sich noch einmal umzudrehen.

*

Die Lochwirtin stand mit dem Rücken zur Tür in ihrer Küche. Frantz betrat den anheimelnd warmen Raum und sank erschöpft auf einen Stuhl.

Die Schallerin wandte sich um. »Ihr seid es! Ich dachte, mein Mann wär reingekommen.« Besorgt musterte sie ihn.

»Wird schon alles«, sagte er. Die Frau war wirklich die gute Seele des Lochs. Ihre mütterliche Art ließ auch ihn die Zeit hier unten besser ertragen. »Macht Euch doch nichts aus, wenn sich ein Unehrlicher hier einen Moment verkriecht und ausruht?«

»Überhaupt nicht, ich kenne kaum einen ehrlicheren Mann als Euch.« Nachdrücklich rührte sie in ihrem Topf, dann schaute sie mit einem verschmitzten Lächeln über ihre Schulter. »Nur jüngst zeigt Ihr auch eine verschlagene Seite.«

»Und Ihr eine Kupplerische, dünkt mich.«

»Pah, angestiftet von Euch! Oh, ich verstehe, das ist kein entspanntes Schwätzchen, sondern ein Verhör.«

Frantz winkte ab. »Ich weiß schon alles, Geständnis ist nicht mehr nötig.«

»Wollt Ihr mir vielleicht etwas gestehen?« Sie stemmte eine Hand auf die Hüfte. »Liegt heute ja anscheinend in der Luft.«

»Würd ich gern, aber wenn mich der Rat beauftragt, Euch peinlich zu befragen, werdet Ihr mich verraten.«

»Hm, das stimmt natürlich.« Sie schürzte die Lippen und nickte, als wäre dies eine reale Möglichkeit.

»Keine Sorge, Schallerin, das wüsste ich zu verhindern. Ich hab auch Max nichts angetan, womit er nicht einverstanden gewesen wäre. Ihr versteht: um den Schein zu wahren. Ich weiß ja, dass er's nicht gewesen sein kann.«

»Oh!« Nun sah sie ihn verblüfft an.

Dieses kleine Wörtchen hatte er heute schon ziemlich oft gehört.

»Aber er hat doch gestanden.« Sie stöhnte. »Ebenso wie Kathi. Was geht hier vor?« Nun klang sie beleidigt.

»Sein Geständnis ist Unfug. Ihres auch. Heut meint jeder, er hätt was zu gestehen, aber glauben tu ich's bislang keinem.«

»Ich hoffe nur, sie sind wirklich unschuldig.«

»Ihr mögt die beiden?«, fragte er überflüssigerweise, vielleicht nur, um sie am Reden zu halten.

Sie nickte. »Sonst hab ich ganz anderes Gelichter hier zu Gast.«

Frantz entfuhr ein Lachen.

Da lächelte die Lochwirtin und fragte: »Wollt Ihr einen Trunk?«

»Danke, aber ich sollte mich lieber umhören, was im Rathaus vor sich geht, und vielleicht dem Magister Krieg einen Besuch abstatten.«

»Im Pfarrhof?« Sie starrte ihn an, als hätte er den Verstand verloren. »Dürft Ihr da rein?«

Er zuckte mit den Schultern. »Letztes Mal hat mich der Diakon selbst reingebeten, aber Ihr habt recht, ich sollte ihn nicht in Verruf bringen.«

Sie legte ein paar Holzscheite unter dem Kessel nach, dann fragte sie: »Soll ich rübergehen und ihn bitten herzukommen?«

Frantz überlegte kurz. Eigentlich wollte er Krieg nur erzählen, wie die Sache stand, doch das hatte keine Eile. Noch war alles unklar. »Nein, lasst gut sein. Ich werd ihm schon bald genug wieder über den Weg laufen. Wie geht es Eurer Magd, ist sie immer noch krank?«

Die Schallerin seufzte. »Ja, aber das Fieber geht langsam zurück. Elender Schafshusten. Da verbringt man seine Tage in diesem Loch, und kaum treibt man sich in der Sonne und an der frischen Luft herum, erwischt es einen.«

»Soll ich nach ihr sehen?«, fragte er, obwohl er eine abschlägige Antwort erwartete.

»Danke, aber das ist nicht nötig. Ihr verschreckt sie nur. Wenn's schlimmer wird, sag ich Euch Bescheid.«

»Gut.« Er erhob sich und verließ das Loch.

Von den Räten war noch keiner zu sehen, also schlenderte er in Richtung Sebalduskirche und umrundete sie einmal. Als er zum zweiten Mal am Pfarrhaus vorbeiging, kam wie gerufen der Diakon heraus.

»Meister Frantz, wie geht es Euch?«

Bestimmt hatte der Mann schon einige Zeit aus dem Fenster gespäht. Neugierig musste er schließlich sein, was seine Schäfchen so trieben. »Bestens, Hochwürden. Habt Ihr Lucas heute schon getroffen?«

»Nein, er lässt mich im Ungewissen, deshalb freue ich mich um so mehr, Euch zu sehen.« Die Hände vor dem Bauch gefaltet wandte Krieg sich Richtung Rathaus, und Frantz schritt neben ihm her.

Er schmunzelte. »Das ist nicht nett von ihm. Dann will ich Euch ins Bild setzen: Die Beckin hat tatsächlich die Kette. Sie muss die Zahlmeisterin erschlagen und die Perlen gestohlen haben.«

»Ah«, entfuhr es dem Diakon. »Das ist doch gut, nicht wahr?«

Frantz nickte. »Lucas sollte heute Morgen Eisvogel Bescheid geben.

Und er ist auch im Loch gesehen worden …« Plötzlich nagten Zweifel an ihm. Was wussten sie schon über den Burschen? Vielleicht hatte er den Schöffen über Frantzens nächtlichen Einbruch informiert – gegen eine schöne Belohnung, versteht sich. Ihm schwindelte. »Ich hoffe, wir können uns auf ihn verlassen, sonst muss ich heute doch noch Max Leinfelder torquieren.« Falls der seinem unbedachtem Rat folgte, das Geständnis zu widerrufen … Verflucht, diese Gefahr hatte er überhaupt nicht bedacht.

»Ich schätze, wir können ihm vertrauen. Das schlechte Gewissen plagt ihn.«

Frantz nickte. »Gestern Nacht musste er mir dann doch helfen und hat seine Sache gut gemacht.«

»Das freut mich zu hören. Ihr seid wirklich bei den Becks eingestiegen?« Kriegs Brauen tanzten vor Belustigung.

Er erlaubte sich ein Lächeln. »Etwas, das ich hoffentlich nie wieder werde tun müssen.« Nun standen sie unschlüssig vor dem Rathaus, dessen Tor immer noch geschlossen war. »Von den Lochschöffen hab ich noch keinen gesehen«, meinte Frantz.

Magister Krieg rieb sich das bärtige Kinn. »Gut, dann gehe ich mal rein, und sehe zu, ob ich etwas aufschnappe.«

»Danke, ich verziehe mich dann wieder ins Loch und harre der Dinge, die da kommen mögen.«

Als der Diakon durch die Tür schritt, bedauerte Frantz zum ersten Mal, dass er außer an Richttagen nichts im Rathaus zu suchen hatte. Und natürlich bei den jährlichen Vereidigungen, aber schön getrennt von ehrbaren Leuten.

Als er sich zum Gefängniseingang wandte, sah er Augustin auf sich zukommen. Erfreut eilte er ihm entgegen. »Danke, alter Freund. Das war ziemlich spannend letzte Nacht.«

Der Löwe grinste. »Was hast du dir nur dabei gedacht, Meister Rotzlöffel?«

Er schnaubte ein Lachen. »Sicher nicht genug.«

»Wahrscheinlich. Ich hab heute Morgen einen kleinen Umweg gemacht und gesehen, dass der Beck seine Tür notdürftig repariert hat.«

»Einfach so? Ohne Anzeige?«

»Hab ihn gefragt, ob das Holz morsch ist. Er meinte ganz unbeeindruckt, da wär der Holzwurm drin, aber weil's bei ihm nichts zu holen gäb, hätt er sich ewig nicht drum gekümmert. Doch in der letzten Nacht hätt sich wohl jemand dran zu schaffen gemacht, aber der Dieb wär von den Nachtarbeitern in die Flucht geschlagen worden, weil die so einen Radau gemacht hätten. Ausnahmsweise wollte er sich nicht beschweren, denn gestohlen ist nichts geworden.« Augustin verzog das Gesicht zu einer Grimasse zwischen Belustigung und Bedauern. »Du wolltest, dass er den Einbruch anzeigt?«

Frantz atmete tief durch. »Das nun nicht grad. Seine Frau ist es, die ich brauch. Ich weiß jetzt, dass sie die Zahlmeisterin erschlagen und ihr die Perlen gestohlen hat.«

»Du hast die Kette im Haus gefunden?«

»Nicht so laut!« Er sah sich um, bemerkte aber niemanden in der Nähe. Trotzdem flüsterte er: »Sie hat sie im Bett getragen. Kannst du dir das vorstellen?«

»Hm, da wird ein Langfinger ungern hingreifen. Und du meinst, sie legt sie gar nicht mehr ab?«

Frantz nickte. »Wenigstens hoffe ich das. Wenn der Rat sie abholen lässt, werden wir es erfahren.«

»Dann muss es ihr Mann auch wissen«, brummte Augustin.

»Nicht unbedingt. Letzte Nacht hat er in der guten Stube auf einer Bank geschlafen. Vielleicht macht er das ja immer.«

*

Lucas schlief, bis der Wirt in seine Kammer polterte und ihn unsanft aus den Federn holte.

»Du nichtsnutziger Tagedieb liegst immer noch im Bett? Unten wartet die Arbeit! Die Mittagsgäste kommen gleich, da brauch ich einen Schankknecht.« Seine verkniffene Miene hatte nichts mit dem freundlichen Gesicht gemein, das er letzte Nacht dem Nachrichter gezeigt hatte.

»Ich steh ja schon auf. Hab ewig nicht einschlafen können.« Dabei hatte er an dem bereits munteren Neubauer vorbei in sein Zimmer schleichen müssen, um überhaupt noch eine Mütze Schlaf zu bekommen.

»Da kann ich doch nichts dafür. Einem Weib kannst du auch nicht die Schuld geben. Wenigstens seh ich hier keins.«

Lucas schwang die Beine aus dem Bett und schob sich an dem Dicken vorbei zur Waschschüssel. »Ich bin ja gleich unten, oder willst du mir beim Scheißen zuschauen?«

Grunzend machte sich sein Brotherr von dannen, und er wusch sich. Wann hatte er überhaupt das letzte Mal gegessen? Kein Wunder, dass sich in seinem Gedärm nichts rührte, aber das musste er dem Alten ja nicht auf die Nase binden.

Als er in die Gaststube eilte, hockten schon ein paar Handwerker und auch zwei Stadtknechte herum. Zum Glück nicht der Michel, der elendige Verräter, der ihm das alles eingebrockt hatte. Dessen Gesicht wollte er heute wirklich nicht sehen. Alle verlangten Bier. Schnell zapfte er und verteilte die Humpen. »Zum Wohl.«

»Ah, Lucas, dich gibt's auch noch«, meinte einer der Stadtknechte.

»Sowieso«, brummte er.

»Wilde Nacht?«

»Und wie.« Er grinste. »Hätte nur in den Armen deiner Frau noch wilder sein können.«

»Ha, du träumst ja. Seit das zweite Kind da ist, ist der Ofen aus.

Hast gehört, dass der Max Leinfelder den Mord an der Zahlmeisterin gestanden hat?«

»Was? Wahrhaftig?« Erst Kathi und jetzt auch noch der Schütze? Dann war die ganze Aktion gestern umsonst gewesen. Aber irgendwie hatte es auch Spaß gemacht, wenigstens im Rückblick.

»Ja, er hat zugeben, dass er die lahme Alte erschlagen hat.«

Da kam eine Gruppe Zimmerleute herein und setzte sich an den langen Tisch. Lucas hätte gern mehr erfahren, aber der Alte würde noch ungemütlicher werden, wenn er nun auch noch die Arbeit verbummelte. Schnell zapfte er einige Krüge Bier und brachte es den Neuankömmlingen.

»Habt ihr schon gehört, dass in der Nacht beim Beck jemand einsteigen wollt?«, fragte ein Geselle.

Ein Lehrbub wusste schon Bescheid. »Das Schloss haben's ihm aus der Tür geschnitten, aber fehlen tut nix.«

Lucas spitzte die Ohren.

»Wahrscheinlich hat der Löwe die Saukerle verscheucht.«

»Vor dem hätt ich auch Angst«, meinte der andere Geselle, und seine Kameraden lachten.

»Aber die Beckin hat ein rechtes G'schrei gemacht, als gäb's bei denen ganz viel zu stehlen. Der Hans hat erst die Tür richten müssen, bevor sie ihn auf die Baustelle lassen hat.«

Der ältere Geselle schüttelte den Kopf. »Wie er's mit der aushält ...«

Lucas merkte, dass er dumm rumstand und Blicke auf sich zog, also flüchtete er zum Ausschank. Nachrichten verbreiteten sich schnell, und glücklicherweise kriegte er hier viel mit. Warum nur hatte der Leinfelder gestanden, wenn doch die Beckin die Kette hatte? Ob Meister Frantz schon davon wusste? Der Lochschöffe hatte sich heute Morgen wenig beeindruckt von Lucas' Erkenntnissen gezeigt. Vielleicht genau deshalb.

*

»Meister Frantz, die Beckin ist hier«, verkündete der Lochhüter.

»Endlich!« Er erhob sich etwas benommen, denn er war im Henkersstüblein kurz weggenickt. Zum Mittagessen war er gar nicht erst nach Hause gegangen und hatte trotzdem kaum etwas von den Schöffen erfahren, außer dass man die Zimmermannsfrau heute noch befragen wollte. Kein Wort, dass Max sein Geständnis zurückgezogen hatte. Wahrscheinlich war noch niemand bei ihm gewesen. Er ging zur Treppe.

»Wo wollt Ihr hin?«, rief Schaller.

»Mir anhören, was das Weib zu sagen hat.«

»Aber das ist doch Sache der Lochschöffen.«

Er nickte müde. »Vielleicht brauchen sie ja einen Leuteschreck.«

»Das geht doch nicht.« Schaller eilte ihm hinterher.

Frantz winkte ab. »Wäre nicht das erste Mal.« Vor dem Verhörzimmer zögerte er dennoch. Er drückte sein Ohr ans Holz, sehr zum Missfallen des Lochhüters.

»Ja, und dann bin ich noch einmal ins Haus zurück, und da war sie tot. Erschlagen«, vernahm er eine Frauenstimme, die nur der Beckin gehören konnte.

Frantz klopfte an.

»Wer stört?«, rief der Schreiber.

Er öffnete und trat ein. Bei seinem Anblick riss die Beckin ihre Augen weit auf.

»Meister Frantz, was wollt Ihr?«, fragte Eisvogel ungehalten.

»Ich sollte die Aussage der Margaretha Beckin mit anhören, falls ich den verhafteten Schützen Max Leinfelder peinlich befragen muss.«

Alle starrten ihn jetzt an. Frantz richtete seinen Blick auf Eisvogel, der den Mund aufsperrte. Immerhin besaß der dicke kleine Ratsherr genügend Verstand, nicht vor der Beckin damit herauszuplatzen, dass Max längst gestanden hatte und daher keine Folter mehr nötig wäre. Es musste ihm auf der Zunge liegen, und doch vertraute er Frantz genug. Der Lochschöffe nickte langsam und wies auf einen Schemel in der Ecke. »Setzt Euch.«

Frantz strich an der Beckin vorbei und spähte auf ihren gefältelten Kragen. Leider war das Gewand hochgeschlossen, und der ausladende Kragen umrahmte den Nacken der Frau bis zum Haaransatz. »Eine schöne Kette tragt Ihr da«, sagte er auf gut Glück.

Sie griff sich sofort an den Hals und nestelte an dem Stoff herum. Dadurch löste sich die Verschnürung, und das gefältelte Leinen, beim Besuch der Stadtknechte wohl in Eile befestigt, rutschte hinab, entblößte den Hals der Frau. Frantz seufzte erleichtert auf: Dort schimmerten matt … »Perlen, so erlesene, wie die Zahlmeisterin sie bei ihrem letzten Besuch bei mir getragen hat.«

Jetzt begriff sie ihren Fehler und versuchte, den Schmuck mit der Hand zu verdecken. »Nein, die sind ganz anders! Das ist meine.«

Frantz setzte sich auf den angewiesenen Schemel. Seine Arbeit war vorerst getan.

Stromer übernahm. »Zeigt uns den Schmuck.«

»Nein! Der gehört mir.« Die Frau funkelte in die Runde, das ebenmäßige Gesicht zu einer Fratze verzogen.

Eisvogel lehnte sich vor und verschränkte die Finger, als läge ihm nichts ferner, als ihr die Kette wegzunehmen. »Natürlich gehört sie Euch, trotzdem würden wir sie gerne sehen. Bestimmt ist sie zu wertvoll, als dass Ihr sie offen tragen dürftet. Nur deshalb verbergt Ihr sie, was ich sehr löblich finde. Bürgerinnen sollen sich nicht wie adlige Pfauen herausputzen.«

Was für ein Fuchs, dachte Frantz und lehnte sich entspannt zurück. Diesmal kam ihm die Verschlagenheit des Ratsherrn gerade recht.

Tatsächlich nickte die Beckin und holte zaghaft die Perlen hervor.

Stromer streckte die Hand danach aus, aber die Frau zuckte zurück. »Ich will nur die hübsche Silberklammer sehen«, sprach er in beruhigendem Ton.

Die Beckin schüttelte den Kopf und legte ihre Hand darüber.

»Meister Frantz«, sagte Eisvogel. »Ihr habt uns die Kette der Zahlmeisterin gut beschrieben. Mich deucht, Margaretha Beckin trägt sie heute. Würdet Ihr einen Blick darauf werfen?«

Genauso gemächlich, wie der Schöffe gesprochen hatte, damit jedes Wort einsank, erhob Frantz sich jetzt und trat die zwei Schritte auf das Weib zu.

»Der Ehrlose soll mir vom Leib bleiben!«, rief sie.

»Dann nehmt Eure Hand weg«, bellte Stromer.

Statt die Anweisung zu befolgen, packte sie die blütenförmige Spange und die Perlenstränge so fest, dass ihre Knöchel weiß hervortraten. »Meine!«

Frantz blickte in die Runde ratloser Gesichter, dann streckte er seine ›zaubermächtigen‹ Hände nach ihr aus. Bestimmt war die Beckin ebenso abergläubisch, wie die Zahlmeisterin es gewesen war, doch wo die eine an die Heilkraft seiner Berührung glaubte, würde die andere eher fürchten, dadurch Schaden zu nehmen. Sobald er ihr nahekam, sprang sie denn auch vom Stuhl auf und rannte zur Tür, wo der Lochknecht sie aufhielt und an beiden Armen packte.

»Er darf mich nicht berühren!«, schrie sie. »Sonst werd ich zum Krüppel wie die Christel. Er wird mir ihr Gift übertragen.«

Das war mal ganz was Neues. Frantz musste sich bemühen, eine ausdruckslose Miene zu bewahren.

Stromer erhob sich. »Der Nachrichter wird Euch mit glühenden Kohlen brennen, wenn Ihr nicht sofort tut, was ich Euch sage.«

»Lieber das als seine Hände.« Sie versuchte, sich aus dem Griff des Knechts zu befreien. Dabei riss die Kette, die sie immer noch nicht loslassen wollte. Perlen kugelten über den Boden.

»Nein«, schluchzte die Beckin und erschlaffte. Das markanteste Stück umklammerte sie allerdings immer noch, die silberne Blume.

Frantz streckte seine offene Hand aus. »Lasst Sie da reinfallen, dann muss ich Euch nicht berühren.« Zu seiner Überraschung tat sie es und sah ihm dabei unverwandt in die Augen. Er senkte den Blick auf die kunstvolle Spange. Eindeutig die Gleiche, wenn nicht dieselbe, wie sie die Zahlmeisterin getragen hatte. Er nickte den Schöffen zu und legte das Beweisstück auf den Tisch.

»Danke, Meister Frantz. Wir brauchen Euch heute nicht mehr.«

»Die Christel hat sie mir gegeben, weil sie ihre Schulden bei mir nicht bezahlen konnte«, flüsterte die Beckin.

Lächelnd verließ Frantz das Zimmer. Wenn die Schöffen nicht die ganze Wahrheit aus ihr herausholen konnten – er würde es gewiss schaffen, vielleicht schon morgen. Und wenn sie solche Angst vor einer Berührung seiner Hände hatte, sollte es noch nicht einmal nötig sein, mit seinen Werkzeugen vor ihrem Gesicht herumzufuchteln. Sie wimmerte nur noch kläglich, als er die Tür hinter sich schloss. Doch die Demut hielt nicht lange an. Er wollte sich gerade fortbegeben, als er ihr Gezeter durch das Holz schallen hörte: »Der Leinfelder hat sie mir verkauft!«

Es traf ihn wie ein Schlag. Dieses Satansweib! Frantz musste alle Willensstärke aufbringen, nicht wieder hineinzustürmen, sie am Hals zu packen und die Wahrheit aus ihr herauszuschütteln.

Draußen stand immer noch der Lochhüter und sah ihn vorwurfsvoll an. »Wärt Ihr bloß nicht reingegangen. Das wird Ärger geben.«

Frantz lehnte sich gegen die Wand. »Keine Sorge, meine Anwesenheit war sehr von Vorteil, Ihr habt keine Vorhaltungen zu befürchten.« Nur Max steckte tiefer im Morast denn je. Es war, als laste ein Fluch auf dem Jungen. Oder auf ihm. Was er auch unternahm, um den beiden zu helfen, er machte es immer nur schlimmer. Zu gern hätte er seinen Kopf gegen die Wand geschlagen, um das Böse auszutreiben, doch das hätte den Schaller nur noch mehr verwirrt.

Stattdessen stieß er sich von der Wand ab und schlurfte zur Treppe. Die kurze Nachtruhe machte sich jetzt wirklich bemerkbar. Seine Gedanken jagten einander im Kreis. Konnte Max doch der Totschläger sein? Oder war die Beckin eine Mörderin der besonders verschlagenen Art? Nur noch raus hier und einen klaren Gedanken fassen!

Auf dem Weg an der Sebalduskirche vorbei zog er den Kopf ein, damit Magister Krieg ihn nicht so leicht erkannte. Was sollte er dem Gottesmann erzählen? Dass wohl alles verloren war? Oder, dass er sich für einen Mörder eingesetzt hatte? Lieber nicht.

Da sprang Lucas aus einer Seitenstraße auf ihn zu. »Meister Frantz!«

Er stöhnte nur.

»Stimmt es, dass der Leinfelder ein Geständnis abgelegt hat?«

Frantz blieb stehen. »Woher weißt du das?«

»Wird in der ganzen Stadt herumgetratscht. So ein Mord, Ihr wisst es, ist von größtem Interesse, vor allem, will man's wissen, wenn der Schuldige verhaftet wurde.«

Er rieb sich über den Bart. »Dann hat es die Beckin vermutlich auch schon gehört, bevor sie ins Rathaus gekommen ist, und konnte ihre Geschichte anpassen.« Oder war ihre Aussage, Max hätte ihr die Kette verkauft, doch die Wahrheit? Er schüttelte den Kopf. Wozu sollte sie dann zuerst behaupten, dass die Zahlmeisterin mit der Kette ihre Schulden beglichen hätte?

»Was hat die Beckin gesagt? Hat sie die Kette getragen?« Lucas sah ihn verwirrt an. »Sagt schon, was los ist. Ich stecke da schließlich auch mit drin.«

»Dann begleite mich.«

Der Bursche lief neben ihm her wie ein Straßenköter, der auf einen Happen zu fressen hoffte, und Frantz erzählte ihm die ganze Misere.

*

Der Riegel wurde zurückgeschoben, ein Geräusch, das Max jedes Mal mehr durch Mark und Bein ging. Er sprang von der Pritsche auf, als sich ein Wächter, den er noch nie gesehen hatte, in sein Blickfeld schob. Seine breiten Schultern füllten den Türrahmen zur Gänze aus. »Die Lochschöffen wollen mit dir reden.«

Endlich! Das war die Gelegenheit, sein Geständnis zu widerrufen. So konnte er vielleicht doch der Hinrichtung entgehen! Seine freudige Erregung bekam einen Dämpfer, als ihm der Wächter Schellen um die Handgelenke legte. Gesenkten Kopfes lief er hinter dem grobschlächtigen Kerl her. Wenn er jetzt alles abstritt, stand ihm die peinliche Befragung bevor, diesmal gewiss ganz offiziell mit Zeugen, sodass Meister Frantz ihn nicht mehr schonen konnte. Die Erinnerung an die gestrige Pein ließ ihn aufstöhnen. Seine Achselhöhle brannte immer noch. Und das war nur ein milder Vorgeschmack gewesen! Warum sollte er sich das antun? Den Nachrichter würde es wohl auch dauern.

Vor dem Verhörzimmer stoppte sein Begleiter, klopfte und öffnete die niedere Pforte. Der kleine Raum wirkte schon beinah vertraut. Wie zuvor saßen die beiden Lochschöffen nebeneinander, der Schreiber am schmalen Ende des Tisches, die Feder gezückt.

Sein Wächter drückte ihn auf den Schemel. Kaum saß er den Räten gegenüber, da rutschten ihm auch schon die Worte raus: »Ich hab die Zahlmeisterin nicht erschlagen. Ich will mein Geständnis zurückziehen.«

Stromer stöhnte und ließ sich gegen die Wand sinken. Eisvogel blinzelte mehrmals, dann fragte er: »Was hast du mit der Kette gemacht?«

»Hä?«

Krachend fuhr die Faust des Schöffen auf den Tisch. Etwas Tinte spritzte aus dem Glasfläschchen, und der Schreiber zog missbilligend die Stirn kraus und funkelte Max an, als sei es seine Schuld. »Die Perlenkette, die du der Zahlmeisterin gestohlen hast.«

Max schüttelte den Kopf, während er fieberhaft überlegte, was er den Schöffen heute Morgen erzählt hatte. Er konnte sich an nichts mehr erinnern, seine eigenen Worte waren aus seinem Gedächtnis wie fortgeblasen. »Nichts. Ich hab sie nie gehabt.«

»Du hast sie der Beckin gegeben, damit sie dich nicht verrät«, sagte Stromer und richtete sich auf. »Doch dann hat sie den Verdacht auf Kathi gelenkt, und das konntest du nicht zulassen. Du wolltest nicht, dass die Frau, die du liebst, an deiner Stelle sterben muss.«

»D-das hat die Beckin ausgesagt?« Max war wie vor den Kopf geschlagen. »Dieses verfluchte Luder!« Er konnte nicht fassen, wie hinterhältig das Weibsstück war. Da dämmerte ihm, dass der Rat Kathi freilassen würde, wenn die Herren glaubten, die Frau hätte sie absichtlich – in böser Absicht – in Verdacht gebracht. Er nickte langsam. »So war es. Die Beckin hat mich gesehen und als Preis für ihr Schweigen die Perlenkette verlangt.«

»Wo hast du die Kette gefunden?«, fragte Eisvogel ganz beiläufig.

»Wie gefunden?« Die hatte doch sicher nicht auf der Straße gelegen. Verwirrt sah er die Räte an.

»Hat die Zahlmeisterin sie um den Hals getragen?«

»Ja sicher, ich musste sie ihr nur über den Kopf ziehen.«

»Womit hast du sie erschlagen?«, fragte Stromer.

Oh verflucht. Er suchte die Wände nach einer Antwort ab, dann räusperte er sich. »Mit dem Schüreisen. Vom Ofen.« Himmel, er wusste nicht mal, wie es bei der Zahlmeisterin ausgesehen hatte. Hoffentlich fragte der Mann nicht weiter.

Eisvogel atmete tief durch, dann machte er eine wegwerfende Handbewegung, und der Wächter zerrte ihn vom Stuhl.

»Bringt uns Katharina Schüttin.«

*

Kathi betete auf Knien das dritte Vaterunser, weil ihr inzwischen die Worte fehlten, um den Herren für sich und Max um Gnade anzuflehen. Das eine, wahre Gebet musste ausreichen. Sie konnte ihr Schicksal nur ganz in Seine Hände legen. Gerade murmelte sie »Dein Wille geschehe«, als wieder der Riegel aufgeschoben wurde.

»Los, die Schöffen wollen mit dir reden«, bellte der grobschlächtige Lochknecht.

Schon wieder ein Verhör? Einen Moment lang meinte Kathi, sie würde freigelassen, weil die Beckin mit der Kette erwischt worden war, doch als sie die finsteren Gesichter der hohen Herren sah, wich jede Hoffnung aus ihrem Herzen.

»Setzt dich. Du bleibst bei deinem Geständnis?«, fragte Eisvogel.

Sie schüttelte den Kopf, und die Schöffen stöhnten.

»Mach den Mund auf«, schnarrte der Schreiber.

»Nein, ich hab meine Herrin nicht getötet. Mir ging es doch gut bei ihr.«

»Warum hast du dann ein falsches Geständnis abgelegt?« Stromer klang der Sache herzlich überdrüssig und auch ein wenig gelangweilt.

»Damit Ihr Max nicht hinrichtet. Ich trage doch ein Kind, und deshalb dürft Ihr mir nichts tun. Erst mal … Ich hab mir gedacht, bis es so weit ist, wird der wahre Mörder schon gefunden.«

Eisvogel knirschte mit den Zähnen. »Glaubt denn hier jeder, er kann dem Rat einen Bären aufbinden? Raus mit der Sprache, und nichts als die Wahrheit: Hat die Zahlmeisterin die Kette an dem Tag getragen, als sie entleibt wurde?«

»Ja, zum Besuch beim Nachrichter, aber zu Hause hab ich sie ihr gleich wieder abgenommen und in die Schatulle gelegt. Es war doch ihr kostbarstes Stück.«

Die beiden Lochschöffen sahen einander an. Einer zog die Augenbrauen hoch, der andere die Schultern. Kathi verstand nicht, was all die seltsamen Fragen bedeuteten, aber es schien, als glaubten sie ihr endlich, dass sie keine Mörderin war. »Die Kette war immer in dem Kästchen in der guten Stube«, fügte sie hinzu, um ihre Hilfsbereitschaft zu beweisen.

Eisvogel wandte sich ihr wieder zu. »Wer hat das gewusst?«

Oh weh. Sie senkte den Kopf und zog die Schultern hoch. »Ich.«

»Und die Beckin?«

»Vielleicht.« Nun wagte sie wieder aufzublicken. »Wenn die Zahlmeisterin es ihr gesagt hat. Ich denke schon, dass sie ihr die Kette mal zu Hause gezeigt hat, stolz, wie sie darauf war.«

»Und Max Leinfelder?«

Ein Kichern entfuhr ihr. »Die Zahlmeisterin hätte doch nie mit einem Schützen geredet oder ihn gar ins Haus gelassen, um ihm ihren Schmuck zu zeigen.« Die Vorstellung war so albern, dass sie noch einmal gluckste. »Entschuldigung. Meine Herrin hat so gar nichts von den Ordnungshütern der Stadt Nürnberg gehalten.«

Der Anflug eines Lächelns zeigte sich in Eisvogels Gesicht. »Du schon?«

Nun stieg ihr die Hitze ins Gesicht. »Wenigstens von einem.«

Stromer schnaubte. »Und dem hast du natürlich von der Kette erzählt und auch, wo sie zu finden war.«

»Nein, aber nein!« Kathi schlug sich die Hände vors Gesicht. Die Schöffen hatten sie reingelegt, wollten, dass sie Max belastete. Sie wischte sich die Tränen aus den brennenden Augen und sah einen nach dem anderen an. »Ich hab doch kaum mal mit Max gesprochen, vor diesem Tag.«

»Hattest ja auch Besseres zu tun«, sagte Stromer. »Dich mit ihm im Stroh zu wälzen und Unzucht zu treiben.«

Beinah hätte Kathi empört protestiert, doch gerade rechtzeitig besann sie sich, dass sie doch schwanger sein sollte und Max sie deswegen geheiratet hatte. »Ja«, hauchte sie. »Wir waren so verliebt.«

Eisvogel fuhr sich mit beiden Händen durch das dunkle, kinnlange Haupthaar, das allerdings im Nacken ganz kurz geschnitten war, wohl weil er wie alle vornehmen Bürger meist einen ausladenden Kragen trug. »Mir reicht's. Hier erzählt doch jeder was anderes. Ich geh nach Hause.«

»Und was soll mit Katharina Schüttin geschehen?«, sprach der Schreiber Kathis dringlichste Frage aus.

»Ha, die kann hier noch eine Nacht logieren. Solche Gäste haben wir doch gern.« Eisvogel bedeutete Stromer mit einem Kopfnicken, ihm nach draußen zu folgen.

Kathi starrte ihnen nach. Logieren? Pah, als wäre das hier ein

Gasthof. Na ja, zu essen bekam sie reichlich. Siedend heiß durchfuhr es sie. »Wer zahlt eigentlich die Atzung für mich?« Hoffentlich müsste sie keinen Berg Schulden abtragen, wenn man sie hier rausließ.

Der Schreiber schmunzelte. »Euer Mann. Das Kostgeld behalten wir gleich von seinem Sold ein.«

Der Konsulent

Freitag, 5. August 1580

Schon den ganzen Morgen lief Frantz in der Wohnung auf und ab und trieb Maria, wie sie mehrfach ausgerufen hatte, in den Wahnsinn. Aber er konnte nicht schon wieder im Lochgefängnis herumlungern, ohne gerufen worden zu sein.

Gerade machte er an der Schlafzimmerwand vor der schweren Holztür kehrt, denn dahinter lag ein Gefängnisturm. In seiner Brückenwohnung reihte sich ein Raum an den anderen – wie die Perlen der Zahlmeisterin auf ihrer Schnur -, doch diese Pforte musste stets von beiden Seiten verriegelt bleiben. Als er wieder einmal sein Behandlungszimmer durchquerte, hörte er ein Klopfen an der Tür im Henkerturm und hätte vor Erleichterung fast einen Luftsprung gemacht. Endlich holte man ihn. Hoffentlich, um die Beckin zu befragen, nicht den Schützen. Maria schrie auf, als er sie an der Tür zur guten Stube beinah umrannte. Da legte er die letzten Schritte langsam zurück und öffnete.

»Wa-?« Er starrte seine Schwägerin Ellena an und konnte doch nicht glauben, dass sie vor ihm stand. Dann rief er seine Frau. »Maria! Deine Schwester will dich sprechen.«

Zu seiner noch größeren Überraschung sagte Ellena: »Nein, Frantz. Ich komme zu dir.« Ihre Mundwinkel zitterten.

Maria kam gelaufen. »Ellena? Du hier?«

Da hielt es die junge Frau nicht länger. Schluchzend sank sie an Marias Schulter. »Jakob geht es gar nicht gut. Er hat Samen gegessen.«

Endlich fing sich Frantz. »Weißt du, was für welche?«

»Ich hab ihn zu einer Bekannten ein paar Häuser weiter geschickt, um Goldregensamen zu pflücken. Die Blüten sind doch so schön. Da hat er …«

Frantz stöhnte auf und rannte los, die Treppe hinunter und aus dem Turm. Diese verfluchten Giftsträucher wurden immer häufiger aus Italien mitgebracht und in Gärten angepflanzt. Hoffentlich hatte sein Neffe nicht zu viele davon geschluckt.

Maria und ihre Schwester eilten ihm hinterher. Ellena überholte ihn, kurz bevor er ihr Haus erreichte, und riss die Tür für ihn auf. »Er ist in der Küche.«

»Wo ist die Küche?«, blaffte er, da er die Wohnung noch nie betreten hatte. Schließlich war er ein Unehrlicher.

Seine Schwägerin wies nach links, und er betrat eine ärmliche Wohnküche. Der Junge, er musste inzwischen wohl fünf Jahre alt sein, hing über einem Eimer und würgte, doch es kam nichts mehr hoch.

»Hast du Fenchelsamen für einen Aufguss?«, fragte er.

»Ja.« Ellena machte sich an die Zubereitung kochenden Wassers, während Maria bei dem Jungen kniete und ihm sanft über die durchgeschwitzten Haare strich. »Hallo Jakob«, sagte sie. »Kennst du mich noch? Ich bin deine Tante Maria.«

Frantz füllte Wasser aus einem Krug in einen Becher und reichte ihn Maria. Sie verstand sofort und hielt ihn den Jungen an den Mund, doch der schüttelte nur den Kopf. Frantzens geübtem Blick entging nicht, wie glasig seine Augen waren.

»Du hast doch den Henker geheiratet …«

Frantz stockte der Atem, doch Maria lächelte und sagte schlicht: »Genau.«

So liebevoll ging sie mit dem Kleinen um. Bald würde sie selbst eine wundervolle Mutter sein, allerdings musste sie strenger werden. Er ging neben seinem Neffen in die Hocke. »Hallo Jakob. Ich bin der Heiler. Trink den ganzen Becher leer.«

»Dann muss ich wieder speien«, maulte er.

»Das sollst du auch.« Nun setzte er das Gefäß an die rissigen Lippen des Jungen und hob es langsam an. Der schluckte brav, bis sein Magen wieder alles herauswürgte. Etwas Blut war im Erbrochenen. »Wie viel Samen hast du denn geknabbert?«

»Zwei«, murmelte er erschöpft. »Schoten.«

Wenn das stimmte, standen seine Aussichten nicht allzu schlecht, doch vorher konnte es ihm noch übler gehen. »Hoffentlich ist dir das eine Lehre, nicht alles in dich hineinzustopfen.« Er legte dem Buben eine Hand auf die Stirn. Kein Fieber. Viel mehr konnte er nicht tun, als ihm reichlich Wasser und Fenchelaufguss einzuflößen, damit er möglichst viel von dem Gift wieder loswurde. Als die Mutter mit warmer Milch zu ihm kam, scheuchte er sie weg. »Nicht bei Vergiftungen.«

»Aber … Milch ist gut für den Magen, und der Aufguss zieht noch.«

»Sonst schon, aber Milch macht Vergiftungen nur schlimmer. Merk dir das.« Angesichts ihrer Blässe fügte er hinzu: »Wird schon wieder.«

Ellena blickte betreten auf den Keramikbecher, dann zum Jungen und setzte sich auf einen Stuhl. Maria gesellte sich zu ihr. »Trink du die Milch. Siehst gar nicht gut aus.«

Ihre Schwester gehorchte und nahm einen Schluck. »Er war erst total aufgekratzt, ist rumgesprungen und wollte gar nicht ins Haus kommen, bis ihm der Mund gebrannt hat und die Magenschmerzen losgegangen sind. Ich hab mir nicht viel dabei gedacht, aber dann hat er gespuckt, und es war Blut dabei. Da hab ich euch geholt.«

»Das war auch gut so.« Frantz verkniff sich einen verächtlichen Blick auf die Milch. Allerdings wusste er auch nur von der schädlichen Wirkung, weil er mitgekriegt hatte, wie ein Medicus aus Italien einem Händler, der gerade frisch eingeführten Goldregen in einen Trog vor seinem Laden pflanzte, davor gewarnt hatte. Die Verabreichung von Milch solle die Symptome eher verschlimmern. Von solchen Vergiftungen hatte er in letzter Zeit immer öfter gehört. Die Leute hatten keinen Respekt vor fremden Pflanzen, und davon kamen immer mehr aus fernen Ländern. Ganze Wagenkolonnen brachten exotische Spezereien in die Freie Reichsstadt. Jakob hing jetzt ziemlich schlaff an seinem Arm. »Der Aufguss sollte inzwischen lange genug gezogen haben«, sagte er in versöhnlichem Ton. Maria litt schon genug darunter, dass sie als Henkerin kaum noch Kontakt zu ihrer Familie hatte, da musste er nicht auch noch grob werden.

Ellena brachte einen dampfenden Becher und blies auf die Oberfläche. »Danke, dass du gleich gekommen bist, Frantz.«

»Natürlich. Irgendwer muss sich doch um kleine Abenteurer und Entdecker kümmern.« Er schüttelte Jakob ein wenig und richtete ihn auf. »Du musst noch mehr trinken, Kleiner«, sagte er sanft.

Als ermutige ihn sein Tonfall zum Protest, schüttelte der Bengel wieder den Kopf. »Will nicht mehr speien.«

»Der Fenchel beruhigt deinen Magen.« Zwar glaubte er nicht recht daran, dass es schon so weit wäre, aber den Buben konnte er überzeugen. Er ließ sich von Ellena das Getränk einflößen.

Nach mehreren Schlucken übergab er sich wieder.

»Mach mal den Mund auf«, sagte Frantz und befühlte seine Mundhöhle, ob sich noch Samenreste darin befanden. Er kratzte etwas aus den Riefen seiner Backenzähne, das verdächtig nach zermahlenen Schalen aussah. »Gut, spül dir den Mund aus. Nicht schlucken.«

Als er es getan hatte, sah er Frantz aus geröteten Augen an, die Pupillen weit. »Danke, Meister Frantz. Bin ich jetzt auch unehrlich?«

Frantz schnaubte ein Lachen. Dem Bürschchen konnte man nichts vormachen, von wegen Heiler. Nahm ihn am Ende seine Mutter mit zu Hinrichtungen? Er sah Ellena an, die seinem Blick verlegen auswich. Zu dem Jungen sagte er: »Nein, dazu gehört schon mehr, als sich von einem Henker heilen zu lassen.« In Flüsterton fügte er hinzu: »Mich holt manchmal sogar einer der Patrizier.«

Der Junge kicherte. »Glaub ich nicht.«

»Mein Neffe nennt mich einen Lügner!«, sagte er in gespielter Entrüstung. »Wo gibt's denn so was?« Er sah zur Mutter. »Halt ihn und gib ihm so viel zu trinken wie möglich. Muskelzuckungen hat er keine gehabt?«

»Nein«, hauchte sie und schlang einen Arm um ihren Sohn.

»Gut. Falls er lahm wird, musst du mich sofort holen oder noch besser von jemandem holen lassen.« Dann könnte er allerdings auch nicht mehr viel für seinen Neffen tun.

Ellena sah ihn unsicher an. »Du nimmst es Jakob doch nicht übel, was er gesagt hat? Dass er dir nicht glaubt?«

Herr im Himmel, wofür hielten ihn die Leute? Er beugte sich zu dem Jungen und sagte: »Ein Henker lügt nur in ganz besonderen Fällen, ein Heiler gar nicht.«

Das pausbäckige Gesicht verzog sich zu einem Grinsen. Nein, sehr schlimm konnte es den Jungen nicht erwischt haben. Verlassen sollte er sich allerdings nicht auf seinen Eindruck. Frantz fuhr dem Buben durch die Haare, dann wischte er sich die nasse Hand am Hemd ab. Er wandte sich zu Maria um. »Vielleicht solltest du hierbleiben, falls es doch noch schlimmer wird, dann kannst du mich holen.«

Sie nickte und lächelte. »Gehst du nach Hause oder doch ins ... Rathaus?« Seine Frau kannte ihn viel zu gut, wusste, dass er keine Ruhe finden würde. Und vor dem Kind wollte sie anscheinend nicht das Gefängnis erwähnen.

»Rathaus«, antwortete er.

Maria kam mit ihm zur Tür. »Viel Glück«, flüsterte sie.

»Wünsche ich dir auch.« Er zwinkerte ihr zu und küsste sie. Es wäre wirklich schön, wenn Maria wieder häufiger ihre Mutter und Geschwister sehen würde, gerade jetzt, wo sie guter Hoffnung sein könnte. Er musste ja nicht dabei sein.

Draußen schien die Sonne, es versprach ein heißer Tag zu werden, aber ein Schwarm Krähen zog über den Himmel, als wäre der Herbst schon nahe. Auf dem Weg zum Loch erinnerte er sich an die Klage der Zahlmeisterin, ihr Mann hätte sie vergiftet. Ihm fiel wirklich kein Kraut ein, das Symptome wie bei einem Schlaganfall hervorrief. Eigentlich endete eine Vergiftung immer mit Atemlähmung und Tod, wenn man sich nicht erholte. Trotzdem sollte er versuchen, mehr über diesen Vorfall zu erfahren. Falls Christoph Zahlmeister auf die Anzeige seiner Frau hin tatsächlich gerichtet worden war, musste es Aufzeichnungen geben. Er könnte auch die Beckin fragen, was sie über die alte Sache wusste – wenn er sie denn endlich befragen dürfte. Falls die beiden Frauen damals schon befreundet waren, wusste sie vielleicht etwas darüber.

Noch bevor das Rathaus in Sicht kam, überlegte er es sich anders, schlug einen Bogen und näherte sich von der Kaiserburg her dem Sebalder Pfarrhof. Vielleicht hatte Krieg mehr erfahren. Jedenfalls drängte es ihn, sich mit dem Magister zu beraten. Auf sein Klopfen hin öffnete sich die schwere Haustür. Die Magd zuckte bei seinem Anblick zusammen. Was auch sonst?

»Guten Morgen«, sagte er in nicht gerade freundlichem Ton. »Ist Magister Krieg zu sprechen?«

Sie rannte davon, als wäre ein Schwarm Bienen hinter ihr her.

Kurz darauf kam der Geistliche selbst zur Tür. »Tatsächlich, Meister Frantz. Tretet ein, wenn Ihr meine Magd schon so erschreckt habt.« Er lächelte.

»Verzeiht, dass ich Euch zu Hause aufsuche.«

»Das Pfarrhaus ist auch meine Amtsstube. Ihr seid hier immer willkommen.«

»Danke.«

Der Magister führte ihn in die gute Stube, wo nun Frantz der Schreck in die Glieder fuhr. Ratskonsulent Herdesian saß am Tisch und erhob sich. »Meister Frantz. Seid gegrüßt.«

Zwar hielt er den Juristen und Theologen für einen anständigen, klugen und besonnenen Mann, allerdings nicht gerade für einen geeigneten Mitverschwörer. »Ich möchte nicht stören«, stieß er hervor.

Krieg wies auf einen Stuhl. »Unsinn, wir warten sowieso auf Magister Heling, um über die strittige Frage des letzten Abendmahls zu disputieren, und bis er kommt, überlegen wir, wie wir Magister Schelhammer beim bevorstehenden Kurfürstentag davon abhalten können, wieder mit den alten Streitereien anzufangen.«

Frantz schmunzelte. Der Sankt Lorenzer Diakon war nicht einfach zu zügeln, wenn ihn der Eifer packte. »Dann will ich Euch nicht von wichtigeren Dingen abhalten. Sicherlich braucht Ihr Eure volle Aufmerksamkeit.«

»Setzt Euch endlich hin«, sagte Krieg. »Wir sind froh um eine Pause. Uns rauchen die Köpfe.«

Frantz gab auf und ließ sich nieder. Wenn der Diakon dem Konsulenten vertraute, sollte er es wohl auch tun. Vielleicht hatte er ihn auch schon eingeweiht, denn Herdesian musterte Frantz neugierig. »Was treibt Euch hierher, der Mord an der Zahlmeisterin?«

»Richtig«, gab er zu. Wie viel durfte er preisgeben? Behutsam tastete er sich vor. »Ich bin überzeugt, Katharina Schüttin hatte nichts damit zu tun. Bei Max Leinfelder bin ich mir nicht so sicher.« Er blickte zu Krieg, der nur die Lippen aufeinanderpresste, also fuhr er fort. »Margaretha Beckin dagegen halte ich für ein heimtückisches Weib. Falls sie den Mord begangen hat, ist sie zudem des Versuchs schuldig, zwei andere Menschen ins Verderben zu reißen, erst Kathi, dann Max.«

Herdesian nickte, wirkte aber vom Schicksal des jungen Paars unbeeindruckt.

Erst angesichts des Rechtsberaters wurde Frantz bewusst, worin für die hohen Herren der größte Frevel bestünde. Nachdrücklich sagte er: »Sie hat den Nürnberger Rat und mich zu Mördern Unschuldiger machen wollen, um selbst ungestraft davonzukommen.«

Jetzt zeigte sich Herdesian wahrlich betroffen, sein Mund klappte auf, doch kam kein Wort aus seiner Kehle. Krieg schenkte ihnen Bier in Zinnbecher und schloss kurz die Augen. Frantz nahm es als Zustimmung für sein Vorgehen.

Da erwachte Herdesians Gesicht wieder zum Leben und zu heiligem Zorn. Seine rechte Hand schien sich in den Eichentisch krallen zu wollen. »Was schlagt Ihr vor?«

»Ich möchte die Beckin peinlich befragen.«

Der Gelehrte entspannte sich, ließ die Hand vom Tisch gleiten und die Schultern sinken. »Ich hätte nie gedacht, diese Worte einmal aus Eurem Mund zu hören. Ihr könnt Euch darauf verlassen, dass ich mich bei der morgigen Sitzung dafür einsetzen werde. Ja.« Herdesian nickte vor sich hin. »Binden, drohen, wehtun.«

Nur mit Mühe konnte Frantz ein zufriedenes Lächeln unterdrücken, denn er hatte befürchtet, der Theologe würde nur binden und drohen gutheißen. Auch wenn das bei der Beckin ausreichen mochte, da sie sich schon vor seiner Berührung geängstigt hatte, wünschte Frantz sich freie Hand. »Danke, ich würd's nicht sagen, sähe ich einen anderen Weg.«

Herdesian wiegte den Kopf hin und her. »Verlasst Euch nicht zu sehr auf meinen Einfluss. Einige der Räte könnten eher dafür sein, den Schützen zu torquieren. Bei einem Kerl haben sie oft weniger Bedenken, und ich bin schließlich nur juristischer Berater. Allerdings sollte Euer Hinweis Wirkung zeigen, dass die Beckin heimtückisch und verschlagen auch noch zwei Unschuldige in Verruf gebracht haben könnte und sich der Gerichtsbarkeit bedienen wollte, um ihren eigenen Kopf aus der Schlinge zu ziehen.« Jetzt lächelte der Mann. »Falls der Rat dieses Affronts noch nicht gewahr ist, sehe ich mich natürlich verpflichtet, eben jenen deutlich herauszustellen.«

»Habt Dank, Magister Herdesian.« Frantz leerte seinen Becher in einem Zug und erhob sich.

*

Als Lucas am Nachmittag mit seiner Arbeit in der Fetten Gans fertig war, strolchte er durch die Straßen Nürnbergs in der Hoffnung, ein paar Neuigkeiten aufzuschnappen. Die Lage für Max und Kathi schien äußerst brenzlig nach allem, was ihm Meister Frantz erzählt hatte, doch ihre Begegnung war schon Stunden her. Da war er nun ein Kundschafter des Rats, aber die wirklich interessanten Dinge, die gingen nach Meinung der hohen Herren nur sie etwas an. Das Volk wurde vor vollendete Tatsachen gestellt, und ob einer, der seinen letzten Gang antrat, schuldig war oder nicht, das wussten sie allein.

Jetzt trieb es ihn zu der Baustelle, von der die Zimmerleute gestern im Wirtshaus gesprochen hatten. Dort sollte auch Hans Beck arbeiten. Schon aus einiger Entfernung hörte er das dumpfere Hämmern auf Holz zwischen den Schlägen, die aus allerlei Schmieden drangen. Das Dach des alten Handwerkerhauses war beim letzten Gewitter halb eingefallen und musste vollständig erneuert werden. Er stellte sich auf die andere Straßenseite, mitten in den Unrat zwischen Straßenpflaster und Haus. Da hatte wohl einer keine Lust, dafür zu bezahlen, dass auch das letzte Stück gepflastert wurde. Durch ein offenes Fenster sah er einen Zirkelschmied bei der Arbeit. Lucas beschattete die Augen mit einer Hand und blickte hinauf zu den Zimmerleuten. Einige der neuen Dachsparren waren schon errichtet. Die Männer befestigten weitere am Firstbalken. Leider hatte er keine Ahnung, wie Hans Beck aussah. Eigentlich wusste er nicht einmal, was er von ihm wollte.

»Was gaffst du so?«, blaffte jemand.

Lucas zuckte zusammen. Ein älterer Zimmermann musterte ihn grimmig, während er und ein Geselle einen Balken von einem Pferdewagen wuchteten.

»Ich wär auch gern Zimmermann geworden«, rief er, weil ihm auf die Schnelle nichts Besseres einfiel.

Der Grimmige grunzte nur, der andere lachte und sagte: »Du arbeitest doch in der Fetten Gans, oder? Hättest halt was Gescheites lernen sollen.«

Ah ja, den Kerl hatte er schon mal gesehen, aber gestern war er nicht dabei gewesen. Lucas überquerte die Straße und folgte den Männern. »Soll ich abladen helfen? Dafür muss man ja nichts gelernt haben.«

»Hast du eine Ahnung«, brummte der Griesgram. Geschickt banden sie ein Seil an den Holzbalken, sodass er über eine Winde hochgezogen werden konnte.

»Aus dem Weg.« Der Alte stieß ihn zur Seite.

Lucas trat in einen Pferdeapfel. Besser als ein Kuhfladen, dachte er aus leidvoller Erfahrung, aber die gab's in der Stadt zum Glück selten, dafür umso mehr Schweinemist. »He, ich will doch nur schauen«, protestierte er. Vom Alter her könnte der Grantlhuber Hans Beck sein, doch wie sollte er ihn zum Reden bringen, noch dazu, wenn ein anderer dabei war. »Soll ich wirklich nicht abladen helfen? Vom Krügestemmen bekommt man kräftige Arme.«

Das entlockte dem Alten endlich ein Grinsen, wenn auch ein spöttisches. »Dann lass den mal übernehmen, Willi.«

Lucas übernahm Willis Platz und packte den nächsten Balken am hinteren Ende, der Alte griff vorn zu. Auf dessen Nicken zogen sie das massive Holz herunter. Das Gewicht überraschte Lucas, aber nur kurz. Bierfässer waren nur wenig leichter, und sie mussten die Last nur ein paar Schritte schleppen. »Dumm, dass ihr den Wagen nicht direkt unter der Winde abstellen könnt.«

»Joah«, sagte der Zimmermann.

»Sieh an, der ist doch kein nasses Handtuch, Friedl«, meinte der jüngere Geselle.

Friedl? Mist, dann war das nicht Hans Beck. »Wie geht's eigentlich dem Hans, jetzt, wo sie seine Frau verhaftet haben?«, platzte er heraus.

»Woher weißt denn du das?«, fragte der Alte.

»Im Wirtshaus haben sie's erzählt.«

»Dem tut's nicht leid um die Metze«, sagte Willi und übernahm wieder die Schlepperei. »Der hat's nie leicht mit ihr gehabt, und wundern würd's ihn auch nicht, wenn sie die Zahlmeisterin erschlagen hätt.«

Lucas spitzte die Ohren. Er würde ja zu gern selbst mit dem Mann reden.

»Die hat ihn hinten und vorn ausgeschmiert«, brummte Friedl.

»Wie denn?«

Willi wollte etwas sagen, aber der Alte schnitt ihm das Wort ab: »Maul halten, das geht so einen Dahergelaufenen nichts an.«

»Genau, schleich dich und halt uns nicht von der Arbeit ab.«

Enttäuscht trollte sich Lucas. Wenn sogar Hans Beck seiner Frau den Mord zutraute und das vor den anderen Zimmermännern aussprach, musste sie es doch gewesen sein. Den sollte der Rat zur Befragung einbestellen, aber darauf waren die hohen Herren bestimmt schon von selbst gekommen. Am Ende verhörten sie ihn gerade jetzt, und deswegen war er gar nicht auf der Baustelle. Da ihm noch einiges an Zeit blieb, bevor er für die Spätschicht wieder in der Fetten Gans sein musste, ging er aufs Geratewohl Richtung Rathaus. Mit etwas Glück erwischte er Eisvogel oder den Nachrichter und könnte seinen Fehler wiedergutmachen, der Max Leinfelder ins Loch gebracht hatte. Hätte er dem Schöffen doch nur nie die heimlichen Hochzeitspläne gesteckt! Wenn seinetwegen ein Unschuldiger stürbe, das könnte er sich nicht verzeihen. Er blickte zu den Türmen der Sebalduskirche hinauf. Ob ihm der Herrgott vergeben würde? Magister Krieg könnte ihm darauf vielleicht Antwort geben, doch Lucas scheute davor zurück, den gelehrten Mann erneut mit seinem Jammer zu behelligen. Er sollte sich lieber noch eine Stunde oder zwei aufs Ohr hauen, bevor der abendliche Trubel im Wirtshaus begann. Trotzdem strich er einmal ums Rathaus herum, ohne jemanden zu sehen, den er mit seinen Fragen und Geschichten über Hans Beck behelligen konnte.

*

Kathi hielt es kaum noch aus: die Dunkelheit, Einsamkeit und Ungewissheit. Warum ließ man sie nicht endlich gehen? Drei Schritte vom Bett zur Tür und zurück. Was geschah mit Max? Hoffentlich hatte auch er sein Geständnis widerrufen. Nicht einmal der Nachrichter hatte sich heute bei ihr blicken lassen, nur die Schallerin war gekommen, um ihr Essen und frisches Wasser zu bringen. Allmählich musste es Zeit fürs Abendessen sein. Ein kleiner Lichtblick. Letzte Nacht hatte Max nicht einmal bei ihr liegen dürfen. Wahrscheinlich, weil sie beide ein Geständnis abgelegt hatten. Was sollte die Lochwirtin da auch von ihnen denken? Die Frau hatte schon genug für sie beide riskiert. Kathi fühlte sich von aller Welt verlassen.

Was würden die Findeleltern und die Schafferinnen von ihr denken, wenn sie von ihrem Schicksal erfuhren? Bestimmt würden sie es als ihre Pflicht ansehen, für ihr Seelenheil zu beten, und sie gar besuchen kommen, doch aus ihrer großen Enttäuschung würden sie gewiss keinen Hehl machen.

Sie ließ sich wieder aufs Bett fallen und lauschte den Geräuschen, die im Gewölbe schaurig widerhallten. War das ein Schrei? Mit klopfendem Herzen setzte sie sich wieder auf. Vielleicht nur eine Ratte. Bilder stiegen in ihr hoch von Ratten, die an ihren Zehen nagten. Sie musste hier raus! Drei Schritte bis zur Tür. Kathi hämmerte kraftlos gegen das Holz, schluchzte. Alles vergebens. Ohne Hoffnung sank sie wieder ins Stroh. Irgendwie hatte sie das Morgenmahl nicht recht vertragen. Ihr Leib krampfte. Sie rieb sich den Bauch. Das konnte doch nicht ihre Monatsblutung sein. Durfte nicht! Zu früh. Und überhaupt. Sie musste doch schwanger sein. Wollte schwanger sein. Von Max. Nur so konnten sie beide freikommen. Sie wälzte sich herum. *Bitte, lieber Gott, lass mich guter Hoffnung sein und rette uns.*

*

Lucas wischte sich den Schweiß von der Stirn. Heiß war's in der Gaststube, und immer wieder liefen ihm Tropfen in die Augen und brannten. Mit jeder Hand packte er drei Humpen Bier und trug sie zum Tisch der Steinmetze. Da ging die Tür schon wieder auf, und weitere Leute drückten herein. Zimmerleute! Die zwei von heute Nachmittag und noch einer, der ebenfalls schon älter war. Was die wohl wollten? Ihm wegen seiner Neugier auf die Schnauze hauen? Während er zum Zapfhahn zurückeilte, behielt er die drei im Auge. Friedl sagte was zu dem Unbekannten und nickte in Lucas' Richtung. Hatten sie Hans Beck mitgebracht? Unschlüssig, ob das gut oder schlecht wäre, zapfte er schnell drei Seidel und brachte sie an den Tisch. »Guten Abend und wohl bekomm's.«

Der Unbekannte musterte ihn aus verschatteten grauen Augen und rieb sich über den Schnauzer. »Du bist Lucas, stimmt's? Friedl meint, du hast heut nach mir gefragt?«

Mist, dem Beck gefiel seine Neugier bestimmt nicht. Er sah sich nach dem Wirt um, doch der verschwand gerade in der Küche. »Gefragt ist zu viel gesagt«, wiegelte er ab. »Gestern waren halt ein paar Zimmerer da, haben darüber geredet. Und jetzt ist auch noch deine Frau verhaftet worden.«

»Was geht's dich an?«

Wieder warf er einen schnellen Blick über die Schulter, ob jemand auf dem Trockenen saß oder der Wirt gleich mit der Mistgabel anrücken könnte, um ihm Beine zu machen. »Nichts geht's mich an. Die Zahlmeisterin ist oft hier vorbeigekommen, wenn sie mit ihrer Magd auf dem Weg ins Henkerhaus war. Und den Schützen, den sie verhaftet haben, kenn ich auch. Deshalb schert's mich, wer die alte Frau umgebracht hat.«

Beck schnaubte. »So alt war die gar nicht, hat nur recht verhutzelt ausgeschaut, weil sie halt ein Krüppel war.«

Friedl nickte. »Früher war das ein schönes Weib. Auf die Zahlmeisterin.« Die drei stießen an und nahmen große Schlucke.

Hans Beck winkte ihn näher und senkte die Stimme. »Bestimmt hat meine Alte sie ums Eck gebracht, wahrscheinlich wegen der Sache mit dem Christoffel. Mit dem wollt sie sich aus dem Staub machen. Wahrscheinlich hat sie ihm sogar das Gift für sein Weib gegeben, aber dann hat der Dummbatz selber das meiste davon gefressen.«

»Was?« Das wurde ja immer abenteuerlicher. Ein Giftmord?

»Hast schon richtig gehört. Der Zahlmeister wollt seine Frau umbringen und wär beinah selbst verreckt, aber er hat schon noch lange genug durchgehalten, dass er anständig hingerichtet werden konnt.«

Warum hatte Meister Frantz ihm nichts davon erzählt? Wenn die Beckin der Zahlmeisterin wegen dieser Sache noch gram war, hatte sie einen guten Grund, sie zu erschlagen. »Wann ist denn das gewesen?«

Beck winkte ab. »Sechs oder sieben Jahre muss es schon her sein.«

Das erklärte es. Damals war Frantz Schmidt noch gar nicht Nachrichter zu Nürnberg. Ob er davon wusste?

»Aber bei der Christel hat sie sich danach schön eingeschmeichelt«, fuhr Beck fort. »Als wären sie schon immer die besten Freundinnen gewesen. Sogar Geld hat sie ihr geliehen, mein schwer verdientes Geld. Na, vergelt's Gott. Am Ende hat das Weib doch ein Gewissen.«

Da stieß ein Ellbogen unsanft gegen Lucas' Rippen. »He, du bist zum Arbeiten da, du Tagedieb.«

Schnell versorgte er die anderen Tische, dann ging er wieder an den Zimmerleuten vorbei. »Noch eine Runde?«

»Freilich«, brummte Beck und packte ihn am Arm. »Und jetzt sag, warum du das alles wissen willst?«

»Gleich, wenn ich's Bier bring«, flüsterte er und befreite sich aus dem Griff. Er brauchte Zeit, um sich was zu überlegen. Bestimmt hatte er sich schon hochgradig verdächtig gemacht. Beziehungen zum Stadtrat durfte er keinesfalls andeuten. Es gab nur eine vertrauenswürdige Person mit Kenntnissen über die Vorgänge im Loch: den Diakon von Sankt Sebald. Doch warum sollte der Magister mit einem wie ihm über solche Dinge sprechen? Das Bier lief viel zu schnell in die Krüge. Verflucht. Was musste er auch wie ein Trampel völlig unvorbereitet auf der Baustelle auftauchen? Allerdings hätte er sonst all das eben nie erfahren.

Da fiel sein Blick auf den dreibeinigen Schemel, den der Wirt für Frantz Schmidt hervorgeholt hatte. Natürlich! Lächelnd brachte er die Humpen an den Tisch der Zimmerer und beugte sich zu Beck. »Letztens war der Nachrichter da. Hier in der Wirtschaft.«

»Was? Meister Frantz?«, flüsterte Beck. Auch die anderen starrten ihn ungläubig an.

Lucas nickte. »Schwere Tage für den Mann. Will keine Unschuldigen richten müssen.«

Drei Köpfe schwangen auf und ab, als hingen sie an Strippen.

»Vielleicht brauchst du ja einen Arzt?«, raunte Lucas, »Falls du dir mit dem Hammer auf den Daumen haust.«

Beck stieß ein verächtliches Schnauben aus. »Ich bin doch kein Lehrbub mehr.«

»Ich mein ja nur, dann könntest du im Henkerhaus vorbeischauen ...«

Der Mann tippte sich an die Schläfe. »Du spinnst doch.«

»Da täten sich die Leut schön das Maul zerreißen, wo doch deine Margreth im Loch sitzt«, stimmte Friedl zu.

»Wird bald finster.« Willi grinste. »Aber ich geh nicht mit.«

*

Frantz blätterte im Feldbuch der Wundarzney, um sich abzulenken, bis Maria mit Strickzeug zu ihm kam.

»Was wollte deine Schwester eigentlich mit den Goldregensamen? Die haben doch gar keinen Garten.«

»Sie in einem Topf ziehen und die Pflanzen dann verkaufen. Ihr Mann verdient ja auch nicht viel.«

»Hm, das könnte ein gutes Geschäft für sie werden. Und für mich.« Er zwinkerte ihr zu.

»Wenigstens geht es Jakob wieder besser. Und ich bin froh, dass Ellena dich geholt hat, nicht irgendeinen Bader.«

»Dem Bub zu trinken geben hätte jeder gekonnt.«

»Vielleicht, aber es ist schön, dass sie dir vertraut und sich nicht gefürchtet hat.«

Er nickte und drückte ihr einen Schmatz auf die Wange. »Ich fühle mich angemessen geehrt.«

Maria stieß ihm den Ellbogen in die Seite. »Ich trenne die warmen Strümpfe für dich gleich wieder auf und stricke mir eine schöne Weste.«

Da legte er einen Arm um sie und drückte sie an sich. »Oder ein Gewand für unser Kind.«

Jetzt lächelte sie. »Dazu hab ich den Winter über genug Zeit.«

»Neue Strümpfe könnte ich allerdings brauchen, bevor der Winter kommt.« Er strich sich über die Kniebundhose, dann streichelte er ihren Bauch. »Andererseits soll der kleine Vitus auch nicht frieren.«

»Und wenn es ein Mädchen wird, soll sie Vitalia heißen?«, fragte sie und zog die Stirn kraus.

»Wenn's ein Mädel wird, darfst du einen Namen aussuchen. Sollen wir sie nach deiner Mutter nennen?«

Sie zuckte die Schultern. »Vielleicht lädt sie uns ja doch mal ein.«

Er legte seinen Kopf auf ihre Schulter. »Du kannst sie allein besuchen.« Seine Schwiegermutter war verständlicherweise nicht gerade glücklich über die Wahl ihrer Tochter, wenn auch froh, sie versorgt zu wissen. Gut versorgt. Solange der Rat ihn nicht zum Teufel jagte …

Sie seufzte. »Alleine mag ich auch nicht.«

Bevor ihm tröstende Worte einfielen, klopfte es. »Ist bestimmt Augustin.« Er stand auf und ging zur Tür.

Als er die Gestalt erkannte, wich Frantz unwillkürlich ein paar Schritte zurück. Wach und aufrecht stehend sah der Mann weit beeindruckender aus als schlafend auf der Bank. Wie hatte er herausgefunden, dass Frantz bei ihm eingestiegen war? Sein Puls raste.

Doch Hans Beck wirkte nicht wie einer, der empört Rechenschaft verlangen wollte. »Meister Frantz. Verzeiht die späte Störung, aber Ihr werdet verstehen …« So wie der Mann herumdruckste, ahnte er wohl nicht, wer sein nächtlicher Besucher gewesen war.

»Braucht Ihr einen Arzt?«, fragte er, obwohl er das bezweifelte.

»Ich bin Hans Beck, Ehemann der Margreth Beck, die im Loch verhaftet ist.«

Endlich erinnerte sich Frantz seiner Manieren, bat den späten Gast herein und wies zum Tisch. »Setzt Euch.«

Maria erhob sich halb, doch dann sah sie ihn fragend an, ob sie gebraucht würde. Er schüttelte den Kopf, und sie verzog sich wortlos.

»Was führt Euch ins Henkerhaus? Wollt Ihr um Gnade für Eure Frau bitten? Dann solltet Ihr Euch an den Rat wenden.«

Beck schüttelte den Kopf. »Keine Gnade für die Mörderin.« Nun sah er ihm direkt in die Augen. »Ich glaube, sie hat's getan. Ihretwegen ist auch der Christoffel hingerichtet worden.«

Jetzt horchte Frantz wirklich auf. »Der Mann der Zahlmeisterin?«

»Genau der. Hat's mit meiner Frau getrieben. Ich hätt sie ihm geschenkt, nur war er ebenfalls verheiratet. Die Christel musste aus dem Weg geschafft werden. Eine Tante von der Margreth ist ein Kräuterweib. Die hat ihr bestimmt das Gift zusammengebraut.«

Frantz unterdrückte ein Stöhnen. Das mit dem Gift passte überhaupt nicht. »Und davon soll sie einen Schlaganfall gekriegt haben?«, fragte er, des Unfugs reichlich überdrüssig.

Zu seiner Überraschung winkte Beck ab. »Ach was, der Schlag hat sie erst ein halbes Jahr danach getroffen, aber sie hat immer gemeint, das wär noch das Gift. Der Christoffel, der Depp, hat mehr davon gefressen als sie. Warum weiß ich auch nicht. Vielleicht wollt mein Weib doch nicht mit ihm weggehen.« Der Mann grinste, doch dann wurde er schlagartig wieder ernst. »Der war monatelang im Loch, bis er gesund genug war, um hingerichtet zu werden. Hat alles gestanden, nur nicht verraten, woher er das Gift bekommen hat.«

Langsam ergab das alles einen grausigen Sinn. »Und warum war Euer Weib so scharf auf die Kette der Zahlmeisterin? Wertvoll ist die natürlich, aber Euch geht es ja nicht so schlecht, dass sie sich aufs Stehlen verlegen müsste.«

»Vielleicht hat der Christoffel sie ihr versprochen? Da müsst Ihr sie schon selber fragen.« Plötzlich schien dem Mann bewusst zu werden, was es bedeutete, wenn Frantz Delinquenten befragte: Schmerzen. Sein Gesicht verdüsterte sich, dann nickte er langsam. »Fragt sie selber, Meister Frantz. Bis sie endlich all ihre Sünden zugibt.«

»Das werd ich«, erwiderte er grimmig. »Vielleicht schon morgen, wenn der Rat zustimmt. Danke für Eure Offenheit.« Frantz fiel das Kindergewand ein, das er im Haus gesehen hatte, doch danach konnte er schlecht fragen. »Warum seid Ihr all die Jahre bei Eurer Frau geblieben, wenn Ihr sie so sehr verachtet?«

Der Adamsapfel des Mannes hüpfte auf und ab. »Weil ich's ihr schuldig war.« Er senkte den Kopf. »Ich hab ihr kein Kind machen können, der Christoffel schon. Wahrscheinlich hätt sie mir den Balg als meins untergeschoben, wenn ich die beiden nicht erwischt hätt. In seinem Haus. Bin ihr nachgeschlichen, als sie angeblich zur Zahlmeisterin wollt, weil ich ja gewusst hab, dass die Christel ihre Schwester in Mögeldorf besucht. Ihn hab ich ordentlich verdroschen, sie hab ich nicht angerührt, weil sie doch das Kind unterm Herzen trug. Hab sie heimgeschleift. Sie hat sich auch nicht groß gewehrt, als würd sie gern wieder mit mir heimgehen, wo doch ihr Bauch allmählich dicker geworden ist.« Seine Stimme brach.

Nun fragte Frantz doch: »Was ist mit dem Kind passiert?«

Er räusperte sich. »Am nächsten Tag erst hab ich sie gefragt, ob das Kind meins ist oder vom Christoffel. Da hat sie mich ausgelacht und gemeint, sie hätt sich einen anderen suchen müssen, weil ich ihr kein Kind hab machen können. Da hab ich ihr ins Gesicht geschlagen, dass sie die Treppe runtergestürzt ist.« Er hob den Kopf und atmete tief durch. »Meinetwegen hat sie das Kind verloren.« Seine Augen glitzerten feucht. »Ich hätt's als mein Eigenes aufgezogen, wenn der Christoffel sie in Ruhe gelassen hätt, sodass ich ihnen nicht auf die Schliche gekommen wär. Aber es wurde nur immer schlimmer mit dem. Wie sie das Balg nicht mehr im Bauch hatte, wollt er, dass sie mit ihm nach Italien geht. Ich hätt sie ziehen lassen, aber ich glaub, die Margreth wollt ihn gar nicht mehr, hat sich nur ein Kind gewünscht, keinen Waschlappen, der sich kaum zu wehren weiß, wenn er vom gehörnten Ehemann verdroschen wird. Für mich war sie wieder eine gute Ehefrau, nur hab ich sie nicht mehr angerührt.«

Frantz wusste nicht, was er zu dieser traurigen Geschichte sagen sollte, verstand jetzt auch, warum der Mann nicht bei seinem Weib schlief. »Ich danke Euch für diese aufrichtigen Worte. Es kann Euch nicht leicht gefallen sein. Wusste die Zahlmeisterin von der Sache?«

Der Mann hob die Schultern und ließ sie langsam wieder sinken. »Ich hab ihr nichts erzählt, aber vielleicht mein Weib. Nachdem der Christoffel hingerichtet worden ist, haben die beiden oft zusammengesteckt.«

Frantz nickte nur, während er die absonderliche Geschichte auf sich wirken ließ.

Beck erhob sich und reichte ihm zum Abschied die Hand. Vor Überraschung brauchte Frantz einen Moment, bevor er sie drückte. Er begleitete ihn zur Tür, doch keiner sprach mehr ein Wort. Als die Schritte des Mannes im Turm verhallt waren, gesellte er sich zu Maria, die in der Küche wartete und ihn neugierig ansah. Niemals könnte er die Hand gegen seine Frau erheben, aber wenn er sich vorstellte, was in Beck vorgegangen sein musste, als er das ganze Ausmaß des Betrugs erfuhr und auch noch verspottet wurde … »Selbst der Mann der Beckin glaubt an ihre Schuld und hat mir noch ein paar interessante Dinge über die Vergiftung der Zahlmeisterin vor einigen Jahren erzählt.«

»Wie? Ist sie tatsächlich von ihrem Mann vergiftet worden?«

»Das erzähle ich dir im Bett.« Er nahm ihre Hand und zog sie mit sich.

»Faulpelz. So früh schon in die Federn?«

»Und wenn mir noch gar nicht nach Schlafen ist? Ich brauche Ablenkung, und da kommst du mir gerade recht, Weib.«

Maria seufzte. »Was man als Frau alles aushalten muss!«

»Hat dich deine Mutter nicht gewarnt?« Er hob sie auf die Arme und durchquerte die angrenzenden Zimmer, bis er sie im Schlafgemach aufs Bett sinken lassen konnte. »Hm, ich glaube, du legst schon an Gewicht zu.«

»Das tu ich doch, seit ich dich geheiratet habe.«

Das stimmte allerdings, und er war stolz auf jedes Pfund. Mager wie eine streunende Katze war sie gewesen. Er legte seinen Kopf auf ihren Bauch und lauschte, aber da war nur gewöhnliches Glucksen zu hören. Behutsam begann er, die Nestelschnürung ihres Kleides zu lösen. »Mal sehen, ob deine Brüste schon schwellen.«

»Oh, verstehe, rein medizinisches Interesse.«

»Was sonst?« Er lächelte und küsste sie.

Licht ins Dunkel

Samstag, 6. August 1580

Kathi erwachte mit noch schlimmeren Krämpfen und spürte die Feuchtigkeit zwischen ihren Beinen. Oh nein! Sie trug kein Kind. Im Finstern fummelte sie ihren Unterrock hervor und riss einen Streifen rund herum ab, um ihn sich zwischen die Beine zu klemmen. Niemand durfte es bemerken, nicht einmal die Schallerin, sonst wäre sie verloren. Unter der Tortur würde sie alles gestehen, das die hohen Herren hören wollten, und wahrscheinlich auch noch Max beschuldigen, nur damit es endlich aufhörte. Was musste sie auch ihre Blutung viel zu früh bekommen? Sogar ihr eigener Körper wandte sich gegen sie, als wäre er ihrer Seele überdrüssig. Oder hatte sie sich nur nicht richtig erinnert, und die Zeit war wirklich schon gekommen? Bevor ihre Herrin erschlagen wurde, war eine Woche wie die andere vergangen. Die Zahlmeisterin … Ob man sie schon beerdigt hatte – ohne dass Kathi hatte dabei sein können? Sie rollte sich auf den Bauch und heulte ihr ganzes Elend ins Stroh.

*

Während oben der Rat tagte, musterte Frantz seine Werkzeuge. Die Zwickzange war arg stumpf, also ging er in die kleine Schmiede neben der Küche und legte sie ins Feuer. Der Schmied kam nur auf Anfrage, und die kriegte er nur, wenn es mehr zu tun gab, also legte Frantz selbst Hand an. Solange er das Teil nicht völlig zuschanden machte, interessierte es niemanden, dass er Handwerksarbeit versah.

Die Schallerin schaute zur Tür herein. »Die Beckin hat sich auch übers Frühstück beschwert, aber alles aufgegessen. Hat wohl Hunger gehabt, weil sie's Abendessen wie ein trotziges Kind an die Wand geschleudert hat.«

Frantz lächelte. »Die scheint es gewohnt zu sein, dass man nach ihrer Pfeife tanzt.« Möglicherweise hoffte Hans Beck darauf, sie endlich loszuwerden, und war deshalb letzte Nacht zu ihm gekommen. Doch der Mann hatte nicht hasserfüllt gewirkt, eher enttäuscht vom Leben.

»Ich tu's nicht«, sprach die Schallerin.

»Und ich werd ihr die Flötentöne schon beibringen. Oben rührt sich noch nichts, oder?«

Sie schüttelte den Kopf. »Der ehrbare Rat hat anscheinend viel zu besprechen.«

Schade, dass die Herren immer den Luftschacht zur Folterkammer zumachten, wenn sie berieten. Zu gern würde er ihnen diesmal lauschen. Frantz schlüpfte in den Handschuh und zog die Zange aus dem Feuer. »Ich bin jedenfalls bereit.« Mit diesen Worten schlug er erst auf die eine Spitze ein, dann auf die andere. Die Funken stoben. Bestimmt brannten sie kleine Löcher ins Hemd. Maria würde sich nicht gerade freuen. Maria … Wahrscheinlich würde sie im Frühjahr ihr erstes Kind gebären. Die Vorstellung erfüllte ihn mit Vorfreude, doch gleichzeitig jagte sie ihm Angst ein. Was für ein Leben konnte er seinen Kindern bieten? Nur das von Unehrlichen. Eine Reihe schreckerfüllter Gesichter zog vor seinem inneren Auge vorbei: das von Kathi, Max, Ellena … Würden seine Kinder ihn ebenso anschauen, wenn ihnen bewusst wurde, welcher Arbeit er nachging? Er schlug wieder auf das glühende Eisen ein. Nicht Schmied noch Zimmermann hätte er werden können. Kein Meister eines ehrlichen Handwerks hätte den Sohn eines Henkers als Lehrling genommen, und daran hatte sich noch nicht viel geändert.

Mit Zorn im Herzen erinnerte er sich daran, wie sein Vater vom

Markgrafen von Brandenburg-Kulmbach dazu gezwungen worden war, drei Waffenschmiede hinzurichten, die der Schandgraf für Verräter hielt. Dabei war Heinrich Schmidt ein ehrlicher Förster und Vogelfänger gewesen. Albrecht Alcibiades hatte kein Recht gehabt, ihn unehrlich zu machen. Damals war Frantz noch nicht geboren, und sein Vater hatte ihm wenig darüber erzählt, nur, dass der Markgraf ihn und noch zwei Unschuldige hätte töten lassen, wenn er sich nicht gefügt hätte. Danach war ihm nicht viel anderes übrig geblieben, außer als Henker zu arbeiten, erst in Hof, dann Bamberg. Irgendwie fühlte es sich für Frantz gut an, jetzt in der Stadt zu leben, die der Markgraf vergebens zu erobern versucht hatte.

Das Eisen wurde zu kalt, also schob er es wieder ins Feuer und starrte in die Flammen. Sein Vater hatte Frantz alles beigebracht, das er können musste, um die Arbeit des Henkers anständig zu verrichten, hatte ihn gelehrt, seiner Arbeit mit Stolz und Respekt nachzugehen, weil sie getan werden musste – und zwar ordentlich. Er sollte seine Familie bald mal wieder besuchen, mit Maria. Dann könnten sie ihnen auch gleich die frohe Kunde über baldigen Nachwuchs mitteilen, auch wenn es noch etwas früh war. Jedenfalls waren sie im Haus seines Vaters immer willkommen.

*

Kathi lag zusammengerollt auf der Pritsche, als die Schallerin das Frühstück brachte, und wagte kaum, sie im Schein der Öllampe anzusehen.

»Geht's dir nicht gut, Kindchen?«, fragte die Frau und stellte eine Schüssel auf die Holzbank, die sich entlang der Wand erstreckte.

»Nein. Ich halte es hier nicht mehr aus.« Vor allem jetzt nicht mehr, da sie jeden Augenblick damit rechnen musste, gefoltert zu werden, sobald ihr Zustand bemerkt wurde.

»Iss erst mal was, dann sieht es schon gleich nicht mehr so düster aus.«

»Hab keinen Hunger.«

»Haferschleimsuppe. Davon wird dir schön warm werden, und du musst doch an dein Kind denken.«

Da brachen die Dämme. Kathi schluchzte auf und heulte.

Die Lochwirtin streichelte ihren Rücken. »Was ist denn mit dir? Liegt es daran, dass der Max nicht mehr zu dir gekommen ist? Es ist zu gefährlich. Wenn wir erwischt werden ... Mein Mann erlaubt es nicht länger.«

»Nein«, stöhnte sie nur, wagte aber nicht, mehr zu sagen, weil sonst die ganze Wahrheit aus ihr herausplatzen mochte.

»Was ist das denn?«

Kathi öffnete die Augen und bemerkte, dass sich der Schein der Lampe herumbewegte. »Was?«

»Blut im Eimer ...«, hauchte die Schallerin. »Hast du ... du hast das

Kind verloren?« Jetzt klang sie betroffen. »Oh, wir hätten dich besser unterbringen müssen, gleich in einen der Frauentürme schicken sollen. Die Lochschöffen waren zu stur.«

Kathi tastete nach ihrer Hand. Die gute Frau sollte sich keine Vorwürfe machen. »Nein. Es ist nur meine Monatsblutung. Ich war nicht schwanger, hab es aber gehofft.«

»Oh. Wie? Ich verstehe nicht.«

»Max und ich. Wir haben keine Unzucht getrieben, bevor ich verhaftet wurde.«

»Aber …? Gütiger Gott!« Die Frau drückte sie fest an sich, dann hauchte sie: »Der Nachrichter, hat er sich das ausgedacht?«

Kathi hörte sie dicht an ihrem Ohr schlucken, dann lösten sich die Arme.

»Ich muss Meister Frantz warnen!« Sie stürmte davon, ließ aber die Öllampe zurück.

Verwirrt setzte sich Kathi auf, warf einen Blick auf die Suppe und nahm die Schüssel in beide Hände, um ihre klammen Finger zu wärmen. Gab es überhaupt noch irgendeine Hoffnung?

*

Gerade als Frantz die glühende Zange wieder aus dem Feuer holte, hörte er Schritte. Der Löwe lief vorbei, ohne ihn zu bemerken.

»He, Augustin!«

Einige Augenblicke später steckte sein Gehilfe den Kopf in die kleine Schmiede. »Mach nichts kaputt, Frantz!«

»Na gut, wenn du darauf bestehst.« Grinsend legte er die Zange zum Abkühlen beiseite. »Tut sich oben schon was?«

Er nickte. »Sitzung ist beendet. Mal schauen, ob wir Arbeit bekommen.«

Solange ihm die Beckin überantwortet wurde, nicht Max, käme Frantz das sehr gelegen. »Dann gehen wir mal lieber, damit sie mich nicht bei unerlaubter Arbeit erwischen.«

Der Löwe stapfte voraus und blieb abrupt stehen, als ihnen zwei Lochknechte mit Max Leinfelder entgegenkamen. Der Bursche trug Handschellen.

»Wo bringt ihr ihn hin?«, fragte Frantz.

»Zum Schöffen Eisvogel«, murmelte einer. »Vielleicht dürfen wir ihn anschließend zu Euch in die Kapelle bringen.«

Frantz wurde übel. Max musste sein Geständnis zurückgezogen haben, auf sein Anraten hin, und nun würde man ihn gewiss torquieren lassen. Darauf könnte er keinen Stolz empfinden. Andererseits war er sich immer noch nicht sicher, ob der Schütze wirklich unschuldig war. Er würde tun, was er tun musste, um die Wahrheit endlich ans Licht zu bringen.

*

Max spürte sein Herz wild in seiner Brust hämmern. Wollten sie ihm schon seinen Richttag mitteilen? Das ging doch sonst nicht so schnell. Oder doch? Was wusste er schon über die Vorgänge im Rathaus? Das betretene Gesicht des Nachrichters machte ihm auch nicht gerade Mut, als er an ihm vorbeigeführt wurde.

Doch statt ihn aus dem Loch hinauf ins Rathaus zu führen, stießen ihn die Knechte unsanft in das kleine Verhörzimmer und drückten ihn auf den Stuhl. Eisvogel, Stromer und der Schreiber saßen an den üblichen Plätzen.

»Du widerrufst jetzt dein Geständnis«, brummte Stromer.

»Was? Wie? Widerrufen?« Max verstand die Welt nicht mehr. Jeden Tag etwas anderes. »Ganz, wie Ihr wünscht. Ich habe die Zahlmeisterin nicht umgebracht.«

Eisvogel lächelte. »Gut so, danke. Dann können wir jetzt eine weitere Verdächtige dem Nachrichter übergeben.«

»Nicht Kathi!« Er sprang auf und wollte dem Schöffen an die Gurgel springen, doch mit den Eisen an den Handgelenken standen seine Aussichten auf Erfolg schlecht. Da packten ihn auch schon die Knechte und drückten ihn wieder auf den Stuhl.

Eisvogel musterte ihn misstrauisch. »Ich hoffe, wir haben uns nicht in dir getäuscht.«

Max hatte keine Ahnung, was der Mann meinte, aber er schüttelte den Kopf. »Tut nur meinem Weib nichts zuleide!«

Der Schreiber schob Max ein Papier zu. »Unterschrift.«

*

Frantz stand mit Augustin vor dem Verhörzimmer. Er konnte jetzt sowieso nichts machen, außer abzuwarten. Da huschte die Schallerin vorbei und flüsterte: »Kathi ist nicht guter Hoffnung.«

Frantz schloss kurz die Augen. Das konnte doch nicht wahr sein! Es hätte doch laut ihrer Aussage noch mindestens eine Woche dauern sollen, bis sie blutete. Er zog an seinem Kragen und lockerte die Nestelschnur ein wenig.

Augustin sah ihn überrascht an. »Du hast doch nicht mit ihr…?«

»Nein!«, bellte Frantz. »Was denkst du von mir. Aber die Möglichkeit einer Schwangerschaft hat sie bisher vor der Folter geschützt.«

»Ach so.« Der Anflug eines Lächelns umspielte seine Mundwinkel. »Sehr geschickt.«

Endlich öffnete sich die Tür zum Verhörzimmer, und Max wurde herausgeschoben. Frantz betete, dass er diesen Tag nicht damit verbringen musste, das junge Paar zu foltern. Der Bursche blickte recht verdutzt drein, aber das musste nicht viel heißen. Jetzt kamen auch die Lochschöffen heraus.

»Meister Frantz«, sprach Stromer. »Der Rat ordnet die peinliche Befragung von Margaretha Beckin an. Bindet sie, droht ihr mit Euren Spielzeugen und tut ihr weh, wenn sie nicht redet.«

Erleichtert nickte Frantz. »Verstanden.«

»Sie wird unverzüglich in die Folterkammer gebracht.«

Frantz blickte den Knechten nach, die Max in Richtung seiner Zelle führten. »Ihr haltet ihn weiter fest?«

Eisvogel antwortete: »Wer weiß, was die Beckin erzählt.«

»Von Giftmord und Totschlag«, murmelte Frantz.

»Was war das?«, fragte Stromer.

»Verzeiht, nur Unsinn. Ich erwarte die Verdächtige.« Schnell ging er in die Folterkammer. Mit beiden Händen gegen die Wand über dem Tischchen mit den Daumenschrauben gestützt wartete er auf die Delinquentin.

Augustin kam herein. »Alles in Ordnung?« Er begann, die Öllampen in der Kapelle zu verteilen und anzuzünden.

Frantz richtete sich auf. »Natürlich, ich überlege nur, womit ich sie am meisten erschrecken kann.«

Schritte im Gang, dann wurde die Beckin, angetan mit weißem Hemd und weißen Socken, unsanft hereingestoßen. Augustin fing sie auf, als sie ins Stolpern kam.

»Danke«, hauchte sie.

Von einem Henkersknecht ließ sich die Frau also bedenkenlos anfassen. Interessant. Drohend baute er sich vor ihr auf, aber die Beckin lächelte ihn an. Ganz langsam streckte er einen Arm nach ihr aus. Da überraschte sie ihn vollends und schmiegte ihre Wange in seine Hand. »Meister Frantz, Ihr werdet mir doch nichts tun.«

Er ließ seinen Arm sinken und starrte sie an. »Wolltet Ihr gestern die Herren Schöffen narren? Ihr wart sehr überzeugend. Nur werde ich heute die Wahrheit aus Euch herausholen. Ihr könntet natürlich gleich gestehen, dann muss ich Euch mein Handwerkszeug nicht vorführen.« Er blickte zu Augustin, der den Weg zum Ausgang versperrte und auf Anweisungen wartete, dann wieder zur Beckin. Das Weib hatte den Mund zu einem dünnen Strich zusammengekniffen.

Frantz blickte zum Loch über der Strappado-Winde und lauschte auf Geräusche der Lochschöffen, die sich in der kleinen Ratsstube über der Kapelle das Verhör anhörten, und des Schreibers, der alles mitschrieb. Hier unten hätten sie sowieso keinen Platz.

»Waltet Eures Amtes, Meister Frantz«, schallte es aus der Öffnung.

Die Beckin zuckte zusammen, blickte sich suchend um, bis sie das Loch entdeckte. Da entspannte sich ihre Haltung wieder.

Frantz schätzte das Weib erneut ab. Nein, mit Drohungen käme er bei ihr nicht weit. Grob zerrte er sie zu den Daumenschrauben, zwang sie auf den Hocker und packte ihre rechte Hand. Dann schob er ihren kleinen Finger unter das Eisen, sodass die Ausbuchtung im oberen Teil der Zwingbacken genau zwischen den beiden Gelenken lag. Sie sträubte sich, wenn auch nur mäßig, doch Augustin kam herbei und hielt ihren Arm fest, während Frantz zudrehte, bis sie den Finger nicht mehr herausziehen konnte. Er blickte ihr in die Augen und wartete, doch sie schüttelte nur den Kopf.

Frantz drehte die Schraube weiter. Ihr Schrei übertönte das Knacken des Knochens. Er löste den Druck, bis sie ihre Hand zurückziehen konnte. Noch ließe sich der Bruch heilen, falls sie unschuldig war. Wenn sie jetzt gestand, bliebe dafür allerdings nicht genug Zeit. Statt auf Fragen der Schöffen zu warten, wollte er sie lieber selbst etwas aus der Fassung bringen. »Ihr habt die Zahlmeisterin erschlagen! Weil Ihr die Kette haben wolltet, oder wart Ihr der Zahlmeisterin noch immer gram wegen der Sache mit dem Christoffel?« Er konnte nur hoffen, dass keiner der Schöffen gegen seine Erwähnung der alten Geschichte protestieren würde.

Sie hob ihren Kopf und starrte Frantz aus weit aufgerissenen Augen an, während sie eine Hand über den gebrochenen Finger legte. »Ihr wisst davon? Wer …?«

Mehr als der Schmerz musste seine Frage ihre Zunge gelöst haben. Er antwortete nicht.

»Die Christel, diese Schwätzerin! Sie hat Euch alles erzählt, wenn sie sich von Euch hat einreiben lassen? Das Miststück konnte ihre Gosche nicht halten.«

Zwar hatte sie ihm noch nichts Neues verraten, doch Frantz hielt es für ratsam, so zu tun, als wüsste er alles. Der Mord an der Zahlmeisterin war dringender als die alte Giftgeschichte. »Warum habt Ihr sie erst nach so vielen Jahren getötet?«, fragte er.

Die Beckin schnaubte. »Ich? Ich hab sie nicht umgebracht. Der Schütz war's.« Sie sah ihn verächtlich an. »Er hat ihr die Kette gestohlen und mir gegeben, um damit mein Schweigen zu erkaufen.«

Frantz packte das Gelenk ihrer unversehrten Hand. »Ihr habt den Mörder Eurer Freundin gedeckt? Oder vielleicht erpresst?« Diesmal schob er den Zeigefinger in den Schraubstock.

»Nein! Hört auf. Ich hatte doch Angst, dass er mich auch umbringt. Meinetwegen dürft Ihr ihm gern den Kopf abschlagen.«

Frantz drehte die Schraube, bis sie kreischte, doch für einen Bruch des Knochens reichte es noch nicht. Er trat einen Schritt zurück. Das dumme Weib versuchte, ihren Finger herauszuziehen, fügte sich dabei noch größere Schmerzen zu, dann erst fasste sie nach der Schraube und drehte selber auf.

Auf ihren wilden, angsterfüllten Blick hin lächelte er ihr aufmunternd zu, bevor er fragte: »Und warum sollte er Euch die Kette aushändigen, für die er gerade gemordet hatte, statt Euch umzubringen?«

»Scheißkerl«, zischte sie. »Er war in Panik, musste verschwinden, bevor ihn jemand entdeckte.«

Frantz befand, es war an der Zeit, ihr selbst etwas vorzugaukeln. Von den Schöffen war weiter kein Ton zu hören. »Ihr habt für Max Leinfelder das Fenster aufgemacht, damit er Euch die Drecksarbeit abnimmt, und das Diebesgut habt Ihr selbst an Euch genommen. Das war bestimmt nicht das erste Mal. Es hat in letzter Zeit zahlreiche ähnliche Fälle von Einbrüchen gegeben. Ihr müsst der Kopf der Einbrecherbande sein.«

Die Beckin schnaubte verächtlich. »Reine Erfindung!«

»Es gibt Hinweise. In Eurer Wohnung mag sich noch mehr Schmuck befinden. Ich bin sicher, die Stadtknechte werden bei einer Durchsuchung feststellen, dass Ihr eine Hehlerin und Diebshure seid, vermutlich die schändliche Anführerin des letzten Dutzends Einbrüche. Denn klug seid Ihr zweifellos.« Da er alles frei erfunden hatte, befürchtete Frantz, Widerspruch aus dem Ratsstübchen zu hören. Gewiss hatte es Diebstähle gegeben, aber vereinzelt und ohne, dass ein bestimmtes Vorgehen bei allen Fällen auf ein und dieselben Täter deutete. Es blieb still.

Nur die Beckin riss den Mund auf, doch Frantz schnitt ihr das Wort ab: »Als Diebshure und Anführerin von Räubern werdet Ihr am Galgen baumeln, Margaretha Beckin.« Jetzt zwang er den Daumen der anderen Hand in den Schraubstock. »Vielleicht droht Euch sogar das Rad. Ganz ehrlich, ich würde es hassen, Euch jeden Knochen einzeln brechen zu müssen. Eine Sauarbeit, da fange ich lieber gleich heut an.«

»Seid Ihr narrisch?« Der Schweiß brach ihr aus allen Poren, und trotz ihres Aufbegehrens konnte sie ein Wimmern nicht unterdrücken. »Ich bin keine … hab nicht … Was redet Ihr da?«

Frantz gab Augustin einen Wink, und der zwang ihren anderen Daumen auch unter die Knochen zermalmenden Backen der Zwinge. Dann drehte Frantz die Schraube gerade fest genug, dass sie die Hände nicht mehr zurückziehen konnte. Sie keuchte vor Entsetzen.

»Sagt uns einfach die Wahrheit, dann habt Ihr's hinter Euch und werdet von mir mit dem Schwert gerichtet. Kurz und schmerzlos«, lockte Frantz.

Die Beckin starrte auf ihre Daumen in der Apparatur, in ihren Augen spiegelte sich die Furcht vor dem kommenden Schmerz. »Nein«, wisperte sie. »Nix hab ich zu gestehen.« Wieder presste sie die Lippen aufeinander, als wolle sie verhindern, dass ihr ein weiteres Wort entschlüpfte.

Verflucht, das Weib hielt mehr aus als mancher Kerl. Das hätte er ihr nicht zugetraut. War sie am Ende gar unschuldig? Nein, durchtrieben war sie. Frantz zog die Schraube noch eine halbe Umdrehung fester, bis ein Stöhnen aus ihrem Mund hervorquoll. Dann griff er nach der Kerze. »Augustin, bring schon mal die Knöchelquetsche, die Beckin wird sowieso mit dem Wagen zum Rabenstein gefahren, da muss sie nicht mehr laufen können. Die Galgenleiter krieg ich sie schon rauf.«

»Nein!«, schrie sie. »Ich bin eine Bürgerin Nürnbergs. Ihr müsst mich mit dem Schwert richten.«

Frantz unterdrückte ein Stöhnen. Die Frau war nicht dumm. »Außer in besonders heimtückischen Fällen«, flunkerte er und führte langsam die Flamme an ihrem bloßen Unterarm entlang.

»Aaahh.« Ihr Ellbogen schnellte so abrupt hoch, dass sie sich beinah selbst den Daumen brach.

Frantz stellte die Kerze weg und suchte ihren trotzigen Blick.

»Das darf der Rat nicht tun!«, keuchte sie.

Frantz lächelte und beugte sich ein kleines Stück zu ihr herunter. »Denkt an Niklas Muffel. Er war nicht nur Bürger, sondern Vorderster Losunger. Wegen Veruntreuung von Steuergeldern musste er dennoch am Galgen baumeln.«

Im Stillen gratulierte Frantz sich zur Wahl dieses berühmten Beispiels. Die Hinrichtung war zwar schon an die hundert Jahre her, hatte sich aber in den Köpfen der Nürnberger festgesetzt und verfehlte nicht die beabsichtigte Wirkung.

Das Gesicht der Beckin verlor jede Farbe. »Nein«, hauchte sie. »Nicht der Galgen! Ich will nicht da oben verfaulen und als Rabenfutter herhalten.«

»Und wie abstoßend Euer hübsches Gesicht dann aussähe, blau und aufgequollen, die Zunge aus dem Mund …« Frantz drehte die Schraube auf.

Sie zog ihre Daumen heraus und schloss gequält die Augen.

»Erzählt, was wirklich passiert ist.« Er nahm die Hand mit dem gebrochenen Finger und befühlte ihn. Ja, ordentlich durchgebrochen. »Das tut jetzt weh.« Er schob die Knochenteile wieder so zusammen, dass sie gerade zusammenwachsen konnten … vielmehr könnten. Die Beckin keuchte nur. Dann fischte er ein grobes Tuch aus seiner Tasche und band es um die Bruchstelle. Nicht etwa, weil er erwartete, die Knochen hätten noch Zeit zu heilen, bevor sie starb, sondern als kleine Geste der Menschlichkeit, damit sie in ihren letzten Tagen nicht mehr leiden musste als nötig.

Die Beckin beobachtete jede seiner Bewegungen, jedoch erst ein mitfühlender Blick von ihm brach ihren Widerstand. »Ich wollte doch nur ein Kind vom Christoffel. Aber er wollte unbedingt mit mir aus Nürnberg weggehen, auch wenn wir ganz von vorn hätten anfangen müssen. Auf Wanderschaft war er in Italien gewesen, und dort wollte er wieder hin. Mit mir – und unserem ungeborenen Kind. Aber vorher musste seine Frau weg, damit er den ganzen Besitz verkaufen und mitnehmen konnte. Die Christel hat wohl was gemerkt, auch dass er bei mir gelegen ist.« Sie kam ins Stocken und warf einen unsicheren Blick zur Ecke, von der die Stimme des Schöffen gedrungen war, dann sah sie Frantz in die Augen. »Die Christel war zehn Jahre älter als ich, schon etwas verwelkt, und sie hatte schon zweimal einen Abgang. Und dann …« Sie schluckte. »Dann hab auch ich mein Kind verloren. Da hat den Christoffel hier nichts mehr gehalten. Vergiften wollt er sie, alles verkaufen und nichts wie weg. Ich hab ihm gesagt, dass ich nicht mitgehe, aber er hat keine Ruhe gegeben, mich überall abgepasst, bis ich ihm das Gift besorgt hab. In die Milch sollt er's mischen, weil man's da nicht so schmeckt. Aber ich hab die Christel gewarnt, wollte ihren Tod nicht auf meinem Gewissen haben.« Sie lachte auf. »Und jetzt ist es doch geschehen. Sie hat die Milch in seinen Brei gemischt und nur zum Essen selbst ein paar Schlucke getrunken. Er hat dagegen zum Bier gegriffen, wusste ja, dass ihm die Milch schlecht bekäme. Na, ihm ging's danach richtig dreckig, was schon Strafe genug gewesen wär, wenn man mich fragt, aber sie hat ihn auch noch anzeigen müssen, obwohl ihr das wenige Gift kaum was anhaben konnte.

Der Christoffel war ein schöner Mann und ein guter Schneider. Wenn der Maß genommen hat, ist es bestimmt vielen Frauen durch und durch gegangen. Ich war sicher nicht die Einzige. Ich wollt eigentlich nur sein Kind, aber er wollt mir was geben, damit ich's verlier. Da hab ich mich gefragt, ob er der Christel nicht auch was gegeben hat, ohne dass sie's gewusst hat, und sie deshalb kein Kind austragen konnt. Als Schneider hat er ja nicht einmal für sie beide genug Geld verdient und musste auch noch als Schweinehirt arbeiten. Nach seiner Hinrichtung haben wir oft über ihn gesprochen, sind Freundinnen geworden, auch weil ... ich sein Kind verloren hab.«

Frantz versuchte, in ihrem Gesicht zu lesen, doch bei ihr war es schwer einzuschätzen, ob sie nicht ein wenig Dichtung in ihre Geschichte mischte. Jedenfalls hatte sie unterschlagen, wer die Schuld daran trug, dass sie ihr Kind verloren hatte, nämlich die Entdeckung ihrer Liebschaft durch ihren Ehemann. Aus Rücksicht auf ihn? Diese Frau stellte ihn vor viele Rätsel, und von denen galt es noch eines zu lüften. »Freundinnen? Wie kam es dann dazu, dass Ihr sie doch erschlagen musstet?« Natürlich musste niemand einen anderen Menschen töten – nicht einmal er selbst – doch dies war der entscheidende Moment, und sie durfte sich gerne als das eigentliche Opfer sehen, wenn es half, die Wahrheit zu erzählen.

Die Beckin wirkte erschöpft. »An dem Tag hab ich ihr die Läuse aus den Haaren gezupft, weil die Kathi sich da immer so blöd anstellt. Die Christel war ja halb lahm, aber das wisst Ihr besser als ich. Der Herrgott hat sie gestraft, weil sie ihren Christoffel dem Henker ausgeliefert hat. Ich versteh selber nicht, warum ich ihr immer wieder geholfen hab. Geld hab ich ihr auch geliehen, wenn's mal wieder knapp war.« Tränen standen jetzt in ihren Augen.

Auch Kathi und Hans Beck hatten von den Schulden und der seltsamen Freundschaft erzählt. Allmählich fügten sich die verschiedenen Geschichten zu einem stimmigen Bild zusammen. »Wieso habt Ihr sie erschlagen? Hat die Zahlmeisterin etwas gesagt, das Euch gegen sie aufgebracht hat?«

Sie schniefte. »Ich wollte ihr mal wieder die Kette abkaufen, hätte ihr die Schulden erlassen und noch zehn Gulden dazugegeben. Da sagt sie wie schon oft: ›Das ist das Einzige, was mir von meinem Christoffel geblieben ist, Gott hab ihn selig.‹ Und dann keift sie: ›Auch wenn er ein Hurenbock war, kriegst du Metze diese Perlen niemals!‹ Da hab ich gemerkt, dass es die Christel nie ernst gemeint hat mit unserer Freundschaft.« Sie schniefte. »Ausgenutzt hat sie meine Gutmütigkeit. Ich hab die kleine Hacke gepackt, die auf dem Fenstersims lag, hab zugeschlagen und mir die Kette geschnappt.«

Endlich! Frantz atmete tief durch. Sollte er nachbohren, warum sie absichtlich den Verdacht auf Kathi gelenkt hatte? Nein, das würde sie nur verschrecken. Die ganze Heimtücke ihres Verhaltens konnte Eisvogel aus ihr herauskitzeln, falls er Grund für eine besonders harte Strafe suchte. Er sah zur Öffnung hinauf. »Weitere Fragen?«

Da umklammerte die Beckin mit ihrer Linken seine Hand. »Wartet. Ich wollte nicht, dass die Kathi oder der Schütze sterben. Das müsst Ihr mir glauben. In meiner Angst hab ich mir nur nicht anders zu helfen gewusst. Ich hab mich unter der Stiege versteckt und überlegt, was ich tun sollte. Irgendwann ist das Mädel in die gute Stube gegangen. Ich wollte abhauen, war schon halb zur Tür draußen, als sie in den Gang gestolpert ist, mit dem Messer in der Hand. Da kam mir die Idee, sie zu beschuldigen ...«

Wie hatte sie seine Gedanken erraten? Die Frau war gut. Er setzte eine betrübte Miene auf und nickte langsam. »Nur allzu menschlich.«

Ein Räuspern drang aus dem Luftschacht. »Vielen Dank, Meister Frantz, wir übernehmen.«

Da die Beckin ihn immer noch nicht losließ, fasste Frantz sie am Ellbogen und half ihr auf. Dabei drückte sie sich eng an ihn, was Frantz mehr als unangenehm war. Augustins Blick zeigte sein Erstaunen. Solche Anhänglichkeit einer Inquisitin war in der Tat äußerst ungewöhnlich. »Ihr seid bereit, ein volles Geständnis abzulegen?«, fragte Frantz.

Sie nickte. »Versprecht mir, ich werd nicht am Galgen baumeln!«

»Das kann ich nicht. Die Entscheidung muss der gesamte Rat treffen, nach Anhörung der Konsulenten.«

Zu seiner Bestürzung hakte sich die Beckin auch noch bei ihm unter und schritt hoch erhobenen Hauptes mit ihm die Stufen hinauf zur Tür, wo er sie dem Lochknecht übergab, froh, sie endlich los zu sein. »Die arme Sünderin ist geständig.«

Auch Frantz trat hinaus in den Gang. Stromer und der Schreiber warteten schon am Ende. Nur Eisvogel trat an ihn heran, nachdem Knecht und Sünderin an ihm vorbei waren, und flüsterte: »Ihr seid ein Fuchs. Woher wusstet Ihr von der alten Geschichte?«

»Nur ein Verdacht. Die Zahlmeisterin hat mir öfter von einem Giftanschlag erzählt, aber ich hab nicht gewusst, dass die Beckin tatsächlich etwas damit zu tun hatte.«

Der Schöffe grinste. »Ich kann noch von Euch lernen.« Damit eilte er von dannen, und Frantz fürchtete nicht mehr um seine Anstellung.

Die Hinrichtung des Weibes würde eine anmutige Vorstellung abgeben, wenn sie diese Haltung bewahrte. Die Beckin als reuige Sünderin, die einen schändlichen Mord beging im Andenken an den Mann, den sie einst liebte – wenigstens genug, um sich von ihm ein Kind machen zu lassen. Bestimmt würde sie ganz stillhalten, wenn sie vor ihm saß oder gar kniete, das Haupt hoch erhoben, in ihren letzten Momenten Reue und Würde ausstrahlend. Zucken würde sie gewiss nicht. So etwas gefiel den Nürnbergern, und die Beckin würde sie sicher nicht enttäuschen.

»Hast du ihr das alles abgekauft?«, fragte Augustin.

Frantz schnaubte. »Nein. Natürlich hat sie ihre Haut retten wollen, indem sie Kathi oder Max auf den Richtplatz schickt, oder gar beide. Gezwickt hätt sie ihr Gewissen darob nicht, glaub mir.«

»Warum warst du dann so nett zu ihr?«

»Damit sie vor den Schöffen endlich das Maul aufmacht. Sonst müsste ich am Ende noch die beiden Unschuldslämmer torquieren.«

Augustin nickte ihm anerkennend zu. »Ich kann mich noch gut erinnern, wie der Zahlmeister monatelang eingesperrt war, weil er so krank gewesen ist, dass er trotz Geständnis nicht hat gerichtet werden können.«

»Stimmt, du warst ja zu der Zeit schon Henkersknecht. Warum hat sich damals eigentlich niemand für die Beckin interessiert?«

Augustin zog die Schultern hoch. »Von einer Geliebten war nie die Rede. Der Christoffel hat die Urgicht aus freien Stücken abgelegt und keine Komplizin genannt.«

»Hm, vielleicht hat er nie geahnt, dass die Beckin seine Frau gewarnt hat – wenn das denn stimmt. Er wird an ein Versehen und göttliche Gerechtigkeit geglaubt haben. Na, bald sind alle drei tot, und der Herrgott weiß, wer wem was ins Essen gemischt hat.« Oder wollte die Beckin den allzu anhänglich gewordenen Liebhaber loswerden und hatte deshalb seine Frau vor dem Gift gewarnt, sie gar auf die Idee gebracht, ihm die vergiftete Milch ins Essen zu kippen. Hans Beck jedenfalls glaubte, dass sie lieber bei ihm bleiben wollte, statt mit einem Schneider loszuziehen, der sich von ihrem Mann hatte verprügeln lassen und mit Schweinehüten seinen Lebensunterhalt bestreiten musste. Seine Gedanken schweiften zum kleinen Jakob. Wenigstens war der Bengel wieder von der Vergiftung genesen. Seine Schwägerin hatte sogar noch einmal das Henkerhaus betreten, um sich zu bedanken.

*

Stunden mussten vergangen sein, als Max wieder aus der Keuche geholt wurde. Er wagte kaum zu hoffen, dass man ihn freilassen würde, doch der Knecht legte ihm keine Eisen um die Handgelenke. »Die Schöffen haben jetzt Zeit für dich«, brummte der Mann und ging voraus, als läge Max nichts ferner, als ihn zu überwältigen und zu fliehen. Sollte er … Nein, der Mann sah kräftig aus, und Kathi würde es auch nicht helfen.

Eilig folgte er ihm durch die Gänge, die ihm diesmal weniger düster erschienen. Oder war seine Hoffnung trügerisch? Dass man ihn aufgefordert hatte, sein Geständnis zu widerrufen, musste doch ein gutes Zeichen sein. Trotzdem kostete es ihn Mühe, über die Schwelle des Verhörzimmers zu treten, wo ihn Stromer, Eisvogel und der Schreiber schon erwarteten – und Kathi. Er traute seinen Augen kaum.

»Max!« Sein Weib sprang von dem Stuhl auf, den er sonst immer bei seinen Besuchen hier besetzt hatte.

Ohne nachzudenken, schloss er sie in die Arme, wollte ihren warmen, weichen Körper nie mehr loslassen. »Kathi. Geht's dir gut? Haben sie dir was getan?«

»Nein, mir ist kein Leid geschehen.«

Warum spürte er dann ihre Tränen auf seiner Wange?

»Maximilian Leinfelder«, sprach Eisvogel. »Willst du deine Ehe mit Katharina Schüttin gleich registrieren lassen, da dieses Trauerspiel jetzt ein Ende findet?«

Trauerspiel? Ein eisiger Schauer lief ihm über den Rücken. Er sah Kathi erschrocken an. Sollte sie doch hingerichtet werden? Nein, sie lächelte und wischte sich die Augen.

Max nickte den Schöffen zu. »Ja, bitte.«

Der Schreiber räusperte sich. »Eine Kleinigkeit wär da noch: Als Schütze darfst du keinen eigenen Hausstand gründen.«

»Oh.« Daran hatte er noch gar nicht gedacht. Schließlich hatten sie in den letzten Tagen dringendere Probleme zu gewärtigen gehabt.

»Im Schützenhaus kann sie natürlich nicht mit dir wohnen.«

Wohnen, gemeinsam? Allmählich glaubte Max, dass sie tatsächlich freigelassen werden sollten. Alle beide. Und gleich das nächste Elend! »Ihr werdet mich aus dem Dienst entlassen?« Aber manche verheiratete Schützen durften doch …

»Als Schütze können wir dich nicht mehr brauchen. Willst du stattdessen Stadtknecht werden?«

Max strahlte ihn an. »Von Herzen gern.« Mehr Geld, mehr Ehre, eigene Wohnung. Er schlang einen Arm um seine Frau und drückte sie an sich.

Stromer senkte den Kopf und fügte leise hinzu: »Das sind wir euch wohl schuldig.«

Eisvogel schnaubte. »Von wegen. Ihr beide habt uns ganz schön an der Nase herumgeführt. Und für dieses Schurkenstück werdet ihr nun auch noch belohnt, pah! Ich würd ja meinen, ihr habt nichts als eure gerechte Strafe gekriegt.«

Max wagte nicht zu protestieren. Was waren ein paar Tage im Loch, wenn dabei eine Ehefrau und Beförderung heraussprangen? Vergeblich kämpfte er gegen ein Grinsen an. »Ich bin also frei?«, vergewisserte er sich. »Und Kathi auch?«

»Ihr könnt gehen, wenn ihr vorher die Urfehde schwört.«

Das ließ er sich nicht zweimal sagen. »Ich schwöre, auf Fehde für das mir und Kathi angetane Unrecht zu verzichten.« Seine Brust schwoll vor Glück, als er ihre Hand nahm und ihr zunickte.

»Ich auch«, stieß sie schüchtern hervor. Als Max sie mit dem Ellbogen anstieß, sprach sie: »Ich ... ich verzichte auf Fehde, hohe Herren.« Dann drückte sie seine Hand und zog ihn zur Tür.

»Halt!«, rief der Schreiber. »Zwei Unterschriften.«

*

Kathi tapste neben Max her, schwindlig vor Glück, lauschte aber auf die Geräusche in den unterirdischen Gewölben. Insgeheim erwartete sie, zurückgerufen und wieder eingesperrt zu werden. Bei dem Brunnen nahe des Ausgangs stand die Schallerin. Als sie ihrer ansichtig wurde, ließ sie den Schürzenzipfel fahren, den sie geknetet hatte, und rief: »Ihr dürft endlich gehen?«

Da ließ Kathi Maxens Hand los, lief zu ihr und warf sich in die ausgebreiteten Arme. »Danke! Danke, für alles. Ohne Euch wäre ich hier schier verzweifelt.«

»Und ohne deinen jungen Mann da«, sagte sie und kicherte wie ein kleines Mädchen.

Als sie die Schallerin losließ, liefen Kathi Tränen übers Gesicht. Freudentränen. »Darf ich Euch besuchen?«

»Natürlich, wenn es dir nicht zu sehr davor graut, hierher zurückzukehren.«

»Nicht, wenn ich Euer Gesicht sehe.« Die Frau war wie eine Mutter zu ihr.

Max legte wieder den Arm um ihre Schulter, und sie fühlte sich geborgen wie nie, umgeben von den liebsten Menschen der Welt. Noch vor einer Woche hätte sie nie damit gerechnet, einmal so glücklich zu sein. Sie, die elternlose Magd, verheiratet, Frau eines Stadtknechts gar! Da fiel ihr der Mann ein, der all das zuwege gebracht hatte. »Ist der Nachrichter nicht hier?«

Die Schallerin seufzte. »Nein, er hatte heute einen anstrengenden Tag und ist schon gegangen in der Gewissheit, dass alles gut wird. Nur ich Kleingläubige hab noch um euch gebangt.«

»Die Beckin?«, fragte Max.

»Ja, sie hat gestanden.«

Kathi bekam Gänsehaut. Was musste Meister Frantz ihr angetan haben, um aus dem biestigen Weib die Wahrheit herauszuholen?

Die Schallerin streichelte ihren Arm. »Der Leichnam der Zahlmeisterin kann jetzt auch bestattet werden.«

»Oh, das ist gut. Dann kann ich wenigstens zu ihrer Beerdigung gehen und Abschied nehmen.« Kathi wollte lieber nicht fragen, wo man ihre Herrin die ganze Zeit aufbewahrt hatte. »Lass uns gehen, Max. Ich will frische Luft atmen.« Zur Schallerin gewandt, fügte sie hinzu.

»Bis bald.«

Die Lochwirtin öffnete ihnen die schwere Tür. »Viel Glück euch beiden.«

»Danke«, sagte Max. »Euch auch alles Gute.«

Kathi blinzelte im Sonnenschein. Wie hell die Welt doch sein konnte! Sie drehte sich herum und schlang die Arme um Maxens Hals. »Ich liebe dich, mein tapferer Stadtknecht.«

»Ich liebe dich, meine tapfere Maid.« Er umarmte sie.

Da schoss ihr eine Frage durch den Kopf. Sie schnappte nach Luft. »Wo sollen wir denn jetzt bleiben?«

»Oh!« Max sah sich um. »In meine Kammer können wir nicht, und Dienstwohnung hab ich noch keine.«

»Im Haus der Zahlmeisterin dürfen wir bestimmt auch nicht wohnen.« Sie schlug die Augen nieder. »Aber Platz für ein Kind brauchen wir noch nicht.«

Überrascht blieb er stehen. »Wie …? Ach so. Auch gut, dann können wir vielleicht erst mal etwas Geld sparen. Kinder kommen schon von ganz allein, und sie sind teuer.«

Kathi nickte. Geld sparen. Was für ein seltsamer Gedanke!

*

Eigentlich wartete Lucas auf Eisvogel, um nach dem Schicksal der Verhafteten und seiner Belohnung zu fragen, da sah er die beiden vor dem Loch stehen. Kathi war ganz schön blass, aber anscheinend wohlauf, und Max war bei ihr. Weil sie sich etwas ratlos umsahen, fasste sich Lucas ein Herz und trat zu den beiden, die er so in Schwierigkeiten gebracht hatte. Wahrscheinlich wussten sie nicht, wohin. »He, der Nachrichter schickt mich, weil ihr bestimmt eine Bleibe braucht.«

Die beiden fuhren herum. Max besann sich zuerst. »Du arbeitest doch in der Fetten Gans.«

»Genau. Und wir haben ja auch Gästezimmer. Der Wirt hat sicher nichts dagegen, wenn ihr euch für ein paar Tage in einem davon einquartiert, aber dann müsst ihr was Eigenes finden.«

»Wirklich?«, fragte Kathi und schüttelte den Kopf. »Die Fette Gans. Da hat die Zahlmeisterin gern auf ein Schwätzchen mit dem Wirt haltgemacht.« Sie legte den Kopf schief. »Oder mit dir.«

Lucas schmunzelte. »Genau, da hab ich euch beide manchmal gesehen und musste ihr Frage und Antwort stehen. Der Neubauer nimmt bestimmt gern Schützlinge des Nachrichters auf.« Er zwinkerte ihr zu. Was spielte es schon für eine Rolle, dass weder Meister Frantz noch sein Brotherr bisher etwas davon ahnten. Manchmal musste man etwas riskieren, um Gutes zu tun, nicht nur, um Unheil abzuwenden. »Kommt.«

Er ging voraus und horchte auf ihre Schritte. Erst nach kurzem Zögern folgten sie, dann rannten sie, um ihn einzuholen.

»Wie heißt du?«, fragte Kathi.

»Lucas Korber.«

»Und du bist ein Freund von Meister Frantz?«

Er lächelte. »So was in der Art.«

Max schnaubte. »Freunde hat er wahrscheinlich gar keine.«

Noch vor Kurzem hätte Lucas ihm da, ohne zu zögern, zugestimmt, doch jetzt sah er den Mann in einem anderen Licht. »Da würde ich mich nicht drauf verlassen.«

Während er zur Fetten Gans vorausging, ließen sich die beiden wieder etwas zurückfallen und tuschelten gelegentlich miteinander. Es kränkte ihn ein wenig, dass sie Geheimnisse vor ihm hatten, nachdem er seine eigene Haut für sie aufs Spiel gesetzt hatte, aber das konnten sie ja nicht ahnen, und als er Kathi albern kichern hörte, schämte er sich sofort dieser Gedanken. Die beiden waren frisch vermählt, und bei ihrem Geturtel wollte er wahrlich nicht Mäuschen spielen. Versöhnt öffnete er die Tür zur Gaststube mit Schwung.

Da der Abendtrubel bevorstand, befand sich Neubauer bereits im Gastraum. »Da bist du ja, Lucas. Zeit wird's, sonst muss ich mir doch noch einen anderen Schankknecht suchen.«

»Schon gut, ich bringe Gäste, Schützlinge des Nachrichters.«

Der Wirt warf die Stirn in wulstige Falten und musterte das Pärchen. »Meister Frantz schickt euch?«, fragte er in andächtigem Ton.

Lucas hielt die Luft an. Würden sie mitspielen? Er war wohl eben etwas zu großspurig gewesen. Kathi blickte Max verdutzt an. Der aber lächelte und sagte einfach: »Ja.« Er wirkte sogar ein wenig stolz, während sich Kathis Wangen röteten.

»Dann kommt!« Der Wirt winkte mit dem Lappen zur Stiege. »Ihr kriegt mein bestes Zimmer.«

»Aber wir haben kaum Geld«, warf Kathi ein.

»Ihr müsst nur fürs Essen zahlen«, verkündete Neubauer mit ungewohnter Großzügigkeit.

Grinsend sprang Lucas die Stufen hinunter, um ein Fass Wein heraufzuholen.

Heiliger Sonntag

Sonntag, 7. August 1580

Kathis Herz pochte wild, als der Diakon von Sankt Sebald vor der ganzen Gemeinde ihre Vermählung mit Maximilian Leinfelder verkündete und auf ihren Bund noch einmal Gottes Segen herabrief. Der Geistliche hatte sie nicht vorgewarnt, sie einfach nur am Ende der Messe gebeten aufzustehen. Ihr Kopf glühte noch, als sie, die Hand ihres Ehegatten haltend, begleitet von vielen freundlichen Blicken die Kirche verließ. Draußen umarmte Max sie. »Ich bin glücklich.«

Sie lächelte. »Ich auch.«

»Ich wünsch euch alles Gute«, sagte eine sanfte Frauenstimme.

Kathi drehte sich überrascht um.

Die Henkerin! Ein wenig verlegen blickte sie drein. »Auch von meinem Mann.«

Kathi nahm ihre ausgestreckten Hände und drückte sie. »Vielen Dank. Euch beiden. Für alles.«

»Dafür musst du uns nicht danken. Frantz hätte es sich nie verziehen, wenn …« Sie verstummte.

»Schon gut. Ich verstehe.«

Die Henkerin wandte sich ab und wollte mit schnellen Schritten davoneilen, als ihr ein Paar mit einem kleinen Jungen in den Weg trat.

»Ich glaube, das ist ihre Schwester«, flüsterte sie Max zu.

Er zog Kathi mit sich fort. »Lass uns in die Fette Gans gehen. Der Wirt freut sich bestimmt wieder über deine helfenden Hände, die unseren Sonntagsbraten bezahlen.«

»Oh ja.« Kathis Magen knurrte, und sie half sogar recht gern in der Küche, um sich nützlich zu machen und Neues zu lernen. Trotzdem linste sie noch einmal über die Schulter.

Die Schwester hatte einen Arm um die Henkerin gelegt und steuerte mit ihr auf eine ältere Frau zu. Vielleicht die Mutter? Ähnlichkeit war da. Kathi verrenkte sich fast den Hals, obwohl sie selbst nicht wusste, warum sie das alles interessierte. Vielleicht, weil es sie noch immer wunderte, dass die Schmidtin den Henker zum Mann genommen hatte, auch wenn er ihr gar nicht mehr so unheimlich vorkam. Da stolperte sie über einen Pflasterstein und schaute lieber wieder auf den Weg.

*

Das Läuten der Glocken verkündete das Ende des Gottesdienstes. Schuldbewusst warf Frantz das Federbett beiseite und schwang die Beine auf den Boden. Wenn Maria ihn bei ihrer Heimkehr faul im Bett liegend anträfe, würde sie ihm nur wieder Vorhaltungen machen, ihn ermahnen, er dürfe sich nicht so gehen lassen. Und erklären wollte er ihr seine Lustlosigkeit lieber nicht. Er seufzte. Über manche Dinge konnte er nicht mit ihr reden, vor allem nicht über die brutaleren Leib- und Lebensstrafen, die er gelegentlich vollziehen musste. Noch hatte der Rat nicht verkündet, wie Margaretha Beckin vom Leben zum Tode befördert werden sollte, doch dass es schon übermorgen stattfinden würde, war sehr wahrscheinlich. Hinrichtungen fanden fast immer dienstags statt. Frantz hoffte inständig, der Rat möge Gnade walten lassen, aber angesichts der Taten des Weibes könnten sie auch Tod durch das Rad anordnen. Und er wäre selber schuld, weil er Herdesian gesteckt hatte, dass die Beckin den Rat und ihn zu Mördern hatte machen wollen. Deshalb hatte er sich nach dem Frühstück wieder hingelegt, um an die rissige Decke zu starren, statt in seinem Wundarzneibuch zu lesen oder Salben herzustellen.

Als er Marias Schritte auf der Treppe hörte, setzte er sich schnell an den Tisch in der guten Stube und schlug das Buch auf. Sie kam herein, küsste ihn, rutschte zu ihm auf die Bank und strahlte ihn an.

So viel Freude, nur weil er las? Nein, da musste mehr dahinterstecken. »Was ist passiert?«

»Wir sind zum Essen eingeladen.«

»Wir beide?« Er zog eine Augenbraue hoch, doch sie nickte nur und sah ihn verschmitzt an.

»Bei Magister Krieg?« Dem würde er es noch am ehesten zutrauen.

»Nein.«

Jetzt wurde ihm unheimlich. »Deine Schwester?«

Maria schüttelte den Kopf und grinste breit.

»Deine Mutter?« Ungläubig starrte er sie an.

Endlich nickte sie. »Allerdings nicht bei ihr zu Hause. Sie möchte mit uns in die Fette Gans gehen.«

Frantz schluckte. »Ich soll an einem Sonntag in einem Wirtshaus speisen? Unmöglich.«

»Warum? Du warst doch schon mal dort, und der Wirt hat dich freundlich willkommen geheißen.«

Er schnaubte. »Das war spät in der Nacht. Beim Essen vergeht den Leuten doch der Appetit, wenn sie mich sehen.«

Maria wandte das Gesicht ab. Er rückte näher zu ihr und legte den Arm um sie. »Es tut mir wirklich leid, aber das will ich mir nicht antun.«

Als sie ihn wieder ansah, glitzerten Tränen in ihren Augen. »Verstehst du nicht, Frantz? Sie will sich in der Öffentlichkeit mit dir zeigen.«

Er atmete tief durch. Das bedeutete schon sehr viel.

»Ellena will auch kommen, mit Mann und Kind.«

Frantz stützte die Ellbogen auf den Tisch und vergrub das Gesicht in seinen Händen.

Maria kraulte ihm den Nacken. »Ich hab ihr erzählt, dass sie bald erneut Großmutter wird. Sie freut sich so …«

Da schob Frantz alle Bedenken beiseite, hob den Kopf und sprach: »Dann müssen wir da eben hingehen.«

Sie küsste ihn so leidenschaftlich, dass er am liebsten seine Meinung geändert, sie ins Schlafzimmer gezerrt und den Rest des Tages und die ganze Nacht dort mit ihr verbracht hätte. Da löste sie sich von ihm und sah ihn verlegen an. »Nimmst du genug Geld mit, um sie alle einzuladen? Die können sich das ja eigentlich gar nicht leisten.«

Tja, die Gulden des Henkers waren ehrbar genug. Er schmunzelte, verkniff sich aber jeden Kommentar.

*

Als die Tür schon wieder aufflog und ein weiterer Haufen Leute in die Wirtsstube drängte, sprang Lucas nicht schnell genug aus dem Weg. Die massive Eiche schlug ihm in den Rücken »Passt doch auf!«, rief er.

»Entschuldigung«, sagte eine schaurig vertraute Stimme.

Er fuhr so heftig herum, dass aus einem der Krüge in seiner Linken Bier auf das Wams des Nachrichters schwappte. »Tut mir leid!«, stieß er hervor. Was wollte Meister Frantz denn hier? Träumte er? Von einem der Tische ertönten Rufe nach Bier. Er wandte sich um und hastete zu den Zechern. »Sieben Bier. Wohl bekomm's.«

Doch statt den Nachschub mit Johlen zu begrüßen, wie er es kannte, verstummten die Kerle am Tisch. Sie glotzten an Lucas vorbei zur Tür der Gaststube. Lucas schluckte. Kein Traum. Ganz langsam drehte er sich um. Tatsächlich. Der Nachrichter besuchte am heiligen Sonntag die Fette Gans. Es wurde immer stiller in der Stube.

Nur Neubauer schien erfreut über den ungewohnten Gast. Er eilte hinzu und tupfte dem Henker mit seinem schmutzigen Lappen das Wams ab, bevor er ihn zum Tisch in der hintersten Ecke führte – denjenigen, der zwischen der Tür zum Abtritt im Treppenhaus und der Theke stand. Lucas fielen fast die Augen aus dem Kopf: Meister Frantz war nicht allein. Die Henkerin, eine alte Frau und eine junge Familie begleiteten ihn.

Er hastete zum Zapfhahn und füllte den nächsten Krug. Dabei linste er in die Küche, doch Kathi stand mit dem Rücken zu ihm, sodass er sie nicht herauswinken konnte.

»Grüß dich, Lucas«, sprach der Nachrichter und fischte selbst den dreibeinigen Schemel hinter der Theke hervor.

»Meister Frantz. Immer wieder ein Erlebnis, Euch zu begegnen.«

»Kleines Familientreffen.« Der Nachrichter lächelte. »Wir sind bald wieder weg, wenn die Küche nicht zu lange braucht.«

Wie aufs Stichwort kam Kathi mit zwei Tellern Schweinebraten heraus und blieb wie angewurzelt stehen.

Frantz Schmidt nickte ihr zu, trat aus dem Weg und hockte sich mit dem Schemel an den Tisch.

Kathi rührte sich immer noch nicht, starrte dem Mann unverhohlen hinterher.

»Psst«, zischte Lucas.

Da sah sie ihn an und lächelte.

»Die Leute warten aufs Essen«, half er ihr auf die Sprünge, und sie eilte davon.

Während sich die übrigen Gäste allmählich von dem Schrecken erholten und dem Unehrlichen demonstrativ keine weitere Beachtung schenkten, stellte Neubauer sich auf ein Schwätzchen zu der illustren Gesellschaft. Himmel, sollte er hier die ganze Arbeit alleine machen? Er schleppte eine Handvoll Krüge zu einem Tisch mit alten Männern. Wie üblich erzählten sie sich mit gesenkten Köpfen Geschichten aus der guten alten Zeit. Lucas schnappte ein paar Worte auf und konnte nicht anders, als die Ohren zu spitzen. Einer der Zausel berichtete gerade in den lebhaftesten Farben von einer Hinrichtung, die zu einem wahren Gemetzel ausgeartet war. Der Henker war bei der Hinrichtung so besoffen gewesen, dass ihn sein Knecht aufrecht halten musste, bis die Zuschauer den Scharfrichter totprügelten.

Lucas schüttelte ungläubig den Kopf, eilte davon und ließ die nächsten Krüge volllaufen. Da schob sich der Wirt an ihm vorbei und orderte Bier für den Tisch des Henkers. »Na los, lass die Leute nicht so lange warten.«

*

Frantzens Gesichtsmuskeln schmerzten schon vom gezwungenen Lächeln. Wenigstens redeten die anderen Gäste jetzt wieder, auch wenn ihm das Stimmengewirr unangenehm war. Ellena mühte sich redlich, die Unterhaltung am Tisch in Gang zu halten, erzählte Geschichten von Jakobs Streichen und Missgeschicken. Bestimmt hatte Marias Schwester diese Zusammenkunft angeregt, als eine Art Dank für ihn. Das Bürschchen saß auf ihrem Schoß und patschte immer wieder die Hände zusammen, wenn ihn ein Erlebnis mit besonderem Stolz erfüllte. Frantz konnte es kaum erwarten, selbst ein Kind zu haben.

Jetzt berichtete sie, dass ihr Mann Georg eine Stelle in einem Lagerhaus gefunden hatte. Frantz warf dem Mann, der früher Landarbeiter gewesen war, einen schnellen Blick zu. Sein Schwager sah aus, als fühle er sich im Wirtshaus ungefähr genauso wohl wie Frantz. Er saß vorgebeugt, die Hände im Schoß, und nickte gelegentlich. Mehr nicht. Entweder war der Mann ungewöhnlich maulfaul, oder er genierte sich wegen der Nähe zum Nachrichter. Frantz war es herzlich leid, wie ihn immer alle anstarrten, als sei er der Leibhaftige.

Plötzlich ritt ihn der Teufel. Er sah Marias Mutter an und fragte: »Dein Mann ist nicht mit Hans Beck verwandt gewesen, oder?«

Einen Moment herrschte völlige Stille, dann schüttelte die Witwe von Jorg Beck den Kopf. »Nicht, dass ich wüsste. Und wenn die Margreth meine Schwägerin wär, hätte das doch nichts mit mir zu tun, was diese Frau gemacht hat. Warum fragst du?«

Maria ließ einen Arm unter den Tisch sinken und drückte seinen Schenkel. Er biss sich auf die Zunge. »Nur so.« Wieso mussten er und seine Familie mit dem Makel der Unehrlichkeit leben, während Verbrecher nicht einmal ihre Ehegatten durch ihre Taten beschmutzten? Hans Beck wurde bestimmt nicht geächtet, weil der das Bett mit einer Mörderin geteilt hatte. Doch Maria war durch die Ehe mit ihm befleckt, seine Kinder würden es noch mehr sein. Dabei handelte er im Auftrag des Stadtrats für die Einwohner Nürnbergs.

In diesem Moment brachte Kathi die Platten mit Schweinebraten und Knödeln, und jeder am Tisch schien erleichtert, nicht länger in die Gesichter der anderen schauen zu müssen. Frantz warf der kleinen

Magd einen flehenden Blick zu, der sagen sollte: ›Holt mich raus aus dem Loch.‹

Sie blinzelte zweimal, stellte das Essen ab und eilte davon. Da fuhr sie hin, seine Hoffnung, dieses unangenehme Familientreffen abzukürzen. Er nahm sich einen Knödel und säbelte ein kleines Stück Fleisch ab, während seine Schwiegermutter von ihrer jüngsten Tochter erzählte, die auch bald heiraten würde.

Und das, obwohl es einen Henker in der Familie gab? »Was ist es denn für einer?«

Barbara Beck senkte den Kopf. »Ein Abdecker.«

Frantz verkniff sich ein ›Willkommen in der Zunft der Unehrlichen‹. Marias Mutter hatte damals hart mit ihm um die Hand ihrer Tochter verhandelt. Keine Mitgift, keine Aussteuer, keine Familienbesuche. Immerhin war sie zur Hochzeit ins Henkerhaus gekommen, aber wohl eher, weil sie sich vor dem Geistlichen geniert hätte, wenn sie ferngeblieben wäre. Und jetzt schaute sie grad so drein, als sei der Abstieg ihrer Familie seine Schuld – dabei hatte sie lange genug von Almosen leben müssen.

Als ihm jemand auf die Schulter tippte, schrak Frantz zusammen. Niemand berührte einfach so den Nachrichter – außer Maria, und die saß zu seiner anderen Seite.

Lucas schaute denn auch ganz betreten drein. »Meister Frantz. Es tut mir leid, Euch beim Essen zu stören.«

»Was ist?«, fragte er barsch, obwohl er insgeheim hoffte, der Bursche würde ihn aus dieser Klemme befreien.

»Könnt Ihr nach einem Kranken sehen?«

»Natürlich.« Er sprang so schnell auf, dass der Tisch ins Wackeln kam. Dann drückte er Maria einen Kuss auf die Wange, legte den Geldbeutel in ihre Hand und warf einen kurzen Blick in die Runde. »Ihr müsst mich entschuldigen.« Dann eilte er hinter Lucas her auf die Straße, wo er tief durchatmete, was vermutlich in diesem Moment auch Marias Familie tat. »Danke, Lucas.«

»Gern geschehen«, antwortete der und erlaubte sich ein schüchternes Lächeln. »Kathi hat mir von Eurem ›Hilferuf‹ berichtet, wusste aber nicht, was sie tun sollte.«

»Richte auch ihr meinen Dank aus.« Er klopfte ihm auf den Rücken und marschierte Richtung Henkerturm. Nein, er verachtete Marias Mutter nicht für ihr Verhalten. Es konnte nicht einfach gewesen sein, ihre Tochter einen Unehrlichen heiraten zu lassen, doch welche Aussichten auf eine gute Partie hatte Maria mit über dreißig, noch dazu aus einer armen Familie stammend? Ihr Pech war sein Glück. Er grinste, bis ihm ein verunsichert dreinblickender Passant begegnete. Warum verstörte es die Menschen, wenn er lächelte?

Dass Maria keine Jungfrau mehr war, hatte sie ihm selbst erzählt, als er sie fragte, ob sie ihn heiraten würde. Er hatte nur wissen wollen, ob sie den Kerl immer noch mochte. Na, da war er schön ins Fettnäpfchen getreten, wie ihre Tränenflut ihm alsbald klargemacht hatte. Nachdem er alles wusste, wollte Frantz sie erst recht heiraten. Eine Frau, die so etwas ertrug, um ihrer Schwester zu helfen, würde auch ein Leben mit dem Nachrichter von Nürnberg ertragen. Seither war ihm nichts wichtiger, als sie glücklich zu sehen – selbst wenn es hieß, ein Essen wie das eben zu ertragen. Zumindest ein Halbes.

Letzte Fragen

Montag, 8. August 1580

Frantz schlug die Augen auf. Es war Montag, und der Rat würde heute wohl das Urteil über die Beckin beschließen, falls es nicht schon am Samstag geschehen war und man ihn nur nicht informiert hatte. Er wälzte sich zu seiner Frau herum, doch ihre Seite des Bettes war leer und schon ganz kühl. Stöhnend stand er auf und schlurfte in die Küche. Eine Brotzeit stand bereit, doch Maria hatte wohl schon gegessen. Sie hängte in der angrenzenden Kammer, seinem Behandlungszimmer, Kräuter zum Trocknen auf.

Die Tür hatte sie offen gelassen und unterbrach ihre Tätigkeit, als sie seine Schritte hörte. »Wird Zeit, dass du aus den Federn gekrochen kommst«, sagte sie. »Es ist schon nach neun.«

»Wirklich?« Frantz rieb sich die Augen. Er hatte gestern kaum etwas getan, fühlte sich aber immer noch wie ausgewrungen. »War eine aufreibende Woche.« Dazu gehörte auch das angespannte Essen mit seiner Schwiegermutter. Dass Kathi in der Fetten Gans Essen auftrug, hatte ihn allerdings überrascht, doch es hatte sich für ihn als Segen herausgestellt.

Er setzte sich an den Tisch, und Maria schenkte ihm eine Schale Süßmost ein. Seine wundervolle Frau hatte nicht einmal gefragt, zu welchem Patienten man ihn gerufen hatte, als sie nach Hause gekommen war. Er küsste sie auf die Wange.

»Heute werde ich zur Hebamme gehen«, sagte sie.

Da wurde Frantz gleich etwas munterer, zog sie auf seinen Schoß und streichelte ihren Bauch. »Du weißt, dass es eigentlich noch zu früh ist, oder? Sie wird dir noch nicht viel sagen können.«

»Trotzdem.«

»Gut.« Er knabberte an ihrem Ohrläppchen. »Es wäre schön, wenn Kinderlachen durch die Räume schallen würde.«

Sie grinste. »Nicht zu vergessen Kindergeschrei.«

»Gehört auch dazu. Ich werd nachher beim Rathaus vorbeischauen. Heute wird bestimmt über die Beckin beraten.«

»Ich dachte, da gibt's nicht mehr viel zu besprechen.«

»Wahrscheinlich nicht, aber ich würde gern wissen, ob sie morgen schon gerichtet werden soll oder erst nächste Woche.« Und wie das geschehen sollte ...

»Natürlich.« Jetzt sah sie betreten drein. »Du wirst sie doch sicher mit dem Schwert richten dürfen, wie alle gewöhnlichen Mörder?«

»Davon gehe ich aus. Hoffentlich laufe ich Magister Krieg über den Weg. Würde mich ja sehr interessieren, wie reuig sich das Weib zeigt. Allerdings wäre das vermutlich genauso vorgegaukelt wie alles andere.«

Sie schlang die Arme um ihn. »War es gestern schlimm für dich?«

Er schüttelte den Kopf. »Daumenschrauben sind schlimmer.« Das war ihm einfach rausgerutscht, doch sie zuckte mit keiner Wimper. Schnell fügte er hinzu: »Deine Familie muss mich nicht gerade mögen, solange sie gut zu dir sind.«

Maria küsste ihn. »Mein Vater hätte dich bestimmt gemocht.«

Frantz lächelte schmal. Als Mensch vielleicht. Als Henker hätte er ihn wohl geachtet, aber als Bewerber um die Hand seiner Tochter hätte er ihn bestimmt aus dem Haus gejagt. »Er und Hans Beck sind wirklich nicht verwandt?«

Sie wischte ihm mit der Hand über den Kopf. »Du meinst, weil sie ähnlich reizende Frauen geheiratet haben?«

Autsch, hätte er doch nicht gefragt.

»Du weißt, dass meine Mutter es unglaublich schwer hatte, sieben Kinder allein durchzubringen, nachdem mein Vater gestorben ist. Keines von uns war über zwölf Jahre alt.«

Frantz zog sie an sich und vergrub sein Gesicht in ihren Haaren. Nein, er würde keinesfalls fragen, woran der Mann gestorben war.

»Oh, der Wirt hat sich nach dem Essen noch zu uns gesetzt und ganz begeistert von deiner sauberen Arbeit gesprochen.«

Er hob den Kopf. Der Neubauer war schon ein komischer Vogel. »Und war deine Mutter angemessen beeindruckt?« Die Frau ging nie zu Hinrichtungen, jedenfalls nicht, seit *er* sie in Nürnberg durchführte.

Maria schmunzelte. »Ein wenig hatte ich schon das Gefühl.«

Nach dem Frühstück machte er sich auf den Weg zum Rathaus. Als er sich dabei ertappte, dass er sich immer wieder in alle Richtungen umsah, wurde ihm bewusst, wie häufig ihn letzte Woche jemand auf offener Straße angesprochen hatte. Zwar meist wegen der Schwierigkeiten des unschuldig verhafteten jungen Paars, aber immerhin. Was die beiden jetzt wohl machten? Als Schütze war Max auch ein armer Schlucker, aber Kathi hatte ja anscheinend schon eine neue Stellung.

Auf den letzten Schritten vor dem Rathaus kam ihm ein gut gelaunter Lucas entgegen. Das war an sich schon ein ungewohnter Anblick, doch dann geschah das wirklich Erstaunliche. Als sich ihre Blicke trafen, grinste der Bursche noch breiter und tippte sich an die Mütze.

»Meister Frantz! Schön, Euch zu sehen.« Und das in aller Öffentlichkeit.

Er blieb stehen. »Wirklich?«

Jetzt lachte Lucas. »Glaubt's ruhig. Mich kann nichts mehr schrecken. Nicht mal Ihr.«

Frantz erlaubte sich ein Schmunzeln. »Arbeitet Kathi jetzt fest in der Fetten Gans?«

Der Kundschafter des Rats senkte den Kopf und trat von einem Fuß auf den anderen. »Hab die beiden da in einem Zimmer untergebracht, als Eure Schützlinge. Und wenn sie in der Küche hilft und Essen aufträgt, kriegen die beiden auch immer eine Mahlzeit.«

»Wie, meine Schützlinge?« Frantz verstand nicht. Sollte er vielleicht die Zeche zahlen?

Als Lucas wieder aufsah, funkelten seine Augen vor Vergnügen. »Na ja, wo doch der Neubauer so ein großer Bewunderer Eurer Kunst ist, dachte ich mir, er wird sich großzügig zeigen, wenn sie von Euch geschickt werden.«

»Und, hattest du recht?«

Wieder überzog ein Lächeln sein Gesicht. »Ja, aber lange geht das nicht mehr so weiter, auch wenn die Kathi ordentlich schafft. Hab Eisvogel gesagt, er soll sich um die Wohnung für die beiden kümmern.«

Da musste Frantz grinsen. »Du gibst dem Schöffen Anweisungen?«

»Hinweise. Nur Hinweise, die manchmal gern gehört werden. Meine Belohnung konnte sich auch sehen lassen. Also, wenn Ihr mal wieder …«

Frantz hob die Hand. »Ich halte mich künftig aus Ermittlungen raus. Ist mir zu viel Verantwortung.«

»Aber …« Lucas stand der Mund offen, dann berappelte er sich. »Na, wir werden sehen, wie's Euch schmeckt, wenn mal wieder der oder die Falsche in die Folterkammer gebracht wird.«

Frantz presste die Lippen zusammen. Da hatte der Bursche ihn kalt erwischt. Natürlich könnte er dann nicht einfach zum langen Arm des Rates werden. Er wollte Lucas eine Hand auf die Schulter legen, besann sich aber eines Besseren. Nicht in aller Öffentlichkeit.

Der Schankknecht schien es bemerkt zu haben, berührte unauffällig seinen Arm und sagte: »Ihr seid immer ein gern gesehener Gast in der Fetten Gans, nicht nur vom Wirt.«

Frantz nickte. In diesem Moment sah er Diakon Schelhammer das Rathaus betreten. Was wollte der denn dort? Der armen Sünderin Trost spenden wohl kaum, denn dazu hätte der Mann den anderen Eingang benutzt, auch wenn es eine Treppe vom Rathaus direkt ins Loch hinunter gab.

Lucas lachte halblaut auf, wies in Richtung des Geistlichen und flüsterte: »Der bekommt wahrscheinlich eine kleine Sonderzahlung, damit er zum Kurfürstentag seine Predigten zügelt.«

»Was?« Frantz sah ihn überrascht an.

Der Kundschafter nickte.

»Dann sollte ich auch um eine Lohnerhöhung bitten«, dachte er laut.

»Viel Glück damit«, sagte Lucas und eilte davon. Bestimmt grinste der Flegel immer noch.

Langsamen Schritts ging Frantz am Rathaus vorbei und weiter zum Eingang des Lochgefängnisses. Schaller begrüßte ihn mit einem Lächeln. »Meister Frantz, was führt Euch her? Es gibt keine Arbeit.«

»Ich weiß. Ist Magister Krieg bei der armen Sünderin?«, fragte er.

»Ja, schon seit einer Stunde. Die braucht wohl viel Trost.«

Zumindest würde sie so tun. Ob sie ihr Gewissen erleichtern, sich alles von der Seele reden wollte? Da würde er gern Mäuschen spielen, um doch noch zu erfahren, wer wen vergiftet hatte. Vielleicht würde der Magister es ihm hernach erzählen. Er hockte sich auf die Brunnenumrandung und wartete auf den Kirchenmann. Einmal eilte die Lochwirtin vorbei und warf ihm einen verdutzten Blick zu, sagte aber nichts. Dann kam der Ratskonsulent Herdesian vom Rathaus herab.

Bei diesem ungewöhnlichen Anblick stand Frantz sofort auf. Der Mann war hier unten nur selten anzutreffen.

»Meister Frantz, gut, dass ich Euch über den Weg laufe.«

Das fand er auch. »Ist das Urteil für die Beckin beschlossen worden?«

Herdesian schüttelte den Kopf. »Darüber müssen wir Konsulenten noch mal eingehender beraten. Der Rat würde bei diesem besonders abscheulichen Verbrechen gern große Härte zeigen.«

Frantz malte sich sofort aus, wie er die stolze Frau rädern müsste, und starrte ihn wohl ziemlich verwirrt an, denn der Mann runzelte die Stirn und betonte: »Die Heimtücke, auf die *Ihr* mich hingewiesen habt.«

Ja, der Rat ließ sich nicht gern zum Komplizen bei einem Mord machen, selbst wenn die falsche Bezichtigung nur aus Angst geboren war und der Vertuschung dienen sollte. Frantz nickte. So hatte er nicht geflunkert, als er der Beckin gedroht hatte, auch als Bürgerin sei ihr das Schwert nicht sicher.

»Wann erwartet Ihr eine Entscheidung?«

Der Mann zuckte mit den Schultern. »Bis Sonnabend müssen wir Konsulenten den Beschluss zur Genehmigung vorlegen. Und es gibt noch ganz andere Probleme. Ist Magister Krieg hier?«

»Bei der armen Sünderin.«

Herdesian atmete tief durch. »Der gute Mann hat es auch nicht leicht. Ich muss ihn trotzdem holen lassen. Gibt noch viel für den Kurfürstentag zu organisieren.«

Nicht mein Problem, dachte Frantz und sprach: »Ich sag Schaller Bescheid, dass er den Magister zu Euch schicken soll. Geht ruhig schon wieder hinauf.«

»Danke.« Der Jurist und Theologe schien den Gewölben nur zu gern zu entfliehen.

Frantz fand Schaller in der Küche und schickte ihn zu Krieg, dann hockte er sich wieder auf die kleine Mauer und hoffte, dem Magister auf seinem Weg nach draußen einige Worte zu entlocken. Als der Gottesmann kurz danach vorbeikam, war er so in Gedanken, dass er Frantz gar nicht bemerkte, bis er sich erhob. Da zuckte Krieg zusammen.

»Oh, Ihr seid es. Herdesian hat nach mir geschickt.«

»Ich weiß, geht mal wieder um den Kurfürstentag. Darf ich Euch trotzdem kurz aufhalten?«

Der Diakon lächelte: »Sehr gern.«

»Es beschämt mich, zugeben zu müssen, dass ich neugierig bin. Habt Ihr mit der Beckin über den Mann der Zahlmeisterin gesprochen?«

»Ja, sehr viel sogar. Sie war ihm zugetan, doch eigentlich wünschte sie sich nur ein Kind von ihm und wollte bei ihrem Gatten bleiben.«

»Mich interessiert, ob sie vielleicht diejenige war, die ihn und seine Frau vergiftet hat.« Diese neue Möglichkeit war ihm eingefallen, als eine Patientin ihn für seine Dienste mit einem Laib Brot bezahlte. Nichts leichter, als andere Leute durch Bezahlung in Naturalien zu vergiften. Und da beide vom Gift gegessen hatten …

Krieg trat einen Schritt zurück. »Also … nein. Die Frau bereut ihre Sünden, und Gott wird am Ende über sie urteilen. Ich will keine bestialische Hinrichtung eines Weibes in Nürnberg mit ansehen müssen.«

»So wenig, wie ich sie durchführen möchte«, sagte Frantz. »Von mir wird niemand etwas erfahren.«

Krieg schloss die Augen. Die Erkenntnis, dass er bereits zu viel gesagt hatte, zeichnete sich auf seinem Gesicht ab. »Ihr versprecht es?«

Frantz nickte. »Ich bin Euch und Kaplan Eucharius immer noch zu größtem Dank verpflichtet, weil ich durch Eure Unterstützung keine Kindsmörderinnen mehr ertränken muss.«

Mit gesenkter Stimme stieß der Magister hervor: »Sie war eingeweiht in die mörderischen Pläne des Zahlmeisters und hat ihm auf sein Drängen das Gift besorgt. Von einer Tante.«

Sie war also bei dieser Darstellung der Ereignisse geblieben. Dann musste es wohl die Wahrheit sein. Wozu kurz vor dem Tod noch einem Geistlichen eine Lügengeschichte auftischen? »Ich frage mich allerdings, ob sie nicht eigentlich ihren Liebhaber umbringen wollte und weniger seine Frau retten.«

»Hmmm.« Krieg presste die Lippen aufeinander und zog die Augenbrauen hoch. »Gesprochen hat sie nur von ihrem Kinderwunsch, den ihr Gemahl nicht erfüllen konnte, und dann verlor sie ihre Leibesfrucht doch. Ihr Mann hat sie geschlagen …«

Frantz nickte.

»Immerhin hat der Zahlmeister seine Geliebte nie verraten, aber er war wohl auch zu krank für die Folter. Es hat meines Wissens auch keinen Verdacht auf Komplizen gegeben. Und die Beckin hat ihren Mann nie angezeigt. Loyalität unter Mördern. Nur den Zahlmeister haben sie hinrichten lassen, ohne dass eine von beiden das Maul aufgemacht hätte.« Krieg blickte zur Treppe. »Nun muss ich helfen, Quartiere für die auswärtigen Besucher des Kurfürstentags in Klöstern und Pfarren zu bestimmen. Das müssen natürlich Häuser sein, in denen sie am wenigsten in theologische Streitgespräche verwickelt werden können.« Er schüttelte den Kopf. »Der Rat überlegt, den Verkauf des Konkordienbuchs in der Stadt verbieten zu lassen, nur welchen Sinn hätte das? Dann kaufen es sich die Leute eben in der Umgebung. Die meisten Nürnberger sind schließlich Lutheraner, nur der Rat hält es lieber mit Melanchthon, und recht hat er.« Der Magister sah ihn an, als hoffe er auf Bestätigung.

Frantz zog die Augenbrauen hoch. »Mich dürft Ihr nicht fragen. Ich bin froh, wenn sich Gott eines Tages meiner befleckten Seele erbarmt. Bald werde ich wieder gegen das fünfte Gebot verstoßen müssen.«

Nun schaute ihn der Geistliche betroffen an. »Verzeiht, Meister Frantz, dass ich Euch damit behellige. Ihr seid ein aufrechter Mann. Ich werde für Euch beten.« Er eilte die Treppe hinauf.

Kein Trost für ihn, aber was sollte der Mann auch sagen. Etwa: Wenn's der Nürnberger Rat anordnet, nimmt es der Herrgott nicht so genau? Frantz musste an einen gütigen, vergebenden Gott glauben, sonst könnte er sich gleich ins Höllenfeuer stürzen. Andererseits ... Wenn Dr. Luther recht damit hatte, dass alles vorherbestimmt war, dann hatte Gott Frantz genau an diese Stelle gesetzt, um in Seinem Sinne der weltlichen Gerechtigkeit genüge zu tun. Und diese Aufgabe würde er nach bestem Vermögen erledigen.

*

Dienstag 9. August 1580

Früh an diesem Morgen stieg Max mit seiner Angetrauten die Holzstufen zur Stadtmauer hinauf. Er konnte es kaum erwarten, sein neues Heim zu betreten.

»In dem Turm werden wir wohnen?«, fragte Kathi.

Eigentlich konnte man es kaum einen Turm nennen, die innere Stadtmauer erweiterte sich in beide Richtungen um zwei oder drei Ellen, und es waren noch zwei Stockwerke draufgesetzt worden. »Ja, wir wohnen oben«, sagte er und eilte voraus in das finstere Gemäuer. Auf der anderen Seite kam man auf den weiterführenden Wehrgang, Steinstufen führten nach unten und nach oben, durch Schießscharten drang Licht herein. Max nahm Kathis Hand, stieg mit ihr zwei Stockwerke hinauf und sperrte erst die Tür und dann den Mund auf. »Oh, das lasse ich mir eingehen.« Der Wohnraum bot mehr Platz, als er von seiner Kammer im Schützenhaus gewöhnt war. Hier würden sie essen schlafen und ihre Kinder großziehen. Das einfache Holzbett nahm in seiner Länge die ganze hintere Wand ein. Wenn sie davor einen Vorhang hängten, hätten sie einen gemütlichen Alkoven.

Kathi drängte sich an ihm vorbei und lief zum Holzofen an der gegenüberliegenden Seite des Raums. »Schau nur, Max, von hier kann man aufs Land hinausblicken!«

Das kleine Fenster würde auch gut als Schießscharte dienen. Er stellte sich neben Kathi an die Öffnung in der massiven Steinmauer und legte den Arm um sie. »Tatsächlich. Es geht aufwärts mit uns.« Und glücklicherweise mussten sie nicht zum Rabenstein blicken, sondern auf Wiesen und Weiher, in einem davon erkannte er die Bleiche der Deutschherren, völlig mit Wasser umgeben. Im dortigen Fischhäusla kriegte man auch guten Weinbrand, den der Orden brannte und deswegen immer wieder Ärger mit der Reichsstadt bekam.

Kathi drehte sich zu ihm um und legte ihre Hände an seine Wangen. »Geht ja gar nicht anders, denn ganz unten waren wir schon.«

»Genau, im tiefsten Loch.« Er küsste sie. »Und trotzdem bist du das Beste, was mir passieren konnte.« Ihr Lächeln wärmte sein Herz.

Mit hüpfenden Schritten lief sie zum anderen Fenster in der Wand aus Fachwerk hinüber, das auf die Stadt blickte, und steckte den Kopf hinaus. »Denkst du, ich darf weiter in der Fetten Gans aushelfen, damit wir etwas mehr zum Leben haben?«

»Bestimmt.« So hatte seine Frau sie beide in den letzten Tagen durchgefüttert, in denen sein neuer Lohn noch auf sich warten ließ. Sein letzter Groschen vom Schützengehalt war für die Verpflegung im Loch draufgegangen. Wenn sie also nicht im Wirtshaus geschafft hätte … Er konnte wirklich stolz auf sie sein. Kathi war sich für nichts zu schade und ertrug allerlei. Er streifte ihre Haube ab und zog die Nadeln aus ihrem weichen, blonden Haar. »Schade, dass du die als verheiratete Frau nicht mehr offen tragen darfst. Du siehst wie eine Prinzessin aus, *meine* Prinzessin.«

»Pah, Prinzessinnen sind zu nichts zu gebrauchen. Oh, ich kann den Henkerturm sehen.«

Max umfasste sie von hinten und streichelte ihre Brüste. »Ein gutes Zeichen. Dort wurde unsere Ehe gestiftet.«

Sie schnurrte wohlig und drückte ihren Rücken an seine Brust. »Wie stramm er dasteht.«

»Oh ja«, stöhnte Max und küsste ihren Hals.

Sie kicherte. »Ich meine doch den Turm.«

»Ich auch, den Turm in meiner Hose.«

»Dann lass uns das Bett ausprobieren. Hoffentlich bricht es nicht gleich zusammen.«

*

Samstag, 13. August 1580

Erst am Samstagvormittag wurde Frantz endlich ins Rathaus bestellt und machte sich bangen Herzens auf den Weg. Hoffentlich würde das Urteil auf Richten mit dem Schwert ausfallen! Zuletzt hatte er im Juli in Bierbaum einen Mann mit dem Rad gerichtet. Nur ungern dachte er daran zurück, auch wenn er nicht bei den Beinen hatte anfangen und sich langsam, Knochen für Knochen hocharbeiten müssen, was immer ein elendiglich langsames, qualvolles Sterben bedeutete. Der Nürnberger Stadtrat verhängte in der Regel weit mildere Strafen. Den Herren genügte es meist, wenn den Buchstaben der Carolina Genüge getan wurde – ein aufs Rad geflochtener Leichnam tat es schließlich auch. Trotzdem zog sich sein Magen zusammen, als er die Eingangshalle betrat, wo ihn schon die Lochschöffen erwarteten. Eisvogel wischte sich Schweiß von der Stirn, obwohl es hier drinnen nicht sehr warm war und der Schöffe auch nur ein dünnes Hemd trug. Das samtene Wams hatte er sich über den linken Arm gehängt.

»Meister Frantz«, ergriff Stromer das Wort. »Der Rat hat folgenden Beschluss gefasst.« Er entrollte ein Blatt Papier und las: »Der im Loch verhafteten Margaretha Beckin, Ehefrau des Zimmermanns und Bürgers Hans Beck, soll man wegen ihres vorsätzlichen und heimtückischen Mordes an Christina Zahlmeisterin, Schneiderwitwe, einen ernstlichen peinlichen Rechtstag, zum kommenden Richttag am 16. August ansetzen, sie auf die gewöhnliche Richtstatt fahren, ihr als einer vorsätzlichen, boshaften Mörderin erst unterwegs beim Hinausfahren an unterschiedlichen Orten mit einer glühenden Zange drei Griffe in den Leib geben, danach auf der Richtstatt mit dem Schwert enthaupten, ihren Kopf auf eine Stange heften und über sie stecken, und den Körper neben der Richtstatt begraben lassen.«

Frantz atmete auf, versuchte aber, sich nichts anmerken zu lassen. »Verstanden, hohe Herren.« Er verbeugte sich und verließ das Rathaus. Augustin wartete im Loch auf Neuigkeiten. Unterwegs drei Griffe mit der glühenden Zange, das würde ihm nicht gefallen. Der Beckin natürlich noch weniger, aber im Grunde kam sie glimpflich davon.

Der Löwe stand in der Tür und hielt schon nach ihm Ausschau. Frantz nickte. »Schwert. Am Dienstag.«

Augustins Brust hob und senkte sich. »Gut.«

»Aber du hast es nicht so glücklich getroffen.«

Sein Freund zog eine Grimasse. »Wie viel?«

»Drei Griffe.«

»Das wird kein Spaß.«

Er legte ihm eine Hand auf die Schulter. »Tut mir leid.«

»Schon gut, freu dich lieber, dass du dem Luder nicht alle Knochen brechen musst.«

»Glaub mir, das tu ich.«

Hochgericht

Dienstag, 16. August 1580

In Gedanken bei der bevorstehenden Hinrichtung schritt Frantz auf das Rathaus zu – das lange Richtschwert an seinem Gürtel. Er erinnerte sich noch gut an den Tag, als er es hatte anfertigen lassen. Der Schmied war zunächst gar nicht begeistert darüber gewesen, einen Henker in seiner Werkstatt zu sehen, doch dann hatte ihn die Freude an der Herausforderung gepackt, genau die richtige Balance zu finden. Natürlich trug Frantz die Waffe nur an Richttagen, dann aber immer, selbst wenn die armen Sünder gehenkt werden sollten – als Symbol seines Amtes und für den Fall einer Umwandlung des Urteils.

Plötzlich wurde er der Unruhe um sich herum gewahr. Einige Schritte entfernt redete der Löwe aufgebracht auf ein paar Stadtknechte und Nachtarbeiter ein. »Pferd!«, konnte Frantz ausmachen. »Besorgt mir eins.«

Er ging zu den Männern hinüber. »Was ist denn los?«

»Ich fass es nicht, wir haben nur den einen Gaul vom Pappenheimer, um die Beckin zur Richtstätte hinauszufahren. Sonst hat uns der Körnle doch immer eins geliehen, aber diesmal hat der Schuft alle seine Rösser wegbringen lassen.«

Frantz schüttelte ungläubig den Kopf. Das war doch völlig unmöglich. »Denkst du, der hat das mit Absicht gemacht? Der muss doch auch mitgekriegt haben, dass heut Hinrichtung ist.«

»Ja, schon.« Sein Gehilfe sah sich um und wedelte mit dem Arm. »Wenn's die ganze Stadt mitkriegt …«

Aus dem Rathaus kam der Schreiber gestürmt. »Löwe!«

Augustin eilte ihm entgegen. »Was machen wir?«

Frantz war ihm langsamer gefolgt. Das ging ihn auch an.

»Entweder, ihr findet raus, wo der Körnle seine Rösser versteckt, oder ihr spannt dem ersten Bauern, den ihr trefft, seinen Gaul aus. Bald wird das Urteil verkündet. Spute dich.«

Augustin winkte zwei Stadtknechte herbei und eilte los. Oh, einer von ihnen war Max. Frantz hatte gar nicht mitbekommen, dass der Bursche befördert worden war. Das freute ihn. Weniger Grund zur Freude hatte der Schreiber, der ziemlich verbissen dreinschaute. Er gesellte sich zu ihm.

»Gut, dass Ihr wenigstens hier seid, Meister Frantz. Macht Euch bereit, die arme Sünderin in den Gerichtssaal zu bringen. Allerdings kann es sich hinziehen, wir fangen erst an, wenn wir sicher sein können, dass der Löwe einen zweiten Gaul aufgetrieben hat.«

Frantz nickte nur und betrat das unterirdische Gewölbe des Lochs. Er hasste es, wenn solche Probleme eine Hinrichtung störten. Es sollte schließlich würdig zugehen, wenn ein Mensch vom Leben zum Tode gebracht wurde. Strammen Schritts folgte er den Gängen bis zum Henkersstübchen, vor dessen Tür er verhielt. In dem Raum nahmen die armen Sünder die Henkersmahlzeit ein, und die sollte die Beckin ohne seinen Anblick genießen können, so gut sie es vermochte.

Da kam die Schallerin mit einem Tablett voller leerer Schüsseln heraus. »Appetit hat sie noch, und sie hat sogar das Essen gelobt. Wer hätte das gedacht? Heute gab's aber auch wieder gebratene Gans.«

Frantz musste nun doch lächeln. Sollte die Beckin ihren Hochmut abgelegt haben – wahrlich eine reuige Sünderin? Oder lag es nur daran, dass sie schon den dritten Tag köstlichste Speisen serviert bekam?

*

Max lief zwischen Michel und dem Löwen her und zupfte sich dabei immer wieder das Wams zurecht. Die Stadtknechtsuniform war ihm noch ungewohnt. Nach und nach klapperten sie alle Stellen ab, wo sie noch einen Nachtarbeiter finden konnten, doch keiner hatte einen Gaul für sie oder wusste, wo dieser Körnle seine Rösser versteckt hatte. Es war wie verhext. Da hatte er eine Idee. »He, bei der Mauermühle sollten wir doch ein Gespann finden.«

»Gute Idee«, brummte Augustin Ammon und bog ab.

Tatsächlich, eine Fuhre Getreide rollte zur Mühle. Max knuffte den Arm des Löwen. »Da!« Er erschrak wegen seiner Vertraulichkeit, denn der Mann hätte beinah helfen müssen, ihn zu torquieren, sprach aber schnell weiter. »Das ist doch ein anständiger Gaul.«

»He da!«, rief Augustin Ammon auch sofort. »Wir brauchen das Pferd.«

»Was? Schleicht euch!«, rief der Bauer unbeeindruckt.

Michel zog sein Schwert. »Anordnung vom Rat. Das Ross wird zum Hinausfahren einer armen Sünderin gebraucht.«

Max wollte es seinem Kumpel gleichtun und ebenfalls die Waffe ziehen. Der Dienst als Stadtknecht fühlte sich auch nach mehreren Tagen immer noch an wie ein fremder Pelz, der nicht recht passen mochte, und oft genug wusste er nicht, wie er sich verhalten sollte.

Der Löwe hielt seinen Arm fest. »Schon gut«, murmelte er und sagte laut zum Bauern: »Ich bin der Henkersknecht, der Löwe, und ich werd jetzt dein Ross ausspannen. Du kriegst es bald wieder.«

»Unverschämtheit! Das Vieh kann ich doch danach nicht wieder zur Arbeit nehmen.«

»Freilich kannst du das.« Er bedeutete Michel, den Bauern im Auge zu behalten, und zog Max mit zum Geschirr.

»Kommt so was öfter vor?«, murmelte Max, während sie sich an den Riemen zu schaffen machten.

»Nein«, brummte der Löwe. »Das gibt Ärger.«

»Der Rat wird mir das Ross bezahlen müssen!«, zeterte der Bauer. »Ihr macht es unehrlich.«

»Da kann er lang drauf warten«, sprach Ammon und führte das Tier fort. »Als gäb's ehrliches Vieh«, schimpfte er vor sich hin. »Wo sind wir denn hier?«

Max und Michel eilten hinterher.

Vor dem Rathaus hatte sich schon ein ziemlicher Menschenauflauf gebildet. Die Menge spottete bereits über das fehlende Pferd. So unruhig ging es selten vor einer Hinrichtung zu. Max war froh, diesmal nicht neben dem Wagen herlaufen zu müssen, sondern selbst hoch zu Ross sitzen zu dürfen. Da bemerkte er, dass Michel immer noch sein Schwert in der Hand hielt. Der war wohl auch unruhig. Eine der Schildwachen vor dem Rathaus huschte bei ihrer Ankunft ins Gebäude. Dann konnte jetzt wohl das Urteil gesprochen werden. Ja, die Glocke ertönte. Einer der Stadtknechte läutete auf. Max hatte genug mitgekriegt, um zu wissen, dass jetzt Meister Frantz die arme Sünderin zum Stadtgericht bringen würde.

»Passt mir gut auf Wagen und Gäule auf«, zischte der Löwe. »Ich muss rasch Kohlenpfanne und Zange holen.« Und schon eilte er davon.

Der Nachtarbeiter übernahm das Pferd des Bauern und schirrte es neben dem anderen vor den Wagen. Max musterte die Mienen der versammelten Bürger, die Häme, Abscheu und Verachtung zeigten, und dachte: Das hier könnte meine Hinrichtung sein, oder die von Kathi. Er suchte ihr Gesicht unter den Leuten, um wenigstens einen erfreulichen Anblick zu genießen, und entdeckte sie neben der Henkerin. Die beiden sahen besorgt aus. Erst als Kathis Blick den seinen traf, lächelte sie zaghaft.

*

Frantz wurde nicht enttäuscht. Nachdem der Gerichtsschreiber die Urgicht verlesen hatte, sprach Margaretha Beckin die Worte, die man von ihr erwartete: »Ja, dies ist mein Geständnis.«

Der Stadtrichter in schwarzroter Tracht wandte sich an die Schöffen. »Wurde das Urteil nach dem Rechte abgefasst?«

Die Schöffen hoben die Schwurfinger und bestätigten. Frantz beobachtete die Miene der armen Sünderin, die im blauen Mäntelchen dastand, während der Schreiber das Urteil verlas. Erst hellte sich ihr Gesicht auf, weil sie tatsächlich mit dem Schwert gerichtet werden sollte, dann erstarrten ihre Züge zu einer Grimasse des Schreckens. Drei Griffe mit der glühenden Zange hatte sie wohl nicht erwartet. Immer mehr sackte sie in sich zusammen, und Frantz trat an ihre Seite. Die Handgelenke vor dem Körper zusammengebunden schaffte sie es doch, seinen Arm zu packen, und klammerte sich fest, während der Stadtrichter ihm den Befehl gab, das Urteil zu vollstrecken.

Zusammen mit den beiden Geistlichen führte er die Beckin durch den Seiteneingang hinaus und vor das Rathaus, wo der Wagen bereitstand. Erleichtert bemerkte er das zweite Ross. Die Zuschauer drängten näher, hielten aber gebührenden Abstand. Der Löwe wollte vom Wagen springen, um die arme Sünderin zu übernehmen, doch Frantz gab ihm ein Zeichen, dass es nicht nötig sei. Er half ihr selbst hinauf und blieb neben dem Karren stehen.

Die Würdenträger der Stadt versammelten sich vor dem Rathaus. In ihrer dunklen Kleidung und wie sie so aufgereiht dastanden, erinnerten sie an Raben, wenn auch welche mit Gefieder von Samt und Barchent. Natürlich trug auch er heute eine Pluderhose – die rote – und am Hemd die gepufften Ärmel. Auch der Stadtrichter trat nun aus dem Gebäude, um die Prozession zum Hochgericht anzuführen.

Alle Blicke richteten sich auf Augustin, der die Zange aus der Kohlenpfanne holte. Die Beckin hielt sich tapfer, blieb aufrecht stehen, als sich ihr das glühende Eisen näherte. Der Löwe schob das Armesünder-Mäntelchen beiseite. Da streckte sie die Arme vor, damit er sie ungehindert in die Seite zwicken konnte. Beeindruckt streckte Frantz seinen Arm hoch und fasste sanft ihre Rechte, deren kleiner Finger gebrochen war. Sie packte zu, fest, dann fester. Ihr Schrei ging ihm durch Mark und Bein; der Geruch von versengtem Fleisch stieg ihm in die Nase. Unwilliges Gemurmel breitete sich unter den Zuschauern aus und übertönte das Wimmern der Beckin. Als sie auf die Bank sank, reichte ihr der Löwe einen Becher Wein. Was hatten die Leute erwartet? Einen Kampf, Zetern und Verfluchen des Henkersknechts?

Frantz ließ ihre Hand los und machte sich allein auf den Weg zum Richtplatz. Kurz streifte sein Blick den von Maria. Sie wirkte unglücklich. Seine Frau tat sich nur selten eine Hinrichtung an, aber heute wollte sie Kathi unterstützen. Die beiden hatten sich ein wenig angefreundet, jetzt da die Kleine keine Angst mehr vor ihm hatte. Sie fühlten sich wohl auch der Zahlmeisterin verpflichtet, der Hinrichtung ihrer Mörderin beizuwohnen.

*

Lucas folgte der Prozession durch die Stadt und fühlte erneut das Gewicht der Schuld. Auch diese Frau starb heute, weil er dazu beigetragen hatte, dass sie eines Verbrechens überführt wurde. Ob er sich je an dieses Gefühl gewöhnen würde? Wenigstens konnte er sich dieses Mal sagen, dass es sonst Kathi oder Max erwischt hätte. Max – der saß heute hoch zu Ross, wirkte aber genauso unruhig wie sein Gaul.

Bald hätten sie die Lorenzkirche erreicht, vor welcher der dritte und letzte Griff mit der Zange erfolgen sollte. Beide Male zuvor hatte die Menge aufbegehrt und herumgemault. Vielleicht, weil die Beckin eine Bürgerin war? Schwer zu sagen, was den Leuten durch die Köpfe ging. Vielleicht schrie ihnen die arme Sünderin nicht laut genug? Sie drängten sich immer dichter an den Wagen, und es gab eine ziemliche Schieberei. Da hängte sich ein Kerl tatsächlich an den Karren, ließ sich mitziehen und fluchte aus voller Kehle. Lucas reckte den Hals. Wenn das mal keinen Ärger gab. So was gehörte sich nicht bei einer Hinrichtung. War schließlich ein bedeutender Anlass. Lucas sah sich nach den Räten um, aber die liefen vorweg. Gerade Eisvogel würde sich bestimmt grün und blau ärgern, wenn er das mitbekam. Doch von dem war nichts zu sehen.

Endlich stoppte der Zug vor der Kirche. »Zurück!«, brüllte der Löwe.

Die Beckin hockte da wie ein Häufchen Elend, schob aber selbst das Armesünder-Mäntelchen zurück, als er sich mit der Zange näherte. So recht zu glühen schien sie nicht mehr. Lucas kniff trotzdem die Augen zu, aber die Beckin stieß nur einen schwachen Schrei aus.

Da rief einer: »Pfuscher, mach deine Arbeit gefälligst gescheit, sonst zwick ich dich mal.«

»Versuch's doch«, brüllte der Löwe zurück und schleuderte das Werkzeug samt Kohlenpfanne in die Menge. Lucas traute seinen Augen nicht. So unbeherrscht hatte er den Henkersknecht noch nie erlebt.

Jetzt sprang auch noch irgend so ein Depp bei einem der Stadtknechte hinten aufs Pferd und ritt einfach mit. Der versuchte zwar, ihn abzuschütteln, schaffte es aber nicht. Das war doch … Ausgerechnet Max hatte der Schalk sich ausgesucht. Armer Kerl. Die anderen Stadtknechte taten, als ginge sie das alles nichts an. Der reinste Narrentanz hier. Fehlte nur noch, dass Meister Frantz patzte und daneben schlug. Dann würde dieser Pöbel bestimmt über ihn herfallen.

Die Beckin drehte sich herum, Tränen liefen ihr über die Wangen. Bestimmt hatte sie sich auch einen würdigeren Abgang gewünscht. Oder suchte sie jemanden unter den Leuten, den Hans Beck vielleicht? Lucas drängte sich aus der Menge heraus. Er hatte genug, würde vorausgehen, denn bei ihrer Hinrichtung dabei zu sein, schuldete er der Frau.

*

Max versuchte noch immer, den Narren abzuschütteln, der zu ihm aufs Pferd gesprungen war, doch der Gaul, die ganze Zeit schon zackelnd, als habe er Bremsen am Hintern, drohte vollends auszubrechen. Also brüllte er verzweifelt: »Was soll der Unfug? Runter mit dir.«

»Ich will auch mal hoch zu Ross sitzen«, rief der Lump. »Nur reiten kann ich nicht, drum brauch ich dich, nutzlos, wie du sonst auch bist.«

Als wäre er sicherer auf dem Gaul! Trotzdem versuchte er, dem Kerl den Ellbogen in die Rippen zu rammen. Dabei rutschte er beinah selbst aus dem Sattel, und der Kerl lachte nur.

Max gab auf. »Wart nur ab, das gibt eine saftige Strafe.«

»Für dich? Das tut mir aber leid.«

»Für dich, du Depp«, knurrte Max. Der war doch narrisch.

»Aber von hier heroben kann ich der armen Sünderin viel besser in die schönen Augen schauen. Zügle mal den Gaul etwas!«

»Auch noch Forderungen stellen? Du spinnst doch.« Max hieb dem Pferd die Fersen in die Flanken, dass es einen Satz machte, und schloss zu Michel auf. »He, ich hab da eine Laus im Pelz.«

Michel sah sich um und prustete. »Das hat's noch nicht gegeben.«

Der fand das auch noch lustig! »Lach nicht. Stoß ihn runter.«

»Na, aber gern.« Michel zog sein Schwert.

Doch der Schwachsinnige lachte wieder nur. »Na los, erstech mich vor allen Leuten, du Held.«

Max lag ein Fluch auf der Zunge, den er an einem Richttag besser nicht über die Lippen brachte. Michel zog hilflos die Schultern hoch und steckte die Waffe weg. Max zügelte das Ross und ließ sich auf seine eigentliche Position neben dem Wagen zurückfallen.

Der Wicht hinter ihm kicherte. »Gott zum Gruß, schöne Frau, wohin des Wegs?«

Max blickte über die Schulter zur Beckin, doch die würdigte weder den Toren eines Blickes noch ihn. Dabei könnte er heut an ihrer Stelle zum Hochgericht gebracht werden. Sofort erstarb der Anflug von Mitleid, den er mit dem Weib verspürt hatte.

*

Frantz erklomm die gemauerte Plattform des Hochgerichts hinter den Holzstößen. Noch war er allein hier, doch schon bald würden sie kommen, die Schaulustigen und die hohen Herren sowie die Hauptperson auf dem Karren. Sein Blick blieb an den dunklen Flecken hängen, eingetrockneten Blutlachen. Damit hatte seine Ausbildung begonnen: für seinen Vater, Meister Heinrich, den Richtplatz säubern – vorher und hinterher. Frantz musste ungefähr zwölf gewesen sein. Was hatte er doch gezittert, als er zum ersten Mal einen abgeschlagenen Kopf auf einen Pfahl stecken sollte. Wie immer, wenn er eine unangenehme Aufgabe gut erledigte, hatte ihm sein Vater ein grimmiges Lächeln geschenkt. Dessen ganzer Ehrgeiz war es, Würde und Ansehen selbst in einem unehrlichen Beruf zu erlangen und zu bewahren. Das hatte auch Frantz sich zu eigen gemacht.

Er wandte sich gen Nürnberg und blickte der Prozession entgegen. Vorweg schritt der Stadtrichter, gefolgt von den Honoratioren und den Geistlichen. Frantz zupfte seinen gefältelten Kragen zurecht. Ein lästiges Ding, aber als Nachrichter repräsentierte er an Tagen wie diesem die Freie Reichsstadt. Maria würde seine rote Pluderhose und das dunkle Hemd wieder einen ganzen Tag einweichen und immer wieder schrubben müssen, um das Blut der Beckin möglichst restlos herauszuwaschen. Trotzdem würde es bis ans Ende seines Lebens an seinen Händen kleben.

Er senkte den Kopf und sprach ein Gebet für die Seele der armen Sünderin und für seine eigene. Dann zog er das Schwert aus der Scheide, wog es in den Händen und durchschnitt damit die Luft. Recte faciendo, so stand es auf der Klinge. Tat er wirklich Recht, wenn er Menschen hinrichtete? Er wusste es nicht. Noch einmal schwang er die scharfe Waffe, dann steckte er sie zurück und schaute wieder zum Stadttor. Eine einsame Figur lief etwas abseits der sich nähernden Menge. Eigenartig. Noch seltsamer war, dass auf einem der Pferde zwei Leute saßen, ein Stadtknecht im Sattel und ein zweiter Mann hinten auf der Kruppe.

Er durfte sich nicht von derlei ablenken lassen, sonst patzte er am Ende noch! Vom ein Stück entfernt stehenden Galgen drang aufgebrachtes Krähen an sein Ohr. Mehrere Raben balgten sich um einen besonderen Leckerbissen von einem der drei noch immer baumelnden Landsdiebe. Nun, bald würden die Körper sich vom Hals lösen. Er wandte sich ab. Ob der Anblick noch irgendjemanden abschreckte? Auch diese Frage konnte er nicht beantworten.

Hufschlag und Stimmen wurden immer lauter. Nun erkannte Frantz den einsamen Wanderer: Lucas. Der war sowieso ein komischer Vogel, also nicht weiter verwunderlich. Die Beckin saß zusammengekauert auf dem Wagen. Wahrscheinlich müsste er sie auf einen Stuhl setzen, damit sie ihm nicht umkippte. Die Griffe mit der glühenden Zange hatten ihr bestimmt arg zugesetzt.

Als der Karren rumpelnd am Hochgericht hielt, halfen ihr die Geistlichen herunter und redeten auf sie ein. Letzter Trost? Die Frau schien sie gar nicht wahrzunehmen, sah nur zu ihm hoch. Er nickte ihr zu, weil er nicht wusste, was er sonst tun sollte, damit sie sich auf das letzte Sakrament besann statt auf die Begegnung mit ihm und seinem Schwert.

Immer dichter drängten sich die Menschen, die sonst eher respektvollen Abstand hielten. Eine seltsame Stimmung lag in der Luft. Nachdem sie das Vaterunser gesprochen hatte, stieg Frantz vom Podest und ging zu der Verurteilten. Seinen stützenden Arm nähme sie bestimmt auch diesmal gern. Beinah hätte er gelächelt, als er daran dachte, wie sehr sie sich bei ihrer ersten Begegnung vor seiner Berührung zu fürchten vorgegeben hatte.

»Der Herr sei Euch gnädig«, sprachen Diakon Krieg und Diakon Schelhammer im Einklang.

»Habt Dank. Der Herr sei mit Euch«, erwiderte die Beckin und streckte Frantz ihre gebundenen Arme hin, damit er seinen unterhaken konnte, während der Löwe ihr den Mantel abnahm.

Er stieg mit dem Weib die Stufen hoch auf die Plattform, als würde er seine eigene Mutter stützen – beim Gang in die Kirche, und ein Raunen ging durch die Menge.

Augustin hatte bereits einen Stuhl bereitgestellt. Guter Mann.

»Ihr seid geschwächt«, sagte Frantz. »Wollt Ihr Euch hinsetzen?«

Da straffte sich ihre Gestalt, und er fragte sich, woher sie die Kraft und Stärke nahm. »Nein, Meister Frantz. Ich will aufrecht stehend aus dieser Welt scheiden und erst vor dem Herrgott knien, wie es sich für eine reuige Sünderin gehört. Und das bin ich wirklich.«

»Das freut mich zu hören. Ich bin sicher, er wird sich Eurer erbarmen.« Frantz brachte sie an die ideale Stelle, an der ihm genug Raum für den Hieb blieb.

Jetzt legte sie ihre Hand auf seine und drückte sie. »Danke, Meister Frantz. Ich kann's kaum erwarten. Geläuterter könnte ich dem Herrn nicht entgegentreten. Denkt Ihr, jemand will mein Blut trinken, hält mich für rein genug?«

»Bestimmt, die Leute werden Schlange stehen«, versicherte er ihr. Jung genug war sie noch, und schön. Die Menschen glaubten schließlich, sich die unverbrauchte Lebensenergie einverleiben zu können. Einmal nur hatte er selbst einen Becher voll Blut eines Geköpften getrunken und nichts davon gemerkt.

»Die Christel hätte sich bestimmt einen großen Schluck erbeten.«

Frantz lächelte. »Bestimmt, und sie hätte um den Preis gefeilscht.«

Plötzlich wurde es völlig still, nur noch vereinzeltes Vogelgezwitscher war zu hören. Schnell wischte sich Frantz das Lächeln aus dem Gesicht. »Wollt Ihr ein letztes Wort an die Menschen richten?« Er war sich dessen gewiss, sie würde sich diese Gelegenheit nicht entgehen lassen, und sie enttäuschte ihn nicht.

Die Beckin nickte. »Stützt Ihr mich?«

Wieder fasste er ihren Arm, und sie erhob die Stimme: »Ihr Bürger und Einwohner von Nürnberg, hört mich an. Ich war Christina Zahlmeisterin eine gute Freundin.«

Proteste wurden laut. Die Beckin schüttelte unwirsch den Kopf. Frantz hob den Arm, um die Zuschauer zum Schweigen zu bringen.

»Und doch habe ich sie getötet. Ich bereue meine Tat zutiefst, diese und andere, und hoffe, der Herr erkennt das wenige Gute in mir.« Kurz starrte sie noch in die Menge, dann blickte sie ihn an.

Frantz nickte ihr anerkennend zu. »Seid Ihr bereit?«

»Ja.«

Er löste die Nestelschnur an ihrem Kragen und zog die Bluse so weit auf, dass der Hals schön frei lag. Sie stellte sich gerade hin. »Ich verzeihe Euch, Meister Frantz.«

»Der Herr erbarme sich Eurer Seele, Margaretha Beckin.«

»Und Eurer.«

Frantz trat einen Schritt zurück und zog das Schwert. Eine andächtige Stille legte sich über den Richtplatz. Erst als er sich in Position brachte, drang ein Raunen zu ihm. Er konzentrierte sich einen Moment auf die auszuführende Bewegung, auf den Nacken, den er zuerst treffen musste. Nur das brächte den sofortigen Tod, falls es ihm nicht gelang, sie mit einem Schlag zu enthaupten. Das Herz hämmerte ihm in der Brust. Kurz hielt er das Richtschwert mit beiden Händen ausgestreckt auf Höhe ihres Halses.

Die Beckin schloss die Augen.

Frantz holte aus und schlug zu, spürte den Widerstand lebenden Fleisches und trennte sauber den Kopf vom Rumpf. Blut spritzte in einer Fontäne aus dem Körper, der langsam zusammensackte, und regnete auf ihn herab. Da richtete er den Blick zum Himmel und dankte dem Herrn für eine gelungene Enthauptung, bevor er ihn um Verzeihung bat, weil er gegen das fünfte Gebot verstoßen hatte. Wenn er nur einmal die Seelen der armen Sünder in den Himmel aufsteigen sehen dürfte, das würde alles viel leichter machen.

Lobesrufe drangen an sein Ohr. Die Stimmung war völlig umgeschlagen. Ausgelassene Erleichterung lag in der Luft. Er seufzte – es gab noch einiges zu tun – und hob den Kopf der Beckin auf.

*

Kathi beobachtete den Löwen, wie er den Rumpf der Beckin an den Rand der Plattform zog und ihr Blut in einer Tonschüssel auffing. Zum ersten Mal musste sie nicht zu ihm gehen und ihn um ein paar Schlucke für die Zahlmeisterin bitten. Ihre Herrin hatte es überstanden, und nun war auch ihre Mörderin gerichtet. Ob sich die beiden im Jenseits wiedersehen würden?

Finger schoben sich in ihre Hand und drückten sie. Max sprach: »Das war unheimlich, wie er sie angelächelt hat. Und sie hat ihn angestrahlt, als schaue sie bereits ins ewige Licht.«

»Stimmt, da lief mir auch ein Schauer über den Rücken.«

»Dabei hatte ich schon befürchtet, der Pöbel würde an der Richtstätte noch mehr Schindluder treiben.«

Kathi sah sich um. Einige Leute gingen schon wieder zurück in die Stadt oder zu den Ständen am Weg, um sich etwas zu essen oder zu trinken zu kaufen.

Die Henkerin hielt den Blick noch immer auf ihren Mann geheftet. »So hab ich ihn auch noch nicht gesehen«, murmelte sie. »Nicht, wenn er jemandem den Kopf abschlagen musste.«

Kathi rieb ihren Rücken. »Jemand muss es tun.«

»Ja, ja«, ertönte die Stimme einer alten Frau hinter ihnen. Kathi drehte sich um und erkannte eine ehemalige Nachbarin aus der Lodergasse. Jetzt seufzte das Weib: »Wenn's schon sein muss, will man so einen Henker haben, keinen Saufbold, der wild auf einem herumhackt, bis er endlich den Hals trifft.« Auch sie starrte immer noch Meister Frantz an. »Sein Schwager hat ja am Ende auch öfter daneben gehauen als getroffen.«

Da gesellte sich der Wirt der Fetten Gans zu ihnen. »Ja, aber einmal hat der Meister Lienhardt gleich zweien die Köpf mit einem Streich abgeschlagen.«

Das konnte sich Kathi nun wirklich nicht vorstellen. Sie blickte wieder zum Richtplatz, wo Meister Frantz gerade den Kopf der Beckin auf den Pfahl spießte. Es gab ein widerlich schmatzendes Geräusch, und Kathi wandte angeekelt den Blick ab. Eigenartig, weder Löwe noch Nachrichter schien das alles etwas auszumachen. Neben der Richtstatt war schon ein Grab ausgehoben, und an dessen Kopfende rammte der Henkersknecht nun den Pfahl in die Erde. Welch trauriger Ort, um zur letzten Ruhe gebettet zu werden – und das ohne Kopf.

Und doch bekäme die Beckin hier vielleicht mehr Besucher als auf einem Friedhof. Keiner hatte sie recht gemocht.

Ein Mann kam zaghaft näher. Es dauerte einen Moment, ehe Kathi ihn erkannte: Hans Beck. Der hatte manchmal was am Haus der Zahlmeisterin repariert. Eine Weile stand er da und starrte seiner toten Frau ins Gesicht. Ob er sie geliebt hatte? Meister Frantz ging in die Hocke und sprach mit ihm. Sie konnte nicht anders, ließ Maxens Hand los und trat ein paar Schritte näher. Schändliche Neugier trieb sie weiter, bis sie die beiden Männer verstand.

»Wusstet Ihr, dass sie damals die Zahlmeisterin vor dem Gift gewarnt hat?«, fragte Meister Frantz.

Hans Beck schüttelte den Kopf. »Das hat sie mir nie gesagt. Sie ist an dem Tag lange weg gewesen, deshalb hab ich immer geglaubt, sie selbst hätte die Christel vergiften wollen, aber dann hat's den Zahlmeister erwischt.«

»Nein, sie hat ihr vermutlich das Leben gerettet.«

Der Witwer nickte. »Um sie dann sieben Jahre später zu erschlagen … Ich hab die Frau nie verstanden.«

Meister Frantz presste die Lippen aufeinander, blickte zum Birkenwäldchen und sagte schließlich: »Die Zahlmeisterin hat sie eine Metze geschimpft und den Christoph Zahlmeister einen Hurenbock.«

Der Mann schnaubte. »Das waren sie ja auch.«

Kathi blickte schnell zum aufgespießten Kopf hinauf, doch die Frau würde nie mehr eine Schimpftirade auf ihn oder jemand anderen herabregnen lassen. Selbst im Tod machte ihr die Beckin noch Angst. Hastig ging sie zu Max und der Henkerin zurück.

*

Frantz sah dem Witwer nach und wunderte sich nicht mehr, wie der Mann es all die Jahre mit seiner Frau ausgehalten hatte. Magister Krieg hatte von Loyalität unter Mördern gesprochen, doch auch die Last der Schuld konnte verbinden. Er erhob sich und ließ den Blick über die verbliebene Ansammlung von Leuten schweifen, die sich mit gesenkten Stimmen unterhielten. Auch Maria war noch da. Zu seiner Erleichterung entdeckte er in ihrem Blick keine Spur von Unbehagen. Er erlaubte sich ein Lächeln. Da erspähte er in einem Grüppchen älterer Frauen, die sich gerade auf den Weg zurück in die Stadt machten, Marias Mutter. Erstaunlich.

»Das war ja eine erbärmliche Arbeit«, blaffte jemand.

Frantz fuhr herum und sah die beiden Lochschöffen unten stehen, doch der Vorwurf galt nicht ihm, sondern Augustin. Er stieg vom Podest und gesellte sich zu seinem Knecht. »Was ist los?«

»Schmeißt der Löwe doch tatsächlich Zange und Kohle unter die Leute«, beklagte sich Schöffe Stromer.

»Was?« Frantz konnte es nicht glauben, doch Augustin schaute recht zerknirscht drein, also stimmte es wohl.

»Die Leut waren heute aber auch unverschämt. Schnauzt mich einer an, dass ich pfuschen und nicht gescheit zwicken würde. Der soll das erst mal machen.«

Eisvogel schüttelte den Kopf. »Trotzdem darf so etwas nicht passieren.«

Augustin zog die Schultern hoch und seufzte.

Mit einem Nicken wandte sich Stromer an Frantz. »Ich werde in der nächsten Sitzung beantragen, dass Ihr selbst das Zwicken übernehmt. Bei Euch hätte sich niemand so ein Benehmen erlaubt. An den Wagen hat sich auch einer gehängt.«

Das musste ja wirklich eine unbotmäßige Prozession gewesen sein. Und dann noch der Kerl, der auf dem Pferd des einen Stadtknechts mitgeritten war. »Das kann ich tun, wenn der Rat es beschließt. Bei der Gelegenheit bittet doch gleich in meinem Namen um eine Lohnerhöhung.«

Stromer funkelte ihn böse an, aber ihm konnte der Mann schließlich keinen Vorwurf machen. Eisvogel schmunzelte. »Ich werde Euren Wunsch vortragen, Meister Frantz, macht Euch aber nicht zu viel Hoffnung. Vielleicht gibt's eine besondere Zuwendung am Jahresende, wenn Ihr Eure Arbeit weiterhin so gut und zuverlässig erledigt.« Der Schöffe blickte zum Kopf der Beckin und nickte stumm, dann stapfte er davon.

Frantz klopfte Augustin auf den Rücken und eilte dann zu Maria. Eigentlich wollte er sie in die Arme schließen, doch nicht mit dem Blut der Beckin auf seiner Kleidung und in seinem Gesicht. Sie streckte die Hand aus. Nach kurzem Zögern nahm er sie. »Lass uns nach Hause gehen. Der Löwe kann sich um den Rest kümmern.«

Max und Kathi lächelten ihnen zu, als sie an ihnen vorbeigingen.

Maria flüsterte: »Die Hebamme ist sehr zuversichtlich, dass wir im Frühling ein gesundes Kind haben werden.«

Frantz grinste sie an. Eine Welle des Glücks rauschte durch seine Adern und wollte schier seine Brust sprengen. Das Geräusch von Schaufeln in Erde ließ ihn noch einmal zurückblicken. Die Beckin wurde verscharrt. Auch sie hatte sich nur ein Kind gewünscht.

Glossar

Atzung: Geld, das Gefangene für ihre Kost bezahlen mussten.

Garaus: Torschluss.

Keuche: Gefängniszelle.

Loch(gefängnis): Verlies unter dem Rathaus, das als Untersuchungsgefängnis diente. Hier wurden auch Delinquenten festgehalten, die auf ihre Hinrichtung warteten.

Lochwirt: Lochhüter, oberster Gefängniswärter im Loch.

Losunger: Der Vorderste Losunger war der mächtigste Mann der Stadt, zuständig für Finanzen und Verteidigung, da er gleichzeitig einer der drei Oberster Hauptleute war. Unterstützt wurde er vom zweiten Losunger und Mitarbeitern in der Losungsstube.

Löwe: Henkersknecht. Es gibt verschiedene Theorien dazu, wie der Henkersknecht zu seinem Spitznamen kam, den es so nur in Nürnberg gab, allerdings überzeugt keine so recht. In Bamberg hieß der Henkersknecht beispielsweise Peinlein.

Nachrichter: Scharfrichter, da dieser nach dem Richter seines Amtes waltete.

Nachtjäger: waren primär für das Erlegen unerwünschter Nager und die Entfernung von Kadavern verendeter Tiere zuständig, mussten aber auch andere Reinigungsarbeiten übernehmen.

Pappenheimer: So wurden in Nürnberg die Straßenreiniger genannt, die auch in regelmäßigen Abständen die Abortgruben leeren mussten, vermutlich weil der Reichsmarschall über Jahrhunderte aus dem Geschlecht der Pappenheimer bestellt wurde. Dieser war unter anderem für die Sauberkeit bei Hofe zuständig.

Unschlitt: Rindertalg.

Nachwort

Der Mord an Christina Zahlmeisterin durch Margaretha Beckin und deren Hinrichtung sind einerseits in Frantz Schmidts Notizen sowie den Ratsverlässen der Stadt Nürnberg dokumentiert, in denen ich auch die Beschreibung der unbotmäßigen Vorgänge während ihres Transports zur Richtstätte fand. Andererseits wurde dieser Mord auch mündlich und schriftlich weitertradiert. Gut hundert Jahre später wurden von einem anonymen Autor aus ungenannten Quellen stammende Nürnberger Malefiz-Urteile handschriftlich zusammengetragen. Darin kommt auch dieser Fall vor, allerdings werden hier interessante Details geliefert, die in den Originalquellen entweder fehlen oder diesen sogar widersprechen. So soll plötzlich Christina Zahlmeisterin nicht mehr mit der kleinen Hacke auf den Hinterkopf geschlagen, sondern mit einem Messer erstochen worden sein. Außerdem liest man hier Erstaunliches über den Mann des Opfers, einen Christoph Zahlmeister, der seiner Christina Gift in die Milch gemischt haben soll, woraufhin sie krumm und lahm geworden sei. Dieser Christoph Zahlmeister wurde laut Anonymus am 13. August 1573 mit dem Schwert gerichtet. Schaut man in den Ratsverlässen nach, stellt man fest, dass ein Jorgen Zahlmeister an diesem Tag gerichtet wurde, dessen Frau Christina eine Aussage gegen ihn machte. Auch wurde er bereits im Mai 1573 festgenommen, doch wegen längerer Krankheit erst im August desselben Jahres gerichtet.

In Archiven mögen noch unveröffentlichte Protokolle schlummern, mit deren Hilfe sich beide wahren Fälle rekonstruieren ließen, doch ich wollte keine Geschichte exakt entlang historischer Fakten erstellen. Stattdessen überlegte ich mir, was geschehen sein könnte, um diese Abwandlungen in der zunächst mündlichen Überlieferung hervorzurufen, und erfand die Geschichte mit einer unschuldig Verdächtigen, die es zu retten gilt, neu.

Die historischen Figuren in diesem Roman werden rein fiktional verwendet, doch neben Meister Frantz sind zahlreiche weitere der handelnden Personen überliefert. Vielleicht sollte ich hier noch anfügen, dass Clara Lengin im September von Meister Frantz die Finger abgehackt wurden, daher kann man wohl davon ausgehen, dass sie die Stadtknechte, die sie verhafteten, zu unrecht beschuldigte.

Dies waren meine wichtigsten Quellen zu Frantz Schmidt und dem Nürnberg seiner Zeit:

Hinrichtungen und Leibstrafen. Das Tagebuch des Nürnberger Henkers Franz Schmidt, herausgegeben von Geschichte Für Alle e.V. – Institut für Regionalgeschichte, Nürnberg 2013.

Die Henker von Nürnberg und ihre Opfer. Folter und Hinrichtungen in den Nürnberger Ratsverlässen 1501 bis 1806, herausgegeben von Michael Diefenbacher, Nürnberg 2010.

Joel F. Harrington: *The Faithful Executioner*, Farrar, Straus and Giroux (19. März 2013), auf Deutsch erschienen unter dem Titel *Die Ehre des Scharfrichters: Meister Frantz oder ein Henkersleben im 16. Jahrhundert.*

Hermann Knapp: *Das Lochgefängnis. Tortur und Richtung in Alt-Nürnberg*, Nürnberg 1907; Neudruck herausgegeben von Geschichte Für Alle e.V. – Institut für Regionalgeschichte, Nürnberg 2011.

Mitteilungen des Vereins für Geschichte der Stadt Nürnberg, Zeitschrift herausgegeben von dem Verein für Geschichte der Stadt Nürnberg.

Nürnberger Altstadtberichte, Tätigkeitsberichte herausgegeben von Altstadtfreunde Nürnberg e. V.

Andrea Bendlage: *Henkers Hetzbruder. Das Strafverfolgungspersonal der Reichsstadt Nürnberg im 15. und 16. Jahrhundert*, Konstanz 2003.

Chronica perpetua, darinnen alle und jede Malefiz-Persohnen, aus vielen alten mit mühsamen Fleiss zusamen getragen, anzutreffen sind, Handschrift, Nürnberg ca. 1709. Digitalisierte Ausgabe:
http://hdl.library.upenn.edu/1017/d/medren/4322016.

Auch wenn ich mich um historischen Realismus bemühte und viele Quellen heranzog, so sind etwaige Fehler doch nur mir anzulasten. An dieser Stelle möchte ich mich auch ganz herzlich bei meiner Lektorin Kathrin Brückmann (www.lekto-ratio.de) bedanken, die auch den Umschlag für mich gestaltet hat. Durch ihre Romane aus dem alten Ägypten oder dem Reich der Germanen wurde für mich Geschichte wieder spannend. Ohne sie wäre ich nie auf die Idee verfallen, mich selbst ein paar hundert Jahre in der Zeit zurückzuwagen.

Über die Autorin

Nach dem Studium der Germanistik und Amerikanistik in Deutschland und den USA arbeitete Edith Parzefall in der Softwarebranche. Wer sonst stellte zu Anfang dieses Jahrtausends promovierte Geisteswissenschaftler ein?

Als Schriftstellerin verbindet sie gerne ihre zwei großen Leidenschaften: Schreiben und Reisen. 2008 begab sie sich mit ihrem Lebensgefährten auf eine Reise durch die Atacamawüste. Als die beiden in ihrem Mietwagen zwischen zwei Lastern eingequetscht wurden, entstand die Idee zu »Knautschzone – Zwischen Sein und Schein«. Die Adventure-Trek-Trilogie – humorvolle Abenteuer in schwindelerregenden Höhen mit Tiefgang – wurde durch Wanderungen in den Alpen inspiriert. Zusammen mit Kathrin Brückmann verstieg sie sich dann auch noch in fantastische Gefilde, in denen »Der Eierkrieg« tobte.

Ihr Krimi »Germknödel in Burgundersoße« nimmt seinen verhängnisvollen Verlauf ausnahmsweise in heimatlichen Regionen. Für ihre Romane über Meister Frantz, den Henker von Nürnberg, die im 16. Jahrhundert spielen, tat sie sich allerdings schwer, einen Reiseveranstalter zu finden, also begnügte sie sich damit, den Zeugnissen der Zeit in der Nürnberger Altstadt, sowie in Museen und Bibliotheken nachzuspüren.

Weitere Romane von Edith Parzefall

Meister Frantz und das Teufelskraut – Henker von Nürnberg 2

Freie Reichsstadt Nürnberg, Mai 1581: Meister Frantz wollte sich nie wieder in Ermittlungen einmischen, doch keiner könnte besser erkennen, ob sich Anna Presiglin tatsächlich erhängt hat, als der Henker von Nürnberg.

Wer hat der Fuhrmannsgattin zuvor einen Schlag ins Genick verpasst: der Ehemann, der Geliebte oder doch das Diebsgesindel, das in der Gegend sein Unwesen treibt? Eines ist jedenfalls klar, auf Meister Frantz kommt Arbeit zu.

Dann verschwindet die Leiche der Ermordeten, Pferde werden gestohlen, und Ehemänner befinden sich auf Abwegen. Stadtknecht Max Leinfelder weiß gar nicht, wohin er zuerst eilen soll. Zur Aufklärung dieses verzwickten Falls muss sogar seine Frau Kathi als heimliche Kundschafterin aktiv werden.

Meister Frantz und der Fluch der Blutrubine – Henker von Nürnberg 3

Freie Reichsstadt Nürnberg 1582: Meister Frantz wird von Kathi Leinfelderin zu einem Fall von Notzucht gerufen, jedoch nicht als Henker, sondern als verschwiegener Heiler – eine Situation, die ihm großes Unbehagen bereitet. Clara, die vierzehnjährige Magd eines Bortenwirkers, will keinesfalls Anzeige erstatten. Außerdem steht Ostern vor der Tür, und die Schöffen sind vor allem mit einem beschäftigt: der Wahl des Kleinen Rats.

Trotz all dieser Hindernisse kann Frantz nicht zulassen, dass der Täter weiter sein Unwesen treibt. Mit Kathis Hilfe versucht er, die junge Maid zum Sprechen zu bringen und herauszufinden, wen sie schützt. Etwa den Goldschmied, der um die Bortenwirkerei herumschleicht?

Meister Frantz gegen Räuberpistolen – Henker von Nürnberg 4

Freie Reichsstadt Nürnberg 1584: Wenn Familienbande zum Henkersknoten geknüpft werden, bleibt selbst dem Nachrichter die Luft weg.

Eigentlich läuft alles prächtig für Frantz Schmidt. Frau und Kinder sind wohlauf, ein Drittes ist unterwegs, seine Stellung als Nachrichter von Nürnberg scheint gesichert. Da taucht ein alter Bekannter auf und erzählt ihm eine wahre Räuberpistole.

Darf Frantz dem ehemaligen Schützen, den er selbst aus der Stadt ausgestrichen hat, über den Weg trauen? Ist sein Schwager wirklich ein Räuber, der auch noch seine Frau misshandelt? Es wird höchste Zeit, dem Heffner Friedl auf den Zahn zu fühlen und sich um seine Schwester Kunigunda und deren Kinder zu kümmern. Ein Überraschungsbesuch in Hiltpoltstein bringt Vorgänge ins Rollen, die erst unter dem Rad enden.

Germknödel in Burgundersoße – Kriminalroman

Ausgerechnet an Halloween stolpert Medizinstudentin Doro Brandt über eine Horde Burschenschaftler der Arminia Märheim, die sie mit zu ihrer Feier im Germanenstil schleppen. Donnergott Thor, Göttervater Wodan, ein Keiler namens Grunz und Urzeitriese Ymir in Bärengestalt sind nur einige der illustren Teilnehmer dieser Veranstaltung. Als der Bär eine der tanzenden Maiden entführt, glaubt Doro noch an einen Scherz, wie der Rest der wilden Horde auch, und lässt die Nacht in inniger Umarmung mit Thor ausklingen.

Doch Margarethe von Trubau bleibt verschwunden, niemand weiß, wer den Bären gemimt hat. Auch Suchpudel Herrmann findet keine Spur. Während die Kommissare Grüning und Lorenz den Fall übernehmen, bahnt sich zwischen Doro und Thor eine Romanze an. Da stehen beide plötzlich im Fokus der polizeilichen Ermittlung, und die Bundesbrüder mauern.

Knautschzone – Zwischen Sein und Schein

Die Arbeit ist Laras Lebensinhalt – bis sie gefeuert wird. Sie sucht das Vergessen am Boden einer Whiskyflasche. Im Vollrausch bucht sie nicht nur eine Reise nach Chile, sondern zerstört auch noch die Beziehung zu ihrem besten Kumpel. Statt sich ihrem verkorksten Leben zu stellen, fliegt sie nach Südamerika. Dort lernt sie den Rucksacktouristen Rick kennen, dessen Spielchen sie auf der Fahrt entlang der Panamericana effektiv von ihren Problemen ablenken.

Dieselbe Strecke nimmt auch Enrique mit seinem Sattelschlepper, doch die Einsamkeit der Atacamawüste setzt ihm immer mehr zu. In Gedanken unterhält er sich mit seiner Frau, die ihn immer öfter zur Heimkehr drängt. Mit wachsender Beklemmung tritt er die Rückfahrt an. Als Lara seinen Weg kreuzt, wirft der Zusammenstoß beide aus der Bahn und zwingt sie, unangenehmen Wahrheiten ins Auge zu blicken.

Eine spannende, tiefgründige Reise durch Wüstenlandschaften und seelische Untiefen.

Zusammen mit Kathrin Brückmann:
Der Eierkrieg – Ein Hanebuch

Unter der Herrschaft des Grünen Grafen Kunibert erblüht das beschauliche Märheim. Ausheimische aus aller Herren Länder kommen, um die reiche Florauna zu bestaunen. Ob nun Faseltier oder Labergeiß, für jeden Besucher findet sich der richtige Fremdenführer. Doch der Erfolg des einen weckt Neid und Begehrlichkeiten des anderen: Isbert von der Zitterdelle, Herr über das benachbarte Schindburg, ersinnt einen Plan, um sich auch einen Teil vom Kuchen abzulurchen: Er fängt die Märheimer Hanghühner vor ihrem herbstlichen Zug in den Süden ab, damit sie ihm den Winter über die begehrten Eier legen.

In und über diese Intrige stolpert Wandersänger Blasius von Pfeiffenheim und wird schnell zum Spielball der hohen Herren. Obwohl er eigentlich nichts weiter will, als so berühmt sein wie Falther von der Hühnerweide, muss er schon bald als Spion sein Leben aufs Spiel setzen. Und dann ist da noch die lieblich blaue Halbfee Limusine, der sein Herz gehört, die ihn aber nur als tumben Tor ansieht. Kann sein tapferer Einsatz sie ihm gewogen machen? Während zwischen den beiden Reichen ein Eierkrieg entbrennt, tut Blasius alles, um sich ihr zu beweisen. Leider selten das Richtige …

25867394R00112

Printed in Poland
by Amazon Fulfillment
Poland Sp. z o.o., Wrocław